Qu'avons-nous fait de nos rêves ?

DU MÊME AUTEUR

La parade des anges, *Belfond, 1995.*

L'envers du miroir, *Belfond, 2003.*

LA COSMOPOLITE

Jennifer Egan

Qu'avons-nous fait de nos rêves ?

roman

Traduit de l'anglais (États-Unis)
par Sylvie Schneiter

Stock

TITRE ORIGINAL :
A Visit from the Goon Squad

Couverture Atelier Didier Thimonier
Photo de couverture : © Jeffrey Coolidge/Getty Images

ISBN 978-2-234-07163-6

À Peter M., avec toute ma reconnaissance.

« Les poètes prétendent que nous retrouvons un moment ce que nous avons jadis été en rentrant dans telle maison, dans un tel jardin où nous avons vécu jeunes. Ce sont là pèlerinages fort hasardeux et à la suite desquels on compte autant de déceptions que de succès. Les lieux fixes, contemporains d'années différentes, c'est en nous-mêmes qu'il vaut mieux les trouver. »

Le Côté de Guermantes, Marcel Proust

« L'inconnu de la vie des êtres est comme celui de la nature, que chaque découverte scientifique ne fait que reculer mais n'annule pas. »

La Prisonnière, Marcel Proust

A

1

Objets trouvés

Cela commença comme à l'accoutumée. Sasha retouchait son fard à paupières jaune devant la glace des toilettes de l'hôtel Lassimo lorsqu'elle remarqua un sac au pied du lavabo. Sans doute appartenait-il à la femme qu'elle entendait vaguement uriner à travers la porte massive d'une cabine. À l'intérieur du sac, tout juste visible, un portefeuille en cuir vert clair. Rétrospectivement, Sasha admettrait volontiers que la confiance aveugle de cette femme lui avait fait l'effet d'une provocation : *Tu laisses traîner tes affaires dans une ville où les gens sont prêts à voler n'importe quelle bricole si on leur en donne la moindre possibilité et tu t'attends à les retrouver ?* Son envie de lui donner une leçon camouflait la pulsion qui la submergeait systématiquement : un portefeuille bien garni s'offrait à elle, quel ennui et quelle banalité de l'abandonner là au lieu de profiter de l'occasion, relever le défi, sauter le pas, se libérer, battre en brèche la prudence, vivre dangereusement (« Je comprends », a opiné Coz, son thérapeute), et *prendre* ce putain de truc !

« Le voler, vous voulez dire. »

Il essayait de convaincre Sasha d'employer ce mot, plus difficile à éluder dans le cas d'un portefeuille que pour la kyrielle de choses fauchées au cours de l'année à mesure que son état (une expression de Coz) s'aggravait : cinq trousseaux de clés, quatorze paires de lunettes de soleil, une écharpe d'enfant à rayures, une râpe à fromage, des jumelles, un canif, vingt-huit savonnettes et quatre-vingt-cinq stylos – du vulgaire Bic avec lequel elle signait les reçus de carte de crédit jusqu'au Visconti couleur aubergine à deux cent soixante dollars sur Internet, chipé à l'avocat de son ancien patron lors d'une négociation de contrat. Sasha ne piquait plus dans les magasins, dont les articles froids et inertes ne la tentaient pas. Elle dévalisait les gens.

« D'accord, le voler », a-t-elle concédé.

« Défi personnel », c'est ainsi que Coz et Sasha avaient qualifié la pulsion qui s'emparait de la jeune femme : prendre le portefeuille était un moyen d'affirmer sa force de caractère, son individualité. Il fallait inverser les données dans sa cervelle de façon que le défi devienne non pas de subtiliser le portefeuille mais de ne pas y toucher. Ce serait le traitement, même si Coz n'avait jamais recours à cette terminologie. Il avait beau porter des pulls tendance et l'autoriser à l'appeler par son prénom, c'était un homme de la vieille école, tellement impénétrable que Sasha n'arrivait pas à déterminer s'il était homo ou hétéro, s'il était l'auteur d'ouvrages connus ou s'il était (comme elle le soupçonnait parfois) un de ces arnaqueurs en fuite qui se font passer pour des chirurgiens et finissent par oublier un scalpel dans le crâne de leurs patients. Autant de questions auxquelles Google aurait répondu en moins d'une minute. Vu leur utilité (d'après Coz), Sasha n'avait pas lancé de recherche. Jusqu'à présent.

Dans le cabinet, elle s'allongeait sur un divan en cuir bleu, confortable. Coz préférait cette position qui les délivrait l'un et l'autre du poids des regards.

« Vous n'aimez pas le contact oculaire ? avait-elle demandé, étonnée par cet aveu, bizarre pour un thérapeute.

– Je trouve ça fatigant. Ainsi, nous pouvons tous les deux poser les yeux où bon nous semble.

– Où regarderez-vous ?

– Mes choix sont évidents, avait-il répondu en souriant.

– Quand les gens sont sur le divan, vous regardez où ?

– La pièce. Le plafond. Le vide.

– Ça vous arrive de dormir ?

– Non. »

Sasha contemplait d'ordinaire la fenêtre donnant sur la rue. Ce soir-là, lorsqu'elle a repris son récit, la vitre ruisselait de pluie. Sasha avait aperçu le portefeuille, semblable à une pêche appétissante et trop mûre. Elle l'avait cueilli dans le sac de la femme, le glissant dans le sien, petit, qu'elle avait fermé avant que cesse l'écoulement de l'urine. Elle avait ouvert d'une chiquenaude la porte des toilettes et retraversé d'un pas léger le hall jusqu'au bar. La propriétaire du portefeuille et Sasha ne s'étaient pas croisées.

Avant l'épisode du portefeuille, elle passait une soirée épouvantable avec un type nul (un de plus), à la mine renfrognée derrière sa frange noire, qui jetait de fréquents coups d'œil à l'écran plat où les Jets disputaient un match plus intéressant apparemment que ses histoires, certes rebattues, sur Bennie Salazar, son ancien patron, célèbre pour avoir créé la maison de disques Sow's Ear, qui (Sasha le tenait pour sûr) saupoudrait son café de paillettes d'or – en guise d'aphrodisiaque, suspectait-elle – et s'aspergeait les aisselles de pesticide.

Après l'épisode du portefeuille, toutefois, la scène frémit de perspectives réjouissantes. Sasha sentit que les serveurs l'observaient tandis qu'elle regagnait la table, tenant son sac alourdi d'un poids secret. Elle s'assit, but une gorgée de son martini

Melon Madness et, penchant la tête, gratifia Alex de son sourire mi-figue mi-raisin.

« Salut », lança-t-elle.

Le sourire mi-figue mi-raisin fut d'une efficacité surprenante.

« Tu es contente, constata Alex.

– Je le suis toujours. Il m'arrive de l'oublier. »

Alex avait réglé l'addition pendant qu'elle était aux toilettes, preuve qu'il comptait écourter la soirée. À présent, il la dévisageait : « Tu as envie d'aller ailleurs ? »

Ils se levèrent. Alex portait un pantalon en velours côtelé noir et une chemise blanche boutonnée jusqu'au cou. Il était assistant juridique. S'il s'était montré fantasque voire braque dans ses mails, en chair et en os, il semblait partagé entre l'anxiété et l'ennui. Il était incontestablement en forme, non qu'il fréquentât une salle de gym, mais il était assez jeune pour que son corps porte encore l'empreinte des sports pratiqués au lycée et à la fac. À trente-cinq ans, Sasha avait dépassé ce stade. Personne ne connaissait son âge, même pas Coz. Un seul avait été proche de la vérité en lui donnant trente et un ans, la plupart des gens la croyaient beaucoup plus jeune. Elle faisait de la musculation tous les jours et fuyait le soleil. Sur ses profils Internet, elle avait indiqué vingt-huit ans.

Tout en emboîtant le pas à Alex, elle ne put s'empêcher d'ouvrir son sac et de toucher le gros portefeuille vert, rien qu'une seconde, pour le pincement au cœur que cela lui procurait.

« Vous êtes consciente des sensations qu'un vol suscite en vous, a commenté Coz. Au point de vous en souvenir pour vous remonter le moral. Est-ce que vous réfléchissez à ce que l'autre peut éprouver ? »

Sasha a renversé la tête en arrière pour le regarder. Elle tenait à le faire de temps à autre, uniquement pour lui rappeler qu'elle n'était pas une imbécile – elle connaissait la bonne réponse à cette question. Sasha collaborait avec Coz pour écrire une histoire dont la fin était déjà prévue : elle s'en sortirait. Elle cesserait de voler et recommencerait à s'intéresser à ses anciennes passions : la musique, le réseau d'amis qu'elle s'était constitué lors de son arrivée à New York, sans oublier les objectifs gribouillés sur une grande feuille de papier journal scotchée sur les murs de ses précédents appartements :

Trouver un groupe à manager
Comprendre les actualités
Étudier le japonais
S'exercer à la harpe

« Je ne pense pas aux autres.

– Non par manque d'empathie. Nous le savons à cause du plombier. »

Sasha a soupiré. Elle avait raconté à Coz l'histoire du plombier un mois auparavant, et il la remettait sur le tapis presque à chaque séance. Une fuite ayant eu lieu dans l'appartement en dessous du sien, le propriétaire avait envoyé un plombier chez elle pour en chercher l'origine. C'était un vieil homme au crâne hérissé de touffes de cheveux gris qui, à peine entré chez Sasha, avait rampé sous la baignoire tel un animal se frayant un chemin à tâtons dans un terrier familier. Les doigts avec lesquels il tripotait des boulons à l'aveuglette étaient aussi crasseux que des mégots de cigare. Ses mouvements avaient fait remonter son sweat-shirt, exposant un dos blanc et flasque. Sasha s'était détournée, ébranlée par l'état de dégradation du vieil homme et pressée de filer à son emploi d'intérimaire, sauf qu'il lui posait des questions sur la longueur et la fréquence de ses douches. « Je ne m'en sers jamais, assena-t-elle. Je me douche à la salle de sport. » Il hocha la tête sans réagir à l'impolitesse, à laquelle il était manifestement accoutumé. Sasha eut des picotements dans le nez et appuya fortement deux doigts sur ses tempes en fermant les yeux.

Lorsqu'elle les rouvrit, elle aperçut la ceinture à outils du plombier à ses pieds. Un magnifique tournevis dont le manche orange translucide brillait comme une sucette – à la tige argentée, ouvragée, étincelante – reposait dans son étui de cuir patiné. Sasha fut traversée d'un élan de convoitise, fulgurant ; elle devait le tenir, rien qu'une minute. Pliant les genoux, elle le sortit avec précaution de la ceinture. Pas le moindre cliquetis : ses mains maigres, pourtant agitées de mouvements convulsifs la plupart du temps, étaient douées pour ça – *c'est ma vocation*, pensait-elle souvent au cours des premiers instants de flottement succédant à un vol. Dès que le tournevis se retrouva dans sa paume, elle fut délivrée de la douleur que lui infligeait le spectacle d'un vieil homme au dos flasque reniflant sous sa baignoire, puis envahie par une merveilleuse indifférence, comme si l'idée même de souffrir pour une chose pareille était aberrante.

« Et après son départ ? Quel effet vous a fait le tournevis ? » avait voulu savoir Coz le jour du récit de Sasha.

Un ange était passé.

« Il était banal.

– Vraiment ? Il n'avait plus rien de particulier ?

– Il ressemblait à n'importe quel tournevis. »

Sasha avait entendu Coz bouger et perçu qu'il se passait quelque chose : le tournevis qu'elle avait posé sur la table de son appartement (elle en avait récemment ajouté une deuxième) où elle rangeait ses larcins et qu'elle avait à peine regardé depuis qu'elle l'avait piqué semblait comme en suspension dans le cabinet de Coz. Il flottait entre eux : un symbole.

« Qu'avez-vous ressenti en prenant cet objet à un homme qui vous inspirait de la pitié ? » avait calmement demandé Coz.

Qu'avait-elle ressenti ? *Qu'avait-elle ressenti* ? Bien sûr, il y avait une bonne réponse. Sasha avait parfois envie de mentir uniquement pour en priver Coz.

« Un horrible malaise. D'accord ? Horrible. Merde, je me ruine pour vous payer… évidemment, je comprends que cette façon de vivre n'a rien de génial. »

À plus d'une reprise, Coz avait essayé d'associer le plombier au père de Sasha, disparu quand elle avait six ans. Elle refusait de se laisser entraîner sur ce chemin-là : « Je ne me souviens pas de lui. Je n'ai rien à dire. » Une attitude qu'elle adoptait autant pour protéger Coz qu'elle-même – ils écrivaient une histoire de rédemption, de nouveau départ et de seconde chance. L'autre direction ne recelait que tristesse.

Sasha et Alex traversèrent le hall de l'hôtel Lassimo. Elle serrait son sac en bandoulière, la boule chaude du portefeuille coincée sous son aisselle. Comme ils passaient devant les branchages décharnés et cloqués de bourgeons flanquant les grandes portes vitrées, une femme leur bloqua le passage en titubant.

« Attendez, les apostropha-t-elle. Vous n'avez pas vu… Je suis désespérée. »

Saisie d'une bouffée de terreur, Sasha devina aussitôt qu'il s'agissait de la femme à qui elle avait fauché le portefeuille, même si celle qui lui faisait face n'avait rien de commun avec la personne joyeuse, aux cheveux de jais, qu'elle s'était représentée. La vulnérabilité se lisait dans les yeux noisette de cette femme, chaussée de souliers plats et pointus qui claquaient trop bruyamment sur le marbre. De nombreux fils blancs striaient ses frisottis châtains.

S'emparant du bras d'Alex, Sasha essaya de l'entraîner à l'extérieur. Il eut beau sursauter à ce contact physique, il ne bougea pas et demanda : « De quoi parlez-vous ?

– On a volé mon portefeuille. Ma pièce d'identité a disparu et je dois prendre un avion demain matin. Je ne sais plus quoi faire ! » Elle les implora du regard. Un aveu de faiblesse que les New-Yorkais apprenaient vite à dissimuler. Sasha eut un mouvement de recul : que cette femme ne soit pas originaire de la ville ne lui avait pas effleuré l'esprit.

« Vous avez appelé la police ? reprit Alex.

– Le concierge m'a dit qu'il s'en chargeait. Et s'il était tombé quelque part ? »

L'air impuissant, elle examina le sol en marbre autour d'eux. Sasha se détendit un peu. C'était le genre à déranger sans en avoir l'intention, la gêne lui collait à la peau, même quand elle suivit Alex jusqu'au bureau du concierge. Sasha resta en arrière et entendit ce dernier lancer :

« Quelqu'un s'occupe de cette dame ? »

Sur la défensive, le concierge, un jeune homme aux cheveux en pétard, répondit : « Nous avons appelé la police. »

Alex s'adressa à la femme : « Ça s'est passé où ?

– Aux toilettes pour dames. Enfin, je crois.

– Il y avait quelqu'un d'autre ?

– Personne.

– C'était vide ?

– Peut-être qu'il y avait une femme, mais je ne l'ai pas vue. »

Alex se tourna vers Sasha : « Tu sors des toilettes, tu as aperçu quelqu'un ?

– Non », parvint-elle à articuler. Elle avait du Xanax dans son sac, qu'elle n'ouvrirait sous aucun prétexte. Même en l'état, fermé, Sasha redoutait que le portefeuille surgisse d'une façon ou d'une autre, entraînant une cascade d'horreurs : arrestation, honte, pauvreté, mort.

Alex s'en prit au concierge. « Comment se fait-il que je sois obligé de poser les questions à votre place ? Une cliente de votre hôtel vient d'être dévalisée. Vous n'avez pas un service de sécurité ou quelque chose de ce genre ? »

Les mots « dévaliser » et « sécurité » dominèrent la musique d'ambiance qui berçait non seulement le Lassimo, mais tous les hôtels de cette catégorie à New York. Ces deux mots suscitèrent un certain intérêt dans le lobby.

« J'ai appelé la sécurité, affirma le concierge, rajustant son col de chemise. Je vais la rappeler. »

Sasha jeta un coup d'œil à Alex. Il fulminait. Cette colère lui permit de comprendre, alors qu'elle n'y était pas parvenue au bout d'une heure de bavardage décousu (le sien en grande partie, certes), qu'il débarquait à New York. Originaire d'une petite ville, il aurait bien aimé donner une ou deux leçons sur la façon dont les gens devaient se comporter les uns avec les autres.

Deux agents de la sécurité apparurent, conformes aux personnages des séries télé : des costauds dont la politesse scrupuleuse est en quelque sorte liée à leur envie de fracasser des crânes. Ils se séparèrent pour fouiller le bar. Sasha regretta fébrilement de ne pas y avoir laissé le portefeuille, comme s'il s'agissait d'une pulsion qu'elle aurait presque réussi à réprimer.

« Je vais inspecter les toilettes », déclara-t-elle à Alex. Elle se força à contourner lentement la rangée d'ascenseurs. Une fois dans la pièce, elle ouvrit son sac, sortit le portefeuille, son flacon de Xanax et glissa un comprimé entre ses dents. L'effet était plus rapide quand on les croquait. Tandis que le goût acide envahissait sa bouche, elle chercha où planquer l'objet du délit : dans la cabine, sous le lavabo ? La nécessité de prendre une décision la paralysait. Elle n'avait pas le droit à l'erreur, elle devait s'en sortir indemne. Si elle y parvenait… Dans son affolement, elle eut le sentiment de faire une promesse à Coz.

La porte s'ouvrit et la femme entra. Ses yeux aux aguets croisèrent ceux de Sasha dans le miroir : étrécis, verts, aux aguets également. Il y eut un silence, pendant lequel Sasha se sentit au pied du mur : la femme savait, depuis le début. Elle lui tendit le portefeuille. À en juger par son expression abasourdie, Sasha comprit qu'elle s'était trompée.

« Je suis désolée, c'est pathologique », expliqua-t-elle précipitamment.

La femme ouvrit son portefeuille. L'avoir récupéré lui procurait une telle sensation de soulagement que Sasha fut traversée d'une onde de chaleur, comme si leurs corps avaient fusionné.

« Tout est là, je vous le jure, assura-t-elle. Je ne l'ai même pas ouvert. C'est pathologique, mais je me fais soigner. Simplement… n'en parlez pas, s'il vous plaît. Je suis constamment sur le fil du rasoir. »

Levant ses yeux noisette étoilés de douceur, la femme dévisagea Sasha. Que discerna-t-elle ? Sasha aurait aimé se tourner et s'examiner dans la glace, comme si une partie d'elle pouvait enfin s'y révéler – une partie enfouie jusque-là. Elle s'en empêcha. Immobile, elle laissa la femme l'observer. Celle-ci avait à peu près son âge, le vrai, se rendit-elle compte. Sans doute avait-elle des enfants.

« Entendu, cela reste entre nous, acquiesça la femme, baissant les paupières.

– Merci, merci, merci. »

Les effets conjugués du soulagement et du Xanax qui commençait à agir donnèrent le vertige à Sasha, elle s'appuya au mur. La femme avait à l'évidence hâte de s'en aller. Sasha, elle, mourait d'envie de s'effondrer.

On gratta à la porte, une voix d'homme : « Alors ? »

Sasha et Alex sortirent de l'hôtel et se retrouvèrent dans TriBeCa, désolé et balayé par le vent. Elle avait suggéré le Lassimo par habitude, car l'hôtel était situé près du siège de Sow's Ear où elle avait travaillé douze ans comme assistante de Bennie Salazar. Désormais, elle détestait ce quartier la nuit, sans le World Trade Center dont les torrents de lumière éblouissante l'avaient toujours emplie d'espoir. Elle ne supportait plus Alex. En même pas vingt minutes, ils étaient passés du stade désirable d'un « rapport significatif grâce à une expérience partagée » à l'impression moins plaisante de « se connaître trop bien ». Alex portait un bonnet de laine enfoncé sur le front. Il avait des cils longs et noirs.

« C'était bizarre, finit-il par lâcher.

– Oui », opina Sasha. Après une pause, elle enchaîna : « Le retrouver, tu veux dire ?

– Toute l'histoire. Ça aussi. Il était, genre, invisible ?

– Il était par terre. Dans un coin. Derrière une jardinière. »

À l'énonciation de ce mensonge, le crâne de Sasha engourdi par le Xanax fut parcouru de picotements de sueur. Elle envisagea de préciser : *En fait, il n'y avait pas de jardinière*, mais elle réussit à s'en empêcher.

« On a presque l'impression qu'elle l'a fait exprès, reprit Alex. Pour attirer l'attention, quelque chose dans ce goût-là.

– Ça n'avait pas l'air d'être son genre.

– Comment en être sûr ? J'apprends ça ici, à New York : on ne connaît jamais personne. Les gens n'ont pas seulement deux visages… ils ont, comme qui dirait, des personnalités multiples.

– Elle n'est pas de New York, rectifia Sasha, contrariée par l'étourderie d'Alex bien qu'elle y trouvât son compte. Elle avait un avion à prendre, tu te rappelles ?

– C'est vrai. »

Alex pencha la tête et considéra Sasha sur le trottoir mal éclairé. « Tu comprends de quoi je parle ? Le comportement des gens d'ici ?

– Oui, répondit-elle avec circonspection. On s'y habitue.

– Je préférerais aller ailleurs. »

Sasha mit un moment à saisir : « Il n'y a pas d'ailleurs. »

Alex se tourna vers elle, sidéré. Puis il sourit. Sasha aussi – non pas son sourire mi-figue mi-raisin, proche néanmoins.

« C'est ridicule », constata Alex.

Ils prirent un taxi qui les déposa dans le Lower East Side, devant chez Sasha. Ils grimpèrent l'escalier menant à l'appartement du troisième étage où elle habitait depuis six ans. Une odeur de bougies parfumées y flottait. Outre son canapé-lit recouvert d'un jeté de velours et de nombreux coussins, il y avait un vieux poste de télévision couleur dont l'image était d'excellente qualité et un assortiment de souvenirs de ses voyages disposé sur les rebords de fenêtre : un coquillage blanc, deux dés rouges, un petit pot de baume du tigre desséché au point d'avoir une consistance de caoutchouc, un minuscule bonsaï qu'elle arrosait scrupuleusement.

« Ma parole, tu as une baignoire dans la cuisine ! s'exclama Alex. J'en ai entendu parler, plutôt j'ai lu que ça existait, mais je n'étais pas certain qu'il en reste. La douche est récente, c'est ça ?

– Oui. Mais, je ne m'en sers presque jamais. Je me douche à la gym.

Une planche était fixée sur la baignoire, où Sasha empilait sa vaisselle. Alex laissa courir ses doigts sur le rebord et examina les pieds en pattes de lion. Sasha alluma les bougies, sortit une bouteille de grappa du placard et remplit deux petits verres.

« J'adore cet endroit, poursuivit Alex. On dirait le vieux New York. On sait qu'il existe, mais comment le dénicher ? »

Adossée à la baignoire à côté de lui, Sasha but une gorgée de grappa. L'alcool avait un goût de Xanax. Elle tentait de se rappeler l'âge qu'Alex avait noté sur son profil. Vingt-huit ans. Il faisait plus jeune, beaucoup plus. Elle voyait son appartement avec ses yeux – un peu de couleur locale qui se dissiperait dans le tourbillon d'aventures où étaient instantanément entraînés tous les nouveaux venus à New York. Cela l'agaçait de s'imaginer sous la forme d'une lueur dans les vagues souvenirs qu'Alex s'efforcerait de retrouver d'ici un an ou deux : *Voyons, où se trouvait l'appartement avec la baignoire ? Qui était cette fille ?*

Il partit explorer les autres pièces. D'un côté de la cuisine, il y avait la chambre de Sasha. De l'autre, donnant sur la rue, son séjour-bureau, meublé de deux sièges tendus de tissu et de la table de travail qu'elle réservait aux projets extérieurs à son activité professionnelle – relations publiques pour des groupes dans lesquels elle croyait, articles pour les magazines *Vibe* et *Spin* –, leur nombre était toutefois en chute libre ces derniers temps. En réalité, l'appartement, qui, six ans auparavant, semblait n'être qu'une étape avant d'avoir les moyens de s'installer dans un logement plus spacieux, avait fini par se solidifier autour de Sasha, gagnant en masse et en poids, jusqu'à ce qu'elle s'y sente enlisée tout en s'estimant chanceuse de l'avoir. Non seulement elle ne pouvait déménager, mais elle ne le voulait pas.

Alex se pencha pour examiner sa petite collection d'objets alignés sur les rebords de fenêtre. S'il marqua un temps d'arrêt devant la photo de Rob, un ami de fac de Sasha qui s'était noyé, il s'abstint de tout commentaire. Il n'avait pas remarqué les tables où elle gardait ses innombrables larcins : les stylos, les jumelles, les clés, l'écharpe d'enfant qu'elle avait ramassée sans la rendre lorsqu'elle était tombée du cou d'une petite fille que sa mère tenait par la main pour sortir d'un Starbucks. Comme Sasha voyait déjà Coz à ce moment-là, elle n'avait pas été dupe de la litanie d'excuses qui s'étaient bousculées dans sa tête : l'hiver est presque terminé ; les mômes, ça grandit vite ; les gosses détestent les écharpes ; c'est trop tard, elles ont franchi la porte ; ça me gêne de la rapporter ; j'aurais très bien pu ne pas la voir tomber, d'ailleurs je viens de le remarquer : *Regarde, une écharpe ! Une écharpe d'enfant, jaune vif avec des rayures roses – dommage, à qui peut-elle appartenir ? Je vais juste la ramasser et la garder une minute*… Une fois rentrée chez elle, Sasha l'avait lavée à la main avant de la plier soigneusement. C'était un des trucs chapardés qu'elle préférait.

« C'est quoi tout ça ? » demanda Alex.

Il avait découvert les tables et regardait la pile. Elle faisait penser à une œuvre de castor miniaturiste. Un amoncellement incompréhensible d'objets, qui n'avait pourtant rien d'aléatoire. Aux yeux de Sasha, cette construction branlait presque sous son poids d'embrouilles, du nombre de fois où elle l'avait échappé belle, de petits triomphes et de moments d'intense griserie. C'était un condensé de plusieurs années de son existence. Le tournevis se trouvait au bord d'une des tables. Sasha s'approcha d'Alex, fascinée par l'intérêt qu'il portait à l'étalage.

« Et qu'avez-vous ressenti, près d'Alex, devant tous les objets que vous aviez volés ? » s'est enquis Coz.

Sasha a tourné le visage vers le dossier du divan bleu parce que le rouge lui montait aux joues, ce qu'elle détestait. Elle n'avait aucune envie d'expliquer à Coz le mélange d'émotions qui s'était emparé d'elle alors : la fierté qu'elle tirait de ces objets, une tendresse encore accrue par la honte que lui inspirait leur acquisition. Elle avait tout risqué pour ce résultat : l'essence de sa vie pervertie, mise ici à nu. Regarder Alex parcourir des yeux ses larcins l'avait excitée. Elle l'enlaça par-derrière et il pivota, surpris mais consentant. Après l'avoir embrassé sur la bouche, elle défit sa braguette et envoya valser ses chaussures. Lorsque Alex tenta de l'entraîner dans la chambre, où ils pourraient s'allonger sur le canapé-lit, elle tomba à genoux devant les tables et l'attira à elle. Le tapis persan lui gratta le dos, la lumière de la rue pénétrant par la fenêtre éclaira le visage plein de désir et d'espoir d'Alex, ses cuisses blanches et nues.

Après, ils restèrent longtemps couchés sur le tapis. Les bougies crépitèrent. Sasha aperçut le bonsaï biscornu qui se découpait sur la fenêtre près de sa tête. Son excitation l'avait abandonnée, remplacée par une tristesse effroyable, un trou béant, comme si on l'avait éventrée. Elle se releva en chancelant et souhaita qu'Alex ne s'attarde pas trop. Il avait gardé sa chemise. Il se leva.

« Tu sais de quoi j'ai envie ? De prendre un bain dans cette baignoire.

– C'est possible, le plombier vient de passer », répondit-elle, d'un ton maussade.

Elle remonta son jean et s'effondra sur une chaise. Alex enleva soigneusement les assiettes puis la planche. De l'eau jaillit du robinet avec une force qui avait étonné Sasha les rares fois où elle l'avait utilisé.

Le pantalon noir d'Alex gisait en boule à ses pieds. Le coin de son portefeuille avait usé le velours d'une des poches arrière, comme s'il le mettait toujours là et portait souvent ce pantalon. Sasha jeta un coup d'œil au jeune homme. La vapeur s'élevait de la baignoire où il plongeait la main pour vérifier la température de l'eau. Puis il se dirigea vers la pile d'objets et se pencha comme s'il cherchait quelque chose de particulier. Sasha l'observait dans l'espoir de ressentir à nouveau une bouffée de désir. En vain.

« Je peux en verser ? » Il brandissait un sachet de sels de bain que Sasha avait piqué à sa meilleure amie, Lizzie, avant leur brouille deux ans plus tôt. Toujours dans son papier d'emballage à pois, il était enfoui au milieu de la pile qui avait perdu un peu de son bel équilibre depuis qu'Alex s'en était emparé. Comment l'avait-il repéré ?

Sasha hésita. Elle avait longuement discuté avec Coz des raisons qui la poussaient à dissocier les objets volés de sa vie quotidienne : s'en servir serait se montrer cupide ou intéressée ; les laisser intacts donnait l'impression qu'elle pourrait les rendre un jour ; les empiler conservait leur pouvoir.

« Je crois. Oui, je crois. » Sasha se rendit compte qu'elle avait franchi une étape dans l'histoire qu'elle écrivait avec Coz, fait un pas symbolique. Celui-ci la rapprochait-il d'une fin heureuse ou l'en éloignait-il ?

Elle sentit la main d'Alex sur sa nuque, lui caressant les cheveux : « Tu l'aimes chaud ou tiède ?

– Chaud, répondit-elle. Vraiment, vraiment chaud.

– Moi aussi. »

S'approchant de la baignoire, Alex tripota les robinets et agita le sachet pour répandre les sels. La pièce s'emplit aussitôt d'une odeur de plante humide que Sasha connaissait très bien : c'était celle de la salle de bains de Lizzie, où elle prenait sa douche après qu'elles avaient couru toutes les deux dans Central Park.

« Où sont tes serviettes ? » cria Alex.

Elle les rangeait dans un panier, aux toilettes. Alex alla les chercher et ferma la porte. Sasha l'entendit pisser. S'agenouillant, elle prit le portefeuille dans la poche du pantalon d'Alex et l'ouvrit. Sous le coup de la tension, son cœur s'emballa. Noir et banal. Les bords gris d'usure. Elle en examina rapidement le contenu : une carte de crédit, une carte professionnelle, une carte de salle de sport. Dans une poche latérale, une photo décolorée de deux garçons et d'une fille affligée d'un appareil dentaire, plissant les yeux sur une plage. Une autre d'une équipe sportive en maillots jaunes, dont les membres avaient des têtes si minuscules qu'il était impossible de reconnaître Alex. De ces clichés écornés, un bout de papier tomba sur ses genoux. Déchiré, strié de lignes bleu clair presque effacées, il semblait très vieux. Sasha le déplia et lut *JE CROIS EN TOI*, écrit au crayon mal taillé. Elle se figea, les yeux rivés sur ces mots qui lui donnaient l'impression de se décoller et de ramper vers elle, gênée pour Alex, qui avait conservé ce tribut très abîmé dans son portefeuille, et honteuse de sa propre indiscrétion. Vaguement consciente d'un bruit de robinet qu'on ouvre, de la nécessité d'agir vite, elle rangea le tout dans le portefeuille avec des gestes hâtifs et machinaux. Il ne lui restait que le bout de papier à la main. Je ne vais garder que ça, pensa-t-elle, tandis qu'elle remettait le portefeuille dans la poche d'Alex. Je le replacerai plus tard. Il ne se souvient probablement pas de son existence. En fait, je lui rends service en l'enlevant avant qu'un autre le trouve. Je lui dirai : *Hé, voilà ce que j'ai trouvé sur le tapis, c'est à toi ?* Et il répondra : *Ça ? Je ne l'ai jamais vu, ce doit être à toi, Sasha*. Peut-être que c'est vrai. Peut-être que quelqu'un me l'a donné il y a des années et que je l'ai oublié.

« Vous l'avez remis en place ? a demandé Coz.

– Je n'en ai pas eu l'occasion. Il est sorti des toilettes.

– Et plus tard ? Après le bain ou lorsque vous l'avez revu.

– Après le bain, il s'est rhabillé et est parti. Depuis, je ne lui ai pas reparlé. »

Un silence est tombé, pendant lequel Sasha a perçu avec acuité la présence de Coz derrière elle, son attente. Elle a eu très envie de lui faire plaisir, de lui dire quelque chose comme : *Ç'a été un moment décisif, plus rien n'est pareil à présent* ou : *J'ai appelé Lizzie et nous nous sommes enfin réconciliées* ou : *J'ai recommencé à jouer de la harpe* ou simplement : *Je change, je suis en train de changer, j'ai changé !* La rédemption, la métamorphose – Dieu, comme elle y aspirait. Chaque jour, chaque minute. C'était le cas de tout le monde, non ?

« S'il vous plaît, ne me demandez pas ce que je ressens.

– Très bien », a acquiescé calmement Coz.

Ils sont restés assis en silence, le plus long qui ait jamais duré entre eux. Sasha a contemplé la vitre ruisselante d'une pluie noyant les lumières dans l'obscurité qui s'épaississait. Allongée, le corps crispé, elle revendiquait le divan, sa place dans cette pièce, sa vue sur la fenêtre et les murs, le faible bourdonnement toujours perceptible quand elle tendait l'oreille et ces minutes du temps de Coz : elles s'égrenaient, une autre, encore une, une de plus.

2

Une cure d'or

Ce jour-là, les souvenirs mortifiants assaillirent Bennie dès le début de la réunion matinale, tandis qu'il écoutait la plaidoirie d'une de ses productrices déléguées qui voulait larguer Stop/Go, un groupe de sœurs avec lequel il avait signé un contrat pour trois disques deux ans auparavant. À l'époque, cela avait semblé un pari judicieux : la musique des sœurs, jeunes et adorables, était survoltée, simple, accrocheuse (Bennie l'avait qualifiée de « croisement entre Cyndi Lauper et Chrissie Hynde »), avec une basse tonitruante et des percussions marrantes, il se souvenait d'une clarine. En plus, leurs textes étaient corrects : bon sang, elles avaient vendu douze mille CD sans monter sur scène avant même qu'il les ait entendues. Concevoir des tubes, un marketing astucieux et une vidéo efficace les propulseraient au sommet.

Sauf que les sœurs frisaient la trentaine, l'informa Collette, la productrice, en sorte qu'on ne pouvait plus les faire passer pour des bachelières, d'autant moins que l'une d'elle avait une gamine de neuf ans. Leurs musiciens suivaient des cours en fac de droit. Elles avaient viré deux producteurs, un troisième les avait lâchées, et toujours aucun album.

« Qui est leur manager ? voulut savoir Bennie.

– Leur père. J'ai leur nouveau mixage brut, précisa Collette. Les voix sont ensevelies par sept guitares. »

Ce fut à ce moment-là que le souvenir envahit Bennie (suscité par le mot « sœur » ?) : il était accroupi derrière un couvent de Westchester au lever du soleil après une nuit de nouba – vingt ans auparavant, c'était bien ça ? Plus ? Des sons d'une pureté cristalline, d'une douceur poignante, s'élevaient dans le ciel pâlissant : les religieuses cloîtrées qui ne voyaient personne de l'extérieur et avaient fait vœu de silence chantaient la messe. La phosphorescence de l'herbe mouillée sous ses genoux irritait ses yeux fatigués. Bennie entendait encore l'écho des voix des religieuses au creux de ses oreilles, leur beauté céleste.

Il avait organisé un rendez-vous avec leur mère supérieure – la seule à qui on avait le droit de parler –, emmené deux filles du bureau en guise de couverture et patienté dans une sorte d'antichambre jusqu'à ce que la mère supérieure se profile derrière une ouverture carrée pareille à une fenêtre sans vitre. Entièrement vêtue de blanc, le visage enserré par une guimpe. Bennie se rappelait les éclats de rire gonflant ses joues roses, peut-être parce que l'idée d'introduire Dieu dans des millions de foyers la ravissait ou que la nouveauté du baratin d'un découvreur de talents en pantalon de velours côtelé mauve l'amusait. Le marché avait été conclu en quelques minutes.

Bennie s'était approché du guichet pour la saluer (il se trémoussa sur son siège de salle de réunion, prévoyant le dénouement). La mère supérieure s'était un peu courbée, sa façon d'incliner la tête avait dû émoustiller Bennie car, s'appuyant sur le rebord, il l'avait embrassée sur la bouche : duvet velouté, odeur familière de poudre pour bébé, une fraction de seconde avant qu'elle pousse un cri et s'éloigne brusquement. Il s'était écarté, souriant malgré sa terreur, et avait vu son expression épouvantée, outragée.

« Bennie ? » Debout devant un meuble hi-fi, Collette brandissait le CD de Stop/Go. Tout le monde semblait attendre. « Tu veux l'écouter ? »

Coincé dans un méandre de sa mémoire vieux de vingt ans, Bennie se penchait vers la mère supérieure, telle la figurine détraquée d'un cadran d'horloge.

« Non. »

Il offrit son visage moite à la brise du fleuve s'engouffrant par les fenêtres de l'ancienne usine de torréfaction de café dont le label Sow's Ear, qui s'y était installé il y a six ans, occupait désormais deux étages. Il n'avait jamais enregistré les religieuses. Un message l'attendait à son retour du couvent.

« Non, répéta-t-il à l'intention de Collette. Je n'en ai pas envie. » Il se sentait ébranlé, souillé. Il avait beau laisser tomber des artistes en permanence, parfois trois en une semaine, la honte qui le minait déteignait sur l'échec des sœurs de Stop/Go, comme s'il en était responsable. Puis un désir antinomique succéda à cette sensation, celui de retrouver l'enthousiasme qu'elles avaient fait naître en lui, de l'éprouver à nouveau. « Pourquoi est-ce que je ne leur rendrais pas visite ? »

Collette eut l'air médusée, soupçonneuse, inquiète. Le défilé d'expressions aurait amusé Bennie s'il n'avait été aussi désorienté. « Vraiment ? demanda-t-elle.

– Bien sûr. J'irai aujourd'hui, après avoir vu mon fils. »

Sasha, son assistante, lui apporta du café : lait et deux sucres. Il sortit une minuscule boîte en émail rouge de sa poche, fit sauter le fermoir compliqué, pinça quelques paillettes d'or entre ses doigts tremblants et les éparpilla dans sa tasse. Il suivait ce régime depuis deux mois, après avoir lu dans un livre sur les

Aztèques que l'or associé au café était censé garantir la puissance sexuelle. L'objectif de Bennie était plus élémentaire : réveiller sa libido, mystérieusement disparue – quand, pourquoi ? il n'en savait trop rien. Son divorce d'avec Stephanie ? La bataille pour la garde de Christopher ? Son âge ? Il venait d'avoir quarante-trois ans. La peau tendre sous les cicatrices rondes des brûlures de son avant-bras gauche chopées à la « Réception », un récent fiasco manigancé par l'ancienne patronne de Stephanie en personne qui purgeait une peine de prison ?

Les paillettes d'or se posèrent en virevoltant sur la surface laiteuse du café. Ces tourbillons fascinaient Bennie, il les considérait comme autant de preuves de l'efficacité explosive de l'association or-café. Une activité frénétique qui l'avait conduit à tourner en rond la plupart du temps : n'était-ce pas une description assez juste de la lubricité ? Bennie était parfois soulagé de ne plus être tenaillé en permanence par l'envie de baiser. Le monde était indiscutablement un lieu plus paisible sans la demi-érection, sa sempiternelle compagne depuis l'âge de treize ans, mais souhaitait-il vivre dans un tel monde ? Tout en buvant son café agrémenté d'or, il jeta un coup d'œil aux seins de Sasha, devenus un test décisif de l'amélioration de son état. Il la désirait presque constamment depuis qu'elle travaillait pour lui, d'abord comme stagiaire, puis comme réceptionniste, enfin comme assistante (poste auquel elle s'accrochait, montrant une étrange réticence à devenir productrice), et elle avait réussi à se dérober sans jamais formuler un refus, ni le vexer, ni le faire sortir de ses gonds. Les seins de Sasha étaient moulés dans un pull jaune, très fin. Bennie ne ressentit rien, pas le moindre frémissement d'excitation inoffensive. Parviendrait-il ne serait-ce qu'à la dresser ?

Dans sa voiture, en route pour récupérer son fils, Bennie passait des Sleepers aux Dead Kennedys, groupes de San Francisco qui avaient rythmé sa jeunesse. Il les écoutait pour leur imperfection : de véritables musiciens jouant sur de véritables instruments dans un véritable studio. À présent, cette caractéristique (pour peu qu'elle existât encore) était un effet de conversion numérique, non le fruit d'un enregistrement sur une bonne vieille bande. Tout n'était qu'effets dans les produits exsangues que Bennie et ses pairs pondaient en série. Il travaillait inlassablement, fébrilement, pour rester au sommet, faire de la musique que les gens aimeraient, achèteraient, téléchargeraient sur leurs portables (et pirateraient, bien entendu), mais surtout pour satisfaire les foreurs de pétrole brut de la multinationale à qui il avait vendu sa maison de disques cinq ans auparavant. Bennie savait qu'il fabriquait de la merde. Trop limpide, trop aseptisé. La précision, la perfection, voilà le problème ; la numérisation, voilà le problème, elle vidait de substance tout ce qui se prenait dans les rets microscopiques de son système. C'était la mort du cinéma, de la photographie, de la musique. Un holocauste esthétique ! Bennie se gardait bien de proférer ces opinions à haute voix.

En réalité, ces vieux morceaux grisaient Bennie parce qu'ils déclenchaient un flot de réminiscences de ses seize ans, de ses copains de lycée – Scotty et Alice, Jocelyn et Rhea. Même si ça faisait des années qu'il n'en avait revu aucun (à part Scotty, lors d'une rencontre perturbante dans son bureau remontant à des lustres), il croyait toujours plus ou moins qu'il lui suffirait de se pointer un samedi soir à San Francisco pour les retrouver – cheveux verts, bardés d'épingles à nourrice – dans la queue devant la boîte Mabuhay Gardens (fermée depuis belle lurette).

Puis, tandis que Jello Biafra progressait frénétiquement dans « Too Drunk to Fuck », Bennie se rappela une cérémonie de remise de prix où, au lieu de présenter une pianiste de jazz comme incomparable, il l'avait traitée d'incompétente devant un public de deux cent cinquante personnes. Il n'aurait jamais dû s'y risquer : « incomparable » était un mot trop compliqué pour lui, il n'avait jamais réussi à le prononcer quand il avait répété son discours devant Stephanie. Sauf qu'il correspondait à la pianiste, dotée d'une cascade de cheveux d'or, diplômée de Harvard (elle l'avait laissé échapper). Bennie avait caressé le rêve fou de la mettre dans son lit, de sentir cette chevelure glisser sur ses épaules et son torse.

Il traîna devant l'école de Christopher, le temps que ce spasme mémoriel s'estompe. À son arrivée, il avait vu son fils traverser le terrain de sport avec ses copains. Chris sautillait – réellement –, lançant un ballon en l'air. En revanche, quand il s'affala dans la Porsche jaune de son père, toute trace de légèreté s'était dissipée. Pourquoi ? Chris était-il au courant de son couac lors de la cérémonie de remise des prix ? Bennie avait beau trouver ça débile, le désir de révéler l'impropriété de langage à cet élève de CM1 le tenaillait. Le Besoin d'avouer, c'est ainsi que le Dr Beet dénommait cette pulsion, et il avait exhorté Bennie à écrire ce qu'il souhaitait confier plutôt que d'en accabler son fils. Si bien que Bennie gribouilla *incompétente* au dos d'un ticket de parking de la veille. Se rappelant l'humiliation plus ancienne, il ajouta *embrasser mère supérieure* à la liste.

« Alors, chef, lança-t-il. Qu'est-ce que tu veux faire ?

– Sais pas.

– Quelque chose en particulier ?

– Pas vraiment. »

Bennie regarda par la fenêtre, désemparé. Deux mois auparavant, Chris lui avait demandé de remplacer le rendez-vous hebdomadaire chez le Dr Beet par « n'importe quoi ». Bennie regrettait d'avoir accepté : « n'importe quoi » avait débouché sur des après-midi sans but, souvent interrompus par Chris qui invoquait ses devoirs.

« Un café ? » suggéra Bennie.

L'éclair d'un sourire : « Je peux avoir un frappuccino ?

– Ne le dis pas à ta mère. »

Stephanie ne permettait pas à Chris de boire du café – c'était légitime, il avait neuf ans –, mais Bennie ne pouvait résister à la délicieuse complicité générée par cette désobéissance commune. Le Dr Beet appelait ça Dévoiement de la relation affective, et c'était frappé du même interdit que le Besoin d'avouer.

Leurs cafés à la main, ils remontèrent dans la Porsche. Chris aspira goulûment son frappuccino. Quant à Bennie, il sortit sa boîte en émail rouge, prit quelques paillettes d'or et les glissa sous le couvercle en plastique de son gobelet.

« C'est quoi ? » voulut savoir Chris.

Bennie sursauta. L'or devenait une telle habitude qu'il ne se cachait plus. « Un médicament, finit-il par répondre.

– Pour soigner quoi ?

– Des symptômes dont je souffre. » Ou pas, rectifia-t-il pardevers lui.

« Lesquels ? »

C'était l'effet du frappuccino ? Chris s'était redressé et il dévisageait Bennie avec ses grands yeux sombres, d'une beauté incontestable.

« Migraines.

– Je peux voir ? Le médicament dans ce machin rouge ? »

Bennie tendit la boîte minuscule à son fils, à qui deux secondes suffirent pour comprendre le mécanisme compliqué du fermoir. « Ouah, papa ! s'exclama-t-il. Qu'est-ce que c'est ?

– Je viens de te l'expliquer.

– On dirait de l'or. Des paillettes d'or.

– Ça en a la consistance.
– Je peux en goûter une ?
– Fiston, tu ne…
– Rien qu'une, d'accord ?
– D'accord », acquiesça Bennie avec un soupir.

Chris en choisit délicatement une et la posa sur sa langue.

« Ça a quel goût ? » ne put s'empêcher de demander Bennie. Il n'en avait consommé que dans son café, où cela n'avait aucune saveur.

« De métal, précisa son fils. C'est super. Je peux en avoir une autre ? »

Bennie mit le contact. Le bobard du médicament était-il trop énorme ? En tout cas, le gamin ne le gobait pas. « Une, pas plus. »

Il en prit une grosse pincée. Bennie s'efforça de ne pas s'appesantir sur le prix : il avait dépensé huit mille dollars les deux mois précédents. Une dépendance à la cocaïne lui aurait coûté moins cher.

Les yeux fermés, Chris suçotait l'or.

« Papa, ça me réveille grave de l'intérieur.
– Intéressant. C'est exactement ce que c'est censé faire.
– Ça marche ?
– Apparemment.
– Mais pour toi ? » insista Chris.

Bennie était presque certain que son fils lui avait posé davantage de questions ces dix dernières minutes que pendant l'année et demie qui s'était écoulée depuis sa séparation d'avec Stephanie. La curiosité pouvait-elle être un effet secondaire de l'or ?

« J'ai toujours des migraines », dit-il.

Il roulait au hasard parmi les résidences de Crandale (« n'importe quoi » impliquait de nombreuses virées sans but en voiture). On avait l'impression que quatre ou cinq gosses vêtus en Ralph Lauren jouaient devant chaque maison. À leur vue, Bennie comprit mieux que jamais qu'avec son teint basané, son aspect peu soigné, même rasé de près et au sortir de la douche, il n'avait pas eu la moindre chance de prendre racine dans ce quartier. Stephanie, elle, avait réussi à s'intégrer à la meilleure équipe de double du club de tennis.

« Chris, il faut que j'aille voir un groupe – deux jeunes sœurs. Enfin, assez jeunes. Je comptais y passer plus tard, mais si ça t'intéresse, on...

– Bien sûr.

– Vrai de vrai ?

– Ouais. »

Ces deux réponses laconiques signifiaient-elles que Chris acceptait la proposition pour lui faire plaisir, comme souvent, ainsi que le relevait le Dr Beet ? Ou bien la curiosité réveillée par l'or s'accompagnait-elle d'un regain d'intérêt pour le travail de Bennie ? Chris avait beau avoir grandi entouré de groupes de rock, il était de la génération post-piratage pour qui droits d'auteur et propriété intellectuelle n'existaient pas. Bennie ne lui en tenait pas rigueur, bien entendu, les fossoyeurs de l'industrie de la musique appartenaient à la génération précédant celle de son fils, dont les membres étaient désormais des adultes. Il avait néanmoins suivi le conseil du Dr Beet, qui lui avait recommandé de cesser de harceler Chris avec ce déclin et d'écouter plutôt la musique qu'ils aimaient tous les deux – Pearl Jam, par exemple, que Bennie mit à plein tube pendant le trajet jusqu'à Mount Vernon.

Les sœurs de Stop/Go habitaient toujours chez leurs parents dans une grande maison délabrée, nichée sous des arbres touffus de banlieue. Bennie s'y était rendu lorsqu'il les avait découvertes, deux ans plus tôt, avant des les confier au premier d'une pléthore de producteurs délégués, dont aucun n'avait été fichu d'accoucher de quoi que ce soit. Comme il sortait de la voiture avec Chris, le souvenir de son autre visite fit bouillir de colère Bennie et le sang lui monta à la tête – bordel, pourquoi ne s'était-il rien passé pendant tout ce temps ?

Sasha les attendait devant la porte. Elle avait attrapé un train à Grand Central après le coup de fil de Bennie et l'avait battu de vitesse.

« Salut, Crisco », dit-elle, en ébouriffant les cheveux du garçon qu'elle connaissait depuis sa naissance. Bien souvent, elle avait couru lui acheter tétines et couches à la pharmacie. Bennie lança un coup d'œil à ses seins. Rien. De sexuel, à tout le moins, car il ressentit un élan de reconnaissance et d'estime pour son assistante à rebours de sa rage meurtrière envers ses autres collaborateurs.

Un silence tomba. Une lumière jaune hachura les feuilles. Le regard de Bennie navigua des seins de Sasha à son visage. Pommettes saillantes, petits yeux verts, cheveux ondulés, rougeâtres ou violacés selon les mois. Aujourd'hui, ils étaient roux. Bennie décela de l'inquiétude dans le sourire qu'elle adressait à Chris. Il pensait rarement à Sasha comme à un être autonome et, hormis la vague conscience d'un défilé de petits amis (vague, tout d'abord par respect pour sa vie privée, puis par indifférence), il connaissait mal sa vie. La voir devant cette maison familiale attisa cependant sa curiosité : Sasha suivait toujours des cours à l'université de New York lorsqu'il l'avait rencontrée à un concert des Conduits au Pyramid Club, elle devait donc avoir la trentaine. Pourquoi ne s'était-elle pas mariée ? Voulait-elle des enfants ? Il eut tout à coup l'impression qu'elle avait vieilli, ou était-ce juste parce qu'il la regardait rarement ?

« Quoi ? demanda-t-elle, percevant son regard.

– Rien.

– Tu vas bien ?

– En pleine forme », répondit Bennie avant de frapper fort à la porte.

Les sœurs étaient superbes. Elles n'avaient peut-être pas l'air de sortir du lycée, mais de fac certainement, surtout si elles avaient pris une ou deux années sabbatiques ou changé une ou deux fois d'université. Les cheveux sombres tirés en arrière, les yeux pétillants, elles avaient un cahier rempli de nouveautés – *Merde, regardez-moi ça !* La fureur de Bennie envers son équipe s'intensifia, une fureur au demeurant agréable, stimulante. La fébrilité des sœurs vibrait dans l'air : elles savaient que sa visite était leur dernier espoir. L'aînée s'appelait Chandra, la plus jeune Louisa. La fille de celle-ci, Olivia, qui faisait du tricycle dans l'allée la dernière fois qu'il était venu, portait à présent un jean supermoulant et un diadème – accessoire manifestement tendance, et non pas un élément de déguisement. Chris se mit au garde-à-vous à l'arrivée d'Olivia, comme si à l'intérieur de lui un serpent ensorcelé s'était dressé dans son panier.

Ils descendirent en file indienne un étroit escalier conduisant au studio d'enregistrement. Aménagé depuis longtemps par le père des sœurs, il était minuscule et entièrement capitonné d'une moquette orange à longues mèches. Bennie s'assit sur le seul siège et fut content de remarquer la clarine près du synthétiseur.

« Un café ? » lui proposa Sasha.

Chandra l'emmena à l'étage pour le préparer. Louisa s'installa devant le clavier électronique et pianota des mélodies. Olivia prit des bongos pour accompagner sa mère. Elle tendit un tambourin à Chris, qui, à la stupéfaction de son père, commença à en jouer parfaitement en mesure. C'est bon, pensa-t-il. Très bon. Contre toute attente, la journée avait changé, devenant agréable. La fille, une préado, ne posait aucun problème, elle renforcerait le côté juvénile du groupe en tant que petite sœur ou cousine. Il n'était pas exclu que Chris en fasse partie, à condition qu'Olivia et lui échangent leurs instruments. Un garçon tapant sur un tambourin…

Dès que Sasha eut apporté le café, il sortit sa boîte en émail rouge et le saupoudra d'une pincée de paillettes. Quelques gorgées suffirent à ce qu'une sensation de plaisir se propage dans son torse à la manière d'un blizzard envahissant le ciel. Bon Dieu, comme il se sentait bien ! Il avait trop délégué. Entendre composer de la musique, c'était ça l'important : des gens, des instruments et du matériel déglingué s'accordant brusquement en une structure sonore flexible et vivante. Tandis que les sœurs réglaient leur musique sur le clavier électronique, Bennie fut traversé d'une prémonition : quelque chose se passerait ici. Il en était tellement persuadé que ses bras et sa poitrine se couvrirent de chair de poule.

« Vous avez le logiciel Pro Tools, là-bas ? lança-t-il, désignant l'ordinateur posé sur la table parmi les instruments. Il y a des micros ? On peut finaliser des morceaux maintenant ? »

Les sœurs hochèrent la tête et vérifièrent l'ordinateur ; elles étaient prêtes à enregistrer.

« Les paroles aussi ? demanda Chandra.

– Absolument. On commence tout de suite. Faisons sauter votre foutue baraque. »

Sasha se tenait à droite de Bennie. Dans la petite pièce surchauffée par l'entassement des corps, le parfum – une lotion ? – qu'elle portait depuis une éternité s'exhala. Une senteur d'abricot, associant la suavité du fruit à la légère amertume concentrée autour du noyau. Bennie le huma. Son pénis se dressa subitement, pareil à un chien de chasse qui aurait reçu un coup de pied. Stupéfait, il faillit bondir de son siège. Il réussit toutefois à garder son sang-froid. Ne force pas, laisse venir. Ne l'effraie pas.

Les sœurs chantèrent. Leurs voix à la tessiture âpre presque banale mêlées au fracas des instruments touchèrent en Bennie des strates plus enfouies que celles du jugement ou du plaisir, entrant en communion avec son corps, dont la réaction frémissante, explosive, lui donna le vertige. Sans compter sa première érection depuis des mois – déclenchée par Sasha, trop proche de lui pour qu'il la voie vraiment, comme cela arrivait aux héros des romans du XIXe lus en cachette parce que seules les filles étaient censées s'y intéresser. S'emparant de la clarine et de la baguette, il y donna de grands coups fougueux. Il sentait la musique dans sa bouche, ses oreilles, ses côtes – à moins que ce ne soit son pouls ? Il était en feu !

À l'acmé de cette joie voluptueuse, dévorante, Bennie se remémora soudain un mail entre deux collègues, dont il avait reçu la copie par erreur, où ils le traitaient de « boule de poils ». Dieu, la honte qui l'avait submergé en lisant l'expression, dont il n'était pas sûr d'avoir bien compris le sens. Il était velu ? (Vrai.) Sale ? (Faux !) Ou fallait-il le prendre au pied de la lettre : il obstruait la gorge des gens à leur donner des haut-le-cœur, tel Sylph, le chat de Stephanie, qui dégueulait parfois des poils sur le tapis ? Le jour même, Bennie s'était empressé de se faire couper les cheveux, envisageant une épilation à la cire de son dos et du haut de ses bras jusqu'à ce que Stephanie l'en dissuade le soir dans leur lit, où elle lui avait caressé les épaules et assuré qu'elle l'aimait poilu, qu'un type imberbe de plus dans le monde était superflu.

De la musique. Bennie écoutait de la musique. Les hurlements des sœurs faisaient imploser le studio. Il tenta de retrouver sa profonde satisfaction de la minute précédente, mais « boule de poils » le perturbait. La pièce lui parut tout à coup d'une exiguïté insupportable. Posant la clarine, il sortit le ticket de parking de sa poche et y écrivit ces trois mots dans l'espoir d'exorciser le souvenir. Il prit une profonde inspiration avant de poser les yeux sur Chris, qui tapait sur le tambourin en essayant de suivre le tempo capricieux des sœurs, et une autre réminiscence s'imposa à lui : un jour, deux ans auparavant, il avait emmené son fils chez Stu, son coiffeur. Celui-ci avait posé ses ciseaux et l'avait pris à part : « Il y a un problème avec les cheveux de ton fils.

– Un problème ! »

Stu avait conduit Bennie jusqu'au fauteuil où Chris était assis. Écartant les cheveux de l'enfant, il lui avait montré des insectes microscopiques, de la taille de graines de pavot, qui grouillaient sur son crâne. Bennie avait cru défaillir. « Des poux, avait chuchoté le coiffeur. Les gosses les attrapent à l'école.

– Voyons, il fréquente une école privée. À Crandale, New York ! » avait protesté Bennie.

Les yeux de Chris s'étaient agrandis d'effroi : « Qu'est-ce que c'est, papa ? » Des clients les dévisageaient. Bennie s'était senti responsable à cause de sa masse de cheveux ébouriffée. À telle enseigne qu'il s'était mis à asperger ses aisselles de pesticide. Il continuait à le faire. Il en gardait même une bombe au bureau. De la folie furieuse, il le savait. Ils avaient enfilé leurs manteaux sous les regards des clients et des coiffeurs. Bennie était écarlate. Seigneur, quelle souffrance d'y repenser ! Une douleur physique, comme si ce passé remué le déchiquetait. Il s'enfouit la figure dans les mains. Il avait envie de se boucher les oreilles, de refouler la cacophonie de Stop/Go, mais il se focalisa sur Sasha, à sa droite, dont l'odeur douce-amère lui rappela la fille qu'il avait draguée à une fête, alors qu'il venait d'arriver à New York et vendait des vinyles dans le Lower East Side. Cela remontait à un siècle. Une blonde exquise – Abby, non ? Tout en la tenant à l'œil, Bennie avait sniffé plusieurs lignes de coke et été pris d'un besoin irrépressible de vider ses intestins. Il se soulageait sur le cabinet dans ce qui était sûrement un miasme de puanteur innommable (un souvenir intolérable) lorsque la porte impossible à verrouiller des toilettes s'était brusquement ouverte, et Abby était apparue. L'espace d'un instant atroce, interminable, leurs yeux s'étaient croisés, puis elle avait refermé la porte.

Bennie était reparti de la fête avec une autre – il y en avait toujours une –, et leur nuit torride, qui avait correspondu à son attente, avait occulté le face-à-face avec Abby. Sauf qu'il refaisait surface, entraînant dans son sillage une telle marée de honte qu'elle engloutissait des pans entiers de la vie de Bennie : accomplissements, réussites, moments de fierté, tout était anéanti – il n'était rien sinon un mec sur des chiottes, fixant le visage écœuré d'une femme qu'il avait voulu séduire.

Bennie sauta du tabouret et écrabouilla la clarine d'un pied. La sueur picotait ses yeux. Ses cheveux effleurèrent les longues mèches de la moquette du plafond.

« Ça va ? s'inquiéta Sasha.

– Je suis désolé. » Haletant, Bennie s'épongea le front. « Je suis désolé, désolé, désolé. »

Une fois au rez-de-chaussée, il s'emplit les poumons d'air pur devant la porte d'entrée. Les sœurs de Stop/Go et leur fille l'entourèrent, se répandirent en excuses sur le manque d'aération du studio que leur père était incapable de ventiler correctement, évoquant d'un ton enjoué le nombre de fois où elles avaient manqué de s'évanouir en tentant d'y travailler.

« On peut fredonner les airs », proposèrent-elles.

Elles s'exécutèrent à l'unisson, avec Olivia. Toutes les trois se tenaient près de Bennie, un sourire tremblant, empreint de désespoir aux lèvres. Un chat gris s'enroula autour des mollets de Bennie et lui donna des coups de tête frénétiques. Remonter dans la voiture fut une délivrance.

Il raccompagnait Sasha en ville, mais il devait d'abord déposer Chris, recroquevillé sur la banquette arrière, la tête à côté de la fenêtre ouverte. Bennie eut l'impression que son idée de rigolade pour l'après-midi avait tourné court. Il lutta contre son envie de regarder les seins de Sasha, préférant retrouver calme et équilibre avant de se mettre à l'épreuve. Enfin, à un feu rouge, il lui jeta d'abord un coup d'œil puis un regard intense. Rien. Frappé de plein fouet par la déconvenue, il dut faire un effort physique pour ne pas crier. Il en avait eu une ! Où avait-elle disparu ?

« C'est vert, papa », l'informa Chris.

Tout en démarrant, Bennie s'obligea à demander à son fils : « Alors, chef, tu en as pensé quoi ? »

Chris ne répondit pas. Peut-être feignait-il de ne pas entendre ou le vent soufflait-il trop fort sur son visage. Bennie se tourna vers Sasha :

« Et toi ?

– Oh, elles sont épouvantables. »

Piqué au vif, il cligna des yeux. Sa bouffée de colère contre Sasha se dissipa presque aussitôt, ce qui l'apaisa d'une étrange manière. Elle avait raison bien sûr. Voilà où le bât blessait.

« Inaudibles. Ton malaise n'a rien d'étonnant, poursuivit-elle.

– Je n'en reviens pas.

– Quoi ?

– C'était autre chose il y a deux ans. »

Sasha lui lança un regard surpris : « Pas deux ans, cinq, affirma-t-elle.

– Comment peux-tu en être aussi sûre ?

– Parce que la dernière fois que je suis passée chez elles, je sortais d'une réunion à Windows on the World. »

Bennie mit une minute à saisir : « Ah oui, combien de jours avant…

– Quatre.

– Ouah ! je ne savais pas. » Il observa la minute de silence qui s'imposait puis reprit : « N'empêche, deux ans, cinq ans… »

Sasha le scruta, l'air furieuse. « À qui je m'adresse ? Tu es Bennie Salazar ! Dans l'industrie de la musique, "cinq ans correspondent à un siècle", tes propres mots. »

Bennie ne répondit pas. Ils s'approchaient de sa maison d'avant, ainsi qu'il l'appelait désormais, faute de pouvoir dire « ancienne maison » voire « maison » tout court, même s'il en était bel et bien propriétaire. Située en retrait de la rue, au sommet d'une pente herbeuse, c'était une demeure de style XVIIIe d'une blancheur éblouissante qui l'emplissait de vénération chaque fois qu'il sortait la clé de sa poche pour ouvrir la porte d'entrée quand il y habitait. Bennie s'arrêta le long du trottoir et coupa le contact. Il était incapable de monter l'allée.

Chris était penché en avant, sa tête entre son père et Sasha. Depuis combien de temps ? Bennie l'ignorait.

« Tu as besoin d'un peu de ton remède, papa.

– Bonne idée. » Bennie tapota ses poches sans y trouver la petite boîte rouge.

« La voilà, intervint Sasha. Tu l'as laissée tomber en sortant du studio d'enregistrement. »

Ça lui arrivait de plus en plus souvent de retrouver ce qu'il égarait, parfois avant qu'il ne s'en rende compte. Cela accroissait son sentiment presque exalté de dépendance à son égard.

« Merci, Sasha. » Il ouvrit la boîte. Dieu que les paillettes étaient brillantes ! L'or ne se ternissait pas, elles auraient le même aspect dans cinq ans. « J'en mets sur ma langue, comme tu l'as fait ? demanda-t-il à son fils.

– Oui. À condition que tu m'en donnes.

– Tu as envie d'essayer, Sasha ? proposa Bennie.

– Hum, d'accord. À quoi ça sert ?

– À résoudre les problèmes. Des migraines entre autres. Sauf que tu n'en as pas.

– Jamais », convint Sasha, avec son sourire contraint.

Ils prirent tous les trois une pincée de paillettes qu'ils posèrent sur leur langue. Bennie s'empêcha d'évaluer en dollars ce qu'ils avaient dans la bouche. Il se concentra sur le goût. Métallique, ou était-ce le goût auquel il s'attendait ? Café ou était-ce la saveur de celui qu'il avait bu tout à l'heure ? Il en fit une boule et la suça. Aigre, pensa-t-il. Amer. Doux ? Chaque qualificatif tenait une fraction de seconde, mais, en fin de compte, il lui sembla que quelque chose de minéral dominait, semblable à de la pierre. Voire à de la terre. Puis la boule fondit.

« Faut que j'y aille, papa », dit Chris.

Bennie le fit sortir de la voiture et le serra dans ses bras. Chris demeura immobile comme toujours, parce qu'il appréciait l'étreinte ou parce qu'il l'endurait ? Bennie ne parvenait pas à le deviner.

S'écartant, il regarda son fils. Le bébé que Stephanie et lui avaient cajolé et câliné était devenu cet être douloureux, mystérieux. Bennie fut tenté de lui recommander : *Pas un mot à ta mère à propos du médicament*, mû par le désir d'un échange avant le départ de Chris. Il hésita, se livrant au calcul mental que lui avait appris le Dr Beet : était-il sûr que le garçon parlerait de l'or à Stephanie ? Non. Eh bien, c'était l'alerte : Dévoiement de la relation. Aussi Bennie garda-t-il le silence.

Il remonta dans la voiture, mais ne mit pas le contact. Il observa Chris gravir la pelouse ondoyante vers sa maison d'avant.

L'herbe avait un éclat fluorescent. Son fils semblait ployer sous son énorme sac à dos. Bon sang, qu'est-ce qu'il y avait dedans ? Bennie avait vu des photographes professionnels moins chargés. La silhouette de Chris s'estompa à mesure qu'il s'éloignait, ou peut-être les yeux de Bennie s'embuaient-ils. La distance que parcourait son fils lui était insoutenable. Il craignait que Sasha ne prenne la parole – *Quel gamin génial* ou *C'était super* –, ce qui l'obligerait à poser les yeux sur elle. Sasha s'en garda bien, elle comprenait tout. Assise en silence à côté de Bennie, elle regarda Chris se frayer un chemin dans l'herbe drue et brillante jusqu'à la porte, l'ouvrir sans tourner la poignée et entrer.

Ils ne reparlèrent pas avant d'être passés de Henry Hudson Parkway à West Side Highway en direction de Lower Manhattan. Bennie mit des morceaux des Who à leurs débuts, des Stooges, groupes qu'il écoutait avant même d'avoir l'âge d'assister à un concert. Puis d'autres des Flipper, des Mutants et d'Eye Protection – groupes punks de la Bay Area des années soixante-dix, sur la musique desquels il avait dansé le pogo avec sa bande dans la boîte Mabuhay Gardens, lorsqu'ils ne répétaient pas avec leur propre groupe inaudible, les Flaming Dildos. Percevant l'attention de Sasha, il caressa l'idée que c'était une manière de lui avouer son désenchantement, sa haine envers l'industrie à laquelle il avait consacré sa vie. Il soupesa chacun de ses choix, tirant ses arguments des chansons : la poésie ravageuse de Patti Smith (pourquoi s'était-elle arrêtée ?), le hardcore radical des Black Flag et des Circle Jerks, remplacés par le rock alternatif, ce grand compromis, puis la chute jusqu'aux singles qu'il venait de supplier des stations radio de diffuser, cosses vides d'une musique aussi inanimée et glaciale que les néons des bureaux qui se découpaient sur le crépuscule bleuté.

« C'est incroyable qu'il n'y ait plus rien », fit remarquer Sasha.

Abasourdi, Bennie se tourna vers elle. Se pouvait-il qu'elle ait saisi sa diatribe intérieure jusqu'à sa sombre conclusion ? Elle scrutait le centre-ville, le trou vide à l'endroit où se dressaient auparavant les tours jumelles.

« Il devrait y avoir quelque chose, non ? reprit-elle sans regarder Bennie. Un rappel. Ou un vestige.

– On construira un monument, affirma-t-il en soupirant. Dès que les disputes cesseront.

– Je sais. »

Sasha n'en continua pas moins à fixer le sud, comme s'il s'agissait d'un problème qu'elle ne parvenait pas à résoudre. Bennie fut soulagé qu'elle ne l'ait pas compris. Dans les années quatre-vingt-dix, se remémora-t-il, Lou Kline, son mentor, lui disait que le rock avait connu son apogée au festival international de musique pop de Monterey. Ils se trouvaient dans la résidence de Lou à Los Angeles, avec ses fontaines, les jolies filles dont Lou s'entourait en permanence, sa collection de bagnoles devant l'entrée. Bennie avait examiné le célèbre visage de son idole et pensé : *Tu es fichu.* La nostalgie, c'était la fin – tout le monde le savait. Cela faisait trois mois que Lou était mort, après avoir été paralysé à la suite d'une attaque.

À un feu rouge, Bennie se souvint de sa liste. Il la sortit et y écrivit un dernier mot.

« Pourquoi tu n'arrêtes pas de gribouiller sur ce ticket ? » lança Sasha.

Bennie le lui tendit. Sa réticence à le montrer se manifesta avec une fraction de seconde de retard. Il fut horrifié de l'entendre lire à voix haute :

« Embrasser mère supérieure, incompétente, graines de pavot, sur les chiottes. »

Il souffrit mille morts, comme si ces mots étaient susceptibles de déclencher une catastrophe. À peine Sasha les eut-elle prononcés de sa voix rauque qu'ils furent neutralisés.

« Pas mal, commenta-t-elle. Ce sont des titres, c'est ça ?

– Bien sûr. Tu peux les relire ? »

Sasha les égrena et, comprenant que ça pouvait passer pour des titres, il se sentit apaisé, purifié.

« Mon préféré, c'est "embrasser mère supérieure", il faut trouver le moyen de l'utiliser », enchaîna-t-elle.

Ils s'étaient arrêtés devant son immeuble, situé dans Forsyth. À peine éclairée, la rue était glauque. Bennie aurait préféré qu'elle habite un quartier plus agréable. Sasha ramassa son sempiternel sac noir, informe – puits sans fond d'où elle exhumait n'importe quel dossier, numéro ou bout de papier dont il avait besoin – et ce, depuis douze ans. Bennie s'empara de sa main fine et blanche : « Écoute. Sasha, écoute-moi. »

Elle leva les yeux. Bennie ne la désirait pas, il ne bandait même pas. Il aimait Sasha. Auprès d'elle, il éprouvait un sentiment de sécurité et de proximité, comme avec Stephanie avant que ses innombrables infidélités ne la rendent folle de rage. Elle n'avait pas eu le choix.

« Je suis dingue de toi, Sasha.

– Pas de ça, Bennie », le rembarra-t-elle, d'un ton léger.

Il emprisonna une des mains de Sasha, aux doigts tremblants et glacés, entre les siennes. L'autre, elle l'avait posée sur la portière.

« Attends, insista Bennie. S'il te plaît. »

Elle se tourna vers lui, la mine revêche à présent : « Il n'en est pas question, Bennie. Nous avons besoin l'un de l'autre. »

Ils se regardèrent dans la lumière déclinante. Le visage à délicate ossature de Sasha était parsemé de quelques taches de rousseur – un visage de jeune fille, ce qu'elle avait toutefois cessé d'être sans qu'il s'en rende compte.

Sasha se pencha pour embrasser Bennie sur la joue : un baiser chaste, le genre qu'une sœur donne à son frère, une mère à son fils, mais il sentit la douceur de sa peau, son souffle tiède. L'instant d'après, elle sortit de la voiture. Elle lui fit signe par la fenêtre et dit quelque chose qu'il ne saisit pas. D'un mouvement brusque, il se glissa sur le siège, approcha sa tête de la vitre, les yeux rivés sur Sasha qui se répéta. Il ne la comprit pas davantage. Alors qu'il bataillait pour ouvrir la portière, elle recommença, articulant les mots très lentement :

« À. De. Main. »

3

Qu'est-ce que j'en ai à battre ?

Quand il est très tard le soir et qu'on n'a plus nulle part où aller, on va chez Alice. Scotty conduit son pick-up. On s'entasse à deux devant et on met à plein tube des enregistrements pirates des Stranglers, des Nuns, des Negative Trend, tandis que les deux autres s'installent à l'arrière. Même si on y gèle toute l'année, même si on est projeté en l'air chaque fois que Scotty fait une embardée en haut d'une côte, je préfère ça si Bennie est avec moi. Je peux pousser son épaule ou m'accrocher à lui une seconde lorsqu'on heurte une bosse.

La première fois qu'on est allés à Sea Cliff, où habite Alice, elle nous a montré une colline noyée dans le brouillard qui se profilait entre les eucalyptus. Son ancienne école, une école de filles, se trouve là-haut. Ses petites sœurs la fréquentent à présent. De la maternelle au CM2, on porte un pull vert à carreaux et des chaussures marron, ensuite une jupe bleue, une marinière blanche et les godasses qu'on veut. On peut les voir, demande Scotty. Mes uniformes ? lance Alice. Non, tes sœurs hypothétiques.

Elle nous précède dans l'escalier, Scotty et Bennie la suivent. Alice les fascine tous les deux, mais c'est Bennie qui l'aime éperdument. Alice est amoureuse de Scotty, évidemment.

Bennie est nu-pieds. Je regarde ses talons bruns s'enfoncer dans la moquette blanche, barbe à papa, tellement épaisse qu'elle étouffe nos pas. Jocelyn et moi, on ferme la marche. Elle se penche sur moi. Son haleine sent le chewing-gum à la cerise masquant plus ou moins les cinq cents clopes qu'on a fumées. Je n'y décèle pas le gin piqué en début de soirée dans la réserve secrète de mon père qu'on a versé dans des canettes de Coca pour pouvoir le boire dans la rue.

Ses sœurs sont blondes, Rhea. Je te le garantis, affirme Jocelyn.

D'où tu le tiens ?

Les gosses de riches le sont toujours. C'est en rapport avec les vitamines.

Je ne prends pas ça pour argent comptant. Je connais tous les gens que connaît Jocelyn.

La chambre n'est éclairée que par une veilleuse rose. Je m'arrête sur le seuil, Bennie aussi. Les trois autres s'agglutinent dans l'espace entre les lits. Les petites sœurs d'Alice dorment en chien de fusil, couvertures tirées jusqu'aux épaules. L'une ressemble à Alice, elle a des cheveux d'un blond très clair, l'autre est brune comme Jocelyn. J'ai peur qu'elles ne se réveillent et qu'on ne les effraie avec nos colliers de chien, nos épingles à nourrice, nos tee-shirts en lambeaux. Je pense : On ne devrait pas être ici. Scotty n'aurait pas dû demander d'entrer. Alice n'aurait pas dû accepter sauf qu'elle ne peut rien refuser à Scotty. J'ai envie de m'allonger dans un de ces lits et de m'endormir.

En sortant, je chuchote à Jocelyn : Hum, cheveux bruns.

Une brebis galeuse, souffle-t-elle.

1980 est presque là, tant mieux. Les hippies vieillissent. Ils se sont flingué la cervelle à l'acide et, désormais, ils mendient aux quatre coins de San Francisco. Ils sont hirsutes. Leurs pieds nus sont épais et gris comme des pompes. On en a marre d'eux.

Au lycée, dès qu'on a une minute de liberté on file dans la Fosse. Ce n'est pas une fosse à proprement parler, c'est un bout de trottoir qui surplombe le terrain de sport. Nous en avons hérité des squatters de l'année précédente qui ont décroché leur bac. N'empêche qu'on est nerveux s'il y a d'autres occupants : Tatum, il change de couleur de collant tous les jours ; Wayne, il cultive du cannabis dans son placard ; Boomer, il serre tout le monde dans ses bras depuis que sa famille lui a fait faire des électrochocs. Ça me flanque la trouille d'y aller sauf si Jocelyn s'y trouve déjà. C'est pareil pour elle. On est interchangeables.

Les jours où il fait chaud, Scotty joue de la guitare. Pas l'électrique dont il se sert pour les concerts des Flaming Dildos, mais une guitare à résonateur qu'on ne tient pas de la même façon. C'est Scotty qui l'a fabriquée. Il a courbé le bois, collé les éléments, les a laqués. Tout le monde se rassemble autour de lui quand il joue, c'est impossible de faire autrement. Une fois, les membres de l'équipe de foot sont même montés du terrain de sport pour l'écouter. En maillots et chaussettes longues, ils regardaient autour d'eux comme s'ils ne savaient pas ce qui leur avait pris de venir. Scotty est charismatique. Je dis ça alors que je ne suis pas amoureuse de lui.

Les Flaming Dildos ont eu des tas d'autres noms : les Crabs, les Croks, les Crimps, le Crunch, le Scrunch, les Gawks, les Gobs, les Flaming Spiders, les Black Widows. Chaque fois que Scotty et Bennie changent le nom, Scotty pulvérise du noir sur son étui à guitare et sur celui de la basse de Bennie pour y marquer le nouveau au pochoir. Bennie et Scotty ne parlent pas, alors quand ils gardent un nom, on ne sait pas pourquoi.

Ils sont d'accord sur tout de toute façon, peut-être grâce à une perception extrasensorielle. Jocelyn et moi, on écrit les paroles et on bosse les airs avec Bennie et Scotty. On chante avec eux aux répétitions, mais on n'aime pas être sur scène. Alice non plus – notre seul point commun avec elle.

Bennie a été transféré l'année dernière d'un lycée de Dale City. On ne sait pas où il habite. À la fin des cours, on va le voir de temps en temps au magasin Revolver Records, où il travaille. Si Alice nous accompagne, Bennie prend une pause pour partager des petits pains farcis au porc dans la boulangerie chinoise voisine, tandis que la brume galope devant les vitrines. Bennie a un teint caramel, des yeux parfaits et une crête iroquoise d'un noir aussi éclatant qu'un disque vierge. Comme il arrête pas de mater Alice, je peux le regarder autant que je veux.

Les gangs latinos traînent au pied du chemin de la Fosse. Ils portent des manteaux en cuir noir, des pompes à talons et bouts ferrés et des filets presque invisibles sur leurs cheveux de jais. Ils s'adressent quelquefois en espagnol à Bennie, qui leur sourit sans jamais leur répondre. Je demande à Jocelyn : Pourquoi ils lui parlent tout le temps en espagnol ? Elle me regarde : Bennie est un cholo, Rhea. C'est évident, non ?

Les joues brûlantes, je proteste : Tu débloques. Il a une crête : il ne peut pas être leur pote.

Les membres d'un gang ne sont pas tous potes, fait Jocelyn. La bonne nouvelle, c'est que les filles de riches ne sortent pas avec ces gens-là. Il n'aura jamais Alice, point barre.

Jocelyn sait que j'attends Bennie. Mais Bennie attend Alice, qui attend Scotty, qui attend Jocelyn, celle qui connaît Scotty depuis le plus longtemps. Je crois qu'elle le rassure, parce qu'il a beau être charismatique avec ses cheveux décolorés, son torse musclé qu'il aime dénuder dès que soleil apparaît, sa mère est morte il y a trois ans après avoir avalé des somnifères. Depuis, Scotty est plus taciturne et, quand il fait froid, il grelotte comme si on le secouait.

Jocelyn aussi aime Scotty, mais elle n'est pas amoureuse de lui. Elle attend Lou, un adulte qui l'a prise en auto-stop. Même s'il vit à Los Angeles, Lou a promis de l'appeler la prochaine fois qu'il viendrait à San Francisco. C'était il y a une semaine.

Personne ne m'attend. Dans cette histoire, je suis la fille que personne n'attend. D'habitude, elle est grosse. Mon problème est moins banal : les taches de rousseur. On dirait qu'on m'a jeté des poignées de boue au visage. Dans mon enfance, ma mère m'assurait qu'elles sortaient de l'ordinaire. Heureusement, je pourrai me les faire enlever lorsque je serai assez grande pour me le payer. D'ici là, j'ai mon collier de chien et le rinçage de mes tifs, s'ils sont verts personne ne me traitera de tache de son, hein ?

Jocelyn a des cheveux courts et noirs qui ont tout le temps l'air mouillés. Ses douze piercings au lobe, c'est moi qui les ai percés avec un pendant d'oreille à bout pointu, sans utiliser de glace. Elle a un beau visage eurasien. Ça change la donne.

Jocelyn et moi partageons tout depuis le CM1 : marelle, corde à sauter, bracelets à breloques, chasse au trésor, Harriet l'Espionne[1], sœurs de sang, canulars téléphoniques, hasch, cocaïne, méthaqualone. Elle a vu mon père dégueuler dans la haie devant notre immeuble, et j'étais avec elle dans Polk Street le soir où elle a reconnu un des deux mecs vêtus de cuir qui se roulaient une pelle devant le White Swallow : son père, parti en « voyage d'affaires ». Du coup, je n'en reviens toujours pas d'avoir raté le jour de sa rencontre avec Lou. Elle faisait du

1. Jeux d'après le livre de Louise Fitzhugh, paru en 1964. (Toutes les notes sont de la traductrice.)

stop pour rentrer chez elle du centre-ville. Il s'est arrêté dans une Mercedes rouge et l'a emmenée dans l'appart où il crèche quand il vient à San Francisco. Il a dévissé le fond d'un déodorant Right Guard d'où est tombé un sachet de cocaïne. Il a fait des lignes sur les fesses nues de Jocelyn et ils sont allés jusqu'au bout deux fois, sans compter celle où elle l'a sucé. J'ai demandé à Jocelyn de me répéter tous les détails jusqu'à ce que je les connaisse aussi bien qu'elle, pour rétablir l'équilibre entre nous.

Lou est un producteur de musique qui connaît personnellement Bill Graham. Il y avait des disques d'or et d'argent sur ses murs et une flopée de guitares électriques.

Le samedi, les Flaming Dildos répètent dans le garage de Scotty. Quand Jocelyn et moi entrons, Alice est en train d'installer un nouveau magnétophone avec un vrai micro, un cadeau de son beau-père. C'est le genre de nana qui adore les appareils – une raison de plus pour que Bennie l'aime. Joel, le batteur régulier du groupe, arrive après nous. Son père, qui l'a conduit jusqu'ici, l'attendra dans son break en lisant des bouquins sur la Seconde Guerre mondiale. Joel, un fils modèle, a postulé pour entrer à Harvard, alors j'imagine que son père ne veut prendre aucun risque.

Dans le quartier de Sunset où nous vivons, l'océan est toujours visible et les maisons ont la couleur des œufs de Pâques. Toujours est-il qu'à la seconde où Scotty baisse la porte du garage, on devient tous enragés. Bennie se déchaîne à la basse, tandis qu'on hurle des chansons intitulées « Pet Rock », « Do the Math », « Pass Me the Kool-Aid », sauf que les paroles qu'on gueule pourraient se résumer à *putain, putain, putain*. De temps à autre, un membre de la formation musicale du lycée (invité par Bennie) tambourine à la porte pour tenter sa chance.

Chaque fois que Scotty la remonte, on fusille du regard la journée lumineuse qui nous gronde.

Aujourd'hui, on fait faire un essai à des joueurs de saxo, de tuba et de banjo, mais les deux premiers monopolisent la scène et la troisième se bouche les oreilles dès qu'on commence. La répétition est presque terminée lorsqu'on frappe de nouveau à la porte que Scotty remonte. Un énorme gamin boutonneux, en tee-shirt à l'effigie d'AC/DC, apparaît : Je cherche Bennie Salazar.

Sidérées, Jocelyn, Alice et moi échangeons un regard, comme si on formait un trio, comme si Alice était notre copine.

« Salut, mec, lance Bennie. Tu tombes à pic. Hé tout le monde, c'est Marty. »

Même quand il sourit, le visage de Marty est irrécupérable. Comme il pourrait penser la même chose du mien, je me garde bien de sourire.

Marty branche son violon et on entonne notre meilleure chanson, « What the fuck ? » : « Merde, qu'est-ce qu'on fout ici ? »

T'as dit que t'étais une princesse de conte de fées
T'as dit que t'étais une étoile filante
T'as dit qu'on irait à Bora Bora
Merde, qu'est-ce qu'on fout ici…

C'est Alice qui avait eu l'idée de Bora Bora – on n'en avait jamais entendu parler. Lorsque tout le monde hurle le refrain (*Qu'est-ce qu'on fout ici ?/Qu'est-ce qu'on fout ici ?*), j'observe Bennie qui écoute, les yeux fermés, sa crête pareille à un millier d'antennes hérissées sur sa tête. À la fin de la chanson, il relève les paupières, le visage fendu d'un grand sourire : « J'espère que tu l'as enregistrée, Al. » Elle rembobine pour s'en assurer.

Alice prend toutes nos bandes afin d'en faire une avec les meilleurs morceaux. Bennie et Scotty l'emportent pour faire la tournée des boîtes de nuit où ils tentent de décrocher une réservation pour les Flaming Dildos. Notre grand espoir, c'est bien sûr un concert au Mab : le Mabuhay Gardens de Broadway où se produisent tous les groupes punks. Scotty attend dans la camionnette pendant que Bennie négocie avec les trous du cul à l'intérieur. On doit surveiller Scotty. En CM2, la première fois que sa maman était partie, il avait passé la journée à fixer le soleil, accroupi dans l'herbe devant chez lui, refusant de rentrer ou d'aller à l'école. Son papa l'avait rejoint et avait essayé de couvrir ses yeux ; après la classe, Jocelyn était venue s'asseoir à côté de lui. À présent, des taches grises troublent sa vue en permanence. Il affirme que ça lui plaît – voici ses mots exacts : « Je les considère comme un enrichissement de ma vision. » Nous, on pense qu'elles lui rappellent sa maman.

On va au Mab tous les samedis soir, après la répétition. On a entendu Crime, les Avengers, les Germs et une flopée d'autres groupes. C'est trop cher au bar, alors on boit la réserve de mon père avant de s'y pointer. Jocelyn a besoin de picoler plus que moi pour s'éclater ; dès que l'alcool lui fait de l'effet, elle prend une profonde inspiration comme si elle redevenait enfin elle-même.

Dans les toilettes couvertes de graffitis du Mab, on tend l'oreille : Ricky Sleeper est tombé de la scène à un concert, Joe Reed du groupe Target Video réalise un film sur le rock punk, deux sœurs qu'on n'arrête pas de croiser dans la boîte se sont mises à tapiner pour se payer de l'héroïne. Savoir tout ça nous donne le sentiment d'être de vraies punks, mais pas tout à fait. Quand est-ce qu'un faux Mohican devient un véritable Mohican ? Qui le décide ? Comment sait-on que c'est arrivé ?

Pendant la représentation, nous dansons le pogo devant la scène. Nous bousculons, poussons. On nous fait tomber, on nous relève. Notre sueur se mêle à celle des vrais punks et notre peau frôle la leur. Bennie ne se démène pas comme nous. Lui, il écoute vraiment la musique.

En tout cas, j'ai remarqué qu'aucun rocker punk n'a de taches de rousseur. Ça n'existe pas.

Un soir, Jocelyn décroche le téléphone. C'est Lou : Salut, beauté. Ça fait des jours et des jours que j'appelle, mais personne ne répond. Pourquoi il n'a pas essayé le soir, je demande à Jocelyn quand elle me le raconte.

Ce samedi-là, après la répétition, elle sort avec Lou au lieu de venir avec nous. Après un tour au Mab, on va chez Alice, où on se sent comme chez nous maintenant : on mange des yaourts que sa mère prépare dans des pots en verre qu'elle met sur un réchaud ; on se vautre dans le canapé du living, nos pieds en chaussettes sur les accoudoirs. Une fois, la mère d'Alice nous a fait du chocolat chaud qu'elle a apporté dans le salon sur un plateau doré. Ses grands yeux étaient pleins de lassitude et les tendons de son cou tressaillaient. Jocelyn m'a soufflé à l'oreille : Les riches aiment recevoir pour exhiber leurs jolis trucs.

Comme Jocelyn n'est pas là ce soir, je demande à Alice si elle a toujours les uniformes. Étonnée, elle répond que oui.

Je la suis dans l'escalier au tapis duveteux. Je n'avais jamais vu sa chambre, qui est plus petite que celle de ses sœurs. Une moquette bleue couvre le sol et les murs sont tendus d'un papier à motif croisillon bleu et blanc. Son lit croule sous les doudous, qui se révèlent être des grenouilles : vert éclatant, vert clair, vert fluo. Certaines ont des mouches en peluche sur la langue. La veilleuse a la forme d'une grenouille, l'oreiller aussi.

Je ne savais pas que c'était ton truc, les grenouilles, dis-je à Alice, qui lance : Comment tu pourrais le savoir ?

C'est la première fois que je me retrouve seule avec cette fille. Elle est moins sympa que quand Jocelyn est là.

Elle ouvre son placard, monte sur une chaise et descend une boîte où sont rangés des uniformes : une robe verte à carreaux de sa petite enfance, une marinière de l'époque où elle était plus grande. Je lui demande : Lequel tu préférais ?

Aucun. Qui a envie de porter un uniforme ?

Moi.

C'est une blague ?

Quel genre de blague ?

Le genre qui vous fait rigoler Jocelyn et toi parce que vous en avez sorti une que je n'ai pas pigée.

La gorge soudain très sèche, je dis : Je me fous jamais de toi avec Jocelyn.

Alice hausse les épaules : Qu'est-ce que j'en ai à battre ?

On s'assied sur la moquette, les uniformes sur nos genoux. Même si elle porte un jean déchiré et que ses yeux sont charbonneux, Alice a des cheveux longs d'un blond doré. Ce n'est pas une vraie punk non plus.

Au bout d'un moment, je dis : Pourquoi tes parents nous permettent de venir ?

Ce ne sont pas mes parents. C'est ma mère et mon beau-père.

D'accord.

Ils veulent vous surveiller, j'imagine.

Les cornes de brume beuglent plus fort qu'ailleurs à Sea Cliff, on a l'impression d'être seules sur un bateau dans un brouillard très épais. Je serre les genoux. Jocelyn me manque beaucoup.

Je dis : C'est ce qu'ils font en ce moment ? Ils nous tiennent à l'œil ?

Alice respire un bon coup : Non, ils dorment.

Marty, le violoniste, n'est même pas au lycée – il est en deuxième année à l'université d'État de San Francisco, où Jocelyn, Scotty (s'il ne se plante pas à l'examen d'algèbre II) et moi devons entrer l'année prochaine.

Ça va barder si tu mets cet abruti sur scène, dit Jocelyn à Bennie.

On verra bien, lâche Bennie, qui jette un coup d'œil à sa montre comme s'il pensait : Dans deux semaines, quatre jours, six heures et je ne sais combien de minutes.

On lui jette un regard interrogateur. Alors il nous annonce que Dirk Dirksen du Mab l'a appelé. Jocelyn et moi, on pousse des cris perçants et on s'agrippe à Bennie. Le tenir dans mes bras, c'est comme toucher un fil électrique dénudé. Je me rappelle chaque étreinte. Chaque fois j'ai découvert quelque chose : sa peau est tiède, il est aussi musclé que Scotty même s'il n'enlève jamais sa chemise. Là, je trouve son pouls et ma main s'égare sur son dos.

Qui d'autre est au courant ? fait Jocelyn.

Scotty, bien sûr. Alice aussi, mais ça ne nous embêtera que plus tard.

Comme j'ai des cousins à Los Angeles, Jocelyn téléphone à Lou de notre appartement où ça ne ressortira pas sur la facture. Je suis tout près d'elle, étendue sur la courtepointe à fleurs du lit de mes parents, lorsqu'elle compose le numéro avec un ongle long laqué de noir. J'entends une voix d'homme répondre et je suis stupéfaite qu'il soit réel. Jocelyn ne l'a pas inventé, même si cette idée ne m'a jamais traversé l'esprit. Au lieu de *Salut, beauté,* il lâche : Je t'avais dit d'attendre mon coup de fil.

Jocelyn s'excuse d'une petite voix. J'attrape le combiné et fais : C'est quoi cette façon de dire bonjour ? À qui je parle ?

demande Lou. Rhea, je lui réponds. D'un ton plus calme, il dit : Enchanté de faire ta connaissance, Rhea. Tu veux bien rendre le téléphone à Jocelyn ?

Cette fois, elle tire sur le fil. C'est Lou qui semble parler la plupart du temps. Au bout d'une ou deux minutes, Jocelyn siffle : Tu dois partir. Casse-toi !

Je m'exécute et gagne la cuisine. De petites feuilles marron d'une fougère suspendue au plafond par une chaîne tombent dans l'évier. Les rideaux ont un motif d'ananas. Mes deux frères font des greffes de haricots sur le balcon, pour un dossier de sciences naturelles du plus jeune. Je les rejoins, le soleil darde ses rayons dans mes yeux. Je m'efforce de le fixer comme le faisait Scotty.

Jocelyn finit par sortir de la chambre. Le bonheur auréole ses cheveux et sa peau. Je pense : Qu'est-ce que j'en ai à battre ?

Plus tard, elle me dit : Lou accepte de venir au concert des Dildos, il nous filera peut-être un contrat de disque. Ce n'est pas une promesse, l'a-t-il prévenue, mais on s'amusera, beauté, hein ? Comme toujours, pas vrai ?

Le soir du concert, j'accompagne Jocelyn pour dîner avec Lou chez Vanessi's, un restaurant de Broadway jouxtant Enrico's, où les touristes et les riches boivent de l'irish coffee en terrasse et nous reluquent. On aurait pu inviter Alice, mais Jocelyn dit : Ses parents doivent l'emmener chez Vanessi's à tout bout de champ. Je la reprends : Sa mère et son beau-père.

Un homme, assis dans un box au coin de la salle, nous sourit de toutes ses dents. Il a l'air d'avoir l'âge de mon vieux, quarante-trois ans. Les cheveux blonds en bataille, il est beau, j'imagine, comme le sont parfois les pères.

Par ici, beauté, lance Lou, levant un bras pour faire signe à Jocelyn. Il porte une chemise en denim bleu clair, une sorte de bracelet en cuivre cercle son poignet. Elle se faufile autour de la table et s'encastre sous son bras. Rhea, dit-elle. Il lève l'autre bras si bien qu'au lieu de prendre place près de Jocelyn, comme je m'apprêtais à le faire, je me retrouve de l'autre côté de son mec. Il m'entoure l'épaule. Comme ça, nous sommes les nanas de Lou.

Il y a une semaine, j'avais regardé le menu de chez Vanessi's et repéré des linguines aux palourdes. J'avais prévu de choisir ce plat lors du dîner. Jocelyn m'imite. À peine notre commande passée, Lou lui tend quelque chose sous la table. On se glisse hors du box. On file aux toilettes. C'est une mignonnette remplie de cocaïne. Jocelyn en verse dans une minuscule cuillère qui y est attachée par une chaîne, deux fois pour chaque narine. Elle sniffe en émettant un petit bruit, baisse les paupières. Elle recommence, me donne la cuillère. Au moment où je retourne à la table, j'ai dans la tête un millier d'yeux qui voient tout simultanément dans le restaurant. Peut-être que la coke qu'on prenait avant n'était pas de la vraie coke. On s'assied. On dit à Lou qu'on a entendu parler d'un nouveau groupe qui s'appelle Flipper. Il nous raconte qu'il a voyagé dans un train en Afrique qui ne s'arrêtait jamais complètement dans les gares – il ralentissait juste ce qu'il fallait pour permettre aux gens de descendre et monter. Je fais : J'ai envie d'aller en Afrique. Lou répond qu'on ira peut-être tous les trois, et ça semble réellement possible. Il ajoute que le sol des collines est tellement fertile qu'il est rouge. Je dis que mes frères font des greffes de haricots dans une terre d'une couleur marron, normale. Jocelyn veut savoir s'il y a beaucoup de moustiques, Lou décrit le ciel, il n'en a jamais vu d'aussi noir, ni de lune aussi brillante. Je prends conscience que cette soirée marque le début de ma vie d'adulte.

Quand le serveur pose les linguines aux palourdes devant moi, je suis incapable d'avaler une bouchée. Lou est le seul à manger : steak quasiment cru, salade César, vin rouge. C'est le genre de personne qui ne tient pas en place. Par trois fois des inconnus viennent le saluer, mais il ne nous présente pas. On n'arrête pas de parler, tandis que nos plats refroidissent. Dès que Lou a terminé le sien, on sort du restaurant.

Sur Broadway, il garde un bras autour de nos épaules. Les scènes habituelles s'offrent à nos regards. Le type louche coiffé d'un fez qui essaie d'attirer les gens à l'intérieur de La Casbah. Les strip-teaseuses qui traînent à l'entrée du Condor et de Big Al's. Les bandes de rockers punks hilares qui se baladent en jouant des coudes. La circulation est dense sur Broadway, les gens klaxonnent et font de grands signes de leurs voitures comme si une fête maousse battait son plein. Le millier d'yeux change mon regard, j'ai l'impression d'être une autre. Quand mes taches de rousseur auront disparu, ce sera comme ça pendant toute ma vie.

Le videur du Mab reconnaît Lou, il nous fait passer devant la file sinueuse de gens attendant les Cramps et les Mutants, qui jouent plus tard. À l'intérieur, Bennie, Scotty et Joel s'installent sur la scène avec Alice. Jocelyn et moi fonçons aux toilettes pour mettre colliers de chien et épingles à nourrice. À notre retour, Lou est déjà en train de saluer le groupe. Bennie lui serre la main : C'est un honneur, monsieur.

Après l'habituelle présentation ironique de Dirk Dirksen, les Flaming Dildos entonnent « Snake in the Grass ». Personne ne danse ni n'écoute vraiment. Les gens continuent à entrer dans la boîte ou à tuer le temps jusqu'à ce que les groupes pour lesquels ils sont venus se mettent à jouer. Normalement, Jocelyn et moi serions devant l'estrade. Ce soir, nous restons à l'arrière, adossées à un mur avec Lou. Il nous a offert à chacune un gin tonic. Je suis incapable de juger de la prestation des Dildos, je les distingue à peine, mon cœur bat trop vite, mon millier d'yeux scrute tous les coins de la salle. À en juger par les muscles des joues de Lou, il grince des dents.

Marty monte sur scène pour le numéro suivant, avec une telle précipitation qu'il laisse tomber son violon. Les spectateurs à peine intéressés le deviennent suffisamment pour l'injurier lorsqu'il s'accroupit pour le rebrancher, exposant la raie de ses fesses. Je suis incapable de couler un regard à Lou, c'est trop vital.

Dès qu'ils commencent « Do the Math », Lou me crie à l'oreille : Qui a eu l'idée du violon ?

Bennie.

Le gamin à la basse ?

Je fais signe que oui. Lou observe Bennie pendant une minute, moi aussi.

Il ne joue pas très bien, constate Lou.

J'essaie de lui expliquer : Il… C'est lui qui a tout…

On balance sur la scène un machin qui ressemble à un bout de verre, heureusement ce n'est qu'un glaçon. Scotty, qui l'a reçu en pleine poire, tressaille sans s'arrêter pour autant. Puis une canette de Budweiser vole et entaille le front de Marty. Jocelyn et moi échangeons un regard affolé, mais, quand on essaie de bouger, Lou nous cloue sur place. Les Dildos entament « What the fuck ? », sauf que la scène est jonchée de détritus que jettent quatre mecs aux narines attachées à leurs lobes d'oreilles par une chaîne d'épingles à nourrice. Toutes les deux ou trois secondes, une boisson atteint le visage de Scotty, qui finit par garder les yeux fermés. Je me demande s'il voit les taches grises. Alice essaie d'attaquer les lanceurs d'ordures et, tout à coup, les gens dansent le pogo, la forme violente qui correspond à une bagarre. Joel martèle sa batterie, tandis que Scotty arrache son tee-shirt dégoulinant et s'en sert pour frapper la figure d'un des mecs ; j'entends un bruit de corde mouillée, puis un autre – smack – le même, en plus sec, que celui que font les serviettes de bain lorsque mes frères les font claquer. Le charisme de Scotty commence à opérer, les gens admirent ses muscles luisants de sueur et de bière. Un des assaillants tente alors de se ruer sur la scène, mais Scotty lui flanque un coup de semelle dans le torse – la foule pousse un cri étouffé quand le type est projeté en arrière. Scotty a un grand sourire, un sourire carnassier que je n'ai vu que très rarement, et je comprends que le seul parmi nous à être vraiment fou de rage, c'est lui.

Je me tourne vers Jocelyn : elle a disparu. Peut-être que le millier d'yeux me souffle de baisser les miens. Les doigts de Lou agrippent les cheveux noirs de ma copine. À genoux, elle lui taille une pipe comme si la musique les mettait à l'abri des regards. Peut-être que personne ne les remarque. L'autre bras de Lou est autour de moi, ce qui m'empêche sans doute de m'échapper. C'est ça, le truc : je reste immobile alors que Lou plaque la tête de Jocelyn contre lui, encore et encore, au point que je me demande comment elle arrive à respirer, jusqu'au moment où il me semble qu'il ne s'agit plus de Jocelyn mais d'une espèce d'animal ou de machine indestructible. Je m'oblige à fixer le groupe. Scotty fouette les yeux des assaillants avec sa chemise et leur donne des coups de botte. Lou s'accroche à mon épaule, la serre de plus en plus fort, pivote la tête du côté de mon cou, laisse échapper un grognement saccadé que j'entends malgré le boucan. Il est assez près de moi pour ça. Un sanglot me déchire. Des larmes coulent de mes yeux, uniquement de ceux de mon visage. Le millier d'autres est fermé.

Les murs de l'appartement de Lou sont tapissés de guitares électriques, d'albums récompensés par des disques d'or ou d'argent, exactement comme Jocelyn me l'avait décrit. Mais elle n'avait pas précisé qu'il se trouvait au vingt-cinquième étage, à six pâtés de maisons du Mab, ni parlé des plaques de marbre vert dans l'ascenseur. Ça fait tout de même beaucoup d'omissions.

Dans la cuisine, Jocelyn remplit un plat de chips et sort du frigo une coupe en verre pleine de pommes vertes. Elle a déjà offert un comprimé de méthaqualone à tout le monde, sauf à moi. On dirait qu'elle a peur de croiser mon regard. *Qui joue à la maîtresse de maison à présent ?* Voilà ce que j'ai envie de lui demander.

Alice est assise dans le salon, à côté de Scotty, qui porte une chemise Pendleton prêtée par Lou. Il est livide. Il a l'air ébranlé, soit parce qu'on lui a jeté des projectiles à la gueule, soit parce qu'il a vraiment pigé que Jocelyn a un petit ami, que ce n'est pas lui, que ce ne le sera jamais. Marty aussi est là. Il a une entaille sur une joue, un coquard ou tout comme et répète à la cantonade : Ça a chauffé. Naturellement, on a aussitôt reconduit Joel chez lui. Tout le monde trouve que le concert s'est bien passé.

Quand Lou précède Bennie dans l'escalier en colimaçon menant à son studio d'enregistrement, je leur emboîte le pas. Il appelle Bennie « gamin ». Il lui explique le fonctionnement de tous les appareils de la pièce, petite et confinée, aux murs capitonnés de mousse isolante noire. Lou ne tient pas en place. Il croque une pomme verte à coups de dents tellement bruyants qu'on dirait qu'il ronge un os. Bennie regarde par-dessus la rampe surplombant le living, dans l'espoir d'apercevoir Alice. J'ai envie de pleurer. J'ai peur que l'épisode de la boîte soit de l'ordre d'un rapport sexuel avec Lou – comme si j'avais été partie prenante.

De guerre lasse, je descends. Au bout du salon, j'aperçois un lit derrière une porte entrebâillée. J'entre et m'allonge à plat ventre sur une courtepointe en velours. Une odeur poivrée d'encens flotte autour de moi. Il fait frais dans cette chambre plongée dans la pénombre, où des photos encadrées sont posées de part et d'autre du lit. J'ai mal partout. Au bout de quelques minutes, quelqu'un s'étend près de moi. Je devine que c'est Jocelyn. On reste couchées en silence, côte à côte. Enfin, je dis : T'aurais dû me prévenir.

De quoi ? demande-t-elle. Je n'en sais rien. Elle continue : C'est trop. En cet instant précis, j'ai l'impression que quelque chose se termine.

Jocelyn allume la lampe de chevet : Regarde. Elle tient une photo de Lou, sur laquelle il se trouve dans une piscine, entouré de gosses, les plus petits sont presque des bébés. J'en compte six. Ce sont ses enfants, précise Jocelyn. Tout le monde appelle la blonde Charlie, elle a vingt ans. Rolph, celui-là, a notre âge. Ils sont allés en Afrique avec lui.

Je me penche pour examiner le cliché. Lou paraît heureux, comme n'importe quel père. Je n'arrive pas à croire que ce soit le même homme que celui qui est avec nous. Puis je remarque son fils Rolph. Il a des yeux bleus, des cheveux noirs, un sourire rayonnant, très doux. Mon estomac se noue. Rolph est chouette, je fais. Jocelyn rigole : C'est vrai. Motus et bouche cousue, Lou ne doit pas savoir que j'ai dit ça.

Il entre dans la chambre une minute plus tard, croquant une autre pomme. Je me rends compte que toutes celles de la coupe sont pour lui, il n'arrête pas d'en bouffer. Je descends du lit sans le regarder. Il ferme la porte derrière moi.

Je mets une seconde à capter ce qui se passe dans le séjour. Assis en tailleur, Scotty gratte une guitare dorée en forme de flamme. Alice est derrière lui, les bras autour de son cou, le visage près du sien, les cheveux tombant sur ses genoux. En extase, elle ferme les yeux. Pendant une seconde, j'oublie qui je suis, obnubilée par ce que Bennie ressentira quand il verra ça. Je le cherche des yeux, mais il n'y a que Marty qui examine les albums et essaie de passer inaperçu. C'est alors que j'entends déferler la musique de tous les coins de l'appartement – le canapé, les murs, même le sol –, et je devine que c'est Bennie, seul dans le studio de Lou, qui a déclenché ça. Il y a une minute, c'était « Don't Let Me Down », suivi par « Heart of Glass » de Blondie. Maintenant Iggy Pop chante « The Passenger » :

I am the passenger
And I ride and I ride
I ride through the city's backside
I see the stars come out of the sky

Tout en écoutant, je pense : Tu ne sauras jamais à quel point je te comprends.

Marty me lance un regard, genre à la dérobée, qui m'éclaire sur ce qui est censé arriver : je suis le boudin, alors Marty est pour moi. Je fais coulisser une porte vitrée et sors sur le balcon de Lou. Je n'ai jamais vu San Francisco d'aussi haut, la ville est d'un noir bleuté, éclairée de lumières colorées, noyée dans une brume pareille à de la fumée grise. Des jetées s'étirent dans la baie étale où règne l'obscurité. Un vent aigre souffle. Je me précipite à l'intérieur pour chercher ma veste, ressors, me pelotonne sur une chaise en plastique blanc. Je contemple la vue, le temps de retrouver mon calme. Je pense : En fait, le monde est immense. Voilà le mystère que personne ne peut expliquer.

Au bout d'un moment, la porte s'ouvre. Persuadée que c'est Marty, je ne lève pas les yeux mais c'est Lou. Pieds nus et en short. Même dans la pénombre, ses jambes sont bronzées. Je lui demande : Où est Jocelyn ?

Elle dort, répond Lou. Debout devant la balustrade, il regarde. Pour une fois, il ne bouge pas.

Je fais : Tu te rappelles avoir eu notre âge ?

Il me décoche un sourire, exactement le même que celui qu'il avait pendant le dîner : J'ai votre âge.

Hum, tu as six gosses.

C'est vrai.

Il me tourne le dos, attendant que je m'éclipse. Je pense : Je n'ai pas eu de relation sexuelle avec cet homme. Je ne le connais même pas.

Il ajoute : Je ne vieillirai jamais.

Tu es déjà vieux.

Il pivote et me scrute, pelotonnée sur mon siège : Tu es effrayante, tu sais ça ?

C'est à cause des taches de rousseur.

Non, c'est toi.

Il ne me quitte pas des yeux, puis son expression change et il reprend : Ça me plaît.

Ce n'est pas vrai.

Si. Grâce à toi, Rhea, je vais demeurer honnête.

Étonnée qu'il se souvienne de mon prénom, je lui dis : C'est trop tard, Lou.

Là, il éclate de rire, un véritable rire, et je comprends que Lou et moi sommes amis. Même si je le déteste, ce qui est le cas. Je me lève et je le rejoins devant la balustrade.

On essaiera de te changer, Rhea. Ne te laisse pas faire.

Mais j'en ai envie.

Non, insiste-t-il, l'air grave. Tu es jolie. Reste comme ça.

La gorge nouée, je m'obstine : Les taches de rousseur.

C'est ce que tu as de mieux. Un type va en être dingue, il les embrassera une par une.

Je fonds en larmes, sans même essayer de le cacher.

Hé, dit Lou. Il se penche si bien que nos visages se frôlent. Il me regarde droit dans les yeux : Le monde est plein de connards, Rhea. Ne les écoute pas – écoute-moi.

J'ai beau savoir que Lou est un de ces connards, je le prends au sérieux.

Quinze jours après cette soirée, Jocelyn s'enfuit. Je l'apprends en même temps que tout le monde.

Sa mère déboule chez nous. Mes parents, mon frère aîné et elle m'interrogent : Qu'est-ce que je sais ? Qui est ce nouveau petit copain ? Je leur réponds : Lou. Il habite Los Angeles. Il a six enfants. Il connaît personnellement Bill Graham. Je crois que Bennie sait qui est vraiment Lou, alors la mère de Jocelyn se pointe à l'école pour parler à Bennie Salazar. Sauf qu'il est difficile à trouver. Depuis qu'Alice et Scotty sont ensemble, Bennie ne vient plus à la Fosse. Scotty et lui sont brouillés, ils étaient pourtant inséparables. On dirait qu'ils ne se connaissent pas.

Je me demande à tout bout de champ : Si je m'étais écartée de Lou pour me bagarrer avec les lanceurs d'ordures, est-ce que Bennie m'aurait choisie comme Scotty a choisi Alice ? Est-ce que cette réaction aurait suffi à tout changer ?

Retrouver Lou est l'affaire de quelques jours. Il explique à la mère de Jocelyn que sa fille a fait de l'auto-stop et rappliqué chez lui sans prévenir. Elle est saine et sauve, il s'occupe d'elle, cela vaut mieux pour elle que d'être à la rue. Il promet de la ramener quand il viendra à San Francisco la semaine suivante. Je m'interroge : Pourquoi pas cette semaine ?

Pendant que j'attends Jocelyn, Alice m'invite. Après la classe, on prend le bus jusqu'à Sea Cliff, c'est un long trajet. Sa maison paraît plus petite en plein jour. Dans la cuisine, nous mélangeons du miel aux yaourts faits maison de sa mère. Nous en mangeons deux chacune. Nous montons dans sa chambre pleine de grenouilles et nous asseyons sur la banquette sous la fenêtre. Alice me dit qu'elle compte attraper de véritables grenouilles qu'elle gardera dans un terrarium. Elle est calme et heureuse maintenant que Scotty l'aime. Est-ce qu'elle se sent réelle ou est-ce qu'elle a cessé de se tourmenter à propos de ça, j'en sais rien. À moins que ne pas s'en préoccuper soit la condition pour avoir le sentiment d'exister pour de vrai ?

La maison de Lou se trouve-t-elle au bord de l'océan ? Jocelyn regarde-t-elle les vagues ? Sortent-ils de la chambre de Lou ? Rolph est-il là ? Ces questions me trottent dans la tête. Puis j'entends des gloussements, un bruit de balle. Je demande : C'est qui ?

Mes sœurs, répond Alice. Elles jouent au tetherball.

Nous descendons et sortons dans le jardin de derrière, où je ne suis allée que de nuit. Baigné de soleil à cette heure, il a des parterres de fleurs et un arbre plein de citrons. Au fond, deux petites filles tapent dans une balle jaune suspendue à une corde qu'elles essaient d'enrouler autour d'un poteau argenté. Elles portent un uniforme vert. Elles se tournent vers nous en riant.

4

Un safari

I. La savane

« Tu te souviens de Hawaï, Charlie ? De la nuit où nous sommes allés à la plage et où il s'est mis à pleuvoir ? »

Rolph s'adresse à sa sœur aînée, Charlene, qui abhorre son prénom. Ils sont accroupis devant un feu de camp avec les autres participants au safari. Rolph prend rarement la parole et Lou, leur père, assis derrière eux sur une chaise pliante (tandis qu'ils font des dessins dans la poussière avec des bouts de bois), est un producteur de disques dont la vie privée intéresse tout le monde. Aussi, ceux qui se trouvent à proximité tendent-ils l'oreille.

« Tu te rappelles ? Papa et maman sont restés à table pour boire un autre verre…

– Impossible », intervient leur père, lançant un coup d'œil aux ornithologues amateurs. Deux femmes qui ne se séparent jamais de leurs jumelles, même la nuit, comme si elles espéraient repérer des oiseaux dans l'arbre illuminé par les flammes.

« Tu te rappelles, Charlie ? La chaleur sur cette plage balayée par un vent dément ? »

Mais Charlie se concentre sur les jambes de son père, enlacées à celles de Mindy, sa maîtresse. Ils ne tarderont pas à souhaiter bonne nuit au groupe et à se retirer sous leur tente. Ils y feront l'amour sur l'un des lits de camp ou à même le sol. Charlie les entend de la tente voisine qu'elle partage avec son frère – non pas les bruits qu'ils font, les mouvements. Rolph est trop jeune pour le remarquer.

Charlie rejette la tête en arrière, son père sursaute. Lou approche de la quarantaine. La peau de son visage à mâchoire carrée de surfeur est un peu flasque sous les yeux.

« Tu étais marié à maman lors de ce voyage, précise sa fille, d'une voix déformée par la tension de son cou qu'enserre un collier de chien en coquillages.

– Je le sais, Charlie », acquiesce Lou.

Les deux ornithologues d'âge mûr échangent un sourire triste. Lou est l'un de ces hommes dont le charme fou a engendré une succession de perturbations d'ordre privé dont les répercussions sont encore perceptibles : deux mariages ratés, deux autres enfants restés à Los Angeles, trop jeunes pour les entraîner dans ce safari de trois semaines. Le safari est une nouvelle entreprise de son vieux copain d'armée, Ramsey, avec qui il picolait et faisait la foire, ayant échappé de justesse à la guerre de Corée.

Rolph tire sa sœur par l'épaule. Pour lui, il est primordial qu'elle se souvienne, qu'elle sente tout de nouveau : le vent, l'infini de l'océan ténébreux, les regards avec lesquels ils sondaient la nuit comme à l'affût d'un signe du monde lointain des adultes. « Tu te rappelles, Charlie ?

– Ouais, répond-elle, les yeux plissés. Absolument. »

Les guerriers samburu[1] sont arrivés – ils sont quatre. Deux tiennent des tambours et, dans l'ombre, un enfant s'occupe d'une vache à robe jaune et à longues cornes. Ils étaient déjà venus la veille après la traque du gibier, alors que Lou et Mindy « faisaient la sieste ». Et Charlie avait échangé des coups d'œil timides avec le plus beau des guerriers, qui arbore des cicatrices en forme de rails sinueux sur son torse, ses épaules et son dos aux proportions parfaites.

Charlie se lève et s'approche des guerriers : une fille maigrichonne en short et chemise de coton ornée de petits boutons de bois. Elle a des dents un peu irrégulières. Dès que les joueurs de tambour tapotent sur leurs instruments, le guerrier de Charlie et son compagnon se mettent à chanter : voix gutturales jaillissant de leurs entrailles. Charlie se trémousse devant eux. Au cours de ces dix jours en Afrique, elle a changé, adoptant le comportement des filles qui l'impressionnent aux États-Unis. Dans une bourgade aux maisons en parpaing visitée quelques jours auparavant, elle avait bu une mixture à l'aspect boueux et fini par offrir ses boucles d'oreilles en argent (un cadeau d'anniversaire de son père) à la propriétaire d'une hutte, jeune femme aux seins gorgés de lait. Comme elle était en retard, Albert, un employé de Ramsey, était venu la chercher. « Prépare-toi, l'avait-il avertie. Ton père pique une crise. » Charlie s'en était autant fichue qu'elle s'en fiche maintenant ; elle ne songe qu'à retenir l'attention volatile de son père, dont elle perçoit le trouble tandis qu'elle danse, seule, devant le feu.

Lâchant la main de Mindy, Lou se redresse. L'envie le démange d'attraper le bras mince de sa fille et de l'arracher à

1. Le peuple samburu est proche de celui des Massaï. Il vient du Sud-Soudan et s'est établi au nord du mont Kenya.

ces Noirs. Il s'en empêche, bien sûr, ce serait reconnaître qu'elle a gagné.

Le guerrier sourit à Charlie. Il a dix-neuf ans, seulement cinq de plus qu'elle, et vit loin de son village depuis l'âge de dix ans. Il a cependant suffisamment chanté devant les touristes américains pour savoir que, dans son monde, Charlie est une enfant. Dans trente-cinq ans, en 2008, il sera partie prenante de la violence tribale entre les Kikuyu et les Luo et périra dans un incendie. Il aura eu quatre femmes et soixante-trois petits-enfants, dont un garçon nommé Joe qui héritera de son *lalema* : le poignard de chasse qui pend maintenant sur sa hanche dans un étui de cuir. Après des études d'ingénieur à l'université de Columbia, Joe sera spécialiste de robotique visuelle – une technologie qui détecte le moindre mouvement suspect – grâce à son enfance passée à scruter la savane à la recherche de traces de lion. Il épousera une Américaine, Lulu, et demeurera à New York. Il inventera un dispositif à balayage qui deviendra un appareil utilisé pour surveiller la foule. Lulu et lui achèteront un loft à TriBeCa, où la dague de son grand-père sera exposée dans un cube en Plexiglas, sous une lucarne.

« On va faire un tour, fiston », souffle Lou à l'oreille de Rolph.

Le garçon se lève et s'éloigne en compagnie de son père. Chacune des douze tentes formant un cercle autour du brasier est prévue pour deux personnes. Il y a aussi trois toilettes extérieures, une cabine de douche où l'eau chauffée sur le feu coule d'une outre qu'actionne une corde. Derrière les petites tentes réservées au personnel dressées près de la cuisine, se dérobant aux regards, s'étend la brousse, obscure et bruissante, où on leur a recommandé de ne pas s'aventurer.

« Ta sœur fait n'importe quoi, elle est cinglée, déclare Lou qui marche à grands pas.

– Pourquoi tu dis ça ? » demande Rolph. Il n'a pas trouvé que sa sœur se conduisait comme une cinglée. Mais son père le comprend de travers.

« Les femmes sont folles, reprend celui-ci. Pourquoi ? C'est un mystère impossible à élucider, quand bien même on y consacrerait sa vie.

– Pas maman.

– C'est vrai, reconnaît Lou, un peu calmé. En fait, ta mère ne l'est pas assez. »

Les chants et roulements de tambour s'interrompent tout à coup, laissant Lou et Rolph seuls sous la lumière tranchante de la lune.

« Et Mindy, elle est toquée ? enchaîne Rolph.

– Bonne question. À ton avis ?

– Elle adore lire. Elle a emporté des tas de bouquins.

– Ah bon ?

– Je l'aime bien, mais je ne sais pas si elle est dingue. Ou si elle l'est suffisamment », ajoute Rolph.

Lou passe le bras autour du garçon. S'il avait été porté à l'introspection, il aurait perçu depuis longtemps que son fils était le seul être au monde capable de l'apaiser. Et qu'il avait beau souhaiter qu'il lui ressemble, c'était ce qui le distinguait de lui qu'il préférait : son aptitude au silence et à la méditation, sa sensibilité à la nature et à la souffrance d'autrui.

« Aucune importance, dit Lou. D'accord ?

– D'accord. »

Les femmes s'éclipsent aussi subitement que les roulements de tambour. Rolph se retrouve seul avec son père, tandem invincible. À onze ans, il a deux certitudes : il appartient à son père, qui lui appartient.

Ils restent immobiles, environnés par la brousse pleine de murmures, sous un ciel criblé d'étoiles. Rolph ferme et ouvre les yeux. Je me souviendrai de cette nuit toute ma vie, pense-t-il. Et il a raison.

À leur retour au camp, les guerriers sont partis. Seuls quelques durs à cuire de la Faction de Phoenix (ainsi que Lou surnomme les participants du safari originaires de cette ville suspecte) sont encore assis près du feu, comparant les clichés des animaux de la journée. Rolph rampe à l'intérieur de sa tente, enlève son pantalon et s'allonge en tee-shirt et caleçon sur son lit de camp. Il croit Charlie endormie. Quand elle parle, sa voix lui révèle qu'elle a pleuré :

« T'étais où ? »

II. Les collines

« Qu'est-ce que tu trimballes dans ton sac à dos ? »

C'est Cora, l'agent de voyages de Lou. Elle déteste Mindy, qui ne le prend toutefois pas personnellement – il s'agit d'une Haine structurelle, une expression de son cru qu'elle trouve très utile dans ce périple. Une quadragénaire célibataire dissimulant les tendons de son cou sous des chemisiers à col officier méprise structurellement la petite copine de vingt-trois ans d'un mec de pouvoir, l'employeur de la femme en question dont, de surcroît, il paie le voyage.

« Des livres d'anthropologie, répond Mindy à Cora. Je suis les cours de doctorat à Berkeley.

– Pourquoi est-ce que tu ne les lis pas ?

– J'ai mal au cœur en voiture. »

Pour plausible que ce soit, Dieu sait, dans les jeeps cahotantes, Mindy ment. Elle ne comprend pas vraiment pourquoi elle n'a ouvert aucun bouquin de Boas, Malinowski ou John Murra, en revanche elle est certaine d'apprendre autrement, d'une manière qui se révélera tout aussi enrichissante. Lors d'instants d'audace, sous l'effet du café noir bouilli servi tous les matins dans la tente-cantine, Mindy s'est même demandé si son intuition sur les rapports entre structures sociales et réactions affectives pouvait aboutir à davantage qu'une resucée de Lévi-Strauss – un perfectionnement, une application contemporaine. Mindy n'est qu'en deuxième année de troisième cycle.

Leur jeep est la dernière d'une file de cinq qui se traînent sur une piste à travers une savane dont le brun apparent masque un vaste spectre de couleurs : violets, verts, rouges. Albert, l'Anglais ronchon, adjoint de Ramsey, est au volant. Mindy s'est débrouillée pour éviter de monter dans sa voiture pendant plusieurs jours, mais il a acquis la réputation de découvrir les plus beaux animaux et les enfants de Lou ont réclamé de faire la route avec lui, même s'ils n'en cherchent pas aujourd'hui – ils vont s'établir dans les collines et passer leur première nuit du voyage à l'hôtel. Or, les rendre heureux, du moins autant que c'est structurellement possible, relève des attributions de Mindy.

Ressentiment structurel : la fille ado d'un homme deux fois divorcé, incapable de supporter la présence de la nouvelle copine de celui-ci, s'efforce, dans la mesure de ses moyens limités, de détourner l'attention de son père de la copine en question. Sa sexualité naissante étant son arme principale.

Affection structurelle : le fils préadolescent d'un homme deux fois divorcé (dont il est le préféré) accepte volontiers la nouvelle copine de son père parce qu'il n'a pas encore appris à distinguer les amours et désirs de son père des siens. En un sens, il l'aime et la désire. Et elle est maternelle avec lui, même si elle n'a pas l'âge d'être sa mère.

Lou ouvre la grosse mallette en aluminium où les éléments de sa nouvelle caméra sont disposés dans la mousse de protection, telles les pièces détachées d'un fusil. Il s'en sert pour dissiper l'ennui qui l'envahit dès qu'il est réduit à l'immobilité. Il y a bricolé un minuscule magnétophone doté d'oreillettes pour écouter cassettes de démo et mixages bruts. De temps à autre, il tend l'appareil à Mindy, pour avoir son avis ; chaque fois, la musique qui déferle dans ses tympans – les siens uniquement – la chavire au point qu'elle en a les larmes aux yeux. À cause de l'intimité, de la métamorphose de son environnement en un montage mirifique, comme si elle regardait cette virée en Afrique avec Lou d'un futur lointain.

Incompatibilité structurelle : un homme de pouvoir deux fois divorcé est incapable de reconnaître, *a fortiori* d'approuver, les ambitions d'une femme beaucoup plus jeune que lui. Leur relation sera, par définition, provisoire.

Désir structurel : la très jeune maîtresse d'un homme de pouvoir sera inéluctablement attirée par le seul type à sa portée qui méprise le pouvoir de son mec.

Albert conduit, un coude à l'extérieur de la fenêtre. Présence essentiellement silencieuse, il engloutit ses repas dans la tente-cantine, donne des réponses laconiques aux questions qu'on lui pose (« Tu habites où ? – Mombasa. – Ça fait combien de temps que tu vis en Afrique ? – Huit ans. – Qu'est-ce qui t'a décidé à venir ici ? – Tout un tas de raisons. ») Il se joint rarement aux autres après le dîner. Un soir où elle se rendait aux toilettes, Mindy l'a aperçu en train de boire une bière et de rigoler avec les chauffeurs kikuyu devant l'autre feu, près des tentes du personnel. Il se déride rarement quand il est avec le groupe. Chaque fois que ses yeux croisent par hasard ceux de Mindy, elle a honte : parce qu'elle est jolie ; parce qu'elle couche avec Lou ; parce qu'elle se raconte que ce voyage constitue une exploration anthropologique sur la dynamique de groupe et les enclaves ethnographiques alors qu'elle ne recherche que le luxe, l'aventure et un répit dans la cohabitation avec ses quatre colocataires insomniaques.

Assis à la place du mort, Chronos délire sur les animaux. C'est le bassiste des Mad Hatters, un des groupes de Lou, qui l'a invité de même que le guitariste et leurs deux petites amies. Le quatuor se livre à une concurrence viscérale (*Fixation structurelle* : une obsession collective induite par le contexte devenant un champ de bataille provisoire pour la cupidité, l'envie, l'esprit de compétition des protagonistes). Ils se lancent des défis tous les soirs – c'est à qui aura vu le plus d'animaux, à quelle distance. Ils prennent à témoin les occupants de leurs jeeps respectives et promettent de fournir des preuves indiscutables dès qu'ils feront développer les pellicules à leur retour aux États-Unis.

Cora, l'agent de voyages, est installée derrière Albert. À côté, regardant par la fenêtre, il y a Dean, un acteur blondinet dont le talent pour enfoncer les portes ouvertes – « Il fait chaud », « Le soleil se couche », « Il n'y a pas beaucoup d'arbres » – est une source constante d'amusement pour Mindy. Lou participe à la création de la bande sonore d'un film où joue Dean. Apparemment, sa sortie apporterait une célébrité stratosphérique instantanée à l'acteur. Derrière lui, Rolph et Charlie montrent leur magazine *Mad* à Mildred, l'une des ornithologues. D'ordinaire, son amie Fiona et elle ne quittent pas Lou, qui ne cesse de flirter avec elles et de les asticoter pour qu'elles l'emmènent observer les oiseaux. Le plaisir qu'il prend à la compagnie de ces septuagénaires (il ne les connaissait pas avant le voyage) intrigue Mindy. Elle ne l'explique par aucune raison structurelle.

Sur la dernière banquette, près de Mindy, Lou, le torse à l'extérieur du toit ouvrant, prend des photos au mépris de l'interdiction de se lever lorsque la voiture roule. Albert donne soudain un coup de volant qui catapulte Lou sur son siège et sa caméra lui cogne le front. Il injurie Albert. La progression cahotante de la jeep dans les hautes herbes couvre ses invectives. Ils se sont écartés de la piste. Chronos se penche par la fenêtre ; Mindy se rend compte qu'Albert fait ce détour pour lui donner une chance de marquer un point sur ses rivaux. À moins que la tentation de faire tomber Lou n'ait été irrésistible ?

Au bout d'une à deux minutes, la jeep émerge à quelques mètres d'une troupe de lions. Ils les contemplent, bouche bée, muets de stupéfaction : ils n'ont jamais approché aucun animal d'aussi près au cours du safari. Le moteur continue à tourner, Albert tient le volant d'une main hésitante, mais les lions semblent tellement détendus, tellement indifférents, qu'il coupe le contact. Dans le silence ponctué par le cliquetis métallique qui suit l'arrêt du moteur, ils entendent la respiration des fauves : deux femelles, un mâle, trois lionceaux. Ceux-ci et l'une des femelles dévorent une carcasse de zèbre sanglante. Les autres somnolent.

« Ils mangent », constate Dean.

Les doigts de Chronos tremblent tandis qu'il rembobine un film dans son appareil. « Merde, merde, n'arrête-t-il pas de marmonner. »

Albert allume une cigarette – c'est interdit dans la brousse – et attend, sans s'intéresser davantage au spectacle que s'il s'était arrêté devant des toilettes.

« On peut se mettre debout ? demandent les enfants. Ce n'est pas dangereux ?

– En tout cas, je ne vais pas m'en priver », claironne Lou joignant le geste à la parole.

Charlie, Rolph, Chronos et Dean l'imitent. Mindy se retrouve seule avec Albert, Cora et Mildred, laquelle observe les lions dans ses jumelles.

« Comment as-tu su ? » finit par demander Mindy.

Albert pivote pour la regarder. Il a des cheveux indisciplinés et une moustache brune, à l'aspect duveteux. Une ombre d'humour traverse son visage : « Une simple supposition.

– À un kilomètre.

– Au bout de tant d'années passées ici, il a sans doute un sixième sens », intervient Cora.

Albert se détourne et exhale la fumée par sa fenêtre ouverte.

« Tu as vu quelque chose ? » s'obstine Mindy.

Contre toute attente, Albert lui fait de nouveau face et se penche sur le dossier de son siège, croisant son regard entre les jambes nues des enfants. Le désir qui ébranle Mindy est si puissant qu'elle a l'impression qu'on lui tord les entrailles. À en juger par l'expression d'Albert, c'est réciproque.

« Des broussailles piétinées, répond-il, sans la lâcher des yeux. Comme si une bestiole avait été poursuivie. Ç'aurait pu être n'importe quoi. »

Se sentant exclue, Cora pousse un soupir las. « Quelqu'un peut me donner sa place ? lance-t-elle à ceux qui regardent par le toit.

– Tout de suite », dit Lou.

Chronos le prend de vitesse et se baisse sur le siège passager. Cora se lève, sa large jupe imprimée flotte autour d'elle. Le sang martèle les tempes de Mindy. De même que celle d'Albert, sa fenêtre se trouve sur la gauche, du côté opposé aux lions. Mindy observe Albert mouiller ses doigts pour éteindre sa cigarette. Assis en silence, ils sont indifférents aux animaux les plus spectaculaires du safari ; une brise tiède soulève les poils de leurs bras qui pendent à l'extérieur.

« Tu me rends fou », murmure Albert. On dirait qu'un souffle sort par sa fenêtre et rentre par celle de Mindy, telle la vibration sonore d'un carillon éolien. « Tu t'en es certainement rendu compte.

– Non.

– Eh bien, c'est le cas.

– J'ai les mains liées.

– Pour toujours ? »

Mindy sourit : « Je t'en prie. C'est un intermède.

– Et après ?

– Un troisième cycle à Berkeley. »

Albert laisse échapper un petit rire, dont Mindy n'est pas sûre de comprendre le sens. Trouve-t-il amusant qu'elle soit à l'université ou que Berkeley et Mombasa, où il vit, soient des lieux incompatibles ?

« Chronos, espèce de cinglé, reviens ici. »

L'injonction est proférée par Lou, là-haut. Mindy, qui se sent apathique, presque droguée, ne réagit que lorsqu'elle perçoit un changement dans la voix d'Albert. « Non, siffle-t-il. Non ! Remonte dans la jeep. »

Mindy se tourne vers la fenêtre à sa droite. Se déplaçant à pas furtifs au milieu des lions, Chronos approche son appareil des têtes du mâle et de la femelle endormis et prend des photos.

« Recule, ordonne Albert d'un ton assourdi. En arrière, Chronos. Doucement. »

Le mouvement vient d'une direction à laquelle personne ne s'attendait : la femelle en train de déchiqueter le zèbre. Elle bondit sur Chronos, en un saut défiant la pesanteur que connaît le moindre propriétaire de chat. Elle l'atteint à la tête et le plaque au sol. Des cris retentissent, suivis d'un coup de feu. Ceux qui étaient levés dégringolent sur leurs sièges si brutalement que Mindy croit qu'ils ont été touchés. En fait, c'est la lionne. Albert l'a tuée avec un fusil qu'il avait caché quelque part, peut-être sous son siège. Les autres fauves se sont enfuis.

Il ne reste que la carcasse du zèbre et le corps de la lionne de sous lequel dépassent les jambes de Chronos.

Albert, Lou, Dean et Cora se ruent hors de la jeep. Mindy s'apprête à les suivre, mais Lou l'en empêche ; elle comprend qu'il veut qu'elle s'occupe de ses enfants. Se penchant au-dessus du dossier, elle passe un bras autour de chacun d'eux. Comme ils regardent la scène, Mindy, submergée par la nausée, a peur de s'évanouir. Mildred n'a pas quitté sa place près des enfants et l'idée effleure Mindy que la vieille ornithologue était dans la jeep pendant son échange avec Albert.

« Chronos, il est mort ? demande Rolph d'un ton neutre.

– Non, je suis sûre que non, affirme Mindy.

– Pourquoi il ne bouge pas ?

– La lionne est sur lui. Tu vois bien qu'ils essaient de la tirer. Il n'a probablement rien.

– Il y a du sang dans la gueule du lion, constate Charlie.

– C'est celui du zèbre. Elle en dévorait un, tu te rappelles ? »

Mindy se donne un mal fou pour éviter de claquer des dents, elle tient à dissimuler sa terreur aux enfants – sa conviction que quoi qu'il se soit passé, c'est sa faute.

Ils attendent dans un isolement vibrant. Mildred pose une main noueuse sur l'épaule de Mindy, dont les yeux se remplissent de larmes.

« Il s'en sortira, assure la vieille dame avec douceur. Tu verras. »

Lorsque le groupe se presse dans le bar de l'hôtel de la montagne après le dîner, tout le monde semble avoir gagné quelque chose. Chronos, une victoire foudroyante sur le guitariste de son groupe et leurs petites amies respectives, au prix de trente-deux points de suture sur sa joue gauche qu'on pourrait aussi considérer comme une récompense (après tout, c'est une rock-star) et d'énormes cachets d'antibiotiques prescrits par un médecin anglais aux paupières tombantes, à l'haleine chargée de bière – un vieux pote d'Albert que celui-ci a déniché dans une bourgade, située à environ une heure des lions.

Albert a acquis le prestige d'un héros, ce que son attitude ne laisse transparaître en aucune manière. Il boit son bourbon d'un trait et marmonne des réponses aux questions écervelées de la Faction de Phoenix. Personne ne l'a encore mis en demeure de s'expliquer : *Pourquoi t'être aventuré dans la brousse ? Pourquoi t'es-tu autant approché des lions ? Pourquoi n'as-tu pas empêché Chronos de sortir de la jeep ?* Albert sait en revanche que Ramsey, son patron, n'y manquera pas, et que cela lui vaudra sans doute d'être viré : dernier en date d'une ribambelle d'échecs due à ce que sa mère, qui vit à Minehead, appelle ses « tendances autodestructrices ».

Les participants au safari de Ramsey ont gagné une histoire à raconter pour le restant de leurs jours. Du coup, quelques uns se chercheront sur Google et Facebook des années plus tard, faute de pouvoir résister au fantasme d'exaucement des vœux inhérent à ces portails : *Qu'est-ce qui est donc arrivé à… ?* Certains se retrouveront pour échanger des souvenirs et s'étonner de leurs transformations physiques respectives qui s'estomperont au fil des minutes. Dean, dont le succès le fuira jusqu'à l'âge mûr, où il jouera le rôle d'un plombier bedonnant et extraverti dans une sitcom, prendra un express avec Louise (une fillette potelée de douze ans de la Faction de Phoenix à l'époque du safari), qui l'aura googlisé à la suite de son divorce. Après le café, ils iront à l'hôtel Days Inn dans les environs de San Vicente pour une relation sexuelle incroyablement émouvante, puis à Palm Springs pour un week-end de golf et, enfin, à l'autel, en compagnie des quatre enfants adultes de Dean et des trois adolescents de Louise. Ce dénouement sera toutefois l'exception

– pour la plupart d'entre eux, les retrouvailles déboucheront sur la découverte qu'avoir participé à un safari trente-cinq ans plus tôt ne signifie pas qu'on a beaucoup de points communs, si bien qu'ils se sépareront en se demandant ce qu'ils avaient espéré.

Les occupants de la jeep d'Albert ont acquis le statut de témoins, susceptibles d'être interrogés à perpétuité sur ce qu'ils ont vu, entendu, ressenti. Une bande de gosses, dont Rolph, Charlie, des jumeaux de Phoenix âgés de huit ans et Louise, détale sur un chemin de planches menant à un abri d'affût qui donne sur un point d'eau : une cabane remplie de bancs, dotée d'une ouverture par où regarder, invisible pour les animaux. Il fait sombre à l'intérieur. Les enfants se précipitent vers l'ouverture : pour l'instant, aucun animal ne s'abreuve.

« Vous avez vraiment vu le lion ? demande Louise, très intriguée.

– La lionne, rectifie Rolph. Il y en avait deux, plus un lion. Et trois petits.

– Elle parle du fauve qui a été tué, intervient Charlie, non sans impatience. Évidemment, on était à quelques centimètres !

– Mètres, la corrige Rolph.

– Les mètres sont composés de centimètres. On a tout vu », affirme Charlie.

Rolph déteste déjà ces conversations : l'excitation haletante qu'elles suscitent, le plaisir évident qu'y prend sa sœur. Une idée le perturbe : « Qu'est-ce qui va arriver aux petits ? La lionne abattue devait être leur mère – elle mangeait avec eux.

– Pas forcément, dit Charlie.

– N'empêche, si elle l'était…

– Peut-être que leur père s'occupera d'eux », suggère Charlie, d'un ton sceptique.

Les autres enfants se taisent, réfléchissant à la question. Une voix retentit au fond de la cabane :

« Les lions élèvent leurs petits ensemble. » Mildred et Fiona se trouvaient déjà là, à moins qu'elles ne viennent d'arriver. Ce sont de vieilles femmes, elles passent facilement inaperçues. « La troupe prendra vraisemblablement soin d'eux, ajoute Fiona. Même si c'est leur mère qui est morte.

– Ce n'est peut-être pas le cas, insiste Charlie.

– Effectivement », acquiesce Mildred.

Malgré la présence de la vieille dame dans la voiture, les enfants n'ont pas l'idée de lui demander ce qu'elle a vu.

Rolph prévient sa sœur : « Je rentre. »

Il remonte le chemin jusqu'à l'hôtel. Son père et Mindy n'ont pas quitté le bar enfumé : l'atmosphère festive, insolite, déroute Rolph. Il ne cesse de penser à la jeep, mais ses souvenirs sont embrouillés : le bond de la lionne ; la secousse provoquée par l'impact du fusil ; les gémissements de Chronos pendant le trajet jusque chez le médecin ; la flaque de sang qui se formait sous sa tête, sur le sol de la voiture, comme dans une bande dessinée. Sans oublier la sensation prégnante de Mindy l'entourant de ses bras par-derrière, la joue contre sa nuque, l'odeur qu'elle dégageait : non pas une odeur de pain comme celle de sa mère, mais salée, presque aigre, semblable à celle des fauves, aurait-on dit.

Rolph rejoint son père. Celui-ci interrompt une anecdote sur l'armée que Ramsey et lui sont en train de raconter : « Fatigué, fiston ?

– Tu veux que je t'accompagne à l'étage ? », propose Mindy.

Rolph hoche la tête : c'est ce dont il a envie.

La nuit bleutée, infestée de moustiques, s'engouffre par les fenêtres de l'hôtel. Devant le bar, Rolph est soudain moins las.

Après avoir récupéré ses clés à la réception, Mindy suggère : « Allons sur la véranda. »

Ils sortent. L'obscurité a beau régner, les montagnes, encore plus sombres, se découpent sur le ciel. Rolph entend vaguement les voix des autres enfants monter de la cabane. Il est soulagé de leur avoir échappé. Debout avec Mindy au bord de la véranda, il contemple le paysage. L'odeur salée, acidulée, de la jeune fille l'assaille. Rolph perçoit qu'elle attend quelque chose, alors il attend aussi, le cœur battant.

Une toux résonne au fond de la véranda. Rolph distingue le bout orangé d'une cigarette dans le noir, tandis qu'Albert s'approche d'eux en faisant crisser ses chaussures. « Bonsoir, toi », lance-t-il à Rolph. Comme il n'inclut pas Mindy, le garçon décide que ce salut s'adresse à eux deux.

« Bonsoir, répond-il.

– Qu'est-ce que vous faites ? » reprend Albert.

Rolph se tourne vers Mindy : « Qu'est-ce qu'on fait ?

– On admire la nuit. » Les yeux toujours tournés vers les montagnes, elle a une voix crispée. « On devrait monter », ajoute-t-elle à l'intention de Rolph avant de rentrer brusquement dans l'hôtel.

Dérouté par son impolitesse, le garçon demande à Albert :

« Tu viens ?

– Pourquoi pas ? »

Ils gravissent l'escalier, des bruits d'hilarité s'échappent du bar. Rolph se sent bizarrement obligé de faire la conversation : « Ta chambre aussi est là-haut ?

– Au bout du couloir. Numéro 3. »

Mindy ouvre la porte de celle de Rolph, où elle pénètre, laissant Albert dehors. Le petit garçon est soudain furieux contre elle.

« T'as envie de voir la chambre que je partage avec Charlie ? » propose-t-il à Albert.

Mindy émet un rire bref – le même que sa mère lorsqu'une situation l'agace par son absurdité. Albert s'avance dans la pièce banale, décorée de meubles en bois et de rideaux à fleurs poussiéreux. Du grand confort néanmoins, après dix nuits sous la tente.

« Très chouette », commente Albert.

Avec ses cheveux longs châtains et sa moustache, il a l'air d'un véritable explorateur, pense Rolph. Les bras croisés, Mindy regarde par la fenêtre. Rolph ne parvient pas à identifier l'atmosphère qui règne dans la chambre. Il croit qu'Albert en veut autant à Mindy que lui. *Les femmes sont folles*. Mindy est si mince, si souple, qu'elle pourrait se glisser dans un trou de serrure ou sous une porte. Son pull violet, très fin, se soulève et s'abaisse au rythme de sa respiration. Rolph n'en revient pas de bouillir de colère à ce point.

Albert prend une cigarette qu'il tapote sur son paquet, sans l'allumer. Le tabac sort par les deux bouts, elle n'a pas de filtre. « Eh bien, dit-il, bonne nuit à tous les deux. »

Rolph avait imaginé que Mindy le borderait dans son lit, l'enlacerait comme dans la jeep. C'est hors de question à présent. Il n'a aucune envie d'enfiler son pyjama en sa présence, surtout qu'il est imprimé de petits lutins bleus. « Tout va bien, lui assure-t-il, conscient de son ton glacial. Tu peux t'en aller.

– D'accord. » Elle rabat les draps, fait bouffer l'oreiller, règle l'ouverture de la fenêtre. Rolph sent qu'elle cherche des raisons de s'attarder.

« Ton père et moi serons juste à côté, lui rappelle-t-elle. Tu le sais, n'est-ce pas ? »

Rolph maugrée quelque chose d'inaudible puis se calme : « Oui. »

III. Le sable

Cinq jours plus tard, ils prennent un train de nuit pour se rendre à Mombasa. Un vieux convoi interminable qui ralentit toutes les deux ou trois minutes, laissant juste le temps à des voyageurs de sauter dehors par une porte, ballots plaqués sur leur poitrine, et à d'autres celui de grimper tant bien que mal. Le groupe de Lou et la Faction de Phoenix investissent la voiture-bar exiguë qu'ils partagent avec des Africains en complet-veston, coiffés de chapeaux melon. Charlie a droit à une bière, mais elle s'en procure deux supplémentaires grâce au beau Dean, debout derrière son tabouret. « Tu as des coups de soleil, constate-t-il, touchant d'un doigt la joue de l'adolescente. Le soleil d'Afrique tape.

– C'est vrai. »

Un grand sourire aux lèvres, Charlie boit au goulot. Depuis que Mindy a attiré son attention sur les platitudes de Dean, elle le trouve tordant.

« Tu dois t'enduire de crème solaire, enchaîne-t-il.

– Je sais… C'est ce que j'ai fait.

– Une fois, ça ne suffit pas. Il faut en remettre. »

Croisant le regard de Mindy, Charlie ne peut s'empêcher d'éclater de rire. Son père s'approche d'elle : « Qu'est-ce qu'il y a de si drôle ?

– La vie, dit-elle, s'appuyant sur lui.

– La vie ! ricane Lou. Quel âge as-tu ? »

Il la serre contre lui. Quand Charlie était petite, il le faisait tout le temps, mais cela lui arrive moins souvent depuis qu'elle grandit. Son père est tiède, presque chaud, et les battements de son cœur ressemblent à des coups tambourinés à une porte massive.

« Aïe, ton piquant me transperce ! » s'exclame Lou.

Charlie s'est attaché les cheveux avec ce piquant de porc-épic bleu et noir qu'elle a trouvé dans les collines. Son père l'enlève, la masse dorée cascade sur ses épaules en miroitant comme des éclats de verre. Elle s'aperçoit que Dean l'observe.

Les yeux étrécis, Lou regarde la pointe translucide du piquant : « Ça me plaît, c'est une arme dangereuse.

– Les armes sont nécessaires », décrète Dean.

Le lendemain après-midi, le groupe a pris ses quartiers dans un hôtel situé sur la côte, à une demi-heure de Mombasa. Mildred et Fiona, intrépides, apparaissent en maillot de bain imprimé de fleurs sur la plage blanche parcourue par des hommes au torse noueux vendant colliers et calebasses. Le tatouage de Méduse violette sur la poitrine de Chronos est moins surprenant que sa petite bedaine – une constante décevante chez bon nombre d'hommes, notamment les pères. À l'exception de Lou qui, lui, est mince, un peu sec, bronzé, car il fait quelquefois du surf. Il s'avance vers la mer laiteuse, enlaçant Mindy en bikini bleu fluo, dont la beauté dépasse les attentes (et elles étaient grandes).

Charlie et Rolph sont allongés côte à côte sous un palmier. Mécontente du maillot une pièce rouge choisi avec sa mère pour ce voyage, Charlie décide d'emprunter des ciseaux à la réception et de le couper pour en faire un deux-pièces.

« Je ne veux pas rentrer, annonce-t-elle, d'une voix ensommeillée.

– Maman me manque », dit Rolph. Son père et Mindy nagent. Le bikini de la jeune femme se reflète dans l'eau claire.

« Et si maman pouvait venir ?

– Papa ne l'aime plus. Elle n'est pas assez folle.

– Qu'est-ce que tu racontes ? »

Rolph hausse les épaules : « Tu crois qu'il est amoureux de Mindy ?

– Sûrement pas. Il en a marre de Mindy.

– Peut-être que Mindy l'aime ?

– Qu'est-ce qu'on en a à foutre ? Elles l'aiment toutes », conclut Charlie.

Après avoir nagé, Lou va chercher harpons, masques et tubas, sans céder à la tentation de suivre Mindy dans leur chambre, malgré le désir évident de celle-ci. Elle devient dingue au lit depuis qu'ils ne campent plus sous la tente (les femmes ont de drôles d'idées à propos des tentes) – déchaînée, elle lui arrache ses vêtements pour le peloter à des moments bizarres, prête à remettre ça alors qu'il a tout juste terminé. À présent que le voyage touche à sa fin, il éprouve de la tendresse pour Mindy. Elle fait des études à Berkeley. Lou n'a jamais entrepris de voyage pour retrouver une femme, aussi ne la reverra-t-il sans doute pas.

Rolph lit sur le sable. Quand son père arrive avec le matériel, il pose *Bilbo le Hobbit*, sans protester et se lève. Comme Charlie les ignore, Lou se demande un instant s'il n'aurait pas dû l'emmener. Rolph et lui se dirigent vers le bord de la mer, mettent leurs masques et leurs palmes, suspendent les harpons à leurs ceintures. Rolph est maigre. Il doit faire plus de sport. Il est timoré dans l'eau. Lou lutte en permanence contre l'influence de sa mère qui passe son temps à lire ou à jardiner. Il aimerait que Rolph vive avec lui, mais ses avocats secouent la tête chaque fois qu'il aborde le sujet.

Les poissons aux couleurs chatoyantes, cibles faciles, mordillent les coraux. Lou en a harponné sept lorsqu'il s'aperçoit que Rolph n'en a tué aucun.

« C'est quoi le problème, fiston ? demande-t-il, quand ils sont remontés à la surface.

– Je préfère les regarder », explique Rolph.

Ils se sont approchés d'un éperon rocheux. Ils sortent prudemment de l'eau. Étoiles de mer, holothuries et oursins grouillent dans les flaques. Rolph s'accroupit pour les examiner. Les poissons sont dans un filet accroché à la taille de Lou. De la plage, Mindy les observe à travers les jumelles de Fiona. Elle leur fait signe de la main, ils lui répondent.

« Papa, qu'est-ce que tu penses de Mindy ? reprend Rolph tout en s'emparant d'un crabe minuscule.

– Elle est géniale. Pourquoi ? »

Le crabe ouvre ses petites pinces. Lou remarque avec plaisir que son fils sait comment le tenir. Rolph lui jette un coup d'œil : « Ben, tu sais, est-ce qu'elle est assez cinglée ? »

Lou éclate de rire. Il a oublié leur précédente conversation, en revanche Rolph n'oublie rien – une qualité qui enchante son père : « Oui, absolument. Mais la folie ne suffit pas.

– Je la trouve impolie, reprend Rolph.

– Avec toi ?

– Non. Avec Albert. »

Lou se tourne vers son fils, inclinant la tête : « Albert ? »

Lâchant le crabe, Rolph lui raconte l'histoire. Il se rappelle le moindre détail – véranda, escalier, numéro 3 – et se rend compte qu'il mourait d'envie de parler de ça à son père, en guise de punition à infliger à Mindy. Lou l'écoute attentivement, sans l'interrompre. Au fil de son récit, Rolph sent l'atmosphère s'alourdir d'une façon qu'il ne s'explique pas.

Dès qu'il se tait, son père prend une profonde inspiration et exhale. Il lance un regard à la plage. Le soleil est sur le point de se coucher si bien que les gens secouent le sable fin de leurs serviettes, se préparant à rentrer. Il y a une discothèque dans l'hôtel, où le groupe compte aller danser après le dîner.

« Ça s'est passé quand, exactement ? veut savoir Lou.

– Le même jour que les lions… Le soir. » Rolph attend un

instant avant de poursuivre : « À ton avis, pourquoi elle a été aussi impolie ?

– Les femmes sont des salopes, voilà pourquoi. »

Bouche bée, Rolph dévisage son père, manifestement très en colère, au point qu'un muscle de sa joue palpite. Puis il est assailli par une rage aussi violente que celle qui le submerge parfois à la fin d'un week-end délirant passé avec Charlie autour de la piscine de Lou – rock-stars entassées sur le toit, guacamole et marmites de chili con carne – lorsqu'ils retrouvent leur mère dans son bungalow, solitaire, buvant du thé à la menthe. Il est furieux contre cet homme qui délaisse tout le monde.

« Elle ne sont pas... » Il est incapable de répéter le mot.

« Si, insiste Lou. Tu en seras convaincu, très bientôt. »

Rolph se détourne de son père. Faute de lieu où s'enfuir, il saute dans la mer et se dirige lentement vers le rivage en barbotant. Le soleil est bas à l'horizon, la mer clapoteuse et pleine d'ombres. Rolph a beau imaginer des requins sous ses pieds, il ne fait pas demi-tour et ne regarde pas derrière lui. Il continue à nager tant bien que mal vers le sable blanc, sachant d'instinct que ses efforts pour garder la tête hors de l'eau sont la plus exquise torture qu'il puisse infliger à son père – et aussi que, s'il se noie, Lou se précipitera pour le sauver.

Ce soir-là, Rolph et Charlie ont le droit de boire du vin au dîner. Si le goût amer déplaît à Rolph, il adore le flou tremblant que ça confère au décor : les gigantesques fleurs semblables à des becs disséminées dans la salle à manger ; le poisson harponné par son père que le chef a préparé avec des olives et des tomates ; Mindy dans une robe verte chatoyante que son père enlace. Sa colère s'est dissipée, alors celle de Rolph aussi.

Lou vient de passer une heure à baiser Mindy, qui ne tient plus debout. Il pose une main sur sa cuisse mince, la glisse sous l'ourlet, guettant le trouble de son regard. Lou ne supporte pas la défaite, il ne la perçoit que comme un aiguillon à son inéluctable victoire. Il doit gagner. Il se fiche d'Albert, invisible au demeurant. Albert est moins que rien (celui-ci est d'ailleurs rentré chez lui, à Mombasa). L'important, c'est de le faire comprendre à Mindy.

Il remplit les verres de Mildred et de Fiona jusqu'à ce que leurs joues se marbrent de rouge. « Vous ne m'avez toujours pas emmené observer les oiseaux, les morigène-t-il. J'ai beau vous le réclamer sans arrêt, c'est peine perdue.

– Nous pourrions y aller demain, suggère Mildred. Nous espérons apercevoir des oiseaux du littoral.

– C'est une promesse ?

– Solennelle.

– Viens, souffle Charlie à l'oreille de son frère. On se casse. »

Ils sortent furtivement de la salle à manger bondée et déboulent sur la plage argentée. Les palmiers s'agitent et crépitent comme sous l'effet de la pluie. Pourtant le fond de l'air est sec.

« Ça ressemble à Hawaï », constate Rolph. Il aimerait que ce soit vrai. Les éléments sont là : l'obscurité, la plage, sa sœur. Mais ce n'est pas du tout la même atmosphère.

« Sans la pluie, précise Charlie.

– Sans maman.

– Je crois qu'il va épouser Mindy, enchaîne Charlie.

– Sûrement pas ! Tu as dit qu'il n'était pas amoureux d'elle.

– Et alors ? Ça ne l'empêchera pas de l'épouser. »

Ils se laissent tomber sur le sable encore un peu tiède, rayonnant d'un éclat lunaire, où s'écrase la mer spectrale.

« Elle n'est pas si mal, reprend Charlie.

– Je ne l'aime pas. Pourquoi tu joues à l'expert international ?

– Je connais papa. »

Charlie ne se connaît pas. Dans quatre ans, à dix-huit ans, elle rejoindra une secte établie au Mexique dont le gourou charismatique préconise un régime à base d'œufs crus et manquera mourir d'une infection alimentaire, la salmonellose, avant d'être sauvée par Lou. Une dépendance à la cocaïne exigera une reconstruction partielle de son nez qui changera son apparence. Après d'innombrables liaisons avec des mecs aussi nuls que dominateurs, elle se retrouvera seule à la trentaine et s'efforcera de réconcilier Rolph et Lou, qui seront brouillés à ce moment-là.

En revanche, elle connaît son père. Il épousera Mindy, c'est ce que gagner signifie pour lui, d'autant que l'envie de Mindy de mettre un terme à cet étrange épisode et de reprendre ses études s'évanouira dès l'instant où elle ouvrira la porte de son appartement de Berkeley et sera assaillie par l'odeur de lentilles en train de mijoter : l'un des ragoûts à bon marché constituant la base de l'alimentation de ses colocataires. Elle s'effondrera sur un canapé avachi, récupéré sur un trottoir, déballera ses nombreux livres et s'apercevra n'avoir pratiquement rien lu pendant les semaines où elle les aura trimballés en Afrique. Lorsque le téléphone sonnera, son cœur bondira.

Insatisfaction structurelle : retrouver une situation qui vous a convenu après avoir fait l'expérience d'un mode de vie plus exaltant ou plus luxueux et découvrir qu'on ne la supporte plus.

Mais nous nous écartons du sujet.

Rolph et Charlie galopent sur la plage, attirés par la lumière et la musique de la discothèque en plein air. Ils se précipitent pieds nus dans la foule, laissant des traces de sable sur une piste de danse translucide posée sur des losanges aux couleurs changeantes. Rolph a la sensation que la ligne de basse trépidante affecte ses battements de cœur.

« Viens danser », lance Charlie.

Elle se trémousse devant lui – c'est ainsi que la nouvelle Charlie a l'intention de danser à son retour aux États-Unis. Sauf que

Rolph, gêné, est incapable de la suivre. Les autres les entourent : Louise, la fille potelée qui a un an de plus que lui danse avec Dean. Ramsey enlace une des mères de la Faction de Phoenix. Lou et Mindy sont collés l'un à l'autre, mais la jeune femme pense à Albert, ce qui lui arrivera souvent après avoir épousé Lou et eu deux filles, les cinquième et sixième enfants de ce dernier, l'une après l'autre, comme pour prendre de vitesse l'inévitable abandon de son mari. Sur le papier, Lou n'aura plus un sou et Mindy finira par être agent de voyages pour élever ses gamines. Pendant un certain temps, elle mènera une vie morose : ses enfants pleurnicheront trop, en sorte que ce voyage en Afrique lui paraîtra avoir été la dernière période heureuse de son existence, synonyme de liberté et d'insouciance. Albert sera l'objet de fantasmes absurdes et futiles, et elle s'interrogea parfois sur ses faits et gestes, sur le cours qu'aurait pris son existence si elle s'était enfuie avec lui, comme il l'avait suggéré en plaisantant à moitié lorsqu'elle l'avait retrouvé dans la chambre numéro 3. Bien sûr, elle comprendra plus tard qu'« Albert » était une projection de ses regrets d'avoir manqué de maturité et fait des choix catastrophiques. Quand ses deux enfants seront au lycée, elle reprendra ses études, terminera son doctorat à l'université de Californie et entamera une carrière d'ethnologue, passant le plus clair des trente années suivantes à étudier les structures sociales dans la forêt tropicale brésilienne. Sa plus jeune fille travaillera pour Lou, deviendra sa protégée et héritera de son affaire.

« Regarde, dit Charlie à Rolph, haussant le ton pour couvrir la musique. Les ornithologues nous observent. »

Vêtues de leur longue robe à fleurs, Mildred et Fiona sont assises sur des chaises devant la piste. Elles leur font signe. C'est la première fois qu'elles n'ont pas leurs jumelles.

« J'imagine qu'elles sont trop vieilles pour danser, suppute Rolph.

– Ou peut-être qu'on leur fait penser à des oiseaux.

– Ou peut-être qu'elles regardent les gens quand il n'y a pas d'oiseaux.

– Allez, Rolphus, viens danser », insiste Charlie.

Elle lui prend les mains. Dès qu'ils se mettent à bouger à l'unisson, Rolph sent sa timidité se dissiper miraculeusement, comme s'il grandissait en ce moment précis, sur la piste, pour devenir un garçon capable de se trémousser avec des filles telles que sa sœur. Charlie s'en rend compte. D'ailleurs, ce souvenir la hantera le restant de ses jours, longtemps après que Rolph se sera fait sauter la cervelle, à vingt-huit ans, dans la maison de leur père : son frère, les cheveux lissés, les yeux pétillants, apprenant à danser. Mais la femme qui se souviendra ne s'appellera plus Charlie ; à la mort de Rolph, elle reprendra son véritable prénom – Charlene –, dissociée à jamais de la fille qui dansait avec son frère en Afrique. Charlene se coupera les cheveux et entrera en fac de droit. Lorsqu'elle aura un fils, elle s'interdira de l'appeler Rolph, malgré son désir de le faire, à cause du chagrin persistant de ses parents. Aussi lui donnera-t-elle ce nom en privé. Des années plus tard, elle se tiendra avec sa mère devant un terrain de base-ball pour le regarder jouer et lever parfois les yeux au ciel, l'air rêveur.

« Charlie, devine ce que je viens de découvrir ! » l'interpelle Rolph.

Elle se penche vers son frère. Un grand sourire aux lèvres, il lui entoure la tête des mains pour dominer la musique tonitruante. Son haleine tiède, suave, caresse l'oreille de Charlie.

« Je crois que ces vieilles dames n'ont jamais observé d'oiseaux. »

5

Vous

Tout est là : la piscine et son carrelage bleu et jaune du Portugal, l'eau qui clapote doucement le long d'un mur de pierre noire. La maison n'a pas changé, hormis le silence où elle est plongée. Qui n'a aucun sens. Gaz neurotoxiques ? Overdoses ? Arrestations massives ? Voilà ce que je me demande, tandis que nous suivons la femme de chambre à travers une enfilade de pièces au sol tapissé de moquette, passant devant des fenêtres derrière lesquelles la piscine nous adresse un clin d'œil. Il fallait au moins ça pour sonner le glas des fêtes, non ?

Rien de tel. Vingt ans se sont écoulés.

Il est dans sa chambre, sur un lit d'hôpital, des tubes dans le nez. La deuxième attaque l'a vraiment mis K.-O. – la seule séquelle de la première, nettement moins grave, avait été une patte un peu folle. C'est ce que Bennie m'avait annoncé au téléphone. Bennie, notre vieux copain de lycée. Le protégé de Lou. Il m'a dénichée chez ma mère, bien qu'elle ait quitté San Francisco depuis longtemps pour me rejoindre à Los Angeles. Bennie, l'organisateur, réunissant des gens du passé au chevet de Lou. On peut apparemment retrouver presque tout le monde sur un ordinateur. Il a débusqué Rhea, à Seattle, alors qu'elle a changé de patronyme.

De notre ancienne bande, Scotty est le seul à avoir disparu. Aucun ordinateur n'a réussi à trouver sa trace.

Rhea et moi restons près du lit, sans trop savoir quoi faire. À l'époque où nous le fréquentions, les gens normaux ne mouraient pas.

Il y avait bien eu des indices, des signes d'une funeste alternative à la vie (Rhea et moi les avions évoqués en buvant un café, avant d'aller chez Lou – chacune fixant le nouveau visage de l'autre de chaque côté de la table en plastique, nos traits familiers usés par une maturité insolite). La mère de Scotty, notamment, qui avait mis fin à ses jours en avalant des cachets quand nous étions encore au lycée, sauf qu'elle n'était pas normale. Mon père, mort du sida, mais je ne le voyais presque plus à ce moment-là. Rien à voir avec ça : ordonnances près du lit, relents de médicaments et de moquette aspirée. Il me semble être dans un hôpital. Non pas vraiment à cause de l'odeur (il n'y a pas de moquette à l'hôpital), mais de l'air confiné, de la sensation d'être à mille lieues de tout.

Nous gardons le silence. Les questions qui défilent dans ma tête sont ineptes : comment as-tu fait pour vieillir à ce point ? C'est arrivé du jour au lendemain, ou tu as dépéri à petit feu ? Depuis quand tu ne donnes plus de fêtes ? Les autres ont vieilli eux aussi ou tu es le seul ? Les autres sont-ils toujours ici, cachés dans des palmiers ou sous l'eau, retenant leur souffle ? Quand as-tu fait tes longueurs de piscine pour la dernière fois ? Tu as mal ? Tu savais que ça te guettait et tu l'as caché à tout le monde ou ça t'a pris en traître ?

Au lieu de quoi, je lance : « Salut, Lou », tandis que Rhea s'exclame en même temps : « Ouah, tout est exactement pareil ! » Et nous rions en chœur.

Lou esquisse un sourire dont le dessin, même s'il révèle des chicots jaunes, est familier. Un doigt chaud me laboure les entrailles. Le sourire de Lou qui s'épanouit dans ce lieu bizarre.

« Vous, les filles. Toujours superbes », souffle-t-il.

Il ment. J'ai quarante-trois ans et Rhea aussi. Elle est mariée, mère de trois enfants. Trois : je n'en reviens pas. Moi, je suis retournée chez ma mère pour essayer de terminer ma licence à l'université de Californie. Une reprise après de longs détours déboussolants. « La période anarchique de tes vingt ans », c'est ainsi que ma mère qualifie mon temps perdu, une tentative pour rendre tout cela banal et amusant. Sauf qu'elle a commencé bien avant mes vingt ans et duré bien au-delà. J'espère qu'elle est terminée. Certains matins, le soleil ne brille pas comme il faut derrière la fenêtre. Assise à la table de la cuisine, je saupoudre du sel sur les poils de mon bras, saisie par la sensation que c'est fini. Tout s'est déroulé sans moi. Ces jours-là, j'évite de fermer les yeux trop longtemps sinon ce serait vraiment le début de ma fête.

« Voyons, Lou, nous sommes de vieilles peaux, reconnais-le », proteste Rhea, tapotant son épaule frêle.

Elle lui montre des photos de ses gosses, qu'elle approche de son visage. « Elle est mignonne, dit-il, parlant de Nadine, l'aînée, qui a seize ans.

– Arrête », le rembarre Rhea.

Je me tais. De nouveau je le sens – le doigt – dans mon ventre.

« Et tes enfants ? demande Rhea à Lou. Tu les vois beaucoup ?

– Quelquefois », répond-il, de sa nouvelle voix, étranglée.

Il en avait eu six, de trois épouses qu'il avait eu du mal à supporter avant de les larguer. Rolph, le deuxième, était son préféré. Rolph vivait ici. Un garçon adorable dont les yeux bleus cillaient un peu chaque fois qu'il faisait baisser ceux de son père. Nous avions exactement le même âge. Nous étions nés le même jour, la même année. Je nous imaginais nourrissons dans des hôpitaux différents, pleurant en même temps. Une fois, on s'était plantés côte à côte devant une glace en pied pour voir si notre naissance le même jour avait imprimé une trace sur nos corps. Une marque qu'on pourrait reconnaître.

À la fin, Rolph refusait de m'adresser la parole, sortait d'une pièce dès que j'y entrais.

Le grand lit recouvert d'un jeté violet froissé de Lou a disparu – heureusement. L'image du match de basket-ball retransmis par la nouvelle grande télé à écran plat est si nette que, par contraste, la pièce et même nous semblons flous. Un type vêtu de noir, l'oreille percée d'un diamant, entre ; il tripote les tubes de Lou et prend sa tension. De sous les couvertures, d'autres drains fixés à d'autres parties du corps de Lou s'entortillent dans des sacs en plastique que je m'efforce de ne pas regarder.

Un chien aboie. Lou ronfle, les paupières baissées. L'élégant infirmier-valet de chambre consulte sa montre et s'en va.

C'est pour ça que j'ai gaspillé tant d'années. Un vieillard. Une maison vide. Je fonds en larmes, c'est plus fort que moi. Rhea m'entoure de ses bras. Même après tout ce temps, elle n'hésite pas. Sa peau est flasque – les peaux à taches de rousseur vieillissent prématurément, m'avait dit Lou un jour. Or celle de Rhea en est criblée. « Notre amie Rhea est maudite », avait-il conclu.

Je sanglote dans ses cheveux :

« Tu as trois enfants.

– Chut.

– Qu'est-ce que j'ai ? »

D'anciens camarades de lycée réalisent des films, fabriquent des ordinateurs. Font des films sur ordinateur. Une révolution, n'arrête-t-on pas de me répéter. Moi, j'essaie d'apprendre l'espagnol. Le soir, ma mère contrôle mes connaissances avec des fiches.

Trois enfants. Nadine, l'aînée, a presque l'âge que j'avais lors de ma rencontre avec Lou. Dix-sept ans. Je faisais de l'auto-stop. Il conduisait une Mercedes rouge. En 1979, ce pouvait être le début d'une histoire exaltante, où tout était possible. À présent, c'est la fin.

« Tout ça n'avait aucun sens, dis-je à Rhea.

– Ce n'est pas vrai. Tu ne l'as pas encore trouvé, voilà tout. »

Rhea, elle, savait toujours ce qu'elle faisait. Qu'elle danse, pleure ou se pique, elle jouait toujours à moitié la comédie. Moi jamais.

« Je me suis perdue en cours de route. »

La journée tourne mal, c'est une journée où le soleil est féroce. Ce soir, lorsque ma mère verra ma tête en rentrant de son travail, elle me lancera : « Tans pis pour l'espagnol », et nous préparera des Virgin Mary agrémentés de petites ombrelles. Un disque de Dave Brubeck passera sur la stéréo, tandis que nous jouerons aux dominos ou au gin-rami. Chaque fois que je regarderai ma mère, elle me sourira. Mais l'épuisement a raviné son visage.

Le silence s'infuse d'une sorte d'intelligence et nous remarquons que Lou nous observe. Ses yeux sont inhabités, il pourrait être mort. « Ça fait. Semaines. Pas sorti, ânonne-t-il, en toussotant. Pas envie. »

Rhea pousse le lit. Je la suis en tirant la potence à perfusion. Alors que nous le déplaçons dans la maison, la terreur me saisit, comme si l'association du soleil et du lit d'hôpital risquait de provoquer une explosion. J'ai peur que le véritable Lou soit au bord de la piscine où il passait son temps, pendu à un téléphone rouge à long fil, une coupe de pommes vertes à portée de main et qu'il se bagarre avec le vieux Lou. *Comment oses-tu ? Je n'ai jamais reçu de vieillard chez moi, je ne vais pas commencer maintenant.* L'âge, la laideur, n'avaient pas droit de cité. Leur irruption était inconcevable.

« Là », indique-t-il, montrant le bord de la piscine. Sa place habituelle.

Il y a toujours un téléphone. Ainsi qu'une télécommande noire posée sur une petite table en verre à côté d'un shaker. L'infirmier-valet de chambre ou un autre employé occupe le terrain abandonné.

Ou Rolph ? Se pourrait-il que Rolph soit ici et prenne soin de son père ? Soudain, je le sens, exactement comme avant, lorsque je devinais qu'il entrait dans une pièce sans avoir à lever les yeux. Uniquement alertée par le mouvement de l'air. Une fois, on s'était cachés derrière la cabane de piscine après un concert. Lou m'appelait en hurlant. « Joc-elyn ! Joc-elyn ! » Rolph et moi pouffions, le groupe électrogène ronronnait dans nos poitrines. Plus tard, j'avais pensé : mon premier baiser. C'était débile. À l'époque j'avais déjà fait tout ce qu'il me sera donné de faire.

Le torse de Rolph se reflétait dans le miroir. Lisse. Sans aucune marque. Une seule plutôt : celle de la jeunesse.

Quand c'est arrivé, dans la petite chambre de Rolph, où des rais de lumière se faufilaient entre les stores, j'ai feint que c'était nouveau pour moi. Il a plongé son regard dans le mien et j'ai compris à quel point je pouvais être encore normale. Nous étions tous les deux lisses.

« Où est ce. Truc. » Lou cherche le bouton qui actionne le lit. Il a envie de se redresser et de tout embrasser du regard, comme autrefois dans son maillot de bain rouge qui révélait ses jambes bronzées sentant le chlore. Le téléphone dans sa main, moi entre ses jambes, sa paume sur ma tête. Les oiseaux gazouillaient sûrement aussi à ce moment-là, mais la musique nous empêchait de les entendre. À moins qu'il n'y en ait davantage maintenant ?

Le lit grince en remontant Lou, qui écarquille les yeux : « J'ai vieilli. »

Le chien recommence à aboyer. L'eau de la piscine se ride comme si quelqu'un venait d'y entrer ou d'en sortir.

« Et Rolph ? » Mes premiers mots depuis « Salut ».

« Rolph, répète Lou, battant des paupières.

– Ton fils ? Rolph ? »

Rhea m'adresse un signe de réprobation : ma voix est trop forte. Je suis en proie à une sorte de rage qui me submerge parfois et efface les pensées de mon cerveau comme si elles étaient écrites à la craie. Qui est ce vieillard à l'agonie devant moi ? Je veux l'autre, l'ogre égoïste qui me faisait tourner entre ses jambes au vu et au su de tous, poussait ma nuque de sa main libre tandis qu'il rigolait au téléphone, se moquant éperdument que toutes les chambres de la maison donnent sur la piscine – celle de son fils, entre autres. J'ai deux ou trois choses à dire à cet homme-là.

Lou essaie de parler. Nous nous penchons pour l'écouter. La force de l'habitude, j'imagine.

« Rolph n'y est pas arrivé. »

Je m'énerve : « Qu'est-ce que tu racontes ? »

Le vieillard pleure à présent. Des larmes coulent sur son visage.

« À quoi ça rime, Jocelyn ? » me demande Rhea.

En l'espace de cette seconde, des parties dissociées de mon cerveau se connectent et je me rends compte que je savais déjà pour Rolph. Rhea aussi. Tout le monde. Une tragédie du passé.

« Il avait. Vingt-huit ans », précise Lou.

Je ferme les yeux.

« Il y a longtemps », ajoute-t-il. Les mots déchirent sa poitrine oppressée. « Mais. »

En effet. Vingt-huit ans, ça remonte à des lustres. Le soleil me blesse les yeux, alors je ne les ouvre pas.

« Perdre un enfant, c'est inimaginable », murmure Rhea.

La fureur m'étreint, me broie de l'intérieur. J'ai mal au bras. Je le tends sous le lit d'hôpital de Lou, que je hisse et penche en sorte qu'il glisse dans la piscine turquoise ; l'aiguille de la perfusion s'arrache, du sang gicle, effleure l'eau où il vire au jaune. Malgré mes excès, je suis forte. Je saute derrière Lou. Rhea pousse des cris perçants. J'appuie sur la tête de Lou, la coince entre mes genoux, je ne le lâche que lorsque tout devient mou. Nous attendons, Lou et moi. Il finit par s'agiter, se débattre entre mes jambes, tressauter, tandis que la vie l'abandonne. À peine s'est-il immobilisé que je le laisse remonter à la surface.

J'ouvre les yeux. Personne n'a bougé. Lou, toujours en larmes, fouille la piscine de son regard vitreux. Rhea lui touche le torse à travers le drap.

Une mauvaise journée. Le soleil me donne mal à la tête. Je fixe Lou et lui balance :

« Je devrais te tuer, tu mérites la mort.

– Ça suffit », me rabroue Rhea de son ton maternel, empreint de sévérité.

Tout à coup, Lou me regarde dans les yeux. Il me semble que c'est la première fois aujourd'hui. Enfin, je revois l'homme qui disait : *Tu es ce qui m'est arrivé de mieux* ou : *On parcourra le monde* ou : *Pourquoi est-ce que j'ai tant besoin de toi ?* Et encore : *Tu veux monter, ma belle ?* Avec un grand sourire sous le soleil de plomb qui éclaboussait sa voiture rouge vif. *Dis-moi juste où tu vas.*

Il a l'air effrayé, mais il esquisse son sourire d'autrefois : « Trop tard. »

Trop tard. La tête renversée en arrière, je contemple le toit. Rolph et moi avions passé une nuit là-haut à épier les invités d'une fête que Lou donnait en l'honneur d'un de ses groupes. Même lorsque le bruit avait cessé, nous étions restés adossés aux tuiles froides. Nous guettions le soleil. Il s'était levé brusquement – petit, brillant, rond. « Comme un bébé », avait commenté Rolph, et j'avais pleuré. Dans nos bras, ce soleil fragile, tout neuf.

Chaque soir, ma mère coche la journée, une de plus pendant laquelle je ne me suis pas droguée. Cela fait un an et des poussières, je n'ai jamais tenu aussi longtemps. « Tu as la vie devant toi, Jocelyn », m'assure-t-elle. Quand je la crois, mais ça ne dure qu'une minute, j'ai la sensation que ça m'ôte un poids des yeux. Comme si je sortais d'une chambre noire.

Lou reprend la parole. Du moins, il essaie : « De chaque côté. De moi. Vous voulez bien, les filles ? »

Rhea lui prend une main, moi l'autre. Ce n'est plus la même, elle est boudinée, sèche, lourde. Rhea et moi échangeons un regard. Nous sommes là, tous les trois, comme avant. La boucle est bouclée.

Lou a cessé de pleurer. Il scrute son univers. La piscine, le carrelage. Nous ne sommes jamais allés en Afrique, ni nulle part ailleurs. Nous sortions à peine de cette maison.

« Un plaisir d'être. Avec vous, les filles », dit-il, cherchant sa respiration.

Il nous serre la main, comme si nous risquions de nous échapper. Ça ne nous viendrait pas à l'idée. Nous regardons la piscine et écoutons les oiseaux.

« Encore une minute, demande Lou. Merci, les filles. Une de plus. Comme ça. »

6

X et O

Voici le point de départ : assis sur un banc du parc de Tompkins Square, je lisais un numéro de *Spin* que j'avais piqué dans un kiosque de la chaîne Hudson News et reluquais les femmes d'East Village qui traversaient le jardin public pour rentrer chez elles, me demandant (comme souvent) par quel tour de passe-passe mon ex réussissait à peupler New York de milliers de nanas qui me faisaient penser à elle, même si elles ne lui ressemblaient pas, lorsque je découvris que Bennie Salazar, mon vieux pote, était devenu producteur de disques ! Il y avait un article entier à son sujet dans le magazine, sur la façon dont il s'était fait un nom grâce à un groupe, les Conduits, dont un album avait été certifié multiplatine trois ou quatre ans auparavant. Ainsi qu'une photo de Bennie, visiblement un peu oppressé et bigleux, en train de recevoir une sorte de récompense – immortalisation d'un instant enivrant, aboutissement d'une vie comblée. Après avoir regardé le cliché moins d'une seconde, j'ai fermé le magazine, bien décidé à oublier Bennie. Certes, il n'y a qu'un pas entre penser à quelqu'un et s'efforcer de ne pas y penser, mais j'ai suffisamment de patience et de sang-froid pour m'y tenir pendant des heures, voire des jours si nécessaire.

Au bout d'une semaine sans penser à Bennie – à m'efforcer de ne pas penser à lui avec tant d'acharnement qu'il ne restait presque plus de place dans mon cerveau pour quoi que ce soit d'autre –, j'ai résolu de lui écrire. Sur l'enveloppe, j'ai noté l'adresse du siège de sa maison de disques, située au croisement de Park Avenue et de la 52e Rue, dans une tour de verre. J'y suis allé en métro et me suis planté au pied de l'immeuble, la tête en arrière, pour regarder là-haut, tout là-haut, m'interrogeant sur l'étage où pouvait se trouver le bureau de Bennie. Les yeux rivés sur le gratte-ciel, j'ai glissé la missive dans une boîte, juste devant. *Salut, Benjo* (je le surnommais comme ça), avais-je écrit. *Ça fait un bail. J'apprends que tu es l'homme du moment. Bravo. C'est normal que ça tombe sur un veinard tel que toi. Amicalement, Scotty Hausmann.*

Il m'a répondu ! Sa lettre est arrivée dans ma boîte cabossée de la 6e Rue est. Elle avait beau avoir été tapée, sans doute par une secrétaire, j'ai deviné que l'expéditeur était Bennie.

Scotty, mon gars – merci pour le petit mot. Tu te terrais où ? Je pense quelquefois à l'époque des Dildos. J'espère que tu joues toujours de ta guitare slide. Bises, Bennie. Sa signature en pattes de mouche surmontait son nom.

La lettre de Bennie m'a fait beaucoup d'effet. Les choses avaient – voyons, c'est quoi déjà l'expression –, mal tourné. Les choses avaient plutôt mal tourné en ce qui me concernait. Je travaillais pour la municipalité en tant que gardien d'une école primaire du quartier et, l'été, je ramassais les ordures du jardin public longeant l'East River, près du pont de Williamsburg. Des activités dont je n'avais pas honte ; en effet, je comprenais ce qui échappait apparemment à presque tout le monde : la différence entre travailler dans une tour en verre de Park

Avenue et ramasser les ordures d'un jardin public est infinitésimale, si négligeable qu'elle n'est probablement que le fruit de l'imagination humaine. En fait, il se peut qu'il n'y en ait aucune.

Le lendemain du jour où la lettre de Bennie est arrivée, j'avais congé. Aussi suis-je parti tôt pêcher dans l'East River, un de mes passe-temps habituels. Je mangeais les poissons. Bien sûr, il y a ce problème de pollution mais, contrairement à celle de la tonne de poisons qu'on ingurgite quotidiennement, on le sait et ça change tout. Dieu devait être avec moi, ce matin-là, à moins que Bennie ne m'eût communiqué sa chance, parce que j'ai sorti de l'eau ma plus belle prise de tous les temps : un énorme bar rayé, superbe. Voilà qui a estomaqué mes copains de pêche, Sammy et Dave. Je l'ai assommé, enveloppé dans un journal et fourré dans un sac que j'ai coincé sous un bras pour l'emporter chez moi. Là, j'ai mis ma seule tenue susceptible de ressembler à un costume : un pantalon kaki et une veste que je donnais sans arrêt à nettoyer. Pas plus tard que la semaine précédente, je l'avais déposée toujours enveloppée dans le sac du teinturier – ce qui avait accablé la fille derrière le comptoir : « Pourquoi vous faire nettoyer ? C'est déjà propre, sac pas ouvert, vous jeter argent par fenêtres. » Conscient de m'écarter du sujet, je me bornerai à ajouter que la violence avec laquelle j'ai arraché le plastique entourant la veste a réduit la fille au silence. Après l'avoir soigneusement étalée sur le comptoir, j'ai dit : « *Merci por vous consideración, madame.* » Elle l'a acceptée sans piper mot. Bref, la veste que j'ai enfilée pour rendre visite à Bennie Salazar était impeccable.

En cas de besoin, on pouvait mettre en place de sévères contrôles de sécurité devant l'immeuble de Bennie. Cela ne s'était apparemment pas imposé ce jour-là. Une fois de plus, la chance de Bennie ruisselait sur moi telle une coulée de miel. Non que j'en sois dépourvu d'une façon générale – ça relevait plutôt de la neutralité, frisant parfois la déveine. Ainsi, j'avais beau pêcher plus souvent que Sammy, avoir une meilleure canne que lui, j'attrapais moins de poissons. Mais si Bennie me portait chance aujourd'hui, est-ce que cela signifiait que ma chance devenait la sienne ? Que ma visite inopinée était une chance pour lui ? Ou étais-je parvenu à la détourner de lui, à si bien la siphonner qu'il ne lui en resterait plus pour la journée ? Et si j'y avais réussi, comment m'y étais-je pris et (le plus important) comment faire pour que ça dure éternellement ?

J'ai cherché Sow's Ear Records dans le répertoire : quarante-cinquième étage. J'y suis monté par l'ascenseur d'où je suis sorti, l'air dégagé, par des portes en verre donnant sur une salle d'attente très prétentieuse. Le décor m'a rappelé celui d'un appartement de célibataire des années soixante-dix : canapés en cuir noir, tapis moelleux, lourdes tables en verre et chrome couvertes de numéros de *Vibe* et de *Rolling Stone* et autres magazines de la même catégorie. Éclairage soigneusement tamisé – une nécessité, je le savais, afin que les musiciens puissent dissimuler leurs yeux filetés de sang et les marques de piqûres.

J'ai flanqué le poisson sur le bureau en marbre de la réception. Floc – un véritable bruit de poisson, je le jure. La jeune fille (cheveux tirant sur le roux, yeux verts, bouche en forme de pétale, le genre de minette à donner envie de se pencher pour lui susurrer : *Tu es sûrement très futée, sinon comment t'aurais pu décrocher ce boulot ?*) a levé les yeux : « Bonjour.

– Je viens voir Bennie, ai-je précisé. Bennie Salazar.

– Il vous attend ?

– Pas en ce moment.

– Vous vous appelez ?

– Scotty. »

Elle portait un casque audio et, quand elle a parlé dans un minuscule micro, j'ai compris qu'il s'agissait d'un téléphone.

Lorsqu'elle eut prononcé mon nom, j'ai remarqué que ses lèvres frémissaient, comme si elle réprimait un sourire. « Il est en réunion, m'a-t-elle informé. Mais je peux prendre un mess...

– Je patienterai. »

J'ai posé mon poisson à côté des magazines sur la table basse, avant de m'installer dans un des canapés noirs dont les coussins ont exhalé une délicieuse odeur de cuir. Une sensation de profond bien-être m'a envahi. J'ai eu sommeil. L'envie m'a gagné de rester là, d'abandonner mon appartement de la 6e Rue est, et de terminer ma vie dans la salle d'attente de Bennie.

Certes, je ne m'étais pas attardé dans un endroit public depuis bien longtemps. Mais quelle pertinence ce fait a-t-il à l'« ère de l'information », alors qu'on peut parcourir la planète et l'univers sans se lever du canapé en velours vert récupéré dans une décharge, point de convergence de l'appartement de la 6e Rue est ? Tous les soirs, je commandais des haricots verts du Hunan que je mangeais en buvant du Jägermeister. J'étais capable d'avaler des quantités astronomiques de ces légumes : quatre, cinq portions, voire plus. À en juger par le nombre de sachets de soja et de baguettes accompagnant ma livraison, Fong Yu s'imaginait sûrement que j'avais huit ou neuf convives végétaliens. La composition chimique du Jägermeister génère-t-elle une appétence pour les haricots verts ? Ont-ils des propriétés qui créent une dépendance les rares fois où on les consomme avec du Jägermeister ? Autant de questions que je me posais, tandis que j'en enfournais d'énormes fourchetées craquantes en regardant la télé – shows bizarres des chaînes câblées, dont la plupart restaient énigmatiques d'autant que je leur accordais une attention distraite. Sans doute ces émissions m'inspiraient-elles pour créer mon propre spectacle que je soupçonnais être meilleur. Qui l'était en réalité.

Voici le fond du problème : si nous, les êtres humains, sommes des machines à traiter les informations, qui transposons les X et O que nous voyons en ce qu'on appelle « expérience », avec oh tant d'exaltation, et si j'avais accès à ces mêmes informations via la télévision par câble ou les innombrables magazines que je feuilletais à Hudson News, trois ou quatre heures d'affilée pendant mes jours de congé (mon record de huit heures, comprenant les trente minutes passées à la caisse enregistreuse pendant la pause déjeuner d'une des plus jeunes employées qui croyait que je travaillais là) – si j'avais non seulement les informations mais le talent de les traiter grâce à l'ordinateur de mon cerveau (les vrais ordinateurs m'effraient : si on peut Les trouver, Ils peuvent me trouver, ce que je ne veux à aucun prix), n'avais-je pas, théoriquement, vécu les mêmes expériences que les autres ?

Pour vérifier la validité de mon hypothèse, je m'étais posté devant la bibliothèque à l'angle de la Cinquième Avenue et de la 42e Rue lors d'une soirée de gala pour les maladies du cœur. Un choix dû au hasard : sortant de la salle des périodiques au moment de la fermeture, j'avais repéré des individus bien habillés en train de jeter des nappes blanches sur des tables et de trimballer de gros bouquets d'orchidées dans le hall d'entrée. La fille munie d'un bloc-notes auprès de qui je m'étais renseigné m'avait parlé d'un gala au profit de la recherche contre les maladies cardiovasculaires. J'étais rentré manger mes haricots puis, au lieu d'allumer la télé, j'étais retourné en métro à la bibliothèque où la soirée battait son plein. On jouait « Satin Doll » à l'intérieur. J'ai entendu gloussements, piaillements, éclats de rire. J'ai vu à peu près une centaine de limousines et de berlines noires ralentir le long du trottoir. J'ai pensé qu'un groupe d'atomes et de molécules associés d'une façon particulière, rien de plus, formait ce qu'on appelle un mur de pierre dressé entre moi et ces gens qui dansaient dans la bibliothèque au son de trompettes, dont le saxophone ténor était épouvantable. Comme je tendais l'oreille, un phénomène étrange s'est produit : j'ai eu mal. Ni à la tête, ni au bras, ni à la jambe, partout en même temps. J'ai eu beau me dire que ça ne changeait rien d'être à l'intérieur ou à l'extérieur, que tout se réduisait aux différentes manières d'acquérir les X et O, la douleur s'est intensifiée au point de me donner le vertige. Aussi me suis-je éloigné en clopinant.

Comme toutes les expérimentations ratées, celle-ci m'a donné une leçon inattendue : un des éléments essentiels d'une prétendue expérience, c'est la conviction illusoire qu'elle est unique et spéciale, que ceux qui la vivent sont des privilégiés, les autres des laissés-pour-compte. Et moi, tel un scientifique inhalant malgré lui les vapeurs toxiques du bécher en train de bouillir dans son labo, j'avais été, uniquement à cause d'une proximité physique, contaminé par la même illusion en sorte que, dans mon état second, j'en étais venu à me considérer comme un Exclu : condamné pour toujours à grelotter devant la bibliothèque au croisement de la Cinquième Avenue et de la 42e Rue et à en imaginer les splendeurs intérieures.

Je me suis approché du bureau de la réceptionniste rousse, tenant le sac à deux mains. Du jus commençait à transpercer le papier. « C'est un poisson », lui ai-je précisé.

Elle a penché la tête. À son expression, on aurait dit qu'elle venait de me reconnaître : « Ah bon.

– Prévenez Bennie que ça va bientôt puer. »

Je suis retourné m'asseoir. Mes « voisins » dans la salle d'attente, un homme et une femme, étaient des cols blancs. J'ai senti qu'ils se rétractaient. « Je suis musicien. Guitariste », ai-je déclaré en guise de présentation.

Ils n'ont pas réagi.

En fin de compte, Bennie est sorti. Mince, l'air en forme, il portait un pantalon noir, une chemise blanche boutonnée jusqu'au cou, mais pas de cravate. En voyant sa chemise, j'ai eu une révélation : les chemises de bonne qualité sont plus jolies que celles à bon marché. Le tissu ne brillait pas, non… ç'aurait été vulgaire. Il rayonnait, comme si une lumière émanait de l'intérieur. Une putain de belle chemise, je vous prie de me croire !

« Scotty, mec, comment va ? a lancé Bennie, me tapotant chaleureusement le dos tandis qu'on se serrait la main. Désolé de t'avoir fait attendre. Sasha s'est bien occupée de toi, j'espère ? » D'un geste, il a désigné la fille à qui je m'étais adressé, dont le sourire insouciant signifiait grosso modo : *Officiellement, le sort de ce type ne me concerne plus.* Je lui ai fait un clin d'œil qui signifiait exactement : *N'en sois pas si sûre, ma belle.*

« Viens dans mon bureau », a enchaîné Bennie. Un bras autour de mes épaules, il m'a entraîné dans le couloir.

« Hé, une seconde… j'ai oublié ! » me suis-je écrié, courant récupérer mon poisson. Au moment où j'ai attrapé le sac sur la table basse, du liquide a coulé et les cols blancs ont bondi comme s'il s'agissait d'une fuite nucléaire. J'ai jeté un regard à « Sasha », persuadé qu'elle serait dans tous ses états, or elle observait la scène avec une expression qu'il me faut bien qualifier d'amusée.

Bennie m'attendait dans le couloir. À ma grande satisfaction, j'ai remarqué que son teint avait foncé depuis le lycée. J'avais lu des articles là-dessus : des années d'exposition au soleil assombrissent peu à peu la peau. Bennie ne s'en était pas privé au point qu'on devait faire un effort d'imagination pour le considérer comme un Blanc.

« Des courses ? a-t-il demandé, fixant mon paquet.

– Le produit de ma pêche. »

Le bureau de Bennie était impressionnant, non pas au sens que les skateurs ados de sexe masculin donnent à ce mot, mais au sens littéral et démodé. La table de travail, gigantesque, ovale, d'un noir de jais, avait la même surface polie que les pianos les plus coûteux. Elle m'a fait penser à une patinoire ébène. Derrière, la ville entière se déployait à la manière d'une de ces serviettes bourrées de montres et de ceintures clinquantes que déroulent les vendeurs à la sauvette. New York produisait cet effet : une superbe babiole, facile à acquérir, fût-ce par moi. Je suis resté devant la porte, mon poisson à la main. Bennie a contourné l'ovale noir et luisant de sa table. Elle paraissait avoir si peu d'adhérence qu'une pièce de monnaie aurait pu rouler d'une traite jusqu'au bord et tomber.

« Assieds-toi, Scotty.

– Un instant. C'est pour toi. » Je me suis avancé pour déposer avec précaution le poisson sur la table. J'ai eu le sentiment de laisser une offrande dans un sanctuaire shintoïste situé au sommet de la plus haute montagne du Japon. La vue me déstabilisait.

« Tu me donnes un poisson ? s'est enquis Bennie. C'en est bien un ?

– Un bar rayé. Je l'ai pêché ce matin dans l'East River. »

Il m'a dévisagé, comme à l'affût d'un signal pour éclater de rire.

« La rivière n'est pas aussi polluée qu'on l'imagine », ai-je ajouté, en prenant place sur une petite chaise noire, une des deux installées en face de Bennie.

Il s'est levé, a ramassé le poisson et fait le tour de sa table pour me le rendre : « Merci, Scotty. Ton geste me touche beaucoup, mais il va s'abîmer ici.

– Tu n'as qu'à le rapporter chez toi et le manger ! »

Bennie a eu son sourire serein, sans toutefois esquisser le moindre mouvement pour récupérer le poisson. Parfait, je le boufferai, ai-je pensé.

Avant de m'y poser, j'étais persuadé que la chaise noire serait inconfortable : encore un de ces sièges abominables qui fait mal aux fesses et les ankylose. Or, je ne m'étais jamais assis sur un siège aussi confortable. Il l'était même plus que le canapé en cuir de la salle d'attente. Le canapé m'avait donné envie de dormir – la chaise me faisait léviter.

« Alors, Scotty, raconte, a repris Bennie. Tu veux que j'écoute une cassette démo ? Un album, un groupe ? Tu cherches un producteur pour des chansons ? Qu'est-ce que tu as en tête ? »

Il s'appuyait contre le losange noir, les chevilles croisées – posture décontractée adoptée par un être qui ne l'était pas, loin s'en fallait. Comme je l'observais, les prises de conscience se sont succédé en une sorte d'avalanche : 1) Bennie et moi n'étions plus des amis et ne le redeviendrons jamais. 2) Il cherchait à se débarrasser de moi le plus vite possible et en douceur. 3) Je connaissais déjà le dénouement, que j'avais prévu avant d'arriver. 4) C'était la raison de ma visite.

« Scotty, tu es là ?

– T'es devenu une grosse légume sollicitée par la terre entière. »

Bennie est retourné derrière sa table et il s'est assis en face de moi, les bras croisés sur sa poitrine – attitude qui semblait moins détendue que la première alors qu'elle l'était davantage. « Allez, Scotty. Tu te pointes à mon bureau après m'avoir écrit une lettre me prenant complètement de court – à mon avis, tu n'es pas venu ici pour m'offrir un poisson.

– Non, c'est un cadeau. La raison de ma visite est celle-ci : je veux savoir ce qui s'est passé entre A et B. »

Bennie a eu l'air d'attendre une explication.

« A, c'est l'époque où on faisait partie du groupe et où on draguait la même nana. B, c'est maintenant. »

Je me suis aussitôt rendu compte que l'allusion à Alice était un coup de maître. S'il fallait prendre ma phrase au pied de la lettre, elle recelait néanmoins des sous-entendus : primo, nous étions deux trous du cul, pourquoi je suis le seul à l'être resté ? Deuzio, qui a été trou du cul le sera toujours. Tertio, le plus important, tu la draguais, mais elle m'a choisi.

« Je me suis donné un mal de chien, a répondu Bennie. Voilà ce qui s'est passé.

– Moi itou. »

Nous nous sommes scrutés par-dessus la table noire, symbole du pouvoir de Bennie. Un silence bizarre s'est prolongé au cours duquel il m'a semblé ramener Bennie – à moins que ce ne soit lui qui l'ait fait – dans le passé, à San Francisco, où nous étions deux des quatre membres du groupe les Flaming Dildos, Bennie, probablement le pire bassiste qui ait jamais existé, ado au teint basané, aux mains poilues, mon meilleur ami. Une bouffée de colère m'a saisi, d'une telle violence qu'elle m'a étourdi. Fermant les yeux, je me suis imaginé attaquer Bennie par-dessus la table, arracher sa tête du col de cette jolie chemise blanche comme s'il s'agissait d'une mauvaise herbe aux racines enchevêtrées. Je me suis vu la tenir par sa tignasse, l'emporter dans la salle d'attente prétentieuse et la flanquer sur le comptoir de Sasha.

Je me suis levé. Bennie m'a imité – je devrais dire qu'il a bondi, parce qu'il était déjà debout lorsque je lui ai lancé un coup d'œil.

« Ça t'ennuie si je regarde par la fenêtre ? lui ai-je demandé.

– Pas du tout. » Malgré son ton uni, sa frayeur était perceptible. La peur a une odeur de vinaigre.

Je me suis avancé vers la fenêtre. J'ai feint de contempler la vue, mais j'avais les yeux clos.

Au bout d'un instant, j'ai senti qu'il s'approchait de moi : « Tu joues toujours, Scotty ?

– J'essaie. Surtout seul, pour me calmer. » J'ai réussi à relever les paupières, mais pas à le regarder.

« Tu étais extraordinaire à la guitare, a-t-il ajouté. Tu es marié ?

– Divorcé. D'avec Alice.

– Je sais. Je voulais dire remarié.

– Ça a duré quatre ans.

– Je suis désolé, vieux.

– C'est mieux comme ça. » Sur ces mots, j'ai pivoté pour observer Bennie. Il tournait le dos à la fenêtre. Lui arrivait-il d'admirer la vue ? Ça signifiait quelque chose, pour lui, d'avoir tant de beauté à sa portée ? « Et toi ?

– Marié. Un fils de trois mois. » Il a esquissé un sourire gêné à la pensée de son bébé, comme s'il savait qu'il n'en méritait pas tant. Derrière le sourire de Bennie, rôdait toujours la peur que je l'aie cherché pour m'emparer des cadeaux dont la vie l'avait comblé, l'en priver l'espace de quelques secondes cruciales. Ça m'a donné envie de hurler de rire : *Hé « vieux », tu piges pas ? Tout ce qui t'appartient m'appartient ! Ce n'est qu'une histoire de bips et de pixels qu'on peut obtenir de mille façons.* Cependant que je humais la peur de Bennie, deux idées m'ont importuné : 1) Je n'avais pas ce qu'il avait. 2) Il avait raison.

Du coup, j'ai pensé à Alice. Je ne m'y autorisais presque jamais – à penser à elle –, alors que je m'efforçais en permanence de ne pas penser à elle. L'image d'Alice s'est imposée à moi. Je l'ai laissée s'épanouir afin de voir ses cheveux éclairés par le soleil – des cheveux d'or –, et j'ai respiré les huiles qu'elle mettait sur ses poignets avec un compte-gouttes. Patchouli ?

Musc ? Les noms m'échappaient. Son visage encore aimant n'était ni furieux ni effrayé – passions tristes auxquelles je l'avais initiée. *Rejoins-moi*, m'a intimé son expression. Je l'ai fait, une minute.

J'ai baissé les yeux sur la ville. Son extravagance semblait un gaspillage, comme un geyser de pétrole ou les richesses accumulées et dilapidées par Bennie, en sorte que personne ne pouvait en profiter. Si j'avais une vue pareille à contempler tous les jours, j'aurais l'énergie et l'inspiration pour conquérir le monde, me suis-je dit. Dommage que personne ne vous en fasse don quand vous en avez le plus besoin.

J'ai respiré profondément avant de m'adresser à Bennie : « Tous mes vœux de santé et de bonheur, mon frère. » Je lui ai souri pour la première et unique fois : mes lèvres se sont ouvertes et étirées, ce qui m'arrive très rarement étant donné la disparition de la plupart de mes canines et prémolaires. Les dents qui me restent sont tellement grosses et blanches que ces trous noirs laissent pantois. Bennie a nettement accusé le coup, et j'ai soudain eu l'impression d'être fort. On aurait dit qu'une sorte d'équilibre avait permuté et que les instruments du pouvoir de Bennie – bureau, vue, chaise en lévitation – m'appartenaient. Bennie aussi l'a perçu. C'est ça, le pouvoir : tout le monde y est sensible.

Je me suis dirigé vers la porte, sans cesser de sourire. En proie à une sensation de légèreté, comme si j'avais revêtu la chemise de Bennie dont la lumière rayonnait de l'intérieur.

« Hé, Scotty, ne t'en va pas », m'a interpellé ce dernier d'une voix chevrotante. Il a regagné son bureau, mais j'ai continué d'avancer dans le couloir, mon grand sourire en figure de proue, vers la réception où se trouvait Sasha. À chacun de mes pas lents et pleins de dignité, mes chaussures exhalaient un soupir sur la moquette. Bennie m'a rattrapé pour me tendre une carte de visite : papier somptueux, impression en relief. Du grand luxe. La prenant avec beaucoup de précaution, j'ai lu : « Président.

– Ne te comporte pas comme un inconnu, Scotty. » Il semblait perplexe, comme s'il avait oublié la façon dont j'avais débarqué, comme s'il m'avait prié de venir et que mon départ fût prématuré. « Si jamais tu as de la musique à me faire écouter, envoie-la. »

Je n'ai pu m'empêcher de lancer un dernier regard à Sasha. Ses yeux étaient graves, presque tristes, mais elle affichait toujours son joli sourire. « Prenez soin de vous, Scotty », m'a-t-elle recommandé.

À peine parvenu au pied du gratte-ciel, je me suis approché de la boîte où j'avais posté ma lettre à Bennie quelques jours auparavant. La tête rejetée en arrière, j'ai essayé de compter les étages de la tour de verre jusqu'au quarante-cinquième. C'est alors que je me suis aperçu que j'avais les mains vides : j'avais oublié le poisson là-haut. Ça m'a paru désopilant. Imaginant les cols blancs assis sur les chaises en lévitation devant la table noire de Bennie, j'ai éclaté de rire. L'un soulevait le sac lourd et mouillé et, le reconnaissant, s'exclamait – *Bon Dieu, c'est le poisson du type !* – puis le laissait tomber, révulsé. Comment réagirait Bennie ? me suis-je demandé tout en me dirigeant lentement vers le métro. Se débarrasserait-il du poisson sur-le-champ ou le mettrait-il dans le réfrigérateur du bureau de façon à pouvoir le rapporter chez lui où il parlerait de ma visite à sa femme et à son bébé ? Et s'il poussait les choses aussi loin, ouvrirait-il le sac pour y jeter un coup d'œil ?

Je l'espérais. J'étais sûr qu'il serait sidéré. C'était un poisson magnifique, chatoyant.

Le reste de la journée, je n'ai pas été bon à grand-chose. J'ai de fréquentes migraines parce que je me suis abîmé les yeux dans mon enfance. La douleur est tellement forte qu'elle fait surgir des images éblouissantes, insoutenables. Cet après-midi-là, allongé sur mon lit, les yeux clos, j'ai vu un cœur en flammes dans l'obscurité, dardant de la lumière dans toutes les directions. Ce n'était pas un rêve puisqu'il ne s'est rien passé. Le cœur est simplement resté en suspension.

Comme je m'étais couché en fin d'après-midi, je suis sorti à l'aube, me retrouvant sous le pont de Williamsburg, ma canne à pêche dans l'East River, bien avant le lever du soleil. Sammy et Dave n'ont pas tardé à rappliquer. En réalité, Dave se fichait des poissons – il venait reluquer les nanas d'East Village qui faisaient leur jogging matinal avant de se rendre à l'université de New York ou à leur boutique ou de se consacrer à ce qui occupe la journée des filles d'East Village. Dave récriminait contre les brassières de sport qui empêchaient leurs seins de ballotter suffisamment à son goût. Sammy et moi l'écoutions à peine.

Cette fois, j'ai mis mon grain de sel lorsque Dave a entamé son couplet : « C'est à ça que ça sert.

– Ça sert à quoi ?

– À empêcher les seins de tressauter. Ça leur fait mal. Si elles portent des brassières, c'est surtout pour cette raison. »

Il m'a lancé un regard méfiant : « Depuis quand es-tu un expert en la matière ?

– Ma femme courait.

– Courait ? Elle a arrêté ?

– D'être ma femme. Elle continue sans doute à faire du jogging. »

C'était un matin paisible. J'ai entendu le lent *ploc, ploc* des balles sur les courts situés derrière le pont de Williamsburg. À cette heure-là, outre les joggeurs et les joueurs de tennis, quelques camés traînaient au bord de la rivière. Je cherchais toujours le même couple, un garçon et une fille en veste de cuir qui leur battait les cuisses, aux jambes squelettiques, au visage ravagé. Des musiciens, sûrement. J'avais beau être sur la touche depuis des lustres, je les repérais n'importe où.

Le soleil est apparu, énorme, flamboyant, tout rond, tel un ange levant la tête. Je ne l'avais jamais vu aussi brillant par ici. L'eau s'est cuirassée d'argent. J'avais envie de sauter et de nager. La pollution ? Eh bien, ça me va, ai-je pensé. Puis j'ai aperçu la fille du coin de l'œil, je l'ai remarquée à cause de sa petite taille et de ses foulées bondissantes qui la distinguaient des autres. Quand le soleil a effleuré ses cheveux châtain clair, un prodige s'est produit. Rumpelstiltskin[1]. Dave la contemplait bouche bée. Même Sammy s'est retourné. Moi, je fixais la rivière, à l'affût d'une saccade sur ma ligne. Je n'avais pas besoin de la regarder pour la voir.

« Hé, Scotty, m'a interpellé Dave. M'est avis que ta femme vient de passer devant nous.

– Je suis divorcé.

– N'empêche, c'était elle.

– Sûrement pas, elle habite San Francisco.

– Peut-être que c'est ta future femme, a suggéré Sammy.

– Non, la mienne, a claironné Dave. Et vous savez ce que je vais lui apprendre en tout premier lieu. Ne les comprime pas, laisse-les ballotter. »

Ma ligne tremblotait dans la lumière éblouissante. Ma chance s'était volatilisée, je n'attraperais rien. L'heure du boulot approchait. Je l'ai rembobinée et suis parti vers le nord en longeant la rivière. La fille m'avait déjà beaucoup distancé, ses cheveux

1. Allusion à l'héroïne d'un conte des frères Grimm, capable de changer la paille en or d'après son père, un paysan vantard.

oscillaient à chaque foulée. Je l'ai suivie, mais de si loin que je ne la suivais pas à proprement parler. Je me contentais de marcher dans la même direction. Je ne la quittais pas des yeux, si bien que je n'ai remarqué le couple de camés que lorsqu'ils ont failli me dépasser. Serrés l'un contre l'autre, ils avaient cet air hagard et sexy qu'ont les jeunes jusqu'à ce que le côté hagard l'emporte.

« Salut », ai-je lancé, leur bloquant le passage. Nous nous étions probablement croisés une vingtaine de fois au bord de cette rivière, pourtant le type a tendu ses lunettes noires vers moi comme s'il ne m'avait jamais vu et sa compagne m'a ignoré. « Vous êtes musiciens ? »

Le type s'est détourné, une façon de se débarrasser de moi. La fille m'a regardé ; ses yeux semblaient à vif, brûlés. Je me suis demandé si c'était à cause du soleil et pourquoi son petit ami ou son mari, enfin qui qu'il soit, ne lui prêtait pas ses lunettes.

« Il est impressionnant », a-t-elle assuré, donnant au qualificatif la même acception que les skateurs. Au fond, peut-être pas. Peut-être qu'elle lui avait donné son sens littéral.

« Je vous crois. C'est sûrement un musicien impressionnant », ai-je acquiescé.

J'ai pris la carte de Bennie dans la poche de ma chemise.

À l'aide d'un Kleenex, je l'avais sortie de la veste que je portais la veille pour la mettre dans ma chemise, en évitant de l'abîmer, de la plier ou de la tacher. L'impression en relief des lettres me faisait penser à un denier romain.

« Appelez cet homme de la part de Scotty. Il dirige une maison de disques. »

Ils ont examiné la carte, louchant à cause de la lumière rasante du soleil.

« Téléphonez-lui, ai-je insisté. C'est mon pote.

– D'accord, a opiné le type, sans conviction.

– J'espère que vous le ferez. » Un sentiment d'impuissance m'a envahi. Je ne pourrais leur rendre ce service qu'une fois puisque c'était la seule carte que je possédais.

Pendant que le type l'examinait, la fille m'a affirmé : « Il téléphonera. » Elle a souri : de petites dents régulières, celles que procurait le port d'un appareil. « Je l'y obligerai. »

J'ai hoché la tête avant de pivoter sur mes talons et de me remettre en route vers le nord, portant mon regard le plus loin possible. Hélas, la joggeuse avait disparu.

« Hé », deux voix rauques ont résonné dans mon dos. À peine me suis-je retourné qu'ils ont crié de concert : « Merci. »

Cela faisait bien longtemps qu'on ne m'avait pas remercié.

« Merci », ai-je répété tout haut à plusieurs reprises pour graver le timbre de leurs voix dans mon esprit, pour ressentir à nouveau le choc de la surprise.

L'air chaud du printemps a-t-il une qualité qui pousse les oiseaux à s'égosiller ? La question m'a poursuivi alors que je traversais le pont autoroutier enjambant FDR Drive et m'engageais dans la 6e Rue est. Les fleurs des arbres commençaient à éclore. J'ai respiré leur pollen, pressant le pas pour rentrer chez moi. Je voulais déposer ma veste chez le teinturier en allant à mon boulot – j'attendais cela avec impatience depuis la veille. Je l'avais laissée en boule au pied de mon lit et comptais l'apporter dans cet état. Je la jetterais sur le comptoir d'un geste désinvolte, mettant l'employée au défi d'émettre la moindre observation. Comment le pourrait-elle ?

Je suis allé me balader, et ma veste a besoin d'être nettoyée, déclarerais-je, comme n'importe qui. Et elle en ferait un habit neuf.

B

7

A à B

I

Stephanie et Bennie furent invités à une réception un an après leur installation à Crandale. Les étrangers n'étaient pas bienvenus dans ce quartier. Ils le savaient et n'en avaient eu cure – ils avaient leurs amis. Sauf que cela agaçait Stephanie plus qu'elle ne l'aurait imaginé d'adresser un sourire ou un signe de la main à l'une des blondes qui faisait sortir sa progéniture blonde de son SUV ou Hummer lorsqu'elle déposait Chris au jardin d'enfants, et de n'obtenir en retour qu'un sourire pincé, interrogateur, signifiant apparemment : *Qui êtes-vous déjà ?* Comment ces femmes pouvaient-elles l'ignorer alors qu'elles s'apercevaient depuis des mois ? Des snobs, des imbéciles, ou les deux, en concluait Stephanie. Leur froideur l'accablait cependant d'une manière inexplicable.

Au cours de ce premier hiver, la sœur d'un des artistes de Bennie les avait parrainés pour leur permettre d'adhérer au country club de Crandale. Au terme d'une procédure dont la complexité n'avait rien à envier à celle d'une demande de naturalisation, ils furent acceptés fin juin. Le premier jour, ils apportèrent, outre leurs maillots, des serviettes, faute d'avoir été prévenus que le CCC (comme on désignait le club) en fournissait des monochromes pour éviter une cacophonie de couleurs au bord de la piscine. Dans le vestiaire des femmes, Stephanie croisa une des blondes dont les enfants fréquentaient la même école que Chris et, pour la première fois, elle eut droit à un « Bonjour », son apparition dans deux lieux différents ayant manifestement opéré une sorte de triangulation que Kathy exigeait comme une preuve d'identification. Car elle s'appelait Kathy, Stephanie le savait depuis le début.

Une raquette à la main, Kathy portait une robe de tennis blanche, très courte, sur un short à peine plus grand qu'une culotte, qui ne se voyait presque pas. Ses grossesses répétées n'avaient laissé de trace ni sur sa taille de guêpe ni sur ses biceps bronzés. Ses cheveux brillants étaient attachés en queue-de-cheval, les mèches rebelles retenues par des pinces dorées.

Une fois en maillot, Stephanie retrouva Bennie et Chris au snack-bar. Alors qu'ils restaient là, l'air hésitant, tenant chacun leur serviette aux couleurs vives, Stephanie reconnut le *toc, toc* lointain de balles de tennis. Le bruit la plongea dans la nostalgie. D'origine aussi modeste que Bennie, elle était issue d'un autre milieu – Bennie venait de la ville, en l'occurrence Dale City, Californie, où ses parents travaillaient tellement qu'ils étaient toujours absents et avaient confié l'éducation de Bennie et de ses quatre sœurs à une grand-mère fatiguée. Stephanie, elle, avait grandi dans une banlieue paumée du Midwest, où il y avait un club dont le snack-bar servait des burgers minces et gras, non des *salades niçoises*[1] au thon grillé comme celui-ci, mais

1. En français dans le texte.

où on jouait au tennis sur des courts craquelés par le soleil, et où Stephanie s'était taillé une certaine réputation vers l'âge de treize ans. Depuis cette époque, elle n'avait jamais rejoué.

À la fin de cette première journée, sonnés par la lumière éblouissante, ils se douchèrent, se changèrent et s'installèrent sur une terrasse dallée. Un pianiste jouait des mélodies insignifiantes sur un piano droit étincelant. Le soleil se couchait. Chris faisait des cabrioles sur une pelouse avec deux petites filles de sa classe. Bennie et Stephanie sirotaient un gin tonic en regardant les lucioles. « C'est donc comme ça », déclara Bennie.

Plusieurs répliques traversèrent l'esprit de Stephanie : ils ne connaissaient encore personne ; aucun des membres ne lui semblait intéressant. Toutefois, elle ne les formula pas, Bennie avait choisi Crandale pour des raisons qu'elle comprenait parfaitement : ils avaient beau être allés en jet privé sur des îles que possédaient des rock-stars, Bennie ne s'était jamais trouvé aussi éloigné de sa grand-mère aux yeux sombres de Dale City que dans ce club. Il avait vendu sa maison de disques l'année précédente, existait-il signe de réussite plus patent que celui d'habiter dans un lieu où on se sentait étranger ?

Stephanie prit la main de son mari et lui embrassa une phalange : « Je vais peut-être acheter une raquette. »

L'invitation à la réception arriva trois semaines plus tard. L'hôte, un gestionnaire de fonds spéculatifs, dénommé Duck, les avait priés de venir après avoir appris que Bennie avait découvert les Conduits, son groupe de rock préféré, et produit leurs albums. Au retour de son premier cours de tennis, Stephanie les avait trouvés en pleine conversation au bord de la piscine. « J'aimerais qu'ils se remettent ensemble, disait Duck, d'un ton songeur. Qu'est-ce qui est arrivé à ce guitariste convulsif ?

– Bosco ? Il enregistre toujours, répondit Bennie avec tact. Son nouvel album va sortir dans deux mois : *A à B.* Son répertoire solo est plus intériorisé. » Il passa sous silence l'obésité et l'alcoolisme de Bosco, rongé par un cancer par-dessus le marché. C'était leur plus vieil ami.

Stephanie s'était perchée sur le bord du transat de son mari, écarlate d'avoir bien tapé la balle, son lift toujours impeccable, son service d'une précision tranchante. Une ou deux blondes s'étaient arrêtées pour la regarder jouer et elle s'était enorgueillie de ne pas leur ressembler. Elle avait des cheveux bruns, très courts, un tatouage de pieuvre minoenne recouvrait un de ses mollets, sans oublier ses énormes bagues. En revanche, elle avait acheté une petite robe de tennis pour l'occasion, ainsi qu'un short minuscule, la première tenue blanche de sa vie d'adulte.

Au cocktail, Stephanie reconnut Kathy – qui d'autre ? – de l'autre côté d'une vaste terrasse noire de monde. Mériterait-elle un *bonjour* ou serait-elle rétrogradée au sourire revêche *Qui êtes-vous déjà ?* Au moment où elle se posait la question, Kathy croisa son regard et s'approcha. On procéda aux présentations. Clay, le mari de Kathy, portait un short en seersucker et une chemise rose en oxford, ensemble qui, sur un autre genre d'homme, aurait-pu passer pour de l'autodérision. La couleur bleu marine de la robe de Kathy mettait en valeur l'azur lumineux de ses yeux. Le regard de Bennie s'attarda sur elle, et Stephanie se raidit – spasme résiduel d'angoisse qui se dissipa aussi rapidement que l'attention de son mari (il parlait à Clay). Les cheveux de Kathy flottaient, mais ils étaient retenus sur le côté par des pinces. Combien en utilisait-elle par semaine, s'interrogea vaguement Stephanie.

« Je vous ai vue sur le court, dit Kathy.

– Je n'avais pas joué depuis une éternité. Je viens de recommencer.

– Nous devrions faire une partie un de ces jours.

– Bien sûr », répondit Stephanie, d'un ton désinvolte, sentant néanmoins son cœur battre la chamade. Lorsque le couple s'éloigna, elle fut saisie d'un étourdissement qui la mortifia. C'était la victoire la plus stupide de son existence.

II

Au bout de quelques mois, tout le monde aurait pu considérer Stephanie et Kathy comme des amies. Elles avaient rendez-vous pour des simples deux matins par semaine et étaient devenues de brillantes partenaires de double dans des championnats interclubs, où elles jouaient contre d'autres blondes en petites robes de tennis des villes voisines. Il existait une symétrie évidente dans leurs vies jusqu'à leurs prénoms – Kath et Steph, Steph et Kath –, et leurs fils, dans la même classe de CP – Chris et Colin, Colin et Chris. Comment se faisait-il que, parmi tous les noms auxquels Stephanie et Bennie avaient réfléchi pendant la grossesse de la jeune femme – Xanadou, Coucou, Renaldo, Cricket –, ils se soient rabattus sur le seul à être aussi dépourvu d'originalité que ceux qui sévissaient à Crandale ?

Le statut éminent de Kathy dans l'ordre hiérarchique des blondes de la ville fournit à Stephanie un droit d'entrée facile, une protection qui fit même tolérer ses cheveux courts, ses tatouages ; sa différence était acceptable, si bien que les coups de griffe auxquels certaines avaient droit lui furent épargnés. Stephanie n'aurait jamais révélé son affection pour Kathy, une républicaine, le genre à employer l'expression impardonnable « C'est le destin » lorsqu'elle décrivait sa chance ou les malheurs des autres. Kathy connaissait mal la vie de Stephanie – nul doute qu'elle aurait été abasourdie d'apprendre que l'échotier qui avait fait la une des journaux quelques années auparavant après avoir agressé sexuellement Kitty Jackson, la jeune vedette de cinéma qu'il interviewait pour le magazine *Details*, était son frère aîné – Jules. Stephanie se demandait parfois si son amie ne comprenait pas plus de choses qu'elle ne le supposait. *Je sais que tu nous détestes*, imaginait-elle Kathy en train de penser, *et c'est réciproque. Maintenant que cette question est réglée, allons infliger une raclée à ces garces de Scarsdale.* Stephanie vouait au tennis une passion obsessionnelle qui l'embarrassait un peu : décisions des juges de ligne ou revers hantaient ses rêves. Si Kathy jouait toujours mieux qu'elle, l'écart s'amenuisait, ce qui les amusait et les piquait au vif autant l'une que l'autre. En tant que partenaires et adversaires, mères et voisines, Steph et Kath étaient parfaitement assorties. Le seul problème, c'était Bennie.

Lorsqu'il lui avait assuré, l'été après l'attentat – leur deuxième à Crandale –, qu'on le regardait bizarrement au bord de la piscine, Stephanie avait d'abord refusé de le croire et supposé qu'il parlait des femmes qui admiraient ses pectoraux bronzés, ses grands yeux sombres : « Depuis quand ne supportes-tu pas qu'on te reluque ? » l'avait-elle rabroué.

Mais il s'agissait d'autre chose, dont Stephanie ne tarda pas à prendre conscience : une sorte d'hésitation ou d'interrogation au sujet de son mari. Bennie ne paraissait pas agacé outre mesure, on lui avait si souvent posé la question – « Salazar, d'où vient ce nom ? » – que le scepticisme quant à ses origines et sa race le laissait relativement indifférent, d'autant qu'il avait mis au point un arsenal de charmes pour le désamorcer. Notamment celui des femmes.

Vers le milieu de ce deuxième été, lors d'un autre cocktail donné par un autre gestionnaire de fonds spéculatifs, Bennie et

Stephanie bavardaient avec Kathy et Clay[1] (ou Carton-pâte comme ils le surnommaient par-devers eux) et d'autres invités dont Bill Duff, un membre du Congrès sortant tout juste d'une réunion du CFR[2], portant sur la présence d'Al-Qaïda dans la région de New York. Des membres actifs existaient, surtout aux environs de la ville, confia Bill, peut-être en contact les uns avec les autres (Clay haussa un sourcil pâle et eut un bizarre mouvement de tête comme s'il avait de l'eau dans une oreille, remarqua Stephanie), l'essentiel, au demeurant, c'était la force de leurs liens avec le navire ravitailleur – là, Bill laissa échapper un petit rire – parce que n'importe quel dingue plein de rancœur pouvait revendiquer son appartenance à Al-Qaïda, mais sans argent, ni formation, ni soutien (Clay secoua derechef la tête, puis jeta un coup d'œil à Bennie, sur sa droite), ça n'avait pas de sens de financer...

Manifestement déconcerté, Bill laissa sa phrase en suspens, tandis qu'un autre couple intervenait. Prenant Stephanie par le bras, Bennie s'éloigna. Son regard avait beau être calme, presque somnolent, il serrait le poignet de sa femme à lui faire mal.

Ils quittèrent la réception peu après. Bennie régla la babysitter, une fille de seize ans surnommée Scooter, qu'il raccompagna chez elle. Il rentra avant que Stephanie n'ait lancé un coup d'œil à la pendule, songeant à la beauté de Scooter. Elle l'entendit régler le système d'alarme puis se précipiter à l'étage, d'une façon qui expédia Sylph, le chat, terrorisé, sous le lit. Stephanie se rua hors de la chambre, retrouva Bennie en haut de l'escalier.

« Qu'est-ce que je fous ici ? s'écria-t-il.

1. « Argile ».
2. Council on Foreign Relations : groupe d'experts non partisans qui se réunissent pour analyser la politique étrangère américaine et la situation politique mondiale.

– Chut. Tu vas réveiller Chris.
– C'est un film d'horreur !
– C'était moche, convint-elle. Sauf que Clay est un…
– Tu les défends ?
– Bien sûr que non. Mais il ne s'agit que d'un type.
– Tu crois que les autres ne se rendaient compte de rien ? »

Stephanie craignait que ce ne fût vrai – étaient-ils tous de mèche ? Elle ne voulait pas que Bennie le pense.

« Tu es complètement parano. Même Kathy…
– Encore ! Regarde-toi ! »

Les poings serrés, il ne bougeait pas. S'approchant de lui, Stephanie le serra dans ses bras. Il se débattit et faillit la faire tomber. Ils restèrent enlacés jusqu'à ce que Bennie respire à nouveau normalement.

« Déménageons », suggéra doucement Stephanie.

Bennie s'écarta, stupéfait.

« Je suis sérieuse, enchaîna-t-elle. Je n'en ai rien à cirer de ces gens. C'était une expérience de s'installer ici, non ? »

Sans répondre, Bennie balaya du regard le parquet en bois de rose qu'il avait poncé à genoux, refusant de confier ce travail compliqué à un professionnel ; les carreaux de la porte de leur chambre qu'il avait passé des semaines à exhumer de couches de peinture à l'aide d'un rasoir ; les niches de la cage d'escalier qui lui avaient donné du fil à retordre et où il avait disposé les objets un à un avant de régler les lumières. Le père de Bennie était électricien, aussi son fils savait-il éclairer n'importe quoi.

« C'est à eux de foutre le camp. Bordel, c'est ma maison ! s'exclama-t-il.
– Très bien. Mais nous pouvons partir si ça dégénère, voilà tout. Demain. Dans un mois. Dans un an.
– Je veux mourir ici.
– Nom de Dieu ! » s'écria Stephanie.

Saisis tout à coup d'un fou rire irrépressible, ils hoquetèrent, pliés en deux, s'exhortant au calme.

Ils restèrent. Depuis cet épisode, cependant, chaque fois que Bennie voyait Stephanie en tenue de tennis, il lui lançait : « Tu vas jouer avec les fascistes ? » Stephanie savait qu'il voulait qu'elle renonce à ses matchs avec Kathy, à titre de protestation contre le sectarisme et la bêtise de Carton-pâte. Elle n'en avait aucune intention. Puisqu'ils continuaient à vivre dans un lieu dont le centre de la vie sociale était le club, elle comptait rester en bons termes avec la femme qui lui garantissait une intégration harmonieuse. Elle ne voulait surtout pas être mise au ban comme Noreen, leur voisine, bourrée de tics, arborant des lunettes noires démesurées, les mains agitées de tremblements – un effet des médicaments, supposait Stephanie. Noreen avait beau avoir trois adorables bambins, plutôt anxieux, aucune femme ne lui adressait la parole. C'était un fantôme. Très peu pour moi, pensait Stephanie. À l'automne, lorsque le temps rafraîchit, elle organisa ses parties de tennis plus tard dans la journée, une façon d'éviter que Bennie ne la voie se changer. C'était facile puisque, travaillant désormais en free-lance pour la boîte de relations publiques La Doll, elle était libre de fixer l'heure de ses rendez-vous à Manhattan. Un petit mensonge bien sûr, mais uniquement par omission, concocté pour ne pas contrarier Bennie. S'il lui posait la question, Stephanie répondait toujours qu'elle avait joué. De toute façon, en matière de duperies, il n'avait pas été en reste au fil des années. Ne devait-il pas en tolérer de sa part ?

III

Au printemps suivant, Jules, le frère aîné de Stephanie, auquel le centre correctionnel d'Attica avait accordé le régime de liberté conditionnelle, vint habiter chez eux. La première de ses cinq années de prison, il l'avait passée à Rikers Island dans l'attente du procès pour tentative de viol sur la personne de Kitty Jackson. Il s'était vu infliger cette peine de cinq ans malgré le retrait de la plainte (à la demande de Kitty Jackson). On l'avait reconnu coupable de kidnapping et violences avec voies de fait – un scandale, vu que la starlette était entrée de son plein gré à Central Park avec Jules et n'avait reçu aucune blessure. D'autant plus qu'elle avait fini par témoigner pour la défense. Mais le représentant du ministère public avait persuadé le jury que Kitty soutenait Jules parce qu'elle souffrait d'une variante du syndrome de Stockholm. « Son insistance à protéger cet homme est une preuve supplémentaire du mal qu'il lui a fait... », avait-il psalmodié au cours du procès auquel Stephanie avait assisté pendant dix atroces journées, s'échinant à arborer une expression optimiste.

En prison, Jules avait apparemment recouvré l'équilibre qu'il avait perdu d'une manière spectaculaire les mois précédant l'agression. Il avait suivi un traitement pour ses troubles bipolaires et accepté la rupture de ses fiançailles. Rédacteur en chef d'un hebdomadaire de l'établissement pénitentiaire, il avait écrit un article au sujet des répercussions de l'attentat du 11 Septembre sur la vie des détenus qui lui avait valu d'être cité dans le cadre des ateliers d'écriture en prison promus par le PEN Prison Writing Program. Jules avait eu le droit d'aller recevoir son prix à New York. Bennie, Stephanie et leurs parents avaient pleuré en l'écoutant balbutier son discours de remerciement. Il s'était mis à jouer au basket-ball, avait perdu sa bedaine et vaincu – un miracle ! – son eczéma. Il semblait enfin prêt à renouer avec la carrière de journaliste pour laquelle il était venu à New York plus de vingt ans auparavant. Lorsque le comité de probation lui avait accordé sa libération conditionnelle, Stephanie et Bennie avaient été trop heureux de proposer de l'héberger le temps qu'il se remette sur pied.

Néanmoins, deux mois après son arrivée, Jules se montrait d'une inertie de mauvais augure. Les rares entretiens professionnels qu'il avait eus au début de son séjour et abordés avec terreur n'avaient débouché sur rien. Jules adorait Chris. Lorsque le petit garçon était en classe, il passait des heures à construire d'immenses villes avec de minuscules briques de Lego pour le surprendre au retour de l'école. Avec Stephanie, en revanche, il maintenait une distance goguenarde, considérant non sans ironie ses vaines agitations (ce matin, par exemple, alors que tous les trois se dépêchaient pour se rendre qui à l'école, qui au bureau). Il était hirsute et son visage ravagé, découragé, désolait Stephanie.

« Tu vas en ville ? » demanda Bennie à sa femme en train de poser à la hâte la vaisselle du petit-déjeuner dans l'évier.

Non, pas tout de suite. Comme il faisait plus chaud, Stephanie rejouait au tennis avec Kathy le matin, ce qu'elle dissimulait à Bennie d'une façon astucieuse, une trouvaille récente : elle revêtait une tenue de bureau, disait au revoir à son mari et partait pour le club, où elle avait laissé ses affaires et où elle se changeait. Stephanie minimisait sa supercherie, puisque, de toute façon, elle irait travailler. Quand Bennie l'interrogeait sur ses faits et gestes, elle évoquait un rendez-vous prévu plus tard dans la journée. En sorte qu'elle n'avait rien à inventer si, le soir, son mari lui demandait comment ça s'était passé.

« Je retrouve Bosco à dix heures. » Bosco était le seul rocker dont elle continuait à s'occuper. En réalité, le rendez-vous était à quinze heures.

« Bosco, avant midi ? s'étonna Bennie. C'était son idée ? »

Stephanie comprit aussitôt son erreur. Bosco se noyait dans l'alcool tous les soirs, il n'y avait aucune chance qu'il soit conscient à dix heures du matin. « Il me semble », répondit-elle. Mentir de front à son mari lui donna un léger vertige. « N'empêche que tu as raison, c'est bizarre.

– Ça fait peur. » Bennie embrassa sa femme et s'avança vers la porte avec Chris. « Tu m'appelleras après l'avoir vu ? »

Là, Stephanie sut qu'elle annulerait sa partie de tennis avec Kathy – ce qui revenait à lui poser un lapin –, et foncerait à Manhattan pour arriver à dix heures chez Bosco. Elle était coincée.

Dès le départ de son mari et de son fils, Stephanie perçut la tension, palpable chaque fois qu'elle était seule avec Jules, ses questions implicites sur les projets ou l'emploi du temps de son frère ricochaient sur la carapace qu'il leur opposait. Hormis les constructions de Lego, on avait du mal à savoir à quoi Jules occupait ses journées. En rentrant chez elle, Stephanie avait trouvé à deux reprises la télé de sa chambre réglée sur une chaîne porno et, très perturbée, avait insisté pour que Bennie mette le poste supplémentaire dans la chambre d'amis, où Jules était installé.

Elle monta à l'étage et laissa un message sur la boîte vocale du portable de Kathy. Lorsqu'elle redescendit dans la cuisine, Jules regardait par la fenêtre. « Qu'est-ce qu'elle a, votre voisine ? lança-t-il.

– Noreen ? On pense qu'elle est barjo.

– Elle fait quelque chose devant votre palissade. »

Stephanie rejoignit son frère. En effet, elle aperçut la queue-de-cheval décolorée à l'excès de Noreen – on eût dit la caricature des mèches au naturel subtil des autres femmes – tressauter le long de la palissade. Ses gigantesques lunettes noires lui donnaient l'allure d'une mouche de bande-dessinée ou d'une extraterrestre. Stephanie eut un mouvement d'impatience, agacée que Jules perde son temps à se focaliser sur Noreen. « Il faut que je file.

– Tu peux m'emmener en ville ? »

Stephanie eut l'impression de recevoir un petit coup dans la poitrine : « Bien sûr ? Tu as un rendez-vous ?

– Pas vraiment. J'ai juste envie de sortir. »

Tandis qu'ils se dirigeaient vers la voiture, Jules jeta un regard en arrière : « Je crois qu'elle nous observe. Noreen. À travers la palissade.

– Ça ne m'étonnerait pas, commenta Stephanie.

– Tu ne réagis pas ?

– Que faire ? Elle ne nous cause aucun tort. Elle n'est même pas chez nous.

– Elle pourrait être dangereuse.

– Tu en sais quelque chose, hein ?

– Alors là, c'est mesquin », protesta Jules.

Dans la Volvo, Stephanie glissa un exemplaire de lancement du nouvel album de Bosco, *A à B*, dans le lecteur de CD, avec le sentiment de consolider ainsi son alibi. Les derniers disques du rocker consistaient en chansonnettes minables accompagnées à l'ukulélé. Bennie ne continuait à les sortir que par amitié.

« Ça ne t'ennuie pas que j'arrête ? » demanda Jules au bout de deux chansons. Il le fit sans attendre la réponse de sa sœur. « C'est le type que nous allons voir ?

– Nous ? Je croyais que tu voulais te balader.

– Je peux venir avec toi ? S'il te plaît. »

Son ton, humble et geignard, était celui d'un homme qui n'avait nulle part où aller et rien à faire. Stephanie aurait voulu hurler. Était-ce la punition de son mensonge à Bennie ? Pendant les trente minutes qui venaient de s'écouler, elle avait dû annuler une partie de tennis qu'elle mourait d'envie de jouer, au grand dam de Kathy à l'évidence, s'embarquer dans cette équipée – conséquence d'un bobard – pour rendre visite à un homme qui serait dans un semi-coma éthylique, et voilà qu'elle devait emmener son frère à la dérive, hypercritique, qui serait témoin de l'effondrement de son alibi : « À mon avis, ce ne sera pas très marrant, dit-elle.

– Tant pis, j'ai l'habitude. »

Jules observa, non sans nervosité, Stephanie manœuvrer pour passer de la Hutchinson River Parkway à la voie rapide de Cross Bronx. Il semblait mal à l'aise en voiture. Quand ils eurent rejoint le flot de la circulation, il demanda : « Tu as une aventure ? »

Stephanie le dévisagea : « Tu as perdu la tête ?

– Regarde la route.

– Pourquoi me poses-tu cette question ?

– Tu as l'air tendue. Bennie aussi. Dans mon souvenir, vous n'étiez pas comme ça.

– Tu trouves Bennie nerveux ? » fit Stephanie, accablée. L'ancienne peur la broya, comme si une main serrait sa gorge dans un étau. Malgré la promesse que Bennie lui avait faite deux ans auparavant, le jour de ses quarante ans, et l'absence de raisons de douter de lui.

« Vous êtes, je ne sais pas. Polis.

– Comparés aux prisonniers ?

– D'accord, acquiesça Jules en souriant. C'est peut-être simplement Crandale, prononça-t-il, en étirant les syllabes. Je parie que c'est bourré de républicains.

– À peu près moitié-moitié. »

Jules se tourna vers elle, n'en croyant pas ses oreilles : « Vous fréquentez des républicains ?

– Ça nous arrive.

– Bennie et toi, vous traînez avec des républicains ?

– Tu cries, t'en rends-tu compte ?

– Regarde la route ! » vociféra Jules.

Stephanie obtempéra. Ses mains tremblaient sur le volant. L'envie la tenaillait de rebrousser chemin et de ramener son frère à la maison. Dans ce cas, elle raterait son rendez-vous bidon.

« Je m'absente quelques années et le monde entier est sens dessus dessous, fulmina Jules. Des tours se sont volatilisées. On te fouille à corps chaque fois que tu vas voir quelqu'un dans son bureau. Les gens ont tous des gueules de défoncés à force d'envoyer des mails pendant qu'ils te parlent. Tom Cruise et Nicole Kidman ont divorcé et se sont remariés avec d'autres gens… Et voilà que ma sœur rock-and-roll et son mari fraient avec des républicains. Qu'est-ce que c'est que ce bordel ! »

Stephanie se calma en prenant une profonde inspiration : « Quels sont tes projets, Jules ?

– Je te l'ai dit. Je veux venir avec toi pour rencontrer ce…

– Non, qu'est-ce que tu comptes faire ? »

Un silence tomba et s'éternisa. En fin de compte, Jules le rompit : « Je n'en ai aucune idée. »

Stephanie lui jeta un coup d'œil. Ils avaient bifurqué dans Henry Hudson Parkway, et Jules regardait par la vitre, le visage empreint de lassitude et de détresse. Le cœur serré, elle poursuivit : « La première fois que tu as débarqué à New York, tu avais des projets plein la tête.

– Qui n'en a pas, à vingt-quatre ans ? ricana-t-il.

– Tu avais un objectif. »

Il avait obtenu son diplôme de l'université de Michigan deux ans auparavant. L'une des camarades de première année de Stephanie à l'université de New York était partie soigner son anorexie, si bien que Jules avait occupé sa chambre pendant trois mois. Il les avait passés à se promener en ville avec un calepin, à s'incruster dans les fêtes du *Paris Review*. Au retour de l'anorexique, il s'était dégoté un boulot chez *Harper's*, un appartement au coin de la 81e Rue et York et trois colocataires – dont deux étaient devenus depuis rédacteurs en chef de magazines. Quant au troisième, il avait gagné le prix Pulitzer.

« Je ne comprends pas ce qui t'est arrivé, Jules », déclara Stephanie.

Il contempla les silhouettes miroitantes des gratte-ciel de Lower Manhattan sans les reconnaître : « Je suis comme l'Amérique. »

Stephanie, désarçonnée, pivota sur son siège pour le regarder : « Qu'est-ce que tu racontes ?

– Nous nous sommes sali les mains », précisa Jules.

IV

Stephanie se gara dans un parking de la Sixième Avenue. Après quoi, le frère et la sœur se frayèrent un chemin parmi la foule des passants chargés de gigantesques sacs de chez Crate & Barrel.

« Alors, ce Bosco, qui c'est exactement ? demanda Jules.

– Tu te souviens des Conduits ? C'était le guitariste. »

Jules s'arrêta net : « C'est lui qu'on va voir ? Bosco des Conduits ? Le rouquin maigrichon ?

– Oui. Enfin, il a un peu changé. »

Ils tournèrent au sud de Wooster, en direction de Canal. Le soleil qui ricochait sur les pavés fit éclater une bulle de souvenirs dans l'esprit de Stephanie : une séance photo pour la couverture du premier album des Conduits dans cette rue. Bosco poudrant fébrilement ses taches de rousseur devant le photographe à cran. Autant d'images qui la plongèrent dans la mélancolie tandis qu'elle appuyait sur la sonnette de Bosco et attendait en faisant une prière silencieuse : *Ne sois pas là, je t'en prie. Ne réponds pas, je t'en prie.* Cela aurait le mérite de sonner le glas de sa mascarade.

Aucune voix ne résonna dans l'interphone, lequel ne crachota qu'un bourdonnement. Stephanie poussa la porte, en proie à l'impression déconcertante d'avoir peut-être fixé rendez-vous à Bosco à dix heures. À moins qu'elle ne se soit trompée de bouton ?

Ils entrèrent et appelèrent l'ascenseur. Il mit un temps fou à descendre, grinçant dans sa cage. « Il marche, ce machin ? s'inquiéta Jules.

– Tu peux tout à fait attendre ici.

– Cesse de chercher à te débarrasser de moi. »

Bosco était méconnaissable. Il n'avait plus rien de commun avec le musicien efflanqué, en pantalon tuyau-de-poêle, de la fin des années quatre-vingt, à mi-chemin entre le punk et le ska, une bête de scène rousse tellement hystérique que, comparé à lui, Iggy Pop semblait apathique. Les propriétaires de boîtes de nuit avaient appelé plus d'une fois le 911 pendant les concerts des Conduits, persuadés que Bosco avait une attaque.

Il était énorme à présent – antidépresseurs et traitement post-cancer, prétendait-il – mais il suffisait de jeter un coup d'œil dans sa poubelle pour y découvrir une grosse boîte vide de crème glacée Rocky Road. Ses cheveux roux, devenus gris, étaient noués en un catogan clairsemé. En raison d'une pose ratée de prothèse à la hanche, il avait une démarche saccadée, le ventre propulsé en avant, on aurait dit un réfrigérateur sur un diable. N'empêche qu'il était réveillé, habillé, même rasé. Les stores de son loft étaient relevés. Des effluves humides provenant de la douche flottaient dans l'air, auxquels se mêlait l'odeur nettement plus plaisante du café en train de passer.

« Je t'attendais à quinze heures, dit Bosco à Stephanie.

– Je croyais que c'était à dix, répondit-elle, fouillant dans son sac pour éviter son regard. Je me suis trompée ? »

Bosco n'était pas idiot, il comprit qu'elle mentait. Curieux de nature toutefois, il s'intéressa à Jules. Stephanie les présenta.

« C'est un honneur », assura Jules, avec gravité.

Bosco le scruta, cherchant l'ironie sur sa physionomie, avant de lui serrer la main.

Stephanie se jucha sur une chaise pliante, proche du fauteuil à dossier réglable en cuir noir où Bosco passait le plus clair de son temps. Il était installé devant une fenêtre poussiéreuse derrière laquelle apparaissaient le fleuve Hudson et même un pan de la ville de Hoboken. Après avoir apporté du café à Stephanie, Bosco entreprit de s'immerger dans son fauteuil qui le happa en une étreinte gélatineuse. Ils se voyaient pour discuter de la promotion de *A à B*. Depuis que Bennie avait des comptes à rendre à des patrons, il ne pouvait consacrer à Bosco que l'argent nécessaire à la production et à la distribution de son CD. Aussi Bosco payait-il à l'heure les services de Stephanie en tant qu'agent. Un titre essentiellement symbolique : il avait été trop malade pour être capable de quoi que ce soit lors de la sortie des deux albums précédents, une lassitude coïncidant plus ou moins avec l'indifférence du monde à son égard.

« Cette fois, ce ne sera pas du tout la même chose, commença Bosco. Je vais te faire bosser, ma petite Stephi. Cet album sera mon come-back. »

Stephanie crut qu'il plaisantait. Mais il croisa son regard, sans ciller, du fond de son fauteuil.

« Ton come-back ? » répéta-t-elle d'un ton interrogateur.

Jules parcourait le loft, examinant les disques d'or et de platine encadrés des Conduits qui tapissaient les murs, les rares guitares que Bosco n'avait pas bazardées, et sa collection d'objets d'art précolombien, entreposés dans des vitrines, qu'il refusait de vendre. Stephanie perçut que le mot « come-back » avait soudain attiré l'attention de son frère.

« L'album s'appelle *A à B*, n'est-ce pas ? reprit Bosco. Voilà la question à laquelle je tiens à m'attaquer bille en tête : j'étais une rock-star et je suis devenu un gros connard dont tout le monde se fout, comment est-ce arrivé ? Ne nous voilons pas la face. »

Stephanie était trop sidérée pour réagir.

« Je veux des interviews, des articles, et tout ce qui s'ensuit, continua Bosco. Meuble ma vie de ces merdes. On n'a qu'à décrire toutes les putains d'humiliations. C'est la réalité, hein ? Vingt ans, ça déglingue un mec, surtout quand on lui a enlevé la moitié de ses intestins. Le temps est un casseur, d'accord ? C'est ça l'expression, non ? »

Quittant le fond de la pièce, Jules s'était approché : « Je ne l'ai jamais entendue.

– Tu n'es pas de cet avis ? demanda Bosco, d'un ton un peu provocant.

– Si, répondit Jules au bout d'un court silence.

– Écoute, intervint Stephanie. Franchement, Bosco, je t'aime beaucoup…

– Ah non ! Ne me passe pas ta pommade de publiciste, la rembarra ce dernier.

– Je suis ton agent, lui rappela-t-elle.

– Bien sûr, mais tu ne peux pas croire à ces conneries ! Tu es une trop vieille peau pour ça.

– J'essayais d'avoir du tact. Le fond du problème, c'est que les gens se fichent que ta vie soit devenue un enfer, Bosco. Que tu t'imagines le contraire est risible. Si tu étais toujours une rock-star, ça intéresserait peut-être, sauf que tu ne l'es plus… Tu es une relique.

– Tu es dure », commenta Jules.

Bosco rigola : « Elle est furieuse parce que je l'ai traitée de vieille peau.

– C'est vrai », reconnut Stephanie.

Mal à l'aise, Jules les regarda tour à tour. Le moindre conflit semblait l'affoler.

« Bon, enchaîna Stephanie. Soit je te félicite d'avoir une idée géniale, innovante, et j'attends que ça te passe, soit je suis honnête avec toi : c'est une idée grotesque. Tout le monde s'en moque.

– Je ne l'ai pas encore développée. »

Jules apporta une chaise pliante, où il s'assit.

« Je veux partir en tournée, expliqua Bosco. Comme avant. Je ferai les mêmes trucs sur scène, je me déchaînerai autant et plus encore. »

Stephanie posa sa tasse. Elle regrettait l'absence de Bennie, le seul capable de jauger l'aveuglement dont elle était témoin. « Que les choses soient claires, reprit-elle. Tu veux des tas d'interviews et d'articles pour brosser ton portrait d'homme malade, décati, devenu l'ombre de lui-même. Et tu veux faire une tournée…

– Nationale.

– Une tournée nationale, où tu joueras comme si tu n'avais pas changé.

– Bingo. »

Stephanie prit une profonde inspiration. « Ça pose deux, trois problèmes, Bosco.

– Ça ne m'étonne pas, riposta-t-il, adressant un clin d'œil à Jules. Accouche.

– Tout d'abord, cela va être difficile d'intéresser un écrivain.

– Je suis intéressé, intervint Jules. Et je suis écrivain. »

Que Dieu me vienne en aide, faillit dire Stephanie. Elle n'avait pas entendu son frère se présenter de la sorte depuis des années.

« Très bien, tu as un écrivain que ça intéresse…

– Il a tous les droits, la coupa Bosco, se tournant vers Jules. Un accès à tout. Tu peux même me regarder chier si ça te chante. »

Jules déglutit : « J'y réfléchirai.

– Il n'y a pas de limites, c'est la seule chose que je dis.

– D'accord, reprit Stephanie. Alors tu as…

– Tu peux aussi me filmer. Faire un documentaire au cas où tu en aurais envie. »

Une expression de frayeur traversa le visage de Jules.

« Merde, je peux terminer une phrase ? s'énerva Stephanie. Tu as un écrivain pour une histoire qui ne passionnera personne…

– Cette femme est mon agent, tu le crois, toi ? Je devrais la virer, non ? lança Bosco à Jules.

– Bonne chance pour trouver quelqu'un d'autre. Bien, en ce qui concerne la tournée… », poursuivit Stephanie.

Bosco souriait de toutes ses dents, englué dans son fauteuil visqueux – un canapé pour le commun des mortels. Saisie d'un élan de pitié à son égard, Stephanie ajouta avec douceur : « Ce ne sera pas facile de trouver des salles. Ça fait un bail que tu n'es pas monté sur scène. Tu n'es pas… Tu dis vouloir jouer comme avant, mais… » Bosco avait beau lui rire au nez, elle s'obstina : « Tu n'es pas physiquement… Ta santé… » Elle tournait autour du pot, sûre de l'incapacité de l'ex-rock-star à donner une représentation du même niveau que celles du passé et de l'issue fatale qu'aurait la moindre tentative dans ce sens. Non pas tôt ou tard, dès le premier concert.

« Tu ne piges pas, Stephanie ? explosa enfin Bosco. C'est ça l'intérêt. Si on connaît le dénouement, on ignore quand et où il se produira et qui sera là. C'est une tournée suicidaire. »

Stephanie éclata de rire. Le projet lui parut soudain d'une drôlerie inexplicable. Bosco, lui, était brusquement devenu sérieux : « Je suis foutu. Je me sens vieux et triste, et encore, les bons jours. Je veux en finir, mais pas discrètement, en beauté… Ma mort doit être une attraction, un spectacle, un mystère. Une œuvre d'art. Alors, madame l'Agent de relations publiques ? » Les yeux étincelants dans sa figure bouffie, il hissa sa masse de chair branlante et se pencha vers elle. « Tu vas continuer à soutenir que personne ne s'y intéressera ? La téléréalité, merde… rien n'est plus réel que ça ! Le suicide est une arme, nous le savons tous. Et si c'était un art ? »

Il dévisagea Stephanie, non sans anxiété : obèse, mal en point accroché à une ultime idée téméraire, vibrant de l'espoir qu'elle lui plairait. Un long silence s'ensuivit, tandis que Stephanie s'efforçait de se faire une idée exacte de la situation.

Jules fut le premier à prendre la parole : « C'est génial. »

À la fois ému par son propre discours et par la découverte que Jules l'était aussi, Bosco le couva d'un regard tendre.

« Écoutez, les gars », reprit enfin Stephanie, consciente de la perversité de ce qui s'ébauchait dans son esprit : si ce projet tenait la route (ce qui n'était probablement pas le cas – il était absurde, peut-être illégal, d'un mauvais goût frisant le grotesque), elle tenait à engager un véritable écrivain pour s'en occuper.

« Hé, nenni, nenni, nenni », protesta Bosco, agitant un doigt comme si elle avait formulé ses doutes injurieux. Avec force soupirs, grognements et refusant l'aide qu'ils lui proposaient, il s'extirpa du fauteuil, lequel émit un gémissement de soulagement, et traversa la pièce d'un pas chancelant. Une fois devant son bureau encombré, il s'y appuya, hors d'haleine, avant de chercher un stylo et du papier dans le capharnaüm.

« Comment tu t'appelles déjà ?

– Jules. Jules Jones. »

Bosco écrivit pendant quelques minutes.

« C'est bon. » Sur ces mots, il revint laborieusement vers eux et tendit la feuille à Jules, qui lut à voix haute : « Moi, Bosco, sain de corps et d'esprit, accorde par la présente à Jules Jones l'exclusivité des droits médiatiques pour la couverture de la tournée de ma déchéance et de mon suicide. »

Bosco s'affaissa contre le fauteuil, épuisé par l'effort fourni, le souffle précipité, les yeux clos. Bosco, l'artiste dément, l'épouvantail, s'imposa, spectral et malicieux, à Stephanie, l'opposé du béhémoth qu'ils avaient sous les yeux. Une vague de tristesse la submergea.

Bosco releva les paupières et fixa Jules : « Tiens, c'est pour toi. »

Au cours du déjeuner dans le jardin de sculptures du MoMA, on aurait dit que Jules était ressuscité : animé, grisé, il sautait d'un commentaire à l'autre sur la récente restauration du musée. À peine arrivé, il avait acheté un agenda et un stylo dans la boutique de souvenirs (les deux ornés de nuages à la Magritte) pour y noter son rendez-vous avec Bosco, prévu à dix heures le lendemain matin.

Stephanie mangea son sandwich à la dinde tout en contemplant la *Chèvre* de Picasso, regrettant de ne pouvoir s'associer à l'allégresse de son frère. Elle s'en sentait incapable, comme si Jules puisait son excitation en elle et que ça la vidait à mesure qu'il en était revigoré. Si seulement je n'avais pas raté ma partie de tennis, se surprit-elle à penser, bêtement.

« Qu'est-ce qu'il y a ? finit par demander Jules, buvant d'un trait son troisième soda aux airelles. Tu as l'air déprimée.

– Je ne sais pas. »

Il se pencha vers elle, son grand frère. L'image d'eux enfants la traversa, une sensation presque physique de Jules tel qu'il était alors, son protecteur, son chien de garde, qui assistait à ses matchs de tennis, lui massait les chevilles quand elle avait des crampes. Une émotion, ensevelie à cause de la vie chaotique qu'avait menée Jules entre-temps, refaisait surface, ardente et essentielle. Les larmes montèrent aux yeux de Stephanie.

Stupéfait, son frère lui prit la main : « Steph, qu'est-ce qui ne va pas ?

– J'ai l'impression que c'est la fin de tout. »

Stephanie pensait au passé, ainsi que Bennie et elles l'appelaient – non pas celui d'avant Crandale, celui d'avant leur mariage, la maternité, l'argent, la renonciation aux drogues dures, les responsabilités, lorsqu'ils traînaient dans le Lower East Side avec Bosco, se couchaient après le lever du soleil, déboulaient dans des appartements d'inconnus, faisaient l'amour dans des lieux quasiment publics, se lançaient dans des aventures risquées au nombre desquelles figurait se piquer à l'héroïne (pour elle), parce que rien n'était sérieux. Ils étaient jeunes, bénis des dieux, forts, à quoi bon se tracasser ? Si ça ne leur plaisait pas, ils pouvaient repartir de zéro. À présent, Bosco, malade et à peine capable de se déplacer, projetait fébrilement sa mort. Était-ce le fruit d'une aberration monstrueuse des lois naturelles ou d'une telle évidence qu'ils auraient dû le prévoir ? En étaient-ils responsables d'une manière ou d'une autre ?

Jules passa un bras autour de ses épaules : « Si tu m'avais posé la question ce matin, je t'aurais affirmé qu'on était foutus. Tous autant que nous sommes, le pays – ce monde de merde. Maintenant, je pense le contraire. »

Stephanie le percevait : c'était tout juste si elle n'entendait pas l'espoir inonder son frère. « Alors, c'est quoi la réponse ?

– Bien sûr que la fin est proche, mais elle n'est pas pour tout de suite », conclut Jules.

V

Après son rendez-vous avec un créateur de petits sacs vernis, Stephanie ne tint pas compte d'un mauvais pressentiment et passa au bureau. La Doll, sa patronne, pendue au téléphone comme à l'ordinaire, mit sa communication en attente et cria : « Qu'est-ce qu'il y a ?

– Rien », répondit Stephanie, interloquée. Elle se trouvait encore dans le couloir.

– Ç'a été avec l'Homme aux sacs ? » La Doll était toujours au courant de l'emploi du temps de ses collaborateurs, fussent-ils travailleurs indépendants comme Stephanie.

– Très bien. »

La Doll raccrocha, fit couler un express de la machine à café Krups posée sur la table de travail dans sa tasse de la taille d'un dé à coudre, vidée à peine remplie : « Viens, Steph. »

Stephanie entra dans l'immense bureau d'angle de sa patronne. La Doll était un de ces êtres qui paraissent, même à leurs proches, retouchés numériquement : cheveux d'un blond étincelant coupés au carré, rouge à lèvres de prédateur, mouvements algorithmiques des yeux. « La prochaine fois, annule le rendez-vous, dit-elle, poignardant Stephanie du regard.

– Pardon ?

– J'ai senti ta tristesse depuis le couloir. C'est comme la grippe, il faut éviter de la refiler aux clients. »

Stephanie éclata de rire. Elle connaissait sa patronne depuis suffisamment longtemps pour savoir qu'elle était sérieuse : « Quelle garce tu fais !

– C'est ma croix », ricana La Doll, composant déjà un nouveau numéro.

Stephanie rentra à Crandale (Jules avait pris le train) pour aller chercher Chris au foot. À sept ans, son fils n'avait pas encore perdu l'envie de se jeter dans les bras de sa mère au terme d'une journée passée loin d'elle. Elle l'étreignit, humant l'odeur de blé de ses cheveux. « Oncle Jules est la maison, en train de construire quelque chose ? demanda-t-il.

– Eh bien, oncle Jules a travaillé aujourd'hui. En ville », précisa-t-elle, avec une pointe de fierté.

Les péripéties de la journée avaient fait naître en elle un désir prégnant de discuter avec Bennie. Stephanie avait parlé à Sasha, son assistante, dont elle s'était longtemps méfiée car elle la considérait comme la gardienne des infidélités de Bennie, et qu'elle aimait bien depuis que son mari s'était acheté une conduite. En route pour la maison, Bennie, coincé dans un embouteillage, l'avait appelée, mais elle voulait tout lui raconter de vive voix. Elle imaginait qu'ils se moqueraient de Bosco et que son étrange tristesse se dissiperait. Elle avait une certitude : elle ne lui mentirait plus pour le tennis.

Bennie n'était pas encore là lorsqu'elle arriva avec son fils. Jules apparut, un ballon de basket à la main, et proposa à Chris de faire des paniers. Ils sortirent dans l'allée, la porte du garage trembla sous les rebonds. Le soleil se couchait.

Bennie finit par rentrer et fila prendre une douche. Stephanie mit des cuisses de poulet à dégeler dans de l'eau avant de le rejoindre. Des volutes de vapeur s'échappaient de la salle de bains, tournoyant dans les derniers rais de lumière. Stephanie eut envie d'imiter son mari – ils avaient une douche à double tête spécialement conçue pour eux. Son prix exorbitant avait provoqué nombre de disputes dans leur couple, mais Bennie n'en avait pas démordu.

Se débarrassant de ses chaussures, elle déboutonna son chemisier qu'elle balança sur le lit, à côté des vêtements de Bennie. Comme toujours, le contenu de ses poches était éparpillé sur la petite table ancienne. Stephanie y jeta un coup d'œil, une habitude de l'époque où les soupçons ne la quittaient pas. Monnaie, papiers de chewing-gum, ticket de parking. Quelque chose s'accrocha à son pied nu lorsqu'elle se déplaça : une pince à cheveux. Elle l'enleva et se dirigea vers la corbeille à papier. Avant de la jeter, elle la regarda : légèrement dorée, identique à celles qu'on trouvait dans les recoins des maisons de toutes les femmes de Crandale. Hormis la sienne.

Stephanie s'immobilisa, sans lâcher la pince. Malgré la myriade d'explications possibles – une fête chez eux, des amis qui se seraient rendus dans la salle de bains, la femme de ménage –, Stephanie savait à qui elle appartenait, comme s'il s'agissait d'un souvenir, non d'une découverte. Elle se laissa tomber sur le lit, en jupe et soutien-gorge, fiévreuse et parcourue de frissons, clignant des yeux à cause du choc. Bien sûr. Inutile d'être grand clerc pour comprendre la façon dont tout avait convergé : souffrance, vengeance, pouvoir, désir. Il avait couché avec Kathy. Bien sûr.

Stephanie remit son chemisier qu'elle boutonna soigneusement, la pince toujours à la main. Entrant dans la salle de bains, elle tenta de distinguer la mince silhouette de son mari dissimulée par la vapeur et l'eau. Il ne l'avait pas vue. Elle se figea, en proie à une impression d'épouvantable familiarité, sûre de connaître à l'avance les propos qu'ils échangeraient : le passage obligé du déni à l'autoflagellation pour lui, de la rage à l'acceptation douloureuse pour elle. Elle qui avait été persuadée qu'ils n'emprunteraient plus jamais ce chemin. Elle qui l'avait cru de tout son être.

Une fois sortie de la salle de bains, Stephanie jeta la pince dans la corbeille. Pieds nus, elle descendit l'escalier à pas de loup. Dans la cuisine, Jules et Chris faisaient couler de l'eau de la carafe filtrante. Stephanie ne songeait qu'à s'éloigner, comme si elle avait tenu une grenade dégoupillée qu'il fallait sortir de la maison pour être la seule à périr quand elle exploserait.

Malgré le bleu électrique du ciel au-dessus des arbres, le jardin semblait plongé dans l'obscurité. Stéphanie s'avança jusqu'au bout de la pelouse et s'assit, le front sur les genoux. La chaleur de la journée était toujours emmagasinée dans l'herbe et dans la terre. Elle était trop bouleversée pour parvenir à pleurer.

Elle s'allongea en chien de fusil, comme si elle protégeait la partie meurtrie de son corps ou essayait de contenir la souffrance qui en déferlait. La moindre bribe de pensée intensifiait sa révulsion, sa conviction de ne pouvoir s'en remettre, faute de ressources intérieures. C'était pire que les autres fois, pourquoi ?

« Steph ? » cria Bennie de la cuisine.

Elle se leva, trébucha dans une plate bande. Bennie et elle l'avaient conçue ensemble : glaïeuls, hostas, rudbeckia. Les tiges eurent beau crisser sous ses pas, elle ne baissa pas les yeux. Elle continua jusqu'à la palissade et s'agenouilla à même le sol.

« Maman ? » Chris l'appelait de l'étage, elle se boucha les oreilles.

C'est alors qu'une autre voix murmura, de si près qu'elle l'entendit : « Bonjour. »

Il lui fallut un moment pour la différencier de celles de la maison. Elle n'éprouva aucune frayeur, simplement une curiosité diffuse.

« C'est moi. »

Stephanie se rendit compte qu'elle fermait les yeux. Elle les ouvrit pour couler un regard entre les lattes de la palissade et aperçut le visage blanc et noyé d'ombre de Noreen qui l'observait de l'autre côté. Elle avait ôté ses lunettes noires. Stephanie remarqua vaguement une paire de prunelles vagabondes : « Salut, Noreen.

– J'aime bien m'asseoir ici, expliqua celle-ci.

– Je sais. »

Stephanie voulut partir, mais ses membres ne lui obéirent pas. Elle baissa à nouveau les paupières. Noreen garda le silence et, au fil des minutes, elle parut se fondre dans le bruissement du vent et le bourdonnement des insectes. On aurait dit que la nuit était animée. Stephanie resta recroquevillée sur le sol très longtemps, du moins lui sembla-t-il – cela ne dura peut-être qu'une minute –, jusqu'à ce qu'on recommence à l'appeler. Jules se joignit aux autres, sa voix affolée fendit la nuit. Enfin, elle se remit péniblement debout. La douleur reprit possession d'elle tandis qu'elle se redressait. Ses genoux s'entrechoquèrent sous l'effet de ce poids insolite, atrocement lourd.

« Bonsoir, Noreen, dit-elle, avant de rebrousser chemin parmi les fleurs et les buissons.

– Bonsoir », entendit-elle, vaguement.

8

Un général à vendre

Le premier trait de génie de Dolly fut le chapeau. Elle choisit une chapka bleu sarcelle, en fourrure, dont les oreillettes couvriraient les feuilles de chou semblables à des abricots secs du général, si vilaines qu'il valait mieux les cacher.

Lorsqu'elle vit la photo du général dans le *Times* quelques jours plus tard, Dolly faillit avaler de travers ses œufs pochés : il ressemblait à un énorme bébé malade, doté d'une gigantesque moustache et d'un double menton. Les gros titres n'auraient pu être pires :

LE COUVRE-CHEF EXTRAVAGANT DU GÉNÉRAL B.
RENFORCE LES RUMEURS DE CANCER
L'AGITATION S'INTENSIFIE DANS SON PAYS

Dolly bondit dans sa cuisine minable et s'agita, renversant du thé sur son peignoir. Après avoir examiné fébrilement le cliché, elle comprit : les cordons. Ils n'avaient pas respecté ses instructions de les couper, le nœud pelucheux sous le double menton du général était hideux. Dolly courut pieds nus dans sa chambre-bureau et feuilleta des pages de fax, cherchant les numéros les plus récents qu'elle était censée composer pour joindre Arc, le capitaine chargé des relations publiques du général. Même si ce dernier se déplaçait beaucoup pour échapper aux tentatives d'assassinat, Arc n'oubliait jamais d'envoyer à Dolly la mise à jour de leurs coordonnées. Ces fax arrivaient d'ordinaire vers trois heures du matin, réveillant Dolly et parfois Lulu, sa fille. Une perturbation à laquelle Dolly se gardait de faire allusion ; le général et son entourage s'imaginaient qu'elle était la meilleure publiciste de New York et que son télécopieur trônait dans un bureau d'angle jouissant d'une vue panoramique sur la ville (ce qui avait effectivement été le cas pendant de nombreuses années), et non pas à vingt centimètres de son clic-clac. Un malentendu que Dolly attribuait à de vieux articles de *Vanity Fair*, *InStyle* ou *People* qui la décrivaient en employant son surnom de l'époque : La Doll.

L'appel du clan du général était tombé à point nommé : Dolly venait de mettre son dernier bijou au clou. Elle corrigeait des manuels scolaires jusqu'à deux heures du matin, dormait jusqu'à cinq puis s'entretenait poliment au téléphone avec des interlocuteurs désireux de parler anglais résidant à Tokyo jusqu'au moment où il fallait réveiller Lulu et lui préparer son petit-déjeuner. Autant d'activités qui lui rapportaient à peine de quoi laisser Lulu à l'école de filles de Miss Rutgers. Les trois heures consacrées au sommeil de Dolly se consumaient souvent en spasmes d'inquiétude à l'idée du montant exorbitant de la prochaine facture des frais de scolarité.

Puis Arc avait téléphoné. Le général voulait l'exclusivité. Il voulait la réhabilitation, la compassion des Américains, la fin des tentatives d'assassinat de la part de la CIA. Kadhafi y était bien arrivé, alors pourquoi pas lui ? Dolly s'interrogea très sérieusement : n'était-ce pas une hallucination due au surmenage et aux nuits blanches ? Elle n'en donna pas moins un prix. Après avoir noté ses références bancaires, Arc fit observer : « Le général s'attendait à ce que vos honoraires soient plus élevés. » Dolly eût-elle été capable de parler qu'elle aurait dit : *C'est l'avance pour une semaine,* hombre, *pas pour un mois* ou : *Ça ne couvre que la période d'essai de quinze jours dont j'ai besoin pour savoir si je vais accepter de travailler pour vous.* Sauf que Dolly était incapable de proférer une parole, elle pleurait.

À l'arrivée du premier virement sur son compte, Dolly ressentit un tel soulagement qu'il étouffa presque la petite voix intérieure qui lui soufflait : *Ton client est un dictateur génocidaire.* Dolly ne s'était pas privée de travailler avec des salopards. Si elle ne prenait pas ce boulot, il lui filerait sous le nez. Une publicitaire ne jugeait pas ses clients – ces excuses, alignées en rang serré, étaient prêtes à se déployer au cas où la petite voix dissidente trouverait le courage de s'exprimer suffisamment fort. Ces derniers temps, toutefois, Dolly ne l'entendait pas.

Alors qu'elle foulait son tapis persan élimé d'un pas précipité et cherchait le dernier numéro du général, le téléphone sonna. Il était six heures du matin. Dolly plongea vers l'appareil, espérant du fond du cœur que le sommeil de Lulu ne serait pas troublé.

« Allô ? » Elle savait qui l'appelait.

« Nous ne sommes pas satisfaits, déclara Arc.

– Moi non plus. Vous n'avez pas coupé les…

– Le général n'est pas content.

– Arc, écoutez-moi. Il faut que vous coupiez les…

– Le général n'est pas content, mademoiselle Peale.

– Écoutez-moi, Arc.

– Il n'est pas content.

– C'est à cause de… Prenez des ciseaux…

– Il n'est pas content, mademoiselle Peale. »

Dolly se tut. Parfois, elle était sûre de déceler une pointe d'ironie dans le ton monocorde et suave avec lequel Arc répétait les mots qu'on lui avait ordonnés de prononcer, comme s'il s'adressait à elle en langage codé. Le silence se prolongeait. Dolly le rompit, parlant très doucement : « Arc, prenez des ciseaux et coupez les cordons de la chapka. Il ne faut surtout pas qu'il y ait un nœud sous le menton du général.

– Il ne portera plus ce chapeau.

– Il le doit.

– Il ne le portera pas. Il refuse.

– Coupez les cordons, Arc.

– Des bruits nous sont parvenus, mademoiselle Peale. »

Son sang ne fit qu'un tour : « Lesquels ?

– Que vous n'êtes plus la meilleure. Et voilà que le chapeau est un échec. »

Dolly eut l'impression d'être cernée par des forces négatives. Sous sa fenêtre, les voitures roulaient en vrombissant sur la Huitième Avenue, tandis qu'elle tripotait ses cheveux frisés qu'elle ne décolorait plus et laissait pousser en longues mèches grises. Elle était au pied du mur.

« J'ai des ennemis, Arc. Exactement comme le général », expliqua-t-elle.

Il resta muet.

« Si vous écoutez mes ennemis, je ne pourrai pas faire mon boulot. Maintenant, écrivez avec l'élégant stylo que je vois dans votre poche chaque fois qu'une photo de vous paraît dans les journaux : *Couper les cordons du chapeau. Défaire le nœud. Pousser le chapeau de façon à ce que des mèches du général s'en échappent.* Suivez mes consignes, Arc, et nous verrons ce qui se passera. »

Vêtue d'un pyjama rose, Lulu était entrée dans la pièce en se frottant les yeux. Dolly consulta sa montre, s'aperçut que sa fille avait perdu une demi-heure de sommeil et son cœur se serra à l'idée qu'elle puisse être fatiguée à l'école. Elle entoura d'un bras les épaules de Lulu. L'enfant resta impassible, sans se départir de l'attitude hautaine qui la caractérisait.

Dolly avait oublié Arc, qui parla dans le combiné coincé contre son cou : « Je vais faire cela, mademoiselle Peale. »

Plusieurs semaines s'écoulèrent avant que la photo du général paraisse à nouveau. Cette fois, le chapeau était en arrière et les cordons avaient disparu. Les gros titres annonçaient :

EXAGÉRATION PLAUSIBLE DE L'IMPORTANCE DES CRIMES DE GUERRE DE B., UNE NOUVELLE PREUVE LE DÉMONTRE

Grâce au chapeau, il était à croquer. Comment un homme coiffé d'une chapka en fourrure bleue aurait-il pu paver ses routes d'os humains ?

La Doll avait fait faillite à la Saint-Sylvestre, deux ans auparavant, à l'occasion d'un réveillon attendu avec impatience par les sommités se piquant de culture historique et triées sur le volet qu'elle avait invitées pour rivaliser avec le bal Noir et Blanc[1] de Truman Capote. On l'appelait la Réception ou la Liste, au sens de : *Il est sur la liste ?* Une réception pour fêter quoi au juste ? Rétrospectivement, Dolly ne le savait plus vraiment – la richesse plus fabuleuse que jamais des Américains malgré le chambardement du monde ? Même si les hôtes symboliques étaient connus et célèbres, il était de notoriété publique que c'était La Doll qui recevait. Elle avait davantage

1. Bal organisé à l'hôtel Plaza de New York le 28 novembre 1966 par Truman Capote au sommet de sa gloire à la suite de la publication de *De sang-froid*.

de relations, d'entregent et de tours dans son sac que tous ces sponsors réunis. Sauf que La Doll avait commis une erreur très humaine – du moins s'efforçait-elle de se consoler ainsi les nuits où les souvenirs de sa débâcle la torturaient à la manière d'un tisonnier chauffé au rouge, la poussant à se contorsionner sur son clic-clac et à boire du cognac au goulot. Elle s'était crue capable d'excellence dans d'autres domaines que l'organisation de fêtes réunissant un grand nombre de personnes. Le design, entre autres. La Doll avait eu une vision : de grands bacs translucides remplis d'eau et d'huile, suspendus sous des spots multicolores dont la chaleur créerait spirales, bulles et volutes dans les liquides antagonistes. Elle avait imaginé les invités se dévissant le cou, subjugués par les formes aqueuses dansantes. Effectivement, ils avaient levé les yeux, émerveillés par les bacs incandescents. La Doll n'avait pas manqué de le remarquer depuis le petit box qu'elle avait fait construire en hauteur, d'un côté de la salle, pour jouir d'une vue panoramique sur sa réalisation. Aussi avait-elle été la première à constater, à l'approche de minuit, l'oscillation des bacs pleins d'eau et d'huile – ils penchaient légèrement, non ? En d'autres termes, ils s'affaissaient comme des sacs sur leurs chaînes et fondaient. L'instant d'après, ils commencèrent à basculer, se déformer, dégringoler, éclaboussant d'huile bouillante les têtes de gens célèbres d'Amérique et d'autres pays. Qui furent brûlés, marqués, mutilés, au sens où des cicatrices en forme de larme sur le front d'une vedette de cinéma ou de petite tonsure sur le crâne d'un marchand d'art, d'un mannequin ou d'une personnalité quelconque, constituent une mutilation. Mais quelque chose s'était brisé en La Doll, qui se trouvait loin de l'huile embrasée : elle n'avait pas appelé le 911. Pétrifiée, frappée d'incrédulité, elle avait regardé ses invités hurler, chanceler, se couvrir la tête, arracher leurs vêtements mouillés et brûlants, ramper sur le sol, tels les personnages d'un retable du Moyen Âge précipités en enfer à titre de châtiment pour avoir vécu dans l'opulence.

Les accusations qui fusèrent par la suite – elle l'avait fait exprès, c'était une sadique qui avait pris plaisir à la souffrance des autres – furent plus atroces pour La Doll que l'horrible spectacle de l'écoulement implacable de l'huile sur la tête de ses cinq cents invités. Sur le moment, le cocon protecteur du choc l'avait anesthésiée. En revanche, ce fut dans un état de lucidité absolue qu'elle encaissa les répercussions de la catastrophe. On la détestait. On ne la considérait plus comme un être humain. On ne songeait qu'à l'écraser comme un rat ou un insecte. On y réussit. Avant même qu'elle ait purgé sa peine de six mois, avant le recours collectif en justice qui aboutit à la distribution de ses biens (nettement moins importants qu'escomptés) à ses victimes, La Doll n'existait plus. Anéantie. À sa sortie de prison, elle avait pris quinze kilos et cinquante ans, notamment en raison de ses cheveux gris et hirsutes. Non seulement personne ne la reconnut, mais le monde où elle avait prospéré était en voie d'extinction : désormais, les riches s'estimaient pauvres. Après quelques commentaires triomphants dans les journaux, sous des photos montrant sa déchéance, on l'oublia.

Dolly eut donc le loisir de réfléchir à ses mauvais calculs. Outre ceux qui étaient évidents – température de fusion du plastique ou répartition équilibrée des poids sur les chaînes –, sa plus grave erreur avait précédé la catastrophe : elle avait négligé un bouleversement sismique, conçu une réception cristallisant une époque déjà révolue. Il n'existait pas pire échec pour une publiciste, elle méritait de sombrer dans l'oubli. De temps à autre, Dolly se demandait quel genre d'événements ou de critères définiraient le monde nouveau, de la même manière que le bal de Capote, Woodstock, les soixante-dix ans de

Malcolm Forbes ou la fête du magazine *Talk* avaient symbolisé le leur. Aucune idée ne lui venait à l'esprit, elle avait perdu sa faculté de juger. Ce serait à Lulu et à sa génération d'en décider.

Une fois les gros titres sur le général B. édulcorés, lorsqu'on eut prouvé que plusieurs témoins à charge avaient reçu de l'argent de l'opposition, Arc rappela : « Le général ne vous verse pas une somme mensuelle pour que vous n'ayez qu'une idée.

– Elle était bonne, reconnaissez-le, Arc.

– Le général s'impatiente, mademoiselle Peale », enchaîna-t-il. Dolly imagina son sourire. « Le chapeau n'a plus rien de nouveau. »

Cette nuit-là, Dolly rêva du général. Tête nue, il retrouvait une jolie blonde devant une porte-tambour. La jeune femme le prenait par le bras et, serrés l'un contre l'autre, ils s'engouffraient à l'intérieur. Puis Dolly apparaissait et, installée dans un fauteuil, elle observait le général et sa petite amie, appréciant la manière dont ils jouaient leurs rôles. Elle se réveilla en sursaut comme si on l'avait secouée. Le rêve faillit lui échapper, mais elle le rattrapa, le pressa contre sa poitrine. Elle comprit : le général devait nouer une relation avec une vedette de cinéma.

Dolly eut du mal à sortir de son lit. La lumière de la rue qui filtrait par le volet cassé éclaira ses jambes cireuses. Une star. Une femme connue, séduisante, quel meilleur moyen d'humaniser un homme réputé inhumain ? *S'il lui plaît...* voilà le genre de réaction que ça susciterait. Et aussi : *Le général et moi avons les mêmes goûts : elle.* Ou encore : *Elle trouve sa tête triangulaire sexy.* Voire même : *Comment danse le général ?* Si Dolly incitait les gens à se poser cette question, les problèmes d'image du général seraient résolus. Peu importait le nombre de cadavres à son actif – qu'une piste de danse figure dans la vision collective de lui et les massacres seraient vite oubliés.

Il existait une noria d'actrices sur la touche prêtes à tout, mais Dolly en avait une en tête : Kitty Jackson, qui avait débuté en jouant un rôle de détective bagarreuse et acrobatique dans le film *Oh, Baby, Oh*. Kitty était devenue célèbre un an plus tard, quand Jules Jones, le frère aîné d'une des protégées de Dolly, l'avait violentée pendant une interview pour le magazine *Details*. L'agression et le procès avaient nimbé Kitty d'une aura de martyre. La déconvenue avait été d'autant plus sévère lorsqu'on avait découvert, une fois l'aura volatilisée, la métamorphose de l'actrice : l'innocente ingénue était devenue une femme capricieuse et irascible. Les tabloïdes se livraient à une impitoyable surenchère à propos des incartades de Kitty, tombée en disgrâce : sur le plateau d'un western, elle avait renversé du crottin de cheval sur la tête d'un acteur idolâtré ; elle avait délivré une armée de lémuriens lors du tournage d'un film de Disney ; elle avait téléphoné à la femme d'un producteur tout-puissant qui tentait de la fourrer dans son lit. Personne ne voulait plus embaucher Kitty, en revanche le public se souviendrait d'elle – la seule chose qui comptait pour Dolly. Et puis elle n'avait que vingt-huit ans.

Kitty fut facile à trouver : personne ne déployait une grande énergie pour la cacher. Vers midi, Dolly réussit à la joindre : elle répondit d'une voix ensommeillée, fumant manifestement une cigarette. Kitty écouta Dolly jusqu'au bout, lui demanda de répéter le montant généreux du cachet et se tut. Dans ce silence, Dolly décela le désespoir et la réticence qu'elle ne connaissait que trop. Elle éprouva un élan de compassion pour l'actrice qui en était réduite à ce genre de proposition. Puis Kitty donna son accord.

Dolly fredonna et, remontée grâce à l'express de sa vieille machine à café Krups, elle appela Arc pour lui exposer son projet.

« Le général n'apprécie pas les films américains.

– Quelle importance ? Les Américains savent qui elle est.

– Le général a des goûts très particuliers, précisa Arc. Il n'est pas souple.

– Il n'est pas obligé de la toucher. Ni de lui parler. Il doit seulement se tenir près d'elle le temps d'une photo. Et sourire.

– … Sourire ?

– Il doit avoir l'air heureux.

– Le général sourit rarement, mademoiselle Peale.

– Il a porté la chapka, non ? »

Il y eut une longue pause. Arc finit par reprendre la parole : « Il faut que vous accompagniez cette actrice. Et nous verrons.

– Où ça ?

– Ici. Jusqu'à nous.

– Voyons, Arc.

– Vous n'avez pas le choix. »

Chaque fois qu'elle entrait dans la chambre de Lulu, Dolly avait l'impression de se réveiller au pays d'Oz : tout y était rose. L'abat-jour du plafonnier. Le tissu vaporeux pendant du plafond. Les princesses aériennes peintes au pochoir sur les murs. Dolly avait appris la technique dans un atelier de la prison et profité des moments où Lulu était en classe pour décorer la pièce. Quand sa fille était à la maison, elle ne sortait de sa chambre que pour les repas.

À l'école de Miss Rutgers, Lulu faisait partie d'un réseau au maillage tellement serré que la chute et la peine de prison de sa mère (sa grand-mère avait débarqué du Minnesota pour s'occuper d'elle pendant que Dolly la purgeait) n'avaient pas réussi à le dissoudre. Les liens tissés entre ces filles n'étaient pas en fil de coton, mais en fil de fer. Et Lulu était la tige autour de laquelle ils s'enroulaient. Lorsque Dolly surprenait sa fille au téléphone avec ses amies, son autorité l'emplissait d'un respect craintif : sévère si nécessaire, elle pouvait être douce. Gentille. Lulu avait neuf ans.

Installée dans un sacco rose, elle faisait ses devoirs sur son ordinateur portable ou chattait avec ses copines (grâce au général, Dolly s'était offert le wi-fi). « Salut, Dolly », lança Lulu, qui ne l'appelait plus « maman » depuis sa sortie de prison. Elle plissa les yeux comme si elle avait du mal à distinguer sa mère. Dolly eut le sentiment d'être une apparition en noir et blanc dans ce boudoir, un refuge dont la couleur tranchait avec l'aspect miteux du reste de l'appartement.

« Je dois faire un voyage professionnel, annonça-t-elle à Lulu. Pour voir un client. Tu pourrais aller chez une de tes amies, comme ça tu ne rateras pas la classe. »

L'école était le centre de la vie de Lulu. Elle avait interdit à sa mère, auparavant un pilier de l'établissement, de compromettre son statut avec sa disgrâce. Si bien que Dolly la déposait au coin de la rue, portant le regard au-delà des pierres humides de l'Upper East Side pour s'assurer qu'elle franchissait bien la porte. À l'heure de la sortie, Dolly attendait au même endroit tandis que sa fille traînassait avec ses copines, poussant de l'orteil les massifs manucurés ou les parterres de tulipes (au printemps), concluant les transactions indispensables à l'affirmation et à la consolidation de son pouvoir. Si Lulu était invitée chez une amie, Dolly n'allait pas plus loin que le hall de l'immeuble. Lulu émergeait d'un ascenseur, les joues rouges, dégageant des effluves de parfum ou de brownies sortant du four, prenait sa mère par la main et l'entraînait dans la nuit en passant devant le portier. Non pour s'excuser – Lulu n'avait rien à se faire pardonner – mais par empathie pour la dureté de la vie qu'elles menaient désormais toutes les deux.

Curieuse, Lulu leva la tête : « Un voyage professionnel. C'est bien, non ?

– Absolument », répondit Dolly, un peu nerveuse. Elle avait caché l'histoire du général à sa fille.

« Tu seras partie combien de temps ?

– Quelques jours. Peut-être quatre. »

Il y eut un silence. Lulu finit par lancer : « Je peux venir ?

– Avec moi ? fit Dolly, interloquée. Ça t'obligerait à rater des cours. »

Nouvelle pause. Lulu devait se livrer à un calcul mental afin d'évaluer quel serait l'impact le plus fort sur ses copines, sécher ou être invitée chez quelqu'un, à moins qu'elle ne s'interroge sur la possibilité d'un séjour prolongé chez une amie sans que les parents de celle-ci n'aient de contact avec sa mère.

« Où ? » demanda Lulu.

Dolly se troubla. Si difficile que ce fût pour elle de refuser quoi que ce soit à sa fille, la perspective qu'elle se retrouve dans le même lieu que le général lui serrait la gorge. « Ça, je n'ai pas le droit de te le dire. »

Lulu ne protesta pas. « Dolly ?

– Oui, mon cœur ?

– Tu peux redevenir blonde ? »

Elles attendirent Kitty Jackson à l'aéroport JFK, dans un salon situé devant une piste privée. Quand l'actrice finit par arriver, vêtue d'un jean et d'un sweat-shirt jaune délavé, Dolly se reprocha de ne pas l'avoir rencontrée avant le départ. La jeune femme était dans un piteux état, à en être quasiment méconnaissable ! Ses cheveux étaient toujours blonds (ébouriffés d'une manière provocante et apparemment sales), ses yeux toujours aussi grands et bleus. En revanche, son visage affichait une expression sardonique, comme si elle levait les yeux au ciel en permanence, même quand elle les plongeait dans les vôtres. Et ça la vieillissait davantage que les fines pattes-d'oie ou les rides autour de sa bouche. Elle avait perdu sa jeunesse, ce n'était plus Kitty Jackson.

Dolly profita de l'absence de Lulu partie aux toilettes pour mettre Kitty au courant de son rôle : être le plus élégante possible (Dolly jeta un coup d'œil anxieux à la petite valise de l'actrice) ; caresser le général dans le sens du poil, déployer tout son charme, le temps que Dolly les immortalise avec un appareil miniature. Elle en avait une autre, mais c'était un accessoire. Kitty hocha la tête, l'ombre d'un sourire ironique relevant les commissures de ses lèvres.

« Tu as emmené ta fille ? Elle va rencontrer le général ? » Ce fut sa seule réaction.

« Elle ne le verra pas, siffla Dolly, s'assurant que Lulu n'était pas revenue. Elle ne sait rien du général. Ne prononce pas son nom devant elle, s'il te plaît. »

Kitty considéra Dolly avec scepticisme : « Elle a de la chance. »

Elles embarquèrent dans l'avion du général au crépuscule. Après le décollage, Kitty commanda un martini à l'hôtesse, le vida d'un trait, inclina son fauteuil en position horizontale, mit un masque (la seule chose neuve en sa possession) et ronfla. Lulu se pencha pour examiner le visage de l'actrice. Au repos, il paraissait jeune et lisse.

« Elle est malade ?

– Non, répondit Dolly avec un soupir. Peut-être. Je n'en sais rien.

– À mon avis, elle a besoin de vacances », commenta Lulu.

Vingt postes de contrôle annoncèrent leur arrivée dans la propriété du général. Devant chacun, deux soldats armés de mitraillettes fouillaient du regard la Mercedes noire où Dolly, Lulu et Kitty étaient assises sur la banquette arrière. À quatre reprises, elles durent sortir dans la fournaise pour être palpées sous la menace d'un fusil. Chaque fois, Dolly chercha des signes de traumatisme sur le visage au calme étudié de sa fille. Dans la voiture, Lulu se tenait très droite, son cartable rose Kate Spade sur les genoux. Elle fixait les soldats d'un regard impavide, le même que celui avec lequel elle toisait les nombreuses filles qui s'étaient vainement efforcées de la désarçonner au fil des années.

Une armée de gros oiseaux noirs, aux plumes brillantes, aux longs becs violets recourbés comme des faux, était perchée sur les grands murs blancs qui longeaient la route. Dolly n'en avait jamais vu de semblables. Ils paraissaient être le genre à pousser des cris stridents, pourtant un silence perturbant régnait lorsqu'on baissait la vitre pour négocier avec un flingueur aux yeux étrécis.

Un pan de mur finit par coulisser et, quittant la route, la voiture entra dans une résidence impressionnante : jardin à la végétation luxuriante, jet d'eau, manoir blanc s'étirant à l'infini. Les oiseaux juchés sur le toit les observaient.

Le chauffeur ouvrit les portières. Dolly, Lulu et Kitty se retrouvèrent au soleil. Il tapa sur la nuque de Dolly, à nouveau exposée par une version au rabais de sa légendaire coupe au carré. Incommodée par la chaleur, Kitty ôta son sweat-shirt, heureusement le tee-shirt qu'elle portait en dessous était propre. Un semis de petites taches roses sur l'un de ses poignets maculait le beau bronzage de ses bras. Des cicatrices. Dolly les fixa : « Kitty, ces… » Elle laissa sa phrase en suspens. « Sur tes bras, ce sont… ?

– … des brûlures. »

L'actrice décocha à Dolly un regard qui lui noua l'estomac. Puis un souvenir lointain surgit comme d'un brouillard ou de sa petite enfance : quelqu'un lui demandait – la suppliait – d'ajouter Kitty Jackson sur la liste. Elle refusait. Catégoriquement. C'était hors de question : Kitty était de trop basse extraction.

« C'est moi qui me suis brûlée », précisa l'actrice.

Dolly la dévisagea, sans comprendre. Kitty sourit et, l'espace d'une seconde, elle eut l'expression adorable, espiègle, de la star d'*Oh, Baby, Oh*. « Des tas de gens ont fait la même chose. Tu n'étais pas au courant ? »

Une blague ? Dolly voulait à tout prix éviter de se ridiculiser devant Lulu.

« Nous sommes tous allés à cette réception, reprit Kitty. Et nous en avons la preuve, tous autant que nous sommes... Qui oserait nous traiter de menteurs ?

– Je sais parfaitement qui était là. J'ai encore la liste en tête.

– Peut-être, mais... qui es-tu ? » lâcha Kitty.

Dolly se tut, consciente que Lulu la fixait de ses yeux gris.

Kitty eut alors un geste inattendu : elle lui prit la main. Sa poigne était chaude et ferme. Dolly sentit un picotement dans ses yeux.

« Qu'ils aillent tous au diable, d'accord ? » enchaîna l'actrice, d'un ton empreint de tendresse.

Un homme mince, râblé, vêtu d'un complet admirablement coupé, surgit du manoir pour les accueillir. Arc.

« Mademoiselle Peale, nous nous rencontrons enfin », dit-il en souriant. Il se tourna vers Kitty : « Mademoiselle Jackson, c'est un immense honneur ainsi qu'un plaisir. » Il lui fit un baisemain, d'un air un peu taquin, estima Dolly. « J'ai vu vos films. Le général et moi les avons regardés ensemble. »

Dolly s'arma de courage, à l'affût de la réaction de Kitty, mais celle-ci répondit d'une voix flûtée d'enfant, hormis l'inflexion flirteuse, presque imperceptible. « Je suis sûre que vous avez vu de meilleurs films.

– Le général a été impressionné.

– Eh bien, je suis très flattée que le général les ait jugés dignes d'intérêt. »

Dolly jeta un coup d'œil inquiet à Kitty, espérant que le sarcasme inhérent à ce genre de répartie ne serait pas trop évident. À sa grande surprise, elle n'en vit pas l'ombre. Kitty était un portrait d'humilité et de sincérité comme si, rajeunie de dix ans, elle était redevenue une starlette pleine de reconnaissance et d'enthousiasme.

« Hélas, j'ai une mauvaise nouvelle, reprit Arc. Le général a dû partir au pied levé. C'est extrêmement regrettable. Le général vous prie d'accepter toutes ses excuses.

– Mais nous… nous pouvons le rejoindre ? demanda Dolly.

– Peut-être. Cela ne vous ennuie pas d'entreprendre un autre voyage ?

– Eh bien, dit Dolly, lançant un regard à sa fille. Cela dépend…

– Absolument pas, l'interrompit Kitty. Nous irons où le souhaite le général. Nous ferons ce qu'il faut. D'accord, petiote ? »

Lulu mit un moment à associer le diminutif à sa personne. C'était la première fois que l'actrice s'adressait directement à elle.

« D'accord », répondit-elle, en souriant.

Elles partiraient pour une nouvelle destination le lendemain matin. Le soir, Arc proposa de les emmener en ville. Kitty déclina. « Le grand tour, très peu pour moi, expliqua-t-elle, tandis qu'elles s'installaient dans une suite composée de deux chambres, donnant sur une piscine privée. Je préfère profiter de ces piaules. On me logeait dans ce genre d'endroit avant. » Elle laissa échapper un rire amer et se dirigea vers le bar.

« N'exagère pas », lui recommanda Dolly.

Kitty se retourna : « Dis donc, j'étais comment tout à l'heure ? Tu as eu lieu de te plaindre jusqu'à présent ?

– Non, tu as été parfaite. » Dolly baissa le ton pour que Lulu n'entende pas : « N'oublie pas à qui nous avons affaire, c'est tout.

– C'est pourtant ce que je veux, oublier. » Kitty se prépara un gin tonic. « Je m'y emploie activement. J'ai envie d'être comme Lulu, innocente. » Elle leva son verre à l'intention de Dolly et but une gorgée.

Dolly et Lulu montèrent dans la Jaguar gris anthracite d'Arc. Le chauffeur dévala la pente, roula dans des venelles, obligeant les piétons à se plaquer contre les murs ou à se ruer dans des embrasures de portes pour éviter d'être écrasés. La ville miroitait au pied de la colline : des milliers de bâtisses blanches de guingois enveloppées d'une brume grise. Ils en furent bientôt entourés. Le linge qui claquait sur chaque balcon semblait être la seule source de couleur de la ville.

Le chauffeur s'arrêta devant un marché en plein air. Monceaux de fruits, noix odorantes, sacs en faux cuir. Autant de produits que Dolly examina d'un œil critique, tandis qu'elle suivait Arc avec Lulu parmi les étals. Si la taille des oranges et des bananes, énormes, l'impressionna, la viande ne lui disait rien qui vaille. À en juger par la nonchalance empreinte de vigilance des vendeurs ou des clients, ils savaient qui était Arc.

« Quelque chose vous ferait plaisir ? demanda-t-il à Lulu.

– Oui. Un de ces fruits, s'il vous plaît. »

Une carambole. Dolly en avait vu chez Dean & DeLuca. Ici, elles s'entassaient en piles écœurantes, couvertes de mouches.

Arc en prit une, faisant un signe de tête impératif au vendeur, un homme âgé au torse squelettique et au bon visage pétri d'anxiété. Il eut beau sourire à Dolly et Lulu, la peur se lisait dans ses yeux.

Lulu frotta soigneusement le fruit sale sur son polo à manches courtes avant de mordre dans la peau verte et luisante. Du jus gicla sur son col. Éclatant de rire, elle s'essuya les lèvres du revers de la main : « Tu dois goûter ça, maman ! » Dolly prit une bouchée. En fin de compte, la mère et la fille se partagèrent le fruit sous le regard attentif d'Arc. Un étrange optimisme s'empara de Dolly. L'instant d'après, elle comprit pourquoi : maman. C'était la première fois que Lulu l'appelait ainsi depuis presque un an.

Arc les conduisit dans une maison de thé noire de monde. Un groupe d'hommes leur céda la place à une table en coin et le brouhaha joyeux qui régnait auparavant reprit, mais il n'avait plus rien de naturel. D'une main tremblante, un serveur remplit leurs tasses de thé à la menthe. Lorsque Dolly lui lança un regard rassurant, il détourna les yeux.

« Vous vous promenez souvent en ville ? demanda-t-elle à Arc.

– Le général tient à se mêler aux gens. Afin qu'ils sentent son humanité, qu'ils en soient témoin. Bien sûr, il doit être très prudent.

– À cause de ses ennemis ?

– En effet. Le général en a beaucoup, malheureusement. Aujourd'hui, il a été menacé dans sa résidence a été contraint de s'installer ailleurs. C'est fréquent, comme vous le savez. »

Dolly acquiesça. *Menacé dans sa résidence* ?

« Ses ennemis le croient ici, alors qu'il est loin », ajouta Arc en souriant.

Dolly jeta un coup d'œil à Lulu. La carambole avait laissé une auréole autour de sa bouche. « Mais… nous sommes ici, nous, remarqua-t-elle.

– Oui, dit Arc. Pas lui. »

Dolly ne ferma pratiquement pas l'œil de la nuit, à l'affût de roucoulements, frôlements ou cris susceptibles de passer pour des bruits d'assassins rôdant à la recherche du général et de son acolyte – elle, en d'autres termes. Elle était devenue une cible au même titre que le général B., source de terreur et d'angoisse pour son peuple.

Comment les choses en étaient-elles arrivées là ? Pour la énième fois, Dolly revisita l'instant où les bacs en plastique s'étaient déformés et où la vie dont elle avait profité si longtemps avait brusquement changé de cours. Contrairement aux innombrables autres nuits, toutefois, lorsque Dolly bascula dans la goulotte à souvenirs, Lulu, nuisette en dentelle, genoux repliés sous elle, dormait de l'autre côté du grand lit. Dolly sentit la chaleur du corps de sa fille – l'enfant de son âge mûr, fruit d'une grossesse accidentelle résultant d'une aventure avec un client, acteur de cinéma. Lulu croyait son père mort : sa mère lui avait montré des photos d'un ancien amant.

Elle se glissa dans le lit et embrassa la joue tiède de Lulu. Avoir un enfant n'avait eu aucun sens : esclave de sa carrière, farouche partisane de l'avortement, Dolly avait pourtant hésité à prendre rendez-vous – malgré les nausées matinales, les sautes d'humeur, l'épuisement – jusqu'au moment où elle avait su avec un soulagement indescriptible et une joie ineffable qu'il était trop tard.

Lulu bougea. Dolly s'approcha davantage pour la prendre dans ses bras. Quand elle n'était pas réveillée, Lulu se détendait au contact de sa mère. Dolly éprouva un élan de gratitude irrationnelle envers le général qui leur avait fourni ce lit – c'était un luxe d'une extrême rareté d'étreindre sa fille de la sorte, d'entendre le bruit sourd de ses battements de cœur.

« Je serai toujours là pour te protéger, ma chérie, murmura Dolly à l'oreille de Lulu. Rien de mal ne nous arrivera, tu le sais, n'est-ce pas ? »

Lulu continua de dormir.

Le lendemain, ils s'entassèrent dans deux voitures blindées qui ressemblaient à des jeeps, à ceci près qu'elles étaient nettement plus lourdes. Arc et quelques soldats montèrent dans la première, Dolly, Lulu et Kitty dans la seconde. Assise à l'arrière, Dolly avait l'impression que le poids du véhicule les fichait dans le sol. Elle était exténuée, dévorée d'angoisse.

Quant à Kitty, sa métamorphose était spectaculaire. Les cheveux propres, maquillée, elle avait enfilé une robe sans manches en velours frappé, couleur sauge, qui paillettait ses yeux bleus de vert et les faisait virer au turquoise. Épaules dorées et athlétiques, lèvres roses et brillantes, nez semé de quelques taches de rousseur – son apparence dépassait tous les espoirs de Dolly. Regarder l'actrice la faisait presque souffrir, aussi l'évitait-elle le plus possible.

Ils franchirent sans encombre les postes de contrôle et ne tardèrent pas à s'engager sur une route contournant la ville blanche par en haut. Dolly remarqua des vendeurs sur les bas-côtés, des enfants pour la plupart, brandissant des fruits ou des panneaux en carton à l'approche des 4×4. Quand les véhicules les croisaient à toute allure, ils battaient précipitamment en retraite sur l'accotement, peut-être à cause de la vitesse. La première fois, Dolly poussa un cri et, se penchant en avant, chercha à dire quelque chose au chauffeur. Quoi exactement ? Elle hésita, puis se cala sur la banquette et s'empêcha de regarder par la fenêtre. Son livre de maths ouvert sur les genoux, Lulu, elle, les observait.

Ce fut une délivrance de laisser la ville derrière elles et de rouler à travers une terre aride ressemblant à un désert où antilopes et vaches arrachaient la maigre végétation. Sans demander la permission, Kitty se mit à fumer, exhalant par une fente de la vitre. Dolly ne céda pas à l'impulsion de lui reprocher d'abîmer les poumons de sa fille.

« Alors, quels sont tes grands projets ? » demanda tout à coup Kitty à Lulu.

Celle-ci parut tourner et retourner la question dans sa tête : « Tu veux dire... pour ma vie ?

– C'est ça.

– Je n'ai encore rien décidé, répondit Lulu, songeuse. Je n'ai que neuf ans.

– Eh bien, c'est raisonnable.

– Lulu est très raisonnable, intervint Dolly.

– N'empêche, qu'est-ce que tu imagines ? » insista Kitty. Nerveuse, elle tripotait ses doigts aux ongles laqués comme si elle était tenaillée par le besoin d'une autre cigarette mais prenait son mal en patience. « À moins que les gosses ne s'amusent plus à ça. »

Avec son bon sens habituel, Lulu perçut l'envie de parler de Kitty : « Et toi, qu'est-ce que tu imaginais à mon âge ? »

Kitty réfléchit puis, éclatant de rire, elle alluma une cigarette : « Je voulais être jockey ou star de cinéma.

– Un de tes vœux a été exaucé.

– C'est vrai, reconnut la jeune femme, qui ferma les yeux, tandis qu'elle soufflait la fumée par la vitre.

– Ça n'a pas été aussi chouette que tu le croyais ? » fit alors Lulu, sérieuse.

Kitty releva les paupières : « Quoi, jouer ? Oh, j'ai adoré et je continue – ça me manque. Mais les gens étaient des monstres.

– Comment ça ?

– Des menteurs. Au début, ils paraissaient gentils sauf que ce n'était que de la comédie. Ceux qui étaient carrément horribles, ceux qui ne pensaient qu'à te tuer, au moins ils étaient honnêtes. »

Lulu acquiesça comme si c'était un problème qu'elle avait rencontré : « Toi aussi, tu as essayé de mentir ?

– Oh oui. Je me suis donné beaucoup de mal pour raconter des bobards, sans jamais oublier que je mentais. Alors j'ai été punie quand j'ai dit la vérité. C'est la même chose que découvrir que le père Noël n'existe pas... On aimerait retourner en arrière et y croire encore, mais c'est trop tard. »

Kitty se tourna vers Lulu, catastrophée : « Oh là là, j'espère que...

– Je n'ai jamais cru au père Noël », la rassura la petite fille en gloussant.

Ils continuèrent à rouler. Lulu fit ses devoirs de maths. D'éducation civique. Elle écrivit une rédaction sur les hiboux. Après ce qui parut être une distance de plusieurs centaines de kilomètres, ponctuée d'arrêts toilettes dans des avant-postes où patrouillaient des soldats, ils obliquèrent dans les collines. La végétation devint dense, les frondaisons faisaient écran au soleil.

Soudain, les 4×4 s'écartèrent de la route et s'arrêtèrent. Des douzaines de soldats en tenue de camouflage se matérialisèrent, on aurait dit qu'ils tombaient des arbres. Dolly, Lulu et Kitty sortirent de la voiture et se retrouvèrent dans une jungle où résonnait une cacophonie de chants d'oiseaux.

Arc s'approcha d'elles, s'avançant à pas précautionneux dans ses belles chaussures en cuir : « Le général vous attend. Il a hâte de vous rencontrer. »

Ils se déplacèrent en file indienne dans la forêt, foulant une terre molle d'un rouge intense. Des singes folâtraient dans les arbres. Ils finirent par arriver devant des marches en béton grossièrement taillées dans le flanc d'une colline, au pied desquelles apparut un nouveau contingent de soldats. Il y eut des grincements et craquements de godillots lorsqu'ils se mirent à les gravir. Les mains posées sur les épaules de sa fille, Dolly entendit Kitty fredonner derrière elle : non pas un air, seulement deux notes qu'elle ne cessait de répéter.

L'appareil miniature se trouvait dans le sac de Dolly. Sans s'arrêter de marcher, elle sortit la télécommande et la fourra dans sa paume.

Au sommet de l'escalier on avait défriché la forêt pour y couler une plaque de béton, sans doute une ancienne aire d'atterrissage destinée aux hélicoptères. La lumière du soleil qui s'infiltrait dans l'air humide formait des filets de vapeur à leurs pieds. Le général se tenait au centre de la dalle, flanqué de soldats. De petite taille – le propre des gens célèbres –, il n'arborait aucun couvre-chef. Ses cheveux épais couronnaient bizarrement son visage sévère en forme de triangle. Il portait sa tenue militaire habituelle, mais elle donnait l'impression d'être un peu fripée ou en mal de nettoyage. Le général, fatigué, avait des poches sous les yeux et la mine revêche, comme si on venait de le tirer du lit en lui annonçant : *Elles sont là*, et qu'on avait dû lui rappeler de qui il s'agissait.

Un silence tomba au cours duquel personne ne parut savoir quoi faire.

Puis Kitty arriva. Dolly eut beau l'entendre fredonner, elle ne se retourna pas et se concentra sur la physionomie du général, dont l'expression se remplit de convoitise et d'incertitude lorsqu'il reconnut l'actrice. Kitty s'approcha lentement de lui – en réalité, elle se coula vers lui, ce fut ainsi qu'elle se déplaça dans sa robe vert sauge. On aurait dit que le mouvement heurté de la marche du commun des mortels lui était étranger. Elle chaloupa vers le général, lui prit la main, un sourire aux lèvres, tourna un peu autour de lui, l'air gêné presque rieur, comme s'ils se connaissaient trop bien pour se serrer la main. L'étrangeté de la scène fascina tellement Dolly qu'elle en oublia de photographier la poignée de main. Elle ne reprit ses esprits qu'au moment où Kitty pressa son corps moulé de vert contre le torse du général en fermant un instant les yeux. *Click*. Le général, déconcerté, un peu perdu, tapota poliment le dos de Kitty. *Click*. L'actrice saisit alors les deux mains du général (lourdes et noueuses, véritables battoirs d'un homme nettement plus grand) entre les siennes, fines – *click* –, laissa échapper un rire contraint, la tête rejetée en arrière, comme pour exprimer que tout ceci était stupide, trop intimidant pour eux deux. Et le général sourit. Sans crier gare, ses lèvres s'étirèrent, découvrant deux rangées de petites dents jaunes – *click* –, ce qui lui conféra un aspect vulnérable, désireux de plaire. *Click, click, click*. Dolly photographiait aussi vite que possible sans bouger la main, en effet ça y était, ce sourire que personne n'avait vu révélait le côté humain et caché du général qui abasourdirait le monde.

Cela n'avait pas duré plus d'une minute. Aucun mot n'avait été prononcé. Kitty et le général restèrent, main dans la main, l'un et l'autre légèrement empourprés. Dolly dut se retenir de hurler, parce que c'était emballé ! Elle avait obtenu ce qu'elle voulait sans avoir eu à demander quoi que ce soit. Elle ressentit un élan d'amour mâtiné de respect pour Kitty : cet être prodigieux, ce génie qui, non content de poser avec le général, l'avait apprivoisé. Telle était l'impression de Dolly, comme s'il existait entre l'univers du général et celui de Kitty une porte à sens unique que l'actrice l'avait aidé à franchir à son insu. Il ne pouvait revenir en arrière ! Or, Dolly était l'artisan de cet événement… Pour la première fois de sa vie, elle avait rendu un service à quelqu'un. Et Lulu avait assisté à la scène.

Kitty arborait toujours son charmant sourire. Dolly l'observa balayer la foule du regard : les douzaines de soldats armés de mitraillettes, Arc, Lulu et elle-même, rayonnante, les yeux noyés de larmes. Nul doute que l'actrice avait conscience de sa réussite, elle avait œuvré à son salut, se propulsant sur le devant de la scène, déblayant le terrain, ce qui lui permettrait de retrouver du travail dans le domaine qu'elle adorait. Et ce grâce à un petit coup de pouce du despote à sa gauche.

« Alors, c'est ici que vous enterrez les cadavres ? » lança Kitty.

Le général lui jeta un regard hébété. Arc s'avança rapidement, suivi par Dolly et Lulu.

« Vous les jetez dans des fosses ou vous les brûlez d'abord ? demanda Kitty au général sur le ton de la conversation.

– Mademoiselle Jackson, intervint Arc d'un air tendu, lourd de sens. Le général ne vous comprend pas. »

Ce dernier ne souriait plus. Il détestait ne pas savoir ce qui se passait. Il avait lâché la main de Kitty et parlait durement à Arc.

Lulu tira le bras de Dolly : « Maman, fais en sorte qu'elle se taise. »

Tétanisée jusque-là, elle tressaillit au son de la voix de sa fille : « Ça suffit, Kitty.

– Vous les mangez ou vous laissez les vautours s'en charger ? reprit l'actrice.

– La ferme, Kitty ! l'adjura Dolly, haussant le ton. Arrête ce petit jeu. »

Le général s'en prit violemment à Arc, qui se tourna vers Dolly. Son front lisse était moite : « Le général devient furieux, mademoiselle Peale. » Une formule codée que Dolly capta parfaitement. S'approchant de l'actrice, elle s'empara de son bras hâlé et, le visage presque collé au sien, murmura : « Si tu continues, on va mourir. »

Mais elle comprit que c'était sans espoir, car le fanatisme le disputait à l'autodestruction dans les yeux de Kitty : elle ne pouvait pas s'arrêter. « Oups ! s'exclama-t-elle, feignant la surprise. Je n'étais pas censée évoquer le génocide ? »

Ce mot, le général le connaissait. Il s'écarta brusquement de Kitty comme si elle avait pris feu et lança des ordres à ses soldats d'une voix étranglée. Ceux-ci repoussèrent Dolly, la jetant au sol. Lorsqu'elle coula un regard à Kitty par-dessus son épaule, les soldats s'étaient agglutinés autour de l'actrice, la dérobant à sa vue.

Tout en s'efforçant d'aider sa mère à se relever, Lulu criait : « Maman, fais quelque chose, fais quelque chose ! Arrête-les !

– Arc », appela Dolly. Sauf qu'Arc ne se souciait plus d'elle. Il avait rejoint le général qui écumait de rage. Les soldats portaient Kitty ; Dolly eut l'impression que des coups de pied pleuvaient sur eux. La voix stridente de Kitty lui parvint :

« Vous buvez leur sang ou vous vous en servez pour lessiver le sol ? Vous portez leurs dents enfilées sur une cordelette ? »

On entendit le bruit d'un coup violent auquel succéda un hurlement. Dolly s'élança, mais Kitty avait disparu. Les soldats l'emmenèrent à l'intérieur d'une construction cachée dans les arbres, à proximité de l'aire d'atterrissage. Le général et Arc les suivirent et fermèrent la porte. Un silence inquiétant enveloppa la jungle, où ne résonnaient que les cris des perroquets et les sanglots de Lulu.

Alors que le général piquait sa crise, Arc avait chuchoté des ordres à deux soldats. À peine eut-il disparu qu'ils entraînèrent Dolly et Lulu, dévalant la colline jusqu'aux voitures. Les chauffeurs patientaient en grillant des cigarettes. Lulu pleura pendant le trajet, la tête posée sur les genoux de sa mère, tandis qu'ils fonçaient à nouveau dans la forêt, puis dans le désert. Hébétée, Dolly caressait les cheveux fins de sa fille, se demandant si on allait les jeter en prison. En fin de compte, le soleil s'inclinait vers l'horizon lorsqu'elles se retrouvèrent à l'aéroport où l'avion du général attendait. À ce moment-là, Lulu s'était redressée et écartée de sa mère.

Lulu dormit à poings fermés toute la durée du vol, agrippée à son cartable Kate Spade. Dolly, pour sa part, ne trouva pas le sommeil, et garda les yeux rivés sur le siège vide de Kitty.

Après avoir atterri à JFK dans le clair-obscur du petit matin, elles sautèrent dans un taxi pour rentrer à Hell's Kitchen. Elles ne s'adressèrent pas la parole. Dolly fut stupéfaite de trouver leur immeuble intact, l'appartement toujours en haut de l'escalier, les clés dans son sac.

Lulu fila aussitôt dans sa chambre dont elle ferma la porte. L'esprit embrouillé par l'insomnie, Dolly s'assit à son bureau et tenta de mettre de l'ordre dans ses idées. Devait-elle alerter l'ambassade ? Le Congrès ? Qu'avait-elle à dire ?

Quand Lulu émergea en uniforme et coiffée, Dolly n'avait même pas remarqué que le jour s'était levé. Décochant un regard désapprobateur à sa mère, qui portait toujours ses vêtements de la veille, Lulu déclara :

« C'est l'heure ?

– Tu vas à l'école ?

– Bien sûr. Qu'est-ce que je peux faire d'autre ?

Elles prirent le métro. Le silence qui régnait entre elles était inviolable, Dolly redoutait que ce fût pour toujours. À la vue du visage blême, des traits tirés de Lulu, elle eut une conviction qui la fit frissonner : si Kitty Jackson mourait, elle perdrait sa fille.

Au coin de rue habituel, Lulu s'éloigna sans lui dire au revoir.

Les commerçants de Lexington Avenue remontaient leurs rideaux de fer. Dolly s'acheta un café qu'elle but. Elle avait envie de rester près de Lulu, aussi décida-t-elle d'attendre ici la fin de ses cours, soit dix-sept heures trente. Pendant ce temps, elle donnerait des coups de fil sur son portable. Mais l'image de Kitty dans sa robe verte, les bras constellés de brûlures, l'obsédait, ainsi que la fierté obscène qu'elle avait éprouvée à l'idée d'avoir apprivoisé le général et contribué à rendre le monde meilleur.

Elle garda le portable dans sa main, sans y toucher, ne sachant comment s'y prendre pour donner ce genre de coup de téléphone.

Derrière elle, un magasin ouvrit et Dolly découvrit qu'il s'agissait de celui d'un photographe. L'appareil miniature se trouvait encore dans son sac. Elle entra, le tendit, demanda des tirages et un CD de tout ce qu'ils pourraient télécharger.

Une heure plus tard, Dolly se tenait toujours devant la boutique lorsque le type sortit avec ses photos. Aucun des interlocuteurs à qui elle avait téléphoné pour parler de Kitty n'avait paru la croire. Qui pouvait le leur reprocher ?

« Ces clichés… Vous vous êtes servie de Photoshop ou quoi ? demanda le type. On les dirait, genre, vrais.

– C'est le cas, je les ai pris moi-même. »

Il s'esclaffa : « C'est ça… » Dolly eut une illumination, une fulgurance. Ainsi que Lulu l'avait dit le matin même : *Qu'est-ce que je peux faire d'autre ?*

Du coup, elle rentra en toute hâte. À peine chez elle, Dolly contacta d'anciennes relations à l'*Enquirer* et au *Star* ; certaines n'avaient pas perdu leurs postes. Elle les mit au courant au compte-goutte. La tactique avait déjà fait ses preuves.

Quelques minutes plus tard, Dolly envoyait des tirages par e-mail. En l'espace de deux heures, des photos du général B.

blotti contre Kitty Jackson s'échangeaient sur la Toile. À la tombée du jour, des correspondants des principaux journaux du monde entier avaient commencé à l'appeler. Ils téléphonèrent aussi au général, dont le capitaine chargé des relations publiques nia farouchement les rumeurs.

Ce soir-là, alors que Lulu faisait ses devoirs dans sa chambre, Dolly mangea des nouilles au sésame froides et chercha à joindre Arc. Elle y parvint au bout de quatorze tentatives.

« Nous ne pouvons plus nous parler, mademoiselle Peale.

– Arc.

– Nous ne pouvons pas nous parler. Le général est en colère.

– Écoutez-moi.

– Le général est en colère, mademoiselle Peale.

– Elle est vivante, Arc ? C'est tout ce que je veux savoir.

– Oui, elle l'est.

– Merci. » Des larmes montèrent aux yeux de Dolly. « Est-ce qu'elle… Est-ce qu'on la traite bien ?

– Elle est saine et sauve, mademoiselle Peale. Nous ne nous reparlerons plus. »

Ils gardèrent le silence, écoutant la tonalité de la communication internationale. « Croyez bien que je le regrette », conclut Arc, avant de raccrocher.

En fait, Dolly et Arc s'adresseraient à nouveau la parole. Des mois – un an – plus tard, lorsque le général vint à New York pour prononcer un discours aux Nations unies sur la mutation de son pays vers la démocratie. Dolly et Lulu avaient quitté la ville, mais elles retrouvèrent Arc dans un restaurant de Manhattan. Il portait un complet noir et une cravate lie-de-vin assortie à l'excellent cabernet qu'il servit à Dolly avant de remplir son verre. Il raconta l'histoire avec un plaisir si évident qu'on aurait dit qu'il avait gravé chaque détail dans son esprit à l'intention de Dolly : trois ou quatre jours après leur départ, les photographes avaient débarqué. Au début, ils étaient deux ou trois ; les soldats les avaient débusqués dans la jungle et emprisonnés. D'autres avaient suivi, trop nombreux pour être arrêtés, voire dénombrés ; as de la cachette, ils se tapissaient dans les arbres comme des singes, s'enterraient dans des trous peu profonds, se camouflaient sous des tas de feuilles. Contrairement aux assassins qui n'avaient jamais réussi à localiser le général, ç'avait été un jeu d'enfant pour eux. Ils franchissaient la frontière sans visa, recroquevillés dans des paniers ou des fûts de vin, dissimulés dans des tapis roulés, bringuebalés sur des pistes à l'arrière de camions, et finissaient par assiéger l'enclave du général, qui n'osait en sortir.

Il fallut dix jours pour convaincre le général qu'il n'avait d'autre choix que d'affronter ses inquisiteurs. Après avoir revêtu son uniforme à épaulettes bardé de médailles, s'être coiffé de la chapka bleue, il avait prit Kitty par le bras et s'était dirigé vers la forêt d'appareils qui l'attendait. Dolly se rappelait l'expression de grande perplexité du général sur ces photos, l'air de nouveau-né que lui conférait le chapeau duveteux, son manque d'assurance. À côté de lui, Kitty, souriante, était moulée dans une robe noire si parfaite qu'Arc avait dû avoir du mal à la lui procurer : décontractée, simple malgré son décolleté, le genre qu'une femme met pour un tête-à-tête avec son amant. L'expression de ses yeux était indéchiffrable, mais, chaque fois que Dolly les avait regardés, scrutant le journal d'une façon obsessionnelle, le rire de Kitty avait résonné à ses oreilles.

« Avez-vous vu le nouveau film de mademoiselle Jackson ? demanda Arc. C'est son meilleur, à mon avis. »

Il s'agissait d'une comédie sentimentale où Kitty jouait le rôle d'une femme jockey, montant à cheval avec aisance. Dolly était allée le voir en compagnie de Lulu dans le cinéma de la petite ville du nord de l'État où elles s'étaient installées après que d'autres généraux avaient commencé à appeler : d'abord G., puis A., L., P. et Y. Le bruit avait si bien circulé qu'elle avait été submergée de propositions de la part de bouchers avides de prendre un nouveau départ. « Je ne travaille plus », leur avait-elle répondu avant de les orienter vers ses anciens concurrents.

Malgré les réticences de Lulu, Dolly avait voulu déménager. Et sa fille avait vite pris ses marques dans l'école publique locale, où elle s'était mise au foot et avait trouvé une nouvelle coterie de gamines accrochées à ses basques. Personne n'avait entendu parler de La Doll, aussi Lulu n'avait-elle rien à cacher.

À la suite du rendez-vous du général avec les photographes, Dolly avait reçu une généreuse somme d'argent. « Un cadeau afin d'exprimer notre immense reconnaissance pour vos précieux conseils », avait expliqué Arc au téléphone, avec une pointe d'ironie qui n'avait pas échappé à Dolly : c'était le prix de son silence. L'argent lui avait servi à ouvrir une épicerie fine dans la grand-rue, où ses produits et fromages insolites, disposés avec art, étaient éclairés par un système de spots de sa conception. « Un décor très parisien », commentaient souvent les New-Yorkais qui venaient passer le week-end dans leurs maisons de campagne.

De temps à autre, on livrait à Dolly une cargaison de caramboles. Elle ne manquait jamais d'en garder quelques-unes qu'elle emportait dans la petite maison, située au bout d'une rue tranquille, où elle habitait avec sa fille. Après le dîner, la radio allumée, les fenêtres ouvertes sur la nuit béante, mère et fille savouraient le fruit exotique au goût suave.

9

Un déjeuner de quarante minutes : confidences de Kitty Jackson sur l'amour, la célébrité et Nixon !

par JULES JONES

Les vedettes de cinéma semblent toujours petites la première fois qu'on les voit. Kitty Jackson ne fait pas exception à la règle, aussi exceptionnelle qu'elle soit par bien d'autres côtés.

En réalité, petite n'est pas le mot juste, elle est minuscule : un bonsaï humain en robe blanche, sans manches, assise à une table au fond d'un restaurant de Madison Avenue, pendue à son téléphone. Elle me sourit lorsque je m'installe et désigne le portable d'un signe de tête, levant les yeux au ciel. Même si ses cheveux sont de ce blond banal procuré par ce que mon ex-fiancée appelle un « balayage », l'entremêlement de mèches dorées et brunes paraît à la fois plus naturel et plus sophistiqué que celui de Janet Green. Son joli visage (celui de Kitty) ne se serait sans doute pas démarqué des autres dans une classe de lycée : nez retroussé, lèvres pleines, grands yeux bleus. Or, pour des raisons difficiles à définir – les mêmes, je présume, que celles qui expliquent la supériorité de son balayage sur celui des autres femmes (notamment de Janet Green) –, ce visage quelconque donne l'impression d'être extraordinaire.

Cinq minutes se sont écoulées, et elle parle toujours au téléphone.

Elle finit par raccrocher, range son portable dans une pochette ronde de la taille d'un After Eight et le fourre dans un petit sac en verni blanc. Puis elle me prie de l'excuser. Il est aussitôt évident que Kitty appartient à la catégorie des stars sympathiques (Matt Damon), non à celle des stars désagréables (Ralph Fiennes). Les vedettes de la première catégorie feignent d'être exactement comme vous (moi, en l'occurrence) afin qu'on les aime et écrive un texte flatteur à leur sujet, une stratégie qui marche presque à tous les coups, malgré la conviction qui habite le premier journaliste venu d'être trop blasé pour nourrir le fantasme que le désir de Brad Pitt de vous faire visiter sa maison n'a aucun rapport avec la couverture de *Vanity Fair.* Kitty est navrée de m'avoir obligé à sauter dans douze cercles de feu et à parcourir au galop des kilomètres de charbons ardents afin d'avoir le privilège de passer quarante minutes en sa compagnie. Son avalanche d'excuses me rappelle pourquoi je préfère les stars désagréables, celles qui, barricadées derrière leur célébrité, éructent dans les fissures. L'incapacité à montrer de la gentillesse révèle un manque de contrôle de soi, or l'érosion du sang-froid d'un sujet est la condition *sine qua non* pour qu'un chroniqueur mondain puisse écrire un article.

Le serveur prend nos commandes. Les dix minutes de badinage avec Kitty ne valant pas la peine d'être relatées, je ferai allusion (en ayant recours au style notes de bas de page qui instille un parfum suranné dans l'observation de la culture pop) au fait que, lorsqu'on est une jeune actrice de cinéma aux cheveux blonds méchés, au visage extrêmement identifiable en raison d'un film récent, dont le nombre impressionnant d'entrées ne peut s'expliquer que par l'hypothèse que tous les Américains l'ont vu au minimum deux fois, on ne vous traite pas tout à fait – pas du tout, en réalité – comme un chauve d'un certain âge aux épaules voûtées, affligé d'un léger eczéma. Si l'entrée en matière est en apparence la même – « Puis-je prendre votre commande ? » – la prise de conscience hystérique du serveur quant à la célébrité de mon sujet vibre en arrière-plan. Et, avec une simultanéité qui ne peut s'expliquer que par les principes de la mécanique quantique, notamment les propriétés des particules dites intriquées, la vibration se propage sur-le-champ dans tout le restaurant, jusqu'aux tables beaucoup trop éloignées de la nôtre pour que leurs occupants parviennent à nous apercevoir[1]. Les clients pivotent, se dévissent le cou, se

1. Ma suggestion que les particules intriquées seraient la clé de tout tient un peu du sophisme car, jusqu'à ce jour, aucune explication à leur propos ne s'est révélée satisfaisante. Les particules intriquées sont des « jumelles » subatomiques : des photons créés par la séparation à l'aide d'un cristal d'un photon en deux moitiés qui continuent à réagir à l'identique aux *stimuli* appliqués à l'une, même si elles sont séparées par de nombreux kilomètres.

Comment est-il possible qu'une particule « sache » ce qui arrive à l'autre ? se demandent les physiciens, perplexes. Comment, alors que les gens installés aux tables les plus proches de celle de Kitty Jackson la reconnaissent immédiatement, ceux qui ne se trouvent pas dans son champ de vision l'ont-ils reconnue en même temps puisqu'il est inconcevable qu'ils aient pu la voir ?

Explications théoriques :

1) Les particules communiquent. Impossible, parce qu'elles devraient le faire à une vitesse plus rapide que celle de la lumière, violant par là même la théorie de la relativité. En d'autres termes, pour que tout le monde soit simultanément

contorsionnent, se lèvent par inadvertance de leurs chaises, tandis qu'ils luttent contre le désir de se précipiter sur Kitty et de lui arracher des mèches de cheveux ou des lambeaux de vêtements.

Je demande à Kitty quel effet cela fait d'être le point de mire.

« Bizarre, répond-elle. C'est tellement soudain qu'on n'a absolument pas l'impression de le mériter. »

Vous voyez ? Elle est sympathique.

« Voyons, ne dites pas ça ! » je proteste, avant de lui balancer un compliment sur son interprétation du personnage de camée à la dérive devenue flingueuse/acrobate du FBI dans *Oh, Baby, Oh* – le genre de flatterie éhontée qui me pousse à me demander si je ne préférerais pas la mort par injection létale à ma vocation actuelle de chroniqueur mondain. N'était-elle pas fière ?

« Bien sûr, confirme-t-elle. Mais, en un sens, je ne savais pas encore ce que je faisais. Dans mon nouveau film, j'ai plus le sentiment de… »

---

conscient de la présence de Kitty dans le restaurant, les clients des tables les plus proches d'elle auraient dû prévenir, par mots ou par gestes, les plus éloignés qui ne peuvent la voir – et ce, à une vitesse plus rapide que celle de la lumière. Impossible.

2) Les deux photons réagissent à des facteurs « locaux » générés par leur ancien état de photon unique. (C'était l'explication d'Einstein à l'intrication quantique, qu'il dénommait « action fantôme à distance ».) Non. Parce que nous avons déjà démontré que les clients ne réagissent pas les uns par rapport aux autres, ils réagissent simultanément à Kitty Jackson, que seule une infime fraction d'entre eux a réellement vue !

3) Il s'agit d'un des mystères de la mécanique quantique.

Apparemment. Il n'existe qu'une certitude : en présence de Kitty Jackson, nous devenons intriqués par la prise de conscience de ne pas être Kitty Jackson, un fait qui nous soude au point de gommer provisoirement ce qui nous distingue les uns des autres : la tendance à pleurer sans raison aux défilés de l'un, l'incapacité d'apprendre le français d'un deuxième, la peur panique des insectes qu'il s'efforce de dissimuler aux femmes d'un troisième ou encore la pulsion de manger du papier Canson dans son enfance d'un quatrième. Bref, la proximité de Kitty Jackson nous prive de ces caractéristiques. En vérité, nous sommes désormais tellement indissociables, que, lorsque l'un la voit, tous les autres réagissent simultanément.

Je m'écrie : « Gardez ça pour vous ! » Même si le serveur n'est pas encore arrivé à notre table et si le plateau qu'il tient à bout de bras ne nous est sans doute pas destiné. En effet, je n'ai aucune envie d'entendre parler du nouveau film de Kitty dont je me fiche éperdument, vous aussi, j'en suis persuadé. Son caquetage sur la gageure que représentait le rôle, la relation de confiance nouée avec le réalisateur et l'honneur de travailler face à une star aussi chevronnée que Tom Cruise est la pilule amère que nous devons avaler en échange du privilège de passer du temps en compagnie de Kitty. Le plus tard est le mieux, croyez-moi !

Heureusement, le plateau est pour nous (on est plus vite servi lorsqu'on partage le repas d'une vedette) : une salade Cobb pour Kitty ; un cheeseburger, des frites et une salade César pour moi.

Un peu de théorie pendant que nous nous apprêtons à déjeuner : on pourrait comparer le traitement que le serveur réserve à Kitty à une sorte de sandwich. La tranche de pain du dessous correspondant au comportement maussade et légèrement indolent qu'il adopte d'ordinaire avec les clients, la garniture du milieu à l'exaltation anormale qu'il éprouve devant une jeune célébrité de dix-neuf ans et la tranche du dessus à l'effort fourni pour maîtriser cet état par une attitude proche de celle qu'il observe en temps normal. De même, la couche inférieure de Kitty, c'est elle dans la banlieue de Des Moines où elle a grandi, fait de la bicyclette, fréquenté des bals de fin d'année, effectué une scolarité médiocre et, le plus surprenant, participé à des concours hippiques, gagnant rubans et trophées et caressant, fugacement à tout le moins, le rêve de devenir jockey. Sa réaction extraordinaire peut-être légèrement psychotique face à sa renommée de fraîche date – c'est le milieu du sandwich – et sa tentative de feindre la normalité, de n'avoir pas changé, la couche supérieure.

Au bout de seize minutes, je reprends la parole :

« Le bruit court… » – j'ai la bouche pleine de viande à moitié mâchée afin de dégoûter mon sujet et, par là même, percer son bouclier prophylactique de gentillesse, entamer la minutieuse érosion de son contrôle de soi – « … que vous avez une aventure avec votre partenaire. »

Voilà qui retient son attention. Je l'ai prise au dépourvu, ayant payé cher pour apprendre qu'aborder avec précaution les questions personnelles donne aux sujets désagréables le temps de se rebiffer et aux sympathiques celui de se défiler, le rouge aux joues.

« C'est complètement faux ! s'exclame Kitty. Tom est un ami merveilleux. J'adore Nicole. Elle a été un modèle pour moi. J'ai même gardé leurs enfants. »

Je dégaine mon sourire carnassier, une tactique insignifiante destinée à déconcerter et troubler mon sujet. Si mes méthodes vous paraissent d'une violence gratuite, je vous prie de vous rappeler que sur les quarante minutes qui m'ont été allouées, une vingtaine se sont déjà enfuies. De surcroît, permettez-moi d'ajouter que, si je foire cet article – c'est-à-dire, s'il ne dévoile pas des aspects insoupçonnés de Kitty (ce qui a été le cas, m'a-t-on assuré, de ceux sur la chasse à l'élan avec Leonardo DiCaprio, la lecture d'Homère avec Sharon Stone et le ramassage de palourdes avec Jeremy Irons) –, sa non-publication serait de l'ordre du possible, ce qui diminuerait d'autant la popularité dont je jouis à New York et Los Angeles et viendrait s'ajouter à « la bizarre succession d'échecs qui te colle au train, vieux » (Atticus Levi, mon ami et rédacteur en chef lors d'un déjeuner le mois précédent).

« Pourquoi ce sourire ? » demande Kitty, non sans hostilité.

Vous voyez ? Elle n'est plus sympa.

« Je souriais ? »

Elle se concentre sur sa salade Cobb. Moi aussi. J'ai si peu de chose à me mettre sous la dent, si peu d'accès au sanctuaire intérieur de Kitty Jackson que j'en suis réduit à observer – et à vous décrire par le menu – ce qu'elle mange : les feuilles de laitue, à peu près deux bouchées et demie de poulet et quelques rondelles de tomate. Ce qu'elle ignore : olives, bleu, œufs durs, bacon et avocat – en d'autres termes, tous les éléments qui composent la salade Cobb. Quant à l'assaisonnement, qu'elle a demandé à part, elle n'y touche pas, sauf la fois où elle y plonge le bout de l'index et le lèche[2].

2. L'existence vous accorde parfois le temps, le répit, le *dolce farniente* de se poser le genre de questions auxquelles on ne réfléchit pas dans le tourbillon du quotidien : quels souvenirs précis a-t-on des mécanismes de photosynthèse ? A-t-on jamais réussi à employer le mot « ontologie » dans une conversation ? À quel instant s'est-on très légèrement écarté du tracé de la vie relativement banale qu'on avait menée jusque-là, un infléchissement à droite ou à gauche, et a-t-on emprunté la trajectoire qui a fini par nous conduire dans le lieu où nous nous trouvons actuellement – dans mon cas, l'établissement pénitentiaire de Rikers Island ?

Au terme des mois au cours desquels j'ai soumis la moindre bribe et nanoseconde de mon déjeuner avec Kitty Jackson à un niveau d'analyse par rapport auquel l'évaluation du sabbat par des érudits talmudiques pourrait être jugée superficielle, je suis arrivé à la conclusion que ma réorientation décisive, aussi subtile qu'elle ait été, s'est produite au moment où Kitty Jackson a trempé son doigt dans le bol de la sauce de salade et l'a léché.

Voici la reconstruction du brassage de pensées et pulsions, passées au crible et remises en ordre chronologique, qui me semblent avoir fermenté en moi à ce moment-là.

Pensée n° 1 : (à la vue de Kitty trempant son doigt et le léchant) : Est-il possible que cette ravissante jeune fille me drague ?

Pensée n° 2 : Non, c'est exclu.

Pensée n° 3 : Et pourquoi ça ?

Pensée n° 4 : Parce que c'est une actrice célèbre de dix-neuf ans et que toi « tu es plus lourd tout à coup… ou est-ce que je m'en aperçois davantage ? » (Janet Green lors de notre dernière relation sexuelle, un fiasco), tu as un problème de peau, tu n'es pas un homme influent.

Pensée n° 5 : Mais elle a trempé son doigt dans un bol de sauce de salade et l'a léché devant moi ! Quelle autre signification cela pourrait-il avoir ?

Pensée n° 6 : Que tu es tellement loin du champ des préoccupations sexuelles de Kitty que ses antennes qui répriment d'ordinaire une attitude susceptible d'être

« Je vais vous livrer le fond de ma pensée, finis-je par répondre, dissipant la tension qui montait à notre table. Je me disais : dix-neuf ans, un film à entrées innombrables derrière elle, la moitié du monde exécutant la danse de la pluie sous ses fenêtres, qu'est-ce qui peut lui arriver après ? Que peut-elle faire ? »

Plusieurs expressions défilent sur le visage de Kitty : le soulagement que je n'aie pas sorti quelque chose de pire, notamment au sujet de Tom Cruise et, mêlé à ce soulagement (surtout à cause de lui), un désir fugace de ne pas me considérer comme un hurluberlu de plus armé d'un magnétophone, mais comme un homme qui comprend l'incroyable étrangeté de son univers. Si seulement c'était vrai ! Rien ne me plairait davantage que de comprendre l'étrangeté de l'univers de Kitty, de m'y perdre à jamais. Or je ne peux qu'espérer lui dissimuler l'impossibilité d'une véritable communion entre nous, et le simple fait d'y être parvenu pendant vingt et une minutes est déjà une victoire.

Pourquoi est-ce que je persiste à parler de moi, à m'« immiscer » dans ce récit ? Parce que je m'évertue à arracher des infos susceptibles de retenir l'attention du lectorat vis-à-vis d'une adorable jeune fille de dix-neuf ans ; j'essaie d'élaborer une histoire qui non seulement révèle les secrets veloutés de son cœur d'adolescente, mais contienne action, développement et – Dieu me vienne en aide ! – sens éventuel. Hélas, Kitty est un bonnet de nuit. Ce qu'elle a de plus intéressant, c'est l'effet qu'elle produit sur les autres et vu que l'« autre », celui dont la vie intérieure est la plus immédiatement accessible à notre

---

considérée comme encourageante voire provocatrice, telle que tremper un doigt dans de la sauce de salade et le lécher devant un homme susceptible de l'interpréter comme un signe d'intérêt sexuel, ne sont pas opérationnelles.

Pensée n° 7 : Pourquoi ça ?

Pensée n° 8 : Parce que tu manques tellement de « virilité » aux yeux de Kitty Jackson que tu l'impressionnes aussi peu qu'un teckel.

examen collectif, se trouve être moi, il est naturel – obligatoire, en fait (« Je t'en supplie, accepte ce travail, ça m'évitera de passer pour un connard parce que je te l'ai confié », Atticus Levi lors d'un récent coup de fil où j'exprimais mon désespoir de continuer à être un chroniqueur mondain) – que le récit de mon déjeuner avec Kitty Jackson soit un compte rendu de la myriade d'effets que Kitty Jackson a produits sur moi au cours du déjeuner en question. Et pour que ceux-ci soient un tant soit peu intelligibles, je vous rappelle que Janet Green, ma petite amie pendant trois ans, ma fiancée pendant un mois et treize jours, m'a largué il y a deux mois au profit d'un autobiographe dont le dernier livre détaille ses goûts d'adolescent pour la masturbation dans l'aquarium familial (« Au moins, il travaille sur lui », Janet Green, au cours d'une conversation téléphonique où je tentais de lui faire remarquer qu'elle avait commis une erreur colossale).

« Je n'arrête pas de me poser cette question : qu'est-ce qui va m'arriver ? enchaîne Kitty. Quelquefois, j'imagine que je regarde en arrière en ce moment précis et je me demande où je serai quand je regarderai en arrière. Est-ce que ce moment précis sera le début de la belle vie ou... ou quoi ? »

Et quelle est la définition d'une « belle vie » dans le lexique de Kitty Jackson ?

« Vous savez bien. »

Elle glousse. Elle rougit. De nouveau sympathique, d'une autre manière au demeurant. Nous avons eu une prise de bec, alors nous jouons la comédie. Je la pousse à continuer : « La renommée et la richesse ?

– Plus ou moins. Mais aussi... le bonheur, tout simplement. J'ai envie de trouver le véritable amour, ça m'est égal d'avoir l'air sentimentale. Je veux des enfants. Voilà pourquoi je suis tellement attachée à ma mère de substitution dans mon nouveau film… »

Kitty s'interrompt. En tout cas, mes efforts pavloviens pour supprimer le côté relations publiques de notre déjeuner ont porté leurs fruits. Toutefois, à peine me suis-je félicité de ce succès que je surprends le coup d'œil qu'elle lance à sa montre (Hermès). Comment est-ce que je réagis à ce geste ? Eh bien, je sens barboter en moi un court-bouillon volatil de colère, de peur, de désir. Colère parce que cette nunuche a, pour des raisons à l'évidence injustifiables, infiniment plus de pouvoir que je n'en aurai jamais et que, au terme des quarante minutes, rien hormis une filature illégale ne permettra que mon chemin souterrain croise à nouveau le sien, situé dans des sphères supérieures ; peur parce qu'un regard à ma montre (Timex) m'indique que trente minutes sur les quarante se sont écoulées et que je n'ai encore aucun « événement » susceptible de constituer le socle de mon profil ; désir parce qu'elle porte autour de son cou de cygne un collier d'or d'une extrême finesse. Sans compter les épaules que découvre sa robe bain de soleil, menues, hâlées, délicates, pareilles à deux petits pigeons. Sauf que l'image donne l'impression qu'elles n'étaient pas émouvantes, or elles l'étaient d'une manière phénoménale ! Par « pigeons », j'entends que ses épaules étaient si appétissantes qu'elles me portaient à imaginer, brièvement, que je détachais tous ses petits os et en suçais la chair, un par un[3].

3. À ceux qui interpréteront inéluctablement ce caprice comme une preuve supplémentaire que je suis bien un « barjo », un « pervers » ou un « dingo taré » (extraits de lettres reçues en prison, envoyées par des inconnus), je n'ai que cette anecdote à leur proposer : par un jour de printemps il y a presque quatre ans, j'ai remarqué une fille – grosses jambes courtaudes, buste long, tee-shirt rose – en train de ramasser des crottes de chien et de les fourrer dans un sac Duane Reade. Le genre musclée qui avait manifestement été nageuse ou plongeuse au lycée (j'apprendrai plus tard qu'elle n'avait été ni l'un ni l'autre). Il semblait impossible, en toute impartialité et objectivité, d'aimer son clebs, un petit terrier tout galeux.

Je demande à Kitty quel effet ça fait d'être une bombe sexuelle.

« Aucun, répond-elle, très agacée. C'est quelque chose que les autres éprouvent.

– Les hommes, vous voulez dire ?

– J'imagine », acquiesce-t-elle, tandis qu'une nouvelle expression traverse son joli visage et le fige, expression que je décrirais comme l'empreinte d'une lassitude soudaine.

Je ressens la même chose. En fait, une lassitude générale. « Nom de Dieu, quelle farce que tout ça ! » La remarque, sans visée stratégique, m'a échappé. Je vais évidemment la regretter dans une fraction de seconde. « Pourquoi est-ce que nous jouons le jeu ? »

Kitty penche la tête. J'ai le sentiment qu'elle détecte ma lassitude générale, en devine même certaines des causes. En d'autres termes, elle a pitié de moi. Je suis sur le point de succomber au seul grand risque que court un chroniqueur mondain : autoriser mon sujet à inverser le faisceau du regard scrutateur, ce qui m'empêcherait de la voir. Gagné par une pression se manifestant par un picotement de sueur sur mon crâne nettement dégarni, je sauce mon assiette de salade avec un gros morceau de pain que je coince ensuite dans ma bouche, comme un dentiste qui s'apprêterait à plomber une dent. Au même instant – l'horreur – un

---

Mais elle l'aimait. « Ici, Whiskers. Viens ici, ma puce », roucoulait-elle. Il m'a suffi d'un regard pour tout visualiser : le petit appartement surchauffé, jonché de chaussures de course et de justaucorps, les deux dîners hebdomadaires chez ses parents, le duvet au-dessus de sa lèvre supérieure, décoloré avec une crème à l'odeur acidulée. Ce n'est pas tant l'envie d'elle qui m'a envahi que d'être entouré par elle, de débouler dans sa vie sans avoir levé le petit doigt.

« Je peux vous aider ? » lui ai-je proposé. J'ai posé le pied dans la flaque de soleil où elle se tenait avec Whiskers et lui ai pris des mains le sac Duane Reade, rempli de crottes.

Janet a souri. On aurait dit qu'elle agitait un drapeau : « Vous avez perdu la tête ? »

éternuement s'annonce ; le voilà, au secours, Marie, mère de Dieu, aucun bout de pain, rien, absolument rien ne peut juguler l'éruption simultanée de toutes les cavités de ma tête. Visiblement terrifiée, Kitty a un mouvement de recul, le temps que je me sorte de ce mauvais pas.

Le désastre est évité. Prévenu, à tout le moins.

Dès que j'ai réussi à avaler mon pain et à me moucher, au prix de presque trois précieuses minutes, j'ajoute : « J'adorerais me promener, qu'en dites-vous ? »

À la perspective de cette échappée à l'air libre, Kitty bondit de sa chaise. Il est vrai qu'il fait un temps merveilleux, le soleil entre à flots par les fenêtres du restaurant. Mais la prudence tempère aussitôt son excitation : « Et Jake ? » lance-t-elle, faisant allusion à son agent, qui va apparaître à la fin des nos quarante minutes et agiter sa baguette pour me retransformer en citrouille.

« Il peut appeler, non ? Et nous rejoindre.

– D'accord », accepte-t-elle, s'efforçant de feindre l'enthousiasme malgré l'intrusion de la couche du milieu – sa lassitude. « Bien sûr, allons-y. »

Je m'empresse de régler la note. Bon, j'ai orchestré notre évasion pour plusieurs raisons. Primo, je veux voler quelques minutes supplémentaires à Kitty pour tenter de sauver ce papier et, dans une plus large mesure, ma réputation littéraire en perte de vitesse (« Il est possible qu'elle ait été déçue que vous n'ayez pas essayé d'écrire un autre roman après l'échec du premier... » – Beatrice Green qui m'avait offert un thé brûlant lorsque j'avais fait irruption en larmes chez elle, à Scarsdale, pour la supplier de m'éclairer sur la défection de sa fille). Secundo, j'ai envie de voir Kitty Jackson debout et en mouvement. À cette fin, je lui emboîte le pas tandis qu'elle me précède, se faufilant entre les tables, la tête basse à la manière des femmes d'une beauté exceptionnelle ou des gens connus (sans parler de ceux qui sont les deux, comme Kitty). Voici l'interprétation de son attitude et de sa démarche : *Je sais que je suis célèbre et irrésistible – une combinaison aux propriétés proches de la radioactivité – et que, dans cette salle, vous êtes incapables de me résister. Il est gênant de nous regarder car nous sommes les uns et les autres conscients de ma radioactivité et de votre impuissance, aussi vais-je baisser la tête pour vous laisser m'admirer à loisir.* Pendant ce temps, je découvre les jambes de Kitty, longues étant donné sa petite taille, et bronzées, non pas le brun orangé obtenu dans les cabines UV, mais un ambre doré qui me fait penser… aux chevaux.

Central Park se trouve à un bloc d'immeubles. Il s'est écoulé quarante et une minutes et des poussières. Nous entrons dans le parc, vert, éclaboussé de lumière, noyé d'ombres, si bien que nous avons l'impression de plonger dans un étang profond, à l'eau étale. « J'ai oublié à quelle heure nous avons commencé, constate Kitty. Il nous reste combien de temps ?

– Oh, tout va bien », marmonné-je. Soudain rêveur, je garde les yeux rivés sur les jambes de Kitty alors que nous marchons (sans ramper à ses côtés autant que faire se peut – ce qui, d'ailleurs, me traverse l'esprit), et j'aperçois des poils d'un or très fin au-dessus de ses genoux. Jeune, bien nourrie, à l'abri de la cruauté gratuite, Kitty n'a pas encore conscience de l'inéluctabilité de sa vieillesse et de sa mort (sans doute dans la solitude), elle ne s'est pas encore déçue, elle est simplement abasourdie par ses succès prématurés qui ont étonné le monde, aussi sa peau – cette enveloppe lisse, charnue, au parfum suave où la vie griffonne nos échecs et notre épuisement – est-elle parfaite. Par ce qualificatif, j'entends qu'elle n'est ni flasque, ni flétrie, ni craquelée, ni plissée, ni ridée, ni fripée – j'entends qu'elle a le velouté d'une feuille, à ceci près qu'elle n'est pas verte. Je ne peux imaginer qu'une peau pareille ait une odeur, une texture ou une saveur déplaisantes, ni même qu'elle soit (c'est absolument inconcevable) un tantinet eczémateuse.

Nous nous asseyons sur un talus herbeux. Kitty s'est consciencieusement remise à parler de son nouveau film, l'imminence de la venue de son agent lui ayant certainement rappelé qu'elle ne se trouvait en ma compagnie que pour faire la promotion du film en question.

Je lui demande : « Kitty, oubliez le film. Nous sommes dans un parc, la journée est superbe, alors bas les masques. Si nous parlions de... chevaux. »

Quelle expression ! Quel regard ! Tous les clichés défilent : le soleil qui perce les nuages, l'éclosion des fleurs, l'apparition soudaine et mystique d'un arc-en-ciel. Ça y est ! Par je ne sais quel biais, j'ai touché la vraie Kitty. Et pour des raisons que je ne peux comprendre, qu'il faut sûrement classer parmi les mystères les plus opaques de la mécanique quantique, l'expérience est de l'ordre d'une révélation, comme si le fait de combler la gouffre entre cette jeune actrice et moi me propulsait au-dessus de ténèbres envahissantes.

Kitty ouvre son petit sac blanc et en sort une photo. La photo d'un cheval ! Il a une étoile blanche sur le chanfrein. Il s'appelle Nixon. Je m'enquiers : « Comme le Président ? » L'absence de réaction de Kitty est inquiétante : « Le son du nom m'a plu, voilà tout », répond-elle, avant de décrire la façon dont Nixon prend une pomme et la croque d'un coup, faisant jaillir un flot écumeux de jus laiteux. « J'ai très peu l'occasion d'aller le voir, ajoute-t-elle avec une tristesse authentique. Je suis obligée d'engager quelqu'un pour le monter parce que je ne suis jamais chez moi.

– Il doit se sentir seul sans vous. »

À peine ai-je prononcé cette phrase que Kitty se tourne vers moi. Il me semble qu'elle a oublié qui je suis. Un désir fou de la renverser sur l'herbe me saisit. Et j'y cède.

« Hé là ! s'écrie mon sujet, d'une voix sourde et stupéfaite, mais pas encore vraiment effrayée.

– Faites comme si vous montiez Nixon.

– Hé là ! » hurle-t-elle plus fort, si bien que je la bâillonne d'une main. Kitty a beau gigoter sous moi, elle est coincée par ma taille – un mètre quatre-vingt-dix – et mon poids – cent quinze kilos – dont environ un tiers s'accumule dans « le pneu » (Janet Green, lors de notre dernier fiasco sexuel) qu'est devenu mon bide – qui l'écrasent comme un sac de sable. Une main toujours sur sa bouche, je glisse l'autre entre nos deux corps qui se tortillent et parviens – oui ! – à attraper ma braguette. Dans quel état suis-je ? Nous sommes étendus sur un talus dans Central Park, un lieu à l'écart qui n'en est pas moins, en théorie, exposé. Aussi suis-je anxieux, tout à fait conscient que cette cabriole met en péril ma carrière et ma réputation. Mais, surtout, je ressens – quoi ? – une rage folle, ce doit être ça, sinon comment expliquer mon envie d'étriper Kitty comme un poisson et celle, distincte et corollaire, de l'ouvrir en deux et de plonger les bras dans le liquide pur, parfumé, qui circule en elle. Je veux le frotter sur ma peau à vif, « scrofuleuse » (*ibid.*), parcheminée, dans l'espoir d'une guérison. Je veux la sauter (de toute évidence) puis la tuer, ou plutôt la tuer en la baisant (« la baiser jusqu'à ce que mort s'ensuive » et « la baiser jusqu'à lui bousiller le cerveau » étant des variations acceptables de cet objectif fondamental). En revanche, cela ne m'intéresse pas de la tringler après l'avoir tuée, parce que c'est sa vie – la vie intérieure de Kitty Jackson – que je m'acharne à atteindre.

Il se trouve que je ne fais ni l'un ni l'autre.

Revenons à l'instant : ma main sur la bouche de Kitty s'efforce de maintenir sa tête qui résiste non sans vigueur, l'autre tripote ma braguette, que j'ai du mal à ouvrir, sans doute à cause des contorsions de mon sujet. Malheureusement, je n'ai aucun contrôle sur les mains de Kitty, dont l'une s'est introduite dans son sac blanc où sont enfouis nombre d'objets : une photo de cheval, un portable en forme de chips qui sonne depuis plusieurs minutes et une bombe lacrymogène à en juger par les effets de l'aspersion que je reçois sur mon visage : brûlure aveuglante autour des yeux accompagnée de larmes, sensation d'étranglement, suffocation, nausée, autant de sensations qui m'obligent à me lever brusquement et à me plier en deux, tordu de douleur (sans cesser de clouer Kitty au sol d'un pied). C'est alors qu'elle extirpe un autre objet de son sac : un trousseau de clés auquel est attaché un petit couteau suisse, dont elle réussit à enfoncer la lame minuscule, plutôt émoussée, dans mon pantalon kaki et dans mon mollet.

Là, je braille, beugle comme un buffle pris au piège, tandis que Kitty s'échappe. Ses jambes dorées sont sûrement mouchetées par la lumière qui filtre entre les arbres, mais la douleur m'empêche de les reluquer.

Je crois qu'il me faut appeler cela la fin de notre déjeuner. J'ai eu droit à vingt minutes supplémentaires, à l'aise.

La fin du déjeuner, certes, mais le début d'événements particulièrement dommageables : une présentation devant le jury d'accusation suivie par une inculpation pour tentative de viol, kidnapping, violences avec voies de fait ; mon incarcération actuelle (malgré les efforts héroïques d'Atticus Levi pour réunir la caution de cinq cent mille dollars) et mon procès qui doit commencer ce mois-ci – le jour même, comme par hasard, de la sortie nationale du nouveau film de Kitty, *Whip-poor-will Falls*.

Kitty m'a écrit en prison. *Si j'ai une part de responsabilité dans votre effondrement psychique, je m'en excuse. Et aussi de vous avoir poignardé* [*sic*]. Chaque i était couronné d'un rond et sa lettre se terminait par un smiley.

Ne vous l'avais-je pas dit ? Gentille.

Naturellement, notre petit malentendu a donné un énorme coup de pouce à Kitty. Gros titres suivis d'une débauche d'articles indignés, d'éditoriaux, de chroniques et de commentaires traitant de sujets connexes : « La vulnérabilité croissante des vedettes » (*The New York Times*) ; « L'incapacité de certains hommes à tolérer la frustration » (*USA Today*) ; « L'obligation pour les rédacteurs en chef de magazines de mieux se renseigner sur les pigistes » (*The New Republic*), et l'absence de mesures de sécurité appropriées dans Central Park pendant la journée[4].

4. Au rédacteur en chef :

Conformément à l'esprit de sérieux de votre récent éditorial (« Vulnérabilité dans nos lieux publics », 9 août), et en tant qu'incarnation, si vous voulez bien accepter ce terme, « des êtres mentalement instables ou susceptibles d'être dangereux » que vous souhaitez avec vigueur éliminer du domaine public, à la suite de mon « agression brutale » sur la personne de cette « jeune star trop confiante », permettez-moi de faire une suggestion qui remportera à tout le moins l'adhésion du maire, M. Giuliani : pourquoi ne pas installer des postes de contrôle aux entrées de Central Park et exiger que ceux qui y pénètrent montrent une pièce d'identité ?

Ainsi, vous pourrez vérifier leur casier et la réussite ou l'échec de leur vie – mariage ou pas, enfants ou pas, succès professionnels ou pas, compte bancaire approvisionné ou pas, relations avec des amis d'enfance ou pas, sommeil paisible ou pas, réalisation de nobles ambitions de jeunesse ou pas, aptitude à lutter contre des crises de panique et de désespoir ou pas – et, en vous appuyant sur ces faits, il vous sera possible de classer chaque personne en fonction de la probabilité que ses « échecs personnels déclenchent des crises de jalousie envers des êtres plus accomplis ».

Le reste est un jeu d'enfant : il suffit d'encoder le classement de chaque personne dans un bracelet électronique qu'elle mettra autour de son poignet lorsqu'elle entrera dans le parc, puis de surveiller les signaux lumineux émis sur des écrans radar et de poster du personnel prêt à intervenir au cas où les déambulations d'inconnus mal classés risqueraient d'empiéter sur « la sécurité et la paix de l'esprit dont les vedettes ont le droit de jouir au même titre que le commun des mortels ».

Je n'ai qu'une requête à formuler : en conformité avec notre sacro-sainte tradition culturelle, classez l'infamie sur le même plan que la célébrité, afin que – lorsque mon excoriation publique sera achevée, une fois que la journaliste de *Vanity Fair* que j'ai reçue en prison il y a deux jours (à la suite de ses interviews avec mon chiropracteur et le directeur de l'établissement) aura accompli le pire, de même que les magazines d'« actualités » de la télévision, quand mon procès sera terminé et que, ma peine purgée, j'aurai enfin le droit de revenir dans le monde

On fait déjà passer Kitty, figure de proue et martyre de ce montage médiatique, pour la Marilyn Monroe de sa génération. Elle n'est même pas morte.

Son nouveau film est un immense succès, quel qu'en soit le sujet.

---

pour me tenir sous un arbre dans un jardin public et toucher son écorce rugueuse – je bénéficie d'une protection au même titre que Kitty.

Qui sait ? Il se peut que je l'aperçoive un jour où nous nous promènerons tous les deux dans Central Park. Je doute que nous nous adressions la parole. La prochaine fois, je préférerais garder mes distances et lui faire un signe de la main.

Avec ma considération respectueuse,

Jules Jones.

10

Sortie hors du corps

Tes amis feignent d'être toutes sortes de choses et ta mission consiste à les faire parler. Drew affirme qu'il ira en fac de droit. Après avoir exercé quelque temps dans un cabinet, il se présentera pour être sénateur de l'État, du pays, puis pour être élu Président. Il énumère tout ça comme si toi, tu disais : *Après mon cours de peinture chinoise moderne, je filerai à la salle de sport avant d'aller bosser chez Bobst jusqu'au dîner*, si tu faisais encore des projets, ce qui n'est pas le cas – si tu suivais encore des cours, ce qui n'est pas le cas, même si c'est censé être provisoire.

Tu regardes Drew à travers des volutes de fumée de hasch qui flottent dans le soleil. Il est vautré sur le canapé futon, un bras autour de Sasha. Il a une bonne bouille, une tignasse de cheveux sombre et une carrure d'athlète – il est musclé d'une façon naturelle sans doute à cause de la natation qu'il pratique à haute dose, contrairement à toi qui l'es grâce à la musculation.

Tu lui lances : « Ne me raconte pas que tu n'as pas inhalé. »

Tout le monde rigole sauf Bix, installé devant son ordinateur. Une fraction de seconde, tu as l'impression d'être marrant jusqu'au moment où tu piges que, s'ils ont rigolé, c'est parce qu'ils ont compris que tu essayais d'être drôle et qu'ils ont la trouille que tu te jettes par la fenêtre dans la 7e Rue est si tu n'es pas convaincu d'y arriver, même pour ce genre de vétille.

Drew prend une profonde bouffée. Tu entends la fumée crépiter dans sa poitrine. Il tend la pipe à Sasha, qui la file à Lizzie sans y toucher.

« Rob, je te promets, croasse Drew, qui n'exhale pas. Si on me pose la question, je répondrai que l'herbe que j'ai fumée avec Robert Freeman Jr était excellente. »

Ce « Junior » était-il moqueur ? Le hasch ne produit pas l'effet escompté : ça te rend aussi parano que la marijuana. Non, décides-tu, Drew ne se fiche pas de toi. Drew a la foi – l'automne précédent, c'était un des jusqu'au-boutistes qui distribuaient des tracts à Washington Square et incitaient les étudiants à voter. Quand Sasha et lui se sont mis ensemble, tu l'as aidé, surtout avec les sportifs parce que tu sais comment leur parler. Le coach Freeman, alias ton paternel, appelle les types du genre de Drew « hommes des bois ». D'après lui, ce sont des solitaires, des skieurs, des bûcherons, qui n'ont pas l'esprit d'équipe. Toi, tu t'y connais en matière d'équipes ; tu peux parler aux gens qui en font partie (Sasha est la seule à savoir que tu as choisi l'université de New York parce qu'elle n'avait plus d'équipe de foot américain depuis trente-cinq ans). Les jours fastes, tu enrôlais douze joueurs démocrates, ce qui poussait Drew à s'exclamer lorsque tu lui remettais les formulaires : « Tu sais t'y prendre, Rob ! » Le problème, c'est que tu ne t'es jamais inscrit, et plus tu attendais plus tu avais honte. Puis ç'a été trop tard. Même Sasha, au courant de tous tes secrets, ignore que tu n'as pas voté pour Bill Clinton.

Drew se penche pour donner un baiser mouillé à Sasha. Tu devines qu'il bande à cause du hasch parce que c'est pareil pour toi – ça te donne un mal de dents qui ne s'apaisera que si tu cognes ou qu'on te cogne. Au lycée tu te battais quand tu étais comme ça, mais personne n'acceptera de se bagarrer avec toi maintenant : que tu te sois tailladé les poignets avec un ouvre-boîte trois mois auparavant et que tu aies failli te vider de ton sang semble avoir un effet dissuasif. On dirait qu'un champ de force les fige tous, un sourire encourageant aux lèvres. Ça te démange de brandir un miroir et de leur demander : *À votre avis, comment ces sourires sont-ils censés m'aider ?*

« On ne peut pas fumer du hasch et devenir Président, dis-tu à Drew. C'est incompatible.

– Il s'agit d'une expérience de jeunesse, répond-il avec un sérieux qui serait risible s'il n'était originaire du Wisconsin. En plus, qui vendra la mèche ?

– Moi.

– Moi aussi, je t'aime », lâche Drew en pouffant.

Qui a dit que je t'aimais ? C'est tout juste si tu ne poses pas la question.

Drew prend une mèche de Sasha qu'il tortille. Il l'embrasse sous la mâchoire. Tu te lèves, fumasse. L'appartement de Bix et Lizzie est minuscule, une maison de poupée remplie de plantes – Lizzie les adore – dont l'odeur lourde flotte dans l'air. Des posters du Jugement dernier appartenant à Bix tapissent les murs : la séparation des êtres humains tout nus, aux traits enfantins, entre les bons et les méchants. Les premiers s'élèvent dans des champs verdoyants baignés d'une lumière dorée, les seconds disparaissent dans la gueule de monstres. Tu sors par la fenêtre, grande ouverte, et tu te retrouves sur l'échelle à incendie. Le froid de mars te gerce les sinus.

Au bout d'une seconde, Sasha te rejoint : « Qu'est-ce que tu fais ?

– Sais pas. Prends l'air. » Tu te demandes combien de temps tu peux continuer à ne prononcer que des phrases de deux mots. « Belle journée. »

De l'autre côté de la 7e Rue est, deux vieilles dames, les coudes posés sur des serviettes pliées sur le rebord de leurs fenêtres, observent la rue. Tu tends le doigt : « Là-bas. Deux espionnes.

– Ça m'angoisse que tu sois dehors, Bobby », reprend Sasha. Elle est la seule à t'appeler comme ça. Tu as été « Bobby » jusqu'à dix ans. À en croire ton paternel, c'est un nom de fille après cet âge-là.

« Et pourquoi ? Troisième étage. Bras cassé. Ou jambe. Au pire.

– Rentre, s'il te plaît.

– Relax, Sasha. » Tu te plantes sur une des marches grillagées menant aux fenêtres du quatrième.

« Le parti a émigré ? » Drew se déplie à travers celle du séjour, pose le pied sur l'escalier de secours et se penche sur la rambarde pour regarder la rue. Tu entends Lizzie répondre au téléphone : « Salut, maman ! » Elle tente de moduler sa voix pour dissimuler sa prise de hasch. Ses parents ont rappliqué du Texas. Du coup, Bix, qui est noir, dort dans le labo d'électrotechnique où il bosse sa thèse de doctorat. Les parents de Lizzie n'habitent même pas chez elle, ils séjournent à l'hôtel. N'empêche que si Lizzie couche avec un Noir dans la même ville que ses parents, c'est sûr qu'ils le sauront.

Lizzie sort son buste par la fenêtre. Elle porte une minijupe bleue et des bottes en verni fauve qui lui arrivent au-dessus du genou. Elle se croit déjà costumière.

« Comment va la bigote ? » tu lances, aussitôt contrarié que ta phrase ait comporté quatre mots.

Le rouge aux joues, Lizzie s'énerve : « Tu fais allusion à ma mère ?

– Pas moi.

– Tu n'as pas le droit de parler comme ça chez moi, Rob », enchaîne-t-elle de la voix égale que tous tes potes emploient depuis ton retour de Floride et qui ne te laisse d'autre choix que de vérifier jusqu'où tu peux aller avant qu'elle ne se brise.

« Suis pas. » Tu désignes l'échelle à incendie.

« Ni sur mon escalier de secours.

– Pas tien, la corriges-tu. À Bix. En fait. À ville.

– Va te faire foutre, Rob.

– Toi aussi. » Tu souris de plaisir en voyant une véritable colère déformer un visage humain. Ça faisait un bail.

« Tout doux, Lizzie, l'admoneste Sasha.

– Pardon ? Pourquoi est-ce que je me calmerais ? C'est un vrai connard depuis qu'il est rentré.

– Il n'est là que depuis quinze jours.

Tu t'adresses à Drew : « J'adore cette façon qu'elles ont de parler de moi comme si je n'étais pas là. Elles me croient mort ?

– Non, défoncé.

– Elles ont raison.

– Je le suis aussi. » Sur ces mots, Drew grimpe l'escalier de secours et s'arrête quelques marches au-dessus de toi. Il prend une profonde respiration, la savoure. Tu l'imites. Dans le Wisconsin, Drew a tué un élan avec un arc et une flèche, il l'a dépouillé et dépecé avant de le rapporter chez lui dans un sac à dos. Sauf s'il a raconté un bobard. Son frère et lui ont construit une cabane à mains nues. Drew a grandi au bord d'un lac où il nageait tous les matins, même en hiver. Désormais, il nage dans la piscine de l'université de New York, mais le chlore lui pique les yeux et il dit qu'un toit change tout. N'empêche, il y nage beaucoup, surtout quand il est déprimé, tendu ou qu'il s'est disputé avec Sasha. « Tu as dû passer ton enfance à nager », a-t-il commenté, lorsqu'il a appris que tu venais de Floride. Tu as acquiescé. En réalité, tu n'as jamais aimé l'eau – Sasha est la seule à le savoir.

Tu descends en titubant et gagnes l'autre côté de la plateforme de l'escalier de secours. Une fenêtre s'ouvre sur l'alcôve où est niché l'ordinateur de Bix. La tête hérissée de dreadlocks grosses comme des cigares, il est assis devant sa machine. Il tape des messages destinés à d'autres étudiants qui les liront sur leurs ordinateurs et auxquels ils répondront. D'après Bix, l'envoi de messages par ordinateur va être quelque chose d'énorme – ça dépassera de loin le téléphone. Prédire l'avenir, c'est son truc, et tu ne l'as jamais vraiment provoqué sur ce sujet, peut-être parce qu'il est plus vieux que toi, peut-être parce qu'il est noir.

Bix sursaute en te voyant surgir dans ton jean baggy et ton maillot de foot. Tu ne sais pas trop pourquoi tu as recommencé à le mettre, celui-ci. « Merde, Rob ! s'exclame-t-il. Qu'est-ce que tu fous là ?

– Je t'observe.

– Tu as complètement stressé Lizzie.

– Je suis désolé.

– Alors, viens t'excuser. »

Tu rentres par la fenêtre de Bix. Un poster du Jugement dernier est accroché au-dessus de son bureau, une reproduction de la fresque de la cathédrale d'Albi. Tu t'en souviens car tu l'as vue dans l'introduction de ton livre d'histoire de l'art, un cours de l'année dernière qui t'a tellement plu que tu l'as ajouté à ton cursus d'études de commerce. Bix est-il religieux ?

La mine morose, Sasha et Lizzie sont assises sur le canapé futon du salon. Drew est resté sur l'échelle à incendie.

« Je suis désolé », dis-tu à Lizzie.

– C'est pas grave. »

Là, tu sais que tu devrais t'arrêter. Tout va bien, laisse tomber… Mais ton moteur intérieur s'est emballé et t'en empêche : « Je suis désolé que ta mère soit une bigote. Désolé que Bix ait une copine texane. Désolé d'être un connard. Désolé que ma tentative de suicide t'ait paniquée. Désolé d'avoir gâché ton agréable après-midi… » Ta gorge se noue, tes yeux s'embuent, lorsque tu remarques qu'elles n'ont plus un visage dur mais triste, c'est à la fois émouvant et plaisant, sauf que tu n'es pas complètement là – une partie de toi, qui se tient à une certaine distance, pense : Parfait, elles vont te pardonner, elles ne t'abandonneront pas. Lequel est vraiment « toi », celui qui s'exprime et agit ou celui qui observe ? C'est là toute la question.

Sasha, Drew et toi, vous sortez de chez Bix et Lizzie et vous dirigez vers Washington Square. Le froid perfore les cicatrices de tes poignets. Sasha et Drew sont un entrelacs d'épaules, coudes et poches, ils ont sûrement plus chaud que toi. Quand tu te rétablissais à Tampa, ils sont allés en Greyhound à Washington, D.C, pour assister à l'investiture. Ils sont restés debout toute la nuit et, lorsqu'ils ont regardé le soleil se lever sur le Mall, ils ont eu la sensation que le monde commençait à changer juste à cet instant. Tu as beau t'être esclaffé quand Sasha a prononcé ces mots, tu scrutes le visage des passants en te demandant s'ils éprouvent la même chose : un changement lié à Bill Clinton ou un bouleversement encore plus important, perceptible partout – dans l'air, sous terre – par tout le monde, à part toi.

À Washington Square, Drew se casse pour aller nager et se purger du hasch. Sasha porte son sac à dos, elle se rend à la bibliothèque.

« Dieu merci. Lui parti. » Apparemment, tu n'arrives plus à parler autrement qu'en phrases de deux mots, même si tu en as envie.

« Sympa, remarque Sasha.

– Je blague. L'est génial.

– Je sais. »

L'effet de la drogue se dissipe, laissant un rouleau d'ouate à la place de ta tête. La défonce, c'est nouveau pour toi. Sasha t'avait repéré le jour de l'accueil de première année à la fac, l'année précédente, à Washington Square, uniquement parce que tu ne planais pas. Elle avait fait écran à ton soleil avec ses cheveux teints au henné et t'avait regardé de ses yeux fureteurs, en biais plutôt qu'en face. « J'ai besoin d'un petit copain fictif. T'es d'accord ?

– Et un vrai, t'en penses quoi ? »

Elle s'était assise à côté de toi pour t'exposer la situation. Lorsqu'elle était au lycée à Los Angeles, elle s'était enfuie avec le batteur d'un groupe, dont tu n'avais jamais entendu parler, et avait voyagé seule en Europe et en Asie de sorte qu'elle n'avait jamais décroché son bac. À presque vingt et un ans, elle entrait à l'université. Son beau-père, qui avait usé de son influence pour la pistonner, l'avait prévenue une semaine auparavant qu'il allait engager un détective pour s'assurer qu'elle « s'achèterait une conduite », livrée à elle-même à New York. « Quelqu'un me surveille peut-être en ce moment, a-t-elle affirmé, parcourant du regard la place bourrée de jeunes qui semblaient tous se connaître. En fait, c'est sûr et certain.

– Tu veux que je passe un bras autour de toi ?

– S'il te plaît. »

Tu avais entendu dire qu'un sourire rend les gens plus heureux. Entourer Sasha du bras t'a donné envie de la protéger. « Pourquoi moi ? as-tu voulu savoir, par curiosité.

– Tu es mignon. En plus, tu n'as pas l'air drogué.

– Je suis un joueur de foot américain. Enfin, j'étais. »

Sasha et toi deviez acheter des livres, ce que vous avez fait ensemble. Tu es allé dans sa piaule de la résidence universitaire, où tu as surpris Lizzie, sa coloc, mimant son approbation quand tu avais le dos tourné. À dix-sept heures trente, vous garnissiez tous les deux vos plateaux à la cafétéria, beaucoup d'épinards pour toi parce que, à en croire la rumeur, les muscles deviennent gélatineux dès qu'on cesse de jouer au foot. Vous avez pris vos cartes de bibliothèque et êtes retournés dans vos piaules avant de vous retrouver à l'Apple à vingt heures pour boire un pot. C'était plein à craquer d'étudiants. Sasha lançait sans arrêt des regards circulaires ; du coup, t'imaginant qu'elle cherchait le détective, tu l'as enlacée, tu as embrassé sa tempe et ses cheveux à l'odeur de brûlé. Comme tu jouais la comédie, tu étais détendu, ce qui ne t'était jamais arrivé avec les filles de ton bled. Puis Sasha t'a expliqué la deuxième étape : chacun devait raconter à l'autre quelque chose qui vous lierait pour toujours.

« Tu as déjà fait ça ? » ai-je demandé, incrédule.

Elle avait bu deux verres de vin blanc (tu l'avais accompagnée en buvant le double de bières) et entamait son troisième. « Bien sûr que non, a-t-elle certifié.

– Bon… si je te dis que je torturais des chatons, ça te coupe l'envie de me sauter ?

– C'est vrai ?

– Merde, non !

– Moi d'abord », a insisté Sasha.

À treize ans, elle s'était mise à voler avec ses copines. Elles cachaient des peignes incrustés de perles ou des boucles d'oreilles en strass dans leurs manches, et c'était à qui en piquerait le plus. Sauf que c'était différent pour elle – ça l'électrisait des pieds à la tête. À l'école, elle passait au crible le moindre détail de la virée et comptait les jours jusqu'à la prochaine. Les autres filles étaient simplement nerveuses, animées d'un esprit de compétition, et Sasha s'efforçait de ne pas se singulariser.

À Naples, lorsqu'elle était à court d'argent, elle fauchait des trucs dans les magasins qu'elle revendait à Lars, le Suédois. Elle attendait son tour assise par terre, dans la cuisine avec d'autres jeunes aux abois qui essayaient de fourguer portefeuilles de touristes, bijoux fantaisie, passeports américains. Ils râlaient contre Lars, qui les grugeait systématiquement, et avait soi-disant joué de la flûte dans des concerts en Suède, mais il était peut-être à l'origine de ce bruit. Ils n'avaient pas le droit de dépasser le seuil de la cuisine. L'un avait cependant aperçu un piano par une porte avant qu'elle se ferme, et Sasha avait entendu des pleurs de bébé. La première fois, Lars l'avait fait attendre – elle tenait une paire de chaussures à semelles compensées piquée dans une boutique – plus longtemps que les autres. Dès qu'ils étaient partis après avoir été payés, Lars s'était accroupi près d'elle sur le sol de la cuisine et avait déboutonné sa braguette.

Des mois durant, elle avait négocié avec Lars, débarquant parfois sans un sou, faute d'avoir réussi à chiper quoi que ce soit. « Je le considérais comme mon amant, a-t-elle précisé. En fait, je ne pensais plus. » Elle allait mieux, elle ne volait rien depuis deux ans. « À Naples, je n'étais pas moi-même, a-t-elle ajouté, parcourant du regard le bar noir de monde. Je ne sais pas qui c'était. Cette fille me fait de la peine. »

Tu as peut-être eu le sentiment qu'elle te lançait un défi ou que tout pouvait être dit à ce jeu de la vérité ou qu'elle avait creusé un vide qu'il fallait combler en raison d'une quelconque loi physique, toujours est-il que tu lui as parlé de James, ton coéquipier : un soir, vous aviez emmené deux nanas dans la voiture de ton père ; après les avoir raccompagnées chez elles (tôt, c'était un soir de match), James et toi étiez allés dans un coin à l'écart et aviez passé une heure ensemble dans la bagnole. Ce n'était arrivé que cette fois-là, sans que vous l'ayez prémédité. Ensuite, vous vous étiez à peine adressé la parole, si bien que tu t'étais demandé si tu n'avais pas inventé l'épisode.

« Je ne suis pas homo », as-tu affirmé à Sasha.

Ce n'était pas toi dans la voiture avec James. Tu planais et pensais : Ce pédé fricote avec un mec. Comment peut-il faire ça ? Comment peut-il en avoir envie ? Comment peut-il se regarder en face ?

Sasha s'installe dans la bibliothèque pour taper un exposé sur l'enfance de Mozart, tout en buvant furtivement des gorgées de Coca light. Cela lui prend deux heures. Vu son âge, elle se sent à la traîne ; elle suit six cours par semestre sans compter ceux d'été pour décrocher son diplôme en trois ans. Elle a un double cursus comme toi, commerce/art – la musique dans son cas. La tête posée sur tes avant-bras, tu dors jusqu'à ce qu'elle ait fini. Puis vous retournez ensemble dans la nuit à la résidence universitaire, située sur la Troisième Avenue. Une odeur de pop-corn flotte dans l'ascenseur : à l'évidence, les trois colocs sont là, ainsi que Pilar, la fille avec qui tu as failli coucher l'automne précédent pour t'occuper après que Sasha et Drew se sont mis ensemble. À peine entres-tu que le volume de la chanson de Nirvana baisse et que les fenêtres s'ouvrent. Apparemment, on te fourre dans le même sac qu'un prof ou un flic : tu flanques la trouille. Il doit y avoir un moyen de trouver ça marrant.

Tu suis Sasha dans sa piaule. Contrairement à la plupart des chambres d'étudiant qui ressemblent à un terrier de hamster tant elles sont bourrées de babioles et de souvenirs – coussins, peluches, bouilloires électriques, chaussons en fausse fourrure –, celle de Sasha est pratiquement vide. Elle a débarqué l'année dernière sans rien d'autre qu'une valise. La harpe qu'elle a louée pour apprendre à en jouer est rangée dans un coin. Tu t'allonges à plat ventre sur son lit, tandis qu'elle sort après avoir attrapé son sac de douche et son kimono vert. Elle ne tarde pas à revenir, en kimono, la tête enroulée dans une serviette (tu as l'impression qu'elle répugne à te laisser seul). Tu la regardes secouer ses cheveux longs et les peigner avec un démêloir. Puis elle enlève son kimono et s'habille : soutien-gorge et culotte en dentelle noire, jean déchiré, tee-shirt noir délavé, Doc Martens. Lorsque Bix et Lizzie se sont installés ensemble il y a un an, tu t'es mis à passer des nuits dans le lit déserté de Lizzie, à un mètre de celui de Sasha. Tu connais la cicatrice sur sa cheville gauche, laissée par une fracture mal soignée si bien qu'il avait fallu l'opérer, et les grains de beauté rougeâtres qui dessinent le motif de la Grande Ourse autour de son nombril, et les effluves de naphtaline de son haleine au réveil. Vous étiez si proches que tout le monde supposait que vous étiez un couple. Quand elle pleurait dans son sommeil, tu la rejoignais et la tenais dans tes bras jusqu'à ce que son souffle devienne régulier. Elle était d'une incroyable légèreté. Tu t'endormais sans la lâcher et te réveillais avec une érection. Tu ne bougeais pas, sensible à ce corps si familier, sa peau, ses odeurs, ainsi qu'à ton envie de baiser, attendant que les deux fusionnent en un seul désir. *Allez, tires-en les conséquences et agis normalement pour une fois.* Sauf que tu avais peur de prendre le risque de tout gâcher avec Sasha en cas de fiasco. Ne pas l'avoir sautée est ta plus grande erreur – tu t'en es rendu compte avec une lucidité impitoyable le jour où elle est tombée amoureuse de Drew et les remords que tu en as éprouvés étaient si forts que tu as cru que tu n'y survivrais pas. Tu aurais pu t'accrocher à Sasha, ce qui t'aurait permis de devenir normal, mais tu n'as même pas essayé, tu n'as pas saisi la chance que Dieu t'avait envoyée. Maintenant, c'est trop tard.

En public, Sasha te prenait par la main ou jetait ses bras autour de ton cou pour t'embrasser – c'était destiné au détective. Il pouvait se trouver n'importe où et, par exemple, regarder votre bataille de boules de neige à Washington Square, Sasha sautant sur ton dos, laissant des fibres de ses mitaines sur ta langue. Un compagnon invisible que vous saluiez au Dojo où vous avaliez des bols de légumes cuits à la vapeur (« Je veux qu'il me voie manger des plats sains », claironnait-elle). De temps à autre, tu l'interrogeais sur le détective : son beau-père en avait-il reparlé ? Combien de temps croyait-elle que ça durerait ? Autant de questions qui l'agaçaient, si bien que tu laissais tomber. « Je veux qu'il voie que je vais à nouveau bien… Que je suis normale, en dépit de tout. » Tu le souhaitais aussi.

Lorsqu'elle a rencontré Drew, Sasha a oublié le détective. Drew est blindé contre les détectives. Même le beau-père de Sasha l'aime.

Vous retrouvez Drew au croisement de la Troisième Avenue et de Saint Mark's à vingt-deux heures passées. Les yeux injectés de sang à cause de la piscine, les cheveux mouillés, il embrasse Sasha comme s'ils avaient été séparés pendant une semaine. Il lui arrive de l'appeler « Ma plus vieille nana », ça lui plaît qu'elle ait roulé sa bosse. Bien sûr, Drew ignore à quel point les choses ont mal tourné pour Sasha à Naples et elle te semble prête à l'oublier, à repartir de zéro en fonction de l'image d'elle que lui renvoie Drew. Voilà qui te rend malade d'envie. Pourquoi n'as-tu pas réussi à faire ça pour Sasha ? Qui le fera pour toi ?

Dans la 7e Rue est, vous passez devant l'appartement de Bix et de Lizzie. Il est plongé dans l'obscurité : Lizzie est sortie avec ses parents. Les rues grouillent de gens, dont la plupart ont l'air de s'amuser. Une fois de plus, tu t'interroges sur la sensation de changement qui a envahi Sasha lors d'un lever de soleil à Washington – ces gens l'ont-ils éprouvée, est-ce ce qui explique leur bonne humeur ?

Avenue A, vous vous arrêtez devant le Pyramid Club, l'oreille tendue. « C'est toujours le deuxième groupe », constate Sasha. Du coup, vous allez acheter des eggcream[1] au kiosque russe. Vous les buvez sur un banc du parc Tompkins Square qui a réouvert cet été.

« Regardez. » Tu ouvres la main où se trouvent trois pilules jaunes. Sasha soupire, à bout.

« C'est quoi ? demande Drew.

– De l'ecsta. »

La moindre nouveauté l'attire – du fait de son optimisme, il est persuadé que l'expérience, loin de le détruire, l'enrichira. Ces derniers temps, tu exploites cette qualité de Drew, en profites pour l'initier peu à peu. « J'ai envie d'essayer avec toi, déclare-t-il à Sasha, qui refuse d'un signe de tête. Quel dommage d'avoir raté ta période de droguée !

– Dieu merci », lâche-t-elle.

Tu avales un cachet et fourre les deux autres dans ta poche. L'effet se fait sentir dès ton arrivée au Pyramid Club. La boîte est noire de monde. Même si les Conduits se produisent sur les campus depuis des années, Sasha est convaincue que leur nouvel album, génial, sera récompensé par un triple ou quadruple disque de platine. Contrairement à toi, elle aime se planter tout près de la scène, devant le groupe. Drew reste à côté d'elle, mais il recule quand Bosco, le cinglé à la guitare solo du groupe, se déchaîne comme un épouvantail forcené.

1. Boisson new-yorkaise qui se compose de sirop au chocolat, de lait et d'eau gazeuse.

L'extase vibrante et intense où tu es parvenu correspond à l'idée que tu te faisais de l'âge adulte durant ton enfance : un flottement désorienté, une libération du ronron des repas, devoirs, offices à l'église et injonctions telles que : *Ce n'est pas gentil de parler comme ça à ta sœur, Robert Jr.* Tu voulais un frère. Si seulement Drew était ton frère ! Dans ce cas, vous auriez pu construire la cabane ensemble, y dormir, tandis que la neige s'entassait devant les fenêtres. Vous auriez massacré l'élan puis, couverts de sang et de poils, vous vous seriez déshabillés devant un feu. Si tu voyais Drew nu, ne serait-ce qu'une fois, cela apaiserait l'horrible pression qui te taraude.

On balance Bosco au-dessus de ta tête. Il n'a plus de chemise, son torse maigre est gluant à cause de la bière et de la sueur. Tes mains glissent sur les muscles durs de son dos. Il continue à jouer de la guitare, à hurler sans micro. Drew te repère, et s'approche de toi en secouant la tête. Avant sa rencontre avec Sasha, il n'avait jamais assisté à un concert. Tu pêches une des deux pilules jaunes et la lui donnes.

Quelque chose était drôle il y a un instant, mais quoi ? Tu n'arrives pas à t'en souvenir. Drew non plus. Ça ne vous empêche pas d'être pliés en deux par un rire irrépressible.

Sasha croyait que vous l'attendriez à l'intérieur après le spectacle, aussi ne vous retrouve-t-elle qu'au bout d'un moment. Elle vous regarde tour à tour dans la lumière acidulée du lampadaire : « Ah, je pige, dit-elle.

– Ne sois pas furieuse. » Drew fuit tes yeux, sinon vous recommencerez à rigoler. Sauf que tu n'arrives pas à t'empêcher de le regarder.

« Ce n'est pas ça, j'en ai marre. Voilà tout. » On avait présenté Sasha au producteur des Conduits, Bennie Salazar, qui l'avait invitée à une fête. « Je me suis dit qu'on pourrait y aller ensemble, lance-t-elle à Drew. Mais tu es trop défoncé. »

Tu brailles, le nez dégoulinant de morve : « De toute façon, il n'en a pas envie. Il veut rester avec moi.

– C'est vrai, confirme Drew.

– Parfait, fulmine Sasha. Comme ça, tout le monde est content. »

Vous vous éloignez d'elle en titubant. L'hilarité ne vous lâche pas sur une distance de plusieurs pâtés de maisons. Elle a cependant un côté morbide, à la manière d'une démangeaison qu'on n'arrête pas de gratter, qui s'incruste dans la peau, les muscles et les os, vous lacérant le cœur. En fin de compte, vous vous arrêtez et vous asseyez sur un perron, appuyés l'un contre l'autre, presque en sanglots. Vous achetez un demi-litre de jus d'orange que vous sifflez, en aspergeant vos mentons et vos vestes rembourrées. Tu renverses le carton pour faire couler la dernière goutte dans ta gorge. Quand tu le jettes, la ville sombre te cerne : vous êtes au coin de la 2e Rue et de l'Avenue B. Des gens se serrent la main pour échanger de petits flacons. Drew étend les bras, sentant l'effet de l'ecsta jusqu'au bout des ongles. Tu ne l'as jamais vu effrayé, simplement curieux.

« Je m'en veux, pour Sasha, dis-tu.

– T'inquiète, elle nous pardonnera. »

Après qu'on t'avait recousu et bandé les poignets, transfusé le sang d'un autre, tandis que tes parents attendaient à l'aéroport de Tampa pour sauter dans le premier avion, Sasha avait repoussé la potence à perfusion pour grimper dans ton lit de l'hôpital St Vincent. Malgré les analgésiques, une douleur sourde te lancinait les poignets.

« Bobby ? » a-t-elle chuchoté. Son visage frôlait le tien. Elle respirait ton haleine, toi la sienne au goût de malt à cause de la peur et du manque de sommeil. C'était Sasha qui t'avait trouvé. On l'avait autorisée à rester dix minutes de plus.

« Bobby, écoute-moi. »

Les yeux verts de Sasha étaient collés aux tiens, vos cils s'enchevêtraient. « À Naples, il y avait des jeunes irrécupérables, a-t-elle poursuivi. On savait qu'ils ne redeviendraient jamais comme avant ou ne reprendraient jamais une vie normale. Et d'autres dont on se disait qu'ils s'en sortiraient peut-être. »

Tu as essayé de demander à quelle catégorie appartenait Lars, le Suédois, mais tu n'as émis qu'un gargouillis.

« Écoute-moi, Bobby. On va me virer dans une minute. »

Tu as ouvert les yeux, tu ne t'étais pas aperçu que tu les avais refermés.

« Ce que je veux dire, a enchaîné Sasha. C'est que nous sommes les survivants. »

Sa manière de le formuler a purgé ta tête de tous les trucs soporifiques qu'on t'injectait, comme si elle avait ouvert une enveloppe et lu un résultat que tu tenais absolument à connaître. Comme si tu étais à côté de la plaque et qu'il fallût te rappeler à l'ordre.

« Tout le monde ne l'est pas. Nous si. D'accord ?

– D'accord. »

Sasha était allongée près de toi, vos corps se touchaient comme si souvent la nuit avant sa rencontre avec Drew. Tu as senti sa force s'infiltrer dans ta peau. Tu as tenté de la prendre dans tes bras, sauf que tes mains étaient des moignons de peluche impossibles à remuer.

« Ça signifie que tu n'as pas le droit de recommencer. Jamais. Jamais. Jamais. Tu me le promets, Bobby ?

– Oui. » Et tu le pensais. Une promesse à Sasha ne se rompait pas.

« Bix ! » crie Drew. Il fonce dans l'Avenue B, ses bottes martèlent le trottoir. Bix est seul, mains dans les poches de sa veste de treillis.

« Ouah ! » s'esclaffe-t-il, remarquant dans les yeux de Drew qu'il est salement défoncé. Toi, ça commence à s'évaporer. Tu refiles malgré tout le dernier cachet à Bix, au lieu de le prendre comme tu en avais l'intention.

« J'ai plus ou moins arrêté, dit-il. Enfin, les règles n'existent que pour être enfreintes, pas vrai ? » Un gardien l'avait obligé à quitter le labo, en sorte qu'il errait dans les rues depuis deux heures.

Tu constates : « Pendant ce temps, Lizzie roupille chez toi. »

Il te jette un regard glacial qui dissipe ta bonne humeur : « Je refuse d'aborder ce sujet ! »

Vous marchez ensemble, attendant l'effet de l'ecsta sur Bix. Il est plus de deux heures du matin, l'heure où les gens normaux vont se coucher et où les ivrognes, les barjos, les paumés restent dehors. Tu ne veux pas te retrouver parmi eux. Tu as envie de rentrer chez toi et de frapper à la porte de Sasha, qu'elle laisse ouverte lorsque Drew ne passe pas la nuit avec elle.

« Allô, ici la Terre, Rob », t'apostrophe Bix. Son visage est empreint de douceur. Ses yeux pétillent.

« Je me disais que j'allais me casser.

– C'est hors de question ! » beugle Bix. L'amour du prochain le nimbe d'une aura, tu le sens qui irradie ta peau. « Tu es l'élément central de l'action. »

Tu marmonnes : « D'accord. »

Drew passe un bras autour de toi. Tu es sûr que l'odeur qu'il dégage est celle du Wisconsin – bois, feux, étangs –, même si tu n'y as jamais mis les pieds. « La vérité, Rob, déclame-t-il, d'un ton sérieux. C'est que tu es notre cœur souffrant qui bat à tout rompre. »

Vous échouez dans une boîte que Bix connaît, située sur Ludlow, ouverte après la fermeture. Elle est bourrée de gens trop défoncés pour rentrer chez eux. Vous dansez tous ensemble, l'espace se subdivise entre maintenant et demain jusqu'à ce qu'on ait l'impression de remonter le temps. Tu partages un joint costaud avec une fille, dont la frange très courte découvre le front. Elle se colle à toi, les bras autour de ton cou, et Drew crie pour dominer la musique : « Elle veut t'accompagner chez toi, Rob. » Mais elle laisse tomber ou oublie – à moins que ce ne soit toi – et disparaît.

Le ciel commence à s'éclaircir quand vous sortez tous les trois de la boîte. Vous allez chez Leshko's, Avenue A. Vous vous tapez des œufs brouillés accompagnés d'une platée de frites, puis vous ressortez, gavés, dans la rue qui tangue. Drew et toi encadrez Bix, qui vous entoure chacun d'un bras. Les échelles à incendie oscillent sur la façade des immeubles. Le carillon graillonneux d'une église sonne : tu te souviens que c'est dimanche.

L'un de vous semble ouvrir le chemin en direction du pont autoroutier de la 6e Rue menant à l'East River. En fait, vous vous déplacez en tandem comme sur une planche de Oui-ja. Le soleil qui embrase l'horizon darde ses rayons métalliques sur tes globes oculaires et ionise la surface de l'eau si bien qu'on ne voit ni pollution ni ordures au fond. C'est un astre mystique, biblique. Tu as la gorge nouée.

Bix te serre l'épaule : « Messieurs, bien le bonjour. »

Vous vous tenez tous les trois au bord de la rivière que vous contemplez. Une neige tombée depuis longtemps s'entasse à vos pieds. « Admirez cette eau. Si seulement je pouvais y nager ! N'oublions pas cette journée, même quand on ne se verra plus », déclare Drew.

Tu l'observes, qui plisse les yeux à cause du soleil. Pendant une seconde, une vision de l'avenir se profile et s'étire tandis qu'une image de « toi » regarde en arrière. À ce moment précis, tu le perçois – ce que tu as remarqué sur le visage des passants dans la rue –, le changement qui, telle une lame de fond, te propulse vers quelque chose que tu ne distingues pas.

« On se connaîtra toujours, affirme Bix. L'époque où on pourrait se perdre de vue est presque révolue.

– Qu'est-ce que ça veut dire ? demande Drew.

– On se reverra ailleurs. Tous ceux qu'on a perdus, on les retrouvera ou ils nous retrouveront.

– Où ? Comment ? » insiste Drew.

Bix hésite. On dirait qu'il garde ce secret depuis si longtemps qu'il redoute les éventuelles conséquences d'une révélation. « Je me représente ça comme le Jugement dernier, finit-il par expliquer, le regard rivé sur l'eau. Nous apparaîtrons sans nos corps, de purs esprits, tous ensemble. D'abord, nous en serons abasourdis puis, très vite, ce qui nous étonnera sera d'avoir perdu un être cher ou de nous être perdus.

Posté devant son ordinateur, Bix est un initié depuis toujours et, à présent, il nous transmet cette connaissance. Même si cette pensée te traverse, tu lances : « Auras-tu enfin l'occasion de faire la connaissance des parents de Lizzie ? »

La surprise s'affiche sur la figure de Bix, qui éclate d'un rire tonitruant. « Je ne sais pas, Rob, répond-il. Peut-être pas... Peut-être qu'il n'y aura aucun changement de ce côté-là. N'empêche, ça me plairait bien. » Il se frotte les yeux, où la fatigue apparaît soudain. « À ce propos, il est temps : je rentre chez moi. »

Il s'éloigne, mains dans les poches de sa veste de treillis, mais on ne prend conscience de son départ qu'au bout d'un long moment. Tu sors ton dernier joint de ton portefeuille et tu le fumes avec Drew pendant que vous vous dirigez vers le sud. On n'aperçoit aucun bateau sur la rivière. Un couple de vieux schnocks édentés pêche sous le pont de Williamsburg. Tu romps le silence :

« Drew. »

Il contemple l'eau avec cet égarement de drogué qui rend n'importe quoi digne d'intérêt. Tu laisses échapper un gloussement nerveux. Il se tourne vers toi : « Quoi ?

– J'aimerais qu'on vive dans la cabane. Toi et moi.

– Laquelle ?

– Celle que tu as construite. Dans le Wisconsin. » Drew a une expression troublée. « Si elle existe.

– Bien sûr qu'elle existe. »

Sous l'effet de ton trip, l'air se pulvérise de même que le visage de Drew. Lequel se reconstitue, marqué par une lassitude insolite qui t'effraie. « Sasha me manquerait, énonce-t-il lentement. Pas à toi ?

– Tu la connais mal, assures-tu, hors d'haleine, un peu désespéré. Tu ignores qui te manquerait. »

Un gigantesque entrepôt s'est dressé entre le sentier et l'East River. Vous le longez. « Qu'est-ce que je ne sais pas sur Sasha ? » Drew a beau avoir posé la question sur son ton amical habituel, tu devines qu'il se détourne déjà de toi et tu t'affoles.

Tu assènes : « C'était une pute. Une pute et une voleuse – c'est comme ça qu'elle a survécu à Naples. »

Au moment où tu prononces ces paroles, un hurlement résonne dans tes oreilles. Persuadé que Drew va te frapper, tu attends les coups.

« C'est absurde ! s'exclame-t-il. Et t'es un salaud d'avoir dit ça.

– Interroge-la. » Tu cries pour dominer le hurlement. « Interroge-la sur Lars, le flûtiste suédois. »

Drew se remet en route, tête basse. Tu le suis, tes pas ponctuent ta panique : *Qu'est-ce qui t'a pris ? Qu'est-ce qui t'a pris ? Qu'est-ce qui t'a pris ?* La voie sur berge FDR est au-dessus de vos têtes : crissements de pneus, essence dans vos poumons.

Drew s'arrête. Il te dévisage dans l'air visqueux, faiblement éclairé, comme s'il ne t'avait jamais vu. « Ouah, Rob. Tu es vraiment un connard.

– T'es le dernier à le savoir.

– Pas moi. Sasha. »

Il pivote et s'éloigne rapidement, il t'abandonne. Tu te rues derrière lui, en proie à la conviction délirante que le retenir réparerait le mal que tu as commis. Tu te répètes : Elle n'est pas au courant, elle n'est pas encore au courant. Tant que Drew est devant mes yeux, elle ne le sera pas.

Tu le suis au bord de la rivière ; environ cinq mètres vous séparent ; tu cours à moitié pour ne pas être distancé. Il se retourne, une fois : « Fous le camp ! Je ne veux pas que tu t'approches de moi ! » Mais son incertitude évidente – il ne sait où aller ni que faire – te rassure. Il ne s'est encore rien passé.

Entre les ponts de Manhattan et de Brooklyn, Drew s'immobilise devant ce qu'on pourrait appeler une plage, jonchée de déchets : vieux pneus, ordures, éclats de bois, bris de verre, papiers gras, sacs en plastique, qui finiront bientôt par tomber dans l'East River. Tu restes à quelques mètres de Drew, qui commence à se déshabiller. D'abord, tu n'en crois pas tes yeux. Il enlève son blouson, son pull, ses deux tee-shirts et son maillot de corps. Son torse nu apparaît, aussi musclé et plat que tu l'imaginais, plus mince en revanche, les poils noirs dessinent un motif de bêche.

Drew garde son jean et ses chaussures. Il se fraie un chemin vers le point de jonction entre les détritus et l'eau, où s'avance une dalle de béton, fondation d'une structure oubliée depuis des lustres. Il y monte tant bien que mal, se déchausse, ôte son jean et son caleçon. Malgré ton épouvante, tu n'es pas insensible à la beauté, à la gaucherie d'un homme qui se déshabille.

Drew te jette un coup d'œil par-dessus son épaule et tu aperçois ses poils pubiens noirs, ses jambes solides. « J'ai toujours eu envie de faire ça », dit-il d'un ton monocorde, avant de s'élancer dans un long plongeon salto et de percuter la surface de l'East River, laissant échapper un son à mi-chemin entre un halètement et un cri. Il remonte. Tu l'entends essayer de reprendre son souffle. Il ne fait sûrement pas plus de sept degrés dehors.

Tu grimpes sur la dalle de béton et enlèves tes vêtements, pétrifié de terreur, néanmoins envahi par la vague impression que si tu réussis à la maîtriser, cela prouvera quelque chose sur toi. Tes cicatrices te démangent à cause du froid. Ton sexe, ratatiné, n'est pas plus gros qu'une noix et ta carrure de footballeur commence à fondre. Drew ne te regarde pas, il crawle avec des mouvements vigoureux et déliés de nageur.

Tu sautes maladroitement, ton corps s'écrase dans l'eau, tes genoux heurtent quelque chose de dur sous la surface. Le froid te cerne, te coupe le souffle. Tu nages comme un fou pour fuir les saloperies que tu imagines au fond – hameçons rouillés ou pinces prêtes à taillader tes parties génitales et tes pieds. Tes genoux te font mal.

Tu relèves la tête : Drew fait la planche. Tu hurles : « On pourra sortir de là ?

– Oui, Rob, de la même manière qu'on y est entrés », répond-il, avec sa nouvelle voix monocorde.

Tu n'ajoutes rien. Tu as besoin de toutes tes forces pour bouger et reprendre ton souffle. Tu finis par avoir la sensation que le froid se mue en une chaleur presque tropicale. Le bourdonnement strident dans tes oreilles s'estompe et tu parviens à respirer de nouveau. Tu lances un regard circulaire, la beauté fabuleuse de ce que tu découvres te sidère. Une île. Un remorqueur au loin dont le nez caoutchouteux émerge. La statue de la Liberté. Un tonnerre de roues sur le pont de Brooklyn, lequel évoque l'intérieur d'une harpe. Les fausses notes des cloches d'église qui rappellent celles des carillons que ta mère accrochait sur la véranda. Tu avances vite. Tu cherches Drew que tu ne trouves pas. La berge est très loin. Un nageur la longe, mais à une telle distance que tu ne le reconnais pas lorsqu'il s'arrête pour agiter frénétiquement les bras. Un faible « Rob » parvient à tes oreilles, et tu te rends compte que ça fait un bon moment que tu entends ce cri. La panique te cisaille, te confrontant à des faits concrets d'une évidence limpide : tu es pris dans un courant – il y en a dans cette rivière, tu le savais, tu en avais entendu parler, tu l'avais oublié. Tu as beau t'époumoner, tu perçois l'insignifiance de ta voix, l'indifférence effroyable de l'eau autour de toi, et ce, en l'espace d'un instant.

« Drew, au secours ! »

Tandis que tu gigotes, conscient que tu ne dois pas céder à la panique – elle te viderait de tes forces –, ton esprit s'évade comme cela lui arrive si facilement, si souvent, parfois sans que tu t'en aperçoives, laissant Robert Freeman Jr se débrouiller tout seul dans le courant, tandis que tu bats en retraite dans le paysage plus vaste, l'eau, les immeubles et les rues, les avenues semblables à d'interminables couloirs, ta résidence universitaire pleine d'étudiants endormis, dont le souffle collectif sature l'atmosphère. Tu te faufiles par la fenêtre ouverte de Sasha, flottant au-dessus du rebord garni de souvenirs de ses voyages : un coquillage blanc, une petite pagode dorée, deux dés rouges. Sa harpe est rangée dans un coin ainsi que son tabouret en bois. Elle dort dans son lit exigu, ses cheveux roux pain brûlé se détachent sur les draps. Tu t'agenouilles à côté d'elle, tu humes l'odeur familière de son sommeil, tu lui chuchotes à l'oreille, pêle-mêle : *Je suis désolé, j'ai confiance en toi, je serai toujours près de toi pour te protéger, je ne t'abandonnerai jamais, je resterai blotti sur ton cœur le restant de mes jours*, jusqu'à ce que la pression de l'eau sur mes épaules et sur mon torse me réveille brutalement et que j'entende Sasha me crier au visage : *Bats-toi ! Bats-toi ! Bats-toi !*

11

Au revoir, mon amour

Lorsque Ted Hollander avait accepté d'aller à Naples pour rechercher sa nièce disparue, il avait établi, à l'intention de son beau-frère qui réglait la note, un plan comprenant des maraudes dans les lieux où les jeunes paumés ou accros avaient tendance à se rassembler – la gare, par exemple – et à qui il demanderait s'ils la connaissaient. « Sasha. Une Américaine. *Capelli rossi* » – cheveux roux –, avait-il l'intention de dire. Il s'était même exercé pour parvenir à rouler parfaitement le *r* de *rossi*. Sauf qu'il ne l'avait pas prononcé une fois depuis son arrivée à Naples, une semaine auparavant.

Ce jour-là, loin de s'en tenir à sa résolution de se mettre en quête de Sasha, il visita les ruines de Pompéi. Il observa avec attention les fresques des premiers Romains et les corps minuscules, recroquevillés et disséminés tels des œufs de Pâques dans les galeries à colonnes. Il mangea du thon en boîte sous un olivier et écouta le silence absolu, insensé. En début de soirée, il retourna dans sa chambre d'hôtel d'où, après avoir hissé son corps perclus de courbatures sur le grand lit, il téléphona à sa sœur, Beth, la mère de Sasha, pour lui annoncer que ses efforts n'avaient une fois de plus pas porté de fruits.

« D'accord », soupira Beth de Los Angeles, comme elle le faisait à la fin de chaque journée. Sa déception était si forte qu'on l'aurait dite animée, si bien que Ted avait l'impression d'une troisième présence au bout du fil.

« Je suis désolé », dit-il. Une goutte de poison s'infiltra dans son cœur. Il commencerait demain. À l'instant où il se le promettait, il consolida le projet opposé d'aller au Museo Nazionale, où se trouvait un bas-relief en marbre d'Orphée et Eurydice, œuvre romaine, copie d'un original grec, qu'il admirait depuis des lustres. Il avait toujours eu envie de le voir.

Heureusement, Hammer, le deuxième mari de Beth, qui le soumettait d'ordinaire à un feu roulant de questions, se ramenant à une seule d'une extrême simplicité : *J'en ai pour mon fric ?* (ce qui plongeait Ted dans les affres d'un élève séchant les cours), était absent, à moins qu'il n'ait décidé de ne pas intervenir. Après avoir raccroché, Ted sortit une vodka du minibar qu'il se servit avec des glaçons. Il apporta son verre et le téléphone sur le balcon où il s'assit sur une chaise en plastique blanc pour contempler la Via Partenope et la baie de Naples. La côte était escarpée, la mer d'une couleur bleue saisissante malgré sa propreté douteuse. De courageux Napolitains, gros pour la plupart, se dévêtaient sur les rochers et sautaient dans les flots, au vu et au su des piétons, touristes de l'hôtel et voitures. Il composa le numéro de sa femme.

« Oh, salut, chéri ! » s'exclama Susan, étonnée de l'entendre si tôt – il appelait d'ordinaire avant de se coucher, une heure plus proche de celle du dîner sur la côte Est. « Tout va bien ?

– Très bien. »

Son ton alerte et joyeux avait déjà déprimé Ted. Il ne correspondait pas vraiment à la Susan qui occupait souvent ses pensées à Naples : une femme réfléchie, subtile, le comprenant sans qu'il ait besoin de parler. Cette Susan-là avait écouté avec lui le silence de Pompéi, émue par les échos persistants des cris, des pluies de cendre. Comment le silence pouvait-il s'être abattu sur une catastrophe de cette ampleur ? Ce genre de question avait obsédé Ted pendant sa semaine de solitude, une semaine qui lui semblait avoir à la fois duré une minute et un mois.

« J'ai une touche sur la maison Suskind », reprit Susan, sans doute dans l'espoir de lui remonter le moral par cette annonce d'ordre immobilier.

Chaque fois que sa femme le décevait, chaque déflation supplémentaire, s'accompagnait d'une crise de culpabilité. Bien des années auparavant, Ted avait plié en deux la passion qu'il éprouvait pour Susan, une façon d'éradiquer sa sensation d'effondrement et d'impuissance lorsqu'il l'apercevait à côté de lui au lit : ses bras fermes, ses fesses douces, plantureuses. Puis il l'avait pliée à nouveau en deux, afin d'occulter sa terreur de ne pas être comblé lorsqu'il désirait Susan. Puis encore en deux pour que son désir ne déclenche pas aussitôt un besoin d'agir en conséquence. Puis encore en deux, si bien qu'il ne ressentait presque plus rien. En fin de compte, son désir était devenu si infime qu'il pouvait le glisser dans un tiroir de son bureau ou dans une poche et l'oublier. De quoi lui procurer un sentiment de sécurité et d'accomplissement, comme s'il avait démantelé un équipement dangereux susceptible de les détruire tous les deux. D'abord déconcertée, Susan n'avait pas tardé à s'affoler. Elle l'avait giflé à deux reprises ; elle s'était enfuie de la maison un soir d'orage et avait dormi dans un motel ; en guêpière noire, elle avait plaqué Ted sur le sol de leur chambre. Par la suite, une sorte d'amnésie s'était emparée de Susan, dont la rébellion et la souffrance s'étaient délitées, remplacées par une humeur au beau fixe, aussi horrible que le serait la vie, du moins

Ted le supposait-il, si la mort ne lui donnait forme et dignité. Il avait imaginé que la perpétuelle gaieté de Susan était de l'ironie, une nouvelle phase de sa révolte, jusqu'au jour où il s'était aperçu qu'elle avait oublié l'intensité de leur relation avant qu'il ne procède aux coupes sombres dans son désir, qu'elle était heureuse – heureuse comme jamais auparavant – et, au regain d'admiration qu'il en avait conçu pour la faculté d'adaptation de l'esprit humain, s'était greffé l'impression que sa femme avait subi un lavage de cerveau. Dont il était l'artisan.

« Chéri, ajouta Susan. Alfred veut te parler. »

Ted rassembla ses forces : son fils était lunatique, imprévisible. « Salut, toi !

– Pas cette voix, papa.

– Mais encore ?

– Cette fausse voix de père.

– Qu'est-ce que tu attends de moi, Alfred ? On peut avoir une conversation ?

– On a perdu.

– Alors, c'est quoi le score, cinq à huit ?

– On a gagné quatre parties et perdu neuf.

– Eh bien, vous avez le temps.

– Non, objecta Alfred. Il ne nous en reste plus beaucoup.

– Ta mère est toujours dans les parages ? demanda Ted, un peu accablé. Tu me la repasses ?

– Miles veut te parler. »

Ted discuta avec ses deux autres fils qui avaient aussi des scores à lui communiquer. Il eut l'impression d'être un bookmaker. Ils pratiquaient tous les sports concevables et d'autres activités n'ayant (à ses yeux) aucun rapport avec le sport : foot, hockey, base-ball, lacrosse, football américain, escrime, skate-board (tout sauf un sport !), golf, ping-pong, vidéo vaudou (tout sauf un sport, Ted refusait de donner son aval), escalade, roller, saut à l'élastique (Miles, son aîné en qui Ted percevait une allègre tendance à l'autodestruction), jacquet (tout sauf un sport), volley-ball, rugby, cricket (un sport de quel pays ?), squash, water-polo, danse classique (Alfred, bien sûr), et enfin, plus récemment, le taekwondo. Ted n'était pas loin de penser que ses fils s'adonnaient à tous ces sports uniquement pour s'assurer de sa présence devant le plus grand nombre possible de terrains de jeu, et il ne manquait pas de faire une apparition, de hurler à perdre haleine dans un environnement de feuilles mortes saturé d'une odeur piquante de feu de bois en automne, au milieu d'un chatoiement de trèfles au printemps ou dans l'air humide infesté de moustiques de l'été dans l'État de New York.

Après avoir bavardé avec sa femme et ses fils, Ted se sentit ivre, tenaillé par le besoin de sortir de l'hôtel. Il buvait rarement : l'alcool l'enveloppait dans un voile d'épuisement et le privait des deux précieuses heures dont il disposait le soir – deux heures voire trois après le dîner familial – pour réfléchir et écrire sur l'art. Dans l'idéal, il aurait dû s'y consacrer en permanence, mais un faisceau de facteurs rendait cette activité à la fois inutile (professeur titulaire dans une université de troisième ordre, il subissait peu de pressions pour publier) et impossible (il donnait trois cours d'histoire de l'art par semestre sans compter les importantes fonctions administratives qu'il avait acceptées, pour des raisons financières). Son bureau, petit, était situé dans un coin de sa maison désordonnée. Il avait installé un verrou sur la porte pour en interdire l'entrée à ses fils. Du coup, ils se rassemblaient tristement devant cette pièce, ses garçons aux visages égratignés si bouleversants. S'ils n'avaient pas le droit, ne serait-ce que de frapper à la porte derrière laquelle leur père réfléchissait et écrivait sur l'art, celui-ci n'avait trouvé aucun moyen de les empêcher de rôder à proximité – créatures sauvages, spectrales, s'abreuvant à un point d'eau au clair de lune, dont les pieds nus s'enfonçaient dans la moquette, dont les doigts laissaient sur les murs des traces de gras que Ted montrait le lendemain matin à Elsa, la femme de ménage. Assis dans son bureau, il écoutait ses fils bouger, imaginait leur souffle chaud, leur curiosité. Il n'est pas question de leur ouvrir, se répétait-il. Je vais me concentrer sur l'art. À son grand dam, cependant, il y parvenait rarement. Il lui arrivait plus souvent qu'à son tour de ne penser à rien.

Au crépuscule, Ted remonta à pas lents la Via Partenope jusqu'à la Piazza Vittoria. Elle grouillait de familles, de gosses qui tapaient dans le sempiternel ballon de foot, échangeant des salves dans un italien strident. Mais une autre présence se manifestait dans la lumière déclinante : celle de jeunes désœuvrés, pouilleux, vaguement menaçants, déambulant dans cette ville où le chômage touchait trente-trois pour cent de la population. Autant de membres d'une génération privée de droits civiques qui erraient autour des palais délabrés où leurs ancêtres du XVe avaient vécu dans la munificence, qui se shootaient sur les marches d'église dans les cryptes desquelles ces mêmes ancêtres reposaient, leurs cercueils empilés comme des bûches. Ted les évitait. Même s'il mesurait un mètre quatre-vingt-quinze et pesait cent cinq kilos, même si son visage, plutôt inoffensif dans la glace de la salle de bains, poussait néanmoins ses collègues à lui demander fréquemment ce qui n'allait pas. Il craignait que Sasha ne traîne avec ses jeunes, qu'elle ne soit en train de le scruter à la lueur jaune des lampadaires qui rognait Naples à la tombée de la nuit. Il avait vidé son portefeuille, à l'exception d'une carte de crédit et d'un peu d'argent liquide. Il s'éloigna rapidement de la Piazza, en quête d'un restaurant.

Sasha avait dix-sept ans quand elle avait disparu, deux ans auparavant. À l'instar de son père, Andy Grady, un financier aux yeux violets, fou furieux, qui s'était évanoui dans la nature à la suite d'une affaire véreuse, douze mois après son divorce d'avec Beth. Sasha refaisait surface de temps à autre pour réclamer des virements dans des trous perdus et, à deux reprises, Beth et Hammer avaient sauté dans un avion pour tenter de l'intercepter. En vain. Sasha avait fui une adolescence dévastée : drogue, innombrables arrestations pour vol à l'étalage, prédilection pour des chanteurs de rock (avait précisé Beth, au désespoir, à son frère), quatre psychiatres, thérapie familiale, thérapie de groupe, trois tentatives de suicide. Ted avait suivi tout cela de loin avec un sentiment de répulsion qu'il avait peu à peu projeté sur Sasha. Gamine adorable – ensorcelante même –, notamment lors d'un été qu'il avait passé dans la maison de Beth et Andy au bord du lac Michigan, mais qui, adolescente, s'était montrée si hostile aux fêtes de Noël ou de Thanksgiving que Ted avait éloigné ses fils, de crainte que son autodestruction ne soit contagieuse. Il refusait tout contact avec Sasha. Elle était perdue.

Le lendemain matin, Ted se leva tôt et se rendit en taxi au Museo Nazionale. Il y faisait frais et un silence plein d'échos régnait car, malgré le printemps, il était déserté par les touristes. Ted déambula parmi des bustes d'Hadrien et de différents Césars, stimulé physiquement par cette débauche de marbre frisant l'érotique. Il sentit la proximité du bas-relief d'Orphée et Eurydice, sa présence olympienne, avant de l'apercevoir de l'autre côté de la salle, mais il s'attarda, prenant le temps de se remémorer l'enchaînement d'événements à l'origine de la scène représentée : Orphée et Eurydice éperdus d'amour et jeunes mariés ; la mort d'Eurydice provoquée par une morsure de serpent cependant qu'elle se dérobe aux avances d'un pâtre ; la descente aux enfers d'Orphée, jouant de la lyre dans les boyaux obscurs saturés d'humidité pour exprimer sa douleur ; Pluton consentant à rendre la vie à Eurydice à condition qu'Orphée ne se retourne pas lors de leur ascension. Enfin, l'instant fatidique où Orphée, inquiet pour sa femme qui trébuche, s'oublie et regarde en arrière.

Ted s'approcha du bas-relief. Il lui sembla y pénétrer, tant l'œuvre l'encerclait et l'émouvait. On y voyait l'instant qui précédait la seconde descente aux enfers d'Eurydice, ses adieux à Orphée. C'était la sérénité de leur échange, l'absence de drame ou de larmes tandis qu'ils se regardaient, s'effleuraient, qui le chavirait, comme si une verrerie délicate se brisait dans sa poitrine. Il percevait entre eux une communion trop profonde pour être exprimée : l'indicible certitude que tout est perdu.

Ted contempla le bas-relief, cloué sur place, pendant trente minutes. Il s'éloigna et revint sur ses pas. Il sortit de la salle et rebroussa chemin. Chaque fois, la sensation le submergeait : une exaltation fébrile qu'il n'éprouvait plus depuis longtemps en face d'une œuvre d'art, conjuguée au bonheur qu'une telle émotion puisse encore le transporter.

Il continua sa visite et alla regarder les mosaïques de Pompéi à l'étage, mais son esprit était habité par le bas-relief d'Orphée et Eurydice. Il retourna le voir avant de partir du musée.

C'était l'après-midi à présent. Ted marcha, toujours étourdi, jusqu'à ce qu'il se retrouve au cœur d'un dédale de venelles plongées dans la pénombre du fait de leur étroitesse. Il passa devant des églises ensevelies sous la crasse, des palais à l'intérieur sordide d'où s'échappaient miaulements plaintifs et pleurs d'enfants. Les armoiries au-dessus de leurs portails massifs, tombées dans l'oubli et souillées, déconcertèrent Ted : le temps avait privé de sens ces symboles universels, si caractéristiques. Il imagina la Susan un peu différente de sa femme partageant son étonnement.

Comme le bas-relief d'Orphée et Eurydice desserrait son étau, Ted prit conscience de bruits étouffés autour de lui, une interaction de coups d'œil, sifflements, signaux, englobant apparemment tout le monde – de la vieille vêtue de noir devant l'église au gamin en tee-shirt vert qui le frôlait presque sur sa Vespa pétaradante –, tout le monde, sauf lui. D'une fenêtre, une autre vieille faisait descendre dans la rue, au moyen d'une corde, un panier rempli de paquets de Marlboro. Marché noir, pensa Ted. Mal à l'aise, il remarqua une jeune fille aux cheveux fous et aux bras bronzés qui s'emparait d'un paquet et posait une pièce dans le panier. Alors que celui-ci remontait en se balançant, Ted reconnut la fille qui venait d'acheter les cigarettes : sa nièce.

Il avait tellement redouté cette rencontre que la coïncidence ahurissante ne le surprit pas outre mesure. Le front plissé, Sasha alluma une cigarette. Ted ralentit l'allure, feignant d'admirer le mur sale d'un palais. Lorsqu'elle s'éloigna, il la suivit. Elle portait un jean noir délavé et un tee-shirt gris lavasse. Elle avançait en boitillant, d'un pas irrégulier, lent ou rapide, si bien que Ted devait veiller à ne pas la dépasser ni rester à la traîne.

Il se faufilait dans les entrailles de la ville, un quartier vide de touristes où le claquement du linge se mêlait au bruissement d'ailes des pigeons. Sans crier gare, Sasha pivota sur ses talons. Elle le fixa d'un regard stupéfait : « Qu'est-ce qu'il y a ? balbutia-t-elle. Oncle…

– Sasha, mon Dieu ! » s'exclama Ted, s'efforçant de mimer la stupéfaction. Il jouait très mal la comédie.

« Tu m'as flanqué la trouille, enchaîna Sasha, toujours incrédule. J'ai senti qu'on…

– Toi aussi, tu m'as fait peur. »

Ils éclatèrent d'un rire contraint. Ted aurait dû la serrer sur-le-champ dans ses bras. À présent, c'était trop tard. Pour éluder la question inévitable (*Que faisait-il à Naples* ?), il reprit la parole : Où allait-elle ?

« Chez… des copains. Et toi ?

– Je me balade… tout bonnement ! » répondit-il, d'une voix trop forte. Ils s'étaient remis en route. « Tu boites ?

– Je me suis cassé la cheville à Tanger. Une chute dans un escalier.

– Tu as vu un médecin, j'espère. »

Sasha lui lança un coup d'œil apitoyé. « J'ai porté un plâtre pendant trois mois.

– Dans ce cas, pourquoi cette claudication ?

– Je n'en sais trop rien. »

Elle avait grandi. Son accession à l'âge adulte se déployait avec une telle évidence dans l'éclosion des seins, la rondeur des hanches, la finesse de la taille et le geste machinal avec lequel elle secouait sa cigarette que Ted eut le sentiment d'une métamorphose instantanée. Un miracle. Les cheveux de Sasha étaient un peu moins roux. Son visage, fragile et malicieux, assez pâle pour absorber les couleurs du monde qui l'entourait – violet, vert, rose –, évoquait un portrait de Lucian Freud. On eût dit une jeune femme du siècle précédent qui n'aurait pas vécu longtemps. Une jeune femme morte en couches. Une jeune femme dont les os délicats se ressoudaient mal.

« Tu vis ici ? demanda Ted. À Naples ?

– Dans un quartier plus agréable, précisa Sasha avec un soupçon de snobisme. Et toi, oncle Teddy. Tu habites toujours à Mount Gray ?

– Oui, acquiesça-t-il, étonné qu'elle se le rappelle.

– Ta maison est très grande ? Il y a plein d'arbres ? Une balançoire faite avec un pneu ?

– Des tas d'arbres. Un hamac dont personne ne se sert. »

Sasha ferma les yeux comme pour l'imaginer. « Tu as trois fils. Miles, Ames, Alfred. »

Elle ne s'était même pas trompée d'ordre. « Ta mémoire me sidère, fit remarquer Ted.

– Je me souviens de tout. »

Ted trouva macabre le smiley jaune peint sur le blason du palais délabré devant lequel elle s'était arrêtée. « Mes amis logent ici. Au revoir, oncle Teddy. C'était génial de tomber sur toi. » Sasha lui serra la main avec des doigts moites, longs et maigres.

Pris de court par ce départ brusqué, Ted balbutia : « Attends… Je ne peux pas t'emmener dîner ? »

Sasha pencha la tête, le fouillant du regard : « Je suis très prise », s'excusa-t-elle. Puis, comme si elle se laissait fléchir par une volonté inébranlable de se montrer polie : « Je n'en suis pas moins libre ce soir. »

L'extravagance des retrouvailles ne frappa Ted que lorsqu'il ouvrit la porte de sa chambre d'hôtel où un camaïeu de tonalités de beige l'accueillait au terme de chaque journée passée à ne pas chercher Sasha. C'était l'heure de son coup de fil quotidien à Beth ; il imagina la stupéfaction et l'allégresse de sa sœur quand elle apprendrait la nouvelle époustouflante : il avait non seulement localisé sa fille, mais elle était propre, apparemment en bonne santé, équilibrée et entourée d'amis – bref, en bien meilleur état qu'ils ne l'avaient craint. Ted n'éprouvait cependant aucune joie. Pourquoi ? se demanda-t-il, allongé sur le lit, les bras croisés et les yeux clos. Pourquoi regrettait-il la journée de la veille ou même la matinée d'aujourd'hui ? Parce que l'obligation de chercher Sasha et ne pas le faire lui procurait une relative sérénité ? Il n'en savait rien. Vraiment rien.

Le mariage de Beth et Andy s'était terminé de façon spectaculaire l'été où Ted avait vécu dans leur maison au bord du lac Michigan, tandis qu'il supervisait un chantier situé à environ quatre kilomètres de là. Outre le mariage, les dégâts collatéraux de la fin de l'été comportaient une assiette en majolique, un de ses cadeaux d'anniversaire à Beth ; l'épaule gauche de celle-ci, démise deux fois par Andy, qui lui avait aussi brisé la clavicule. Lorsque le couple se bagarrait, Ted emmenait Sasha à la plage en traversant une étendue d'herbe coupante. Elle avait des cheveux roux très longs et une peau d'un blanc bleuté que Beth ne cessait de protéger des coups de soleil. Ted, qui prenait au sérieux les craintes de sa sœur, n'oubliait jamais la crème solaire quand ils foulaient le sable, trop brûlant en fin d'après-midi pour que Sasha y pose le pied sans hurler. Il portait la petite fille, en maillot deux pièces rouge et noir, légère comme un chat, la posait sur une serviette et enduisait de crème ses épaules, son dos, sa frimousse, son petit nez – elle devait avoir cinq ans – non sans s'inquiéter de son avenir au milieu de toute cette violence. Étudiant de troisième cycle en histoire de l'art, il était entrepreneur pour payer ses frais de scolarité.

« Un en-tre-pre-neur, répéta Sasha avec application. C'est quoi ?

– Eh bien, un type qui organise le travail de plusieurs ouvriers.

– Il y en a qui poncent le plancher ?

– Bien sûr. Tu en connais ?

– J'en connais un. Il a poncé les planchers de notre maison. Il s'appelle Mark Avery. »

Mark Avery inspira à Ted une méfiance instantanée.

« Il m'a donné un poisson, expliqua Sasha.

– Un poisson rouge ?

– Non ! » Éclatant de rire, elle lui tapa le bras. « Pour le bain.

– Il pousse de petits cris ?

– Oui, mais je n'aime pas ce bruit. »

Ces conversations s'éternisaient. Ted avait l'impression désolante que l'enfant s'ingéniait à meubler le temps et à détourner leur attention de ce qui se passait dans la maison. Elle paraissait bien plus âgée qu'elle ne l'était, petite bonne femme lucide, lasse, trop accablée par les chagrins de l'existence pour ne serait-ce qu'en parler. Elle n'évoquait jamais ses parents ni ce qu'ils fuyaient sur la plage.

« Tu veux bien m'emmener nager ?

– Bien sûr », répondait-il systématiquement.

Il ne lui permettait d'ôter son chapeau qu'à ce moment-là. Ses cheveux soyeux lui balayaient le visage quand il la portait (ce qu'elle réclamait toujours) jusqu'au lac Michigan. Ceinturant son oncle de ses jambes et de ses bras, minces et tiédis par le soleil, elle posait la tête sur son épaule. Il percevait sa terreur croissante à mesure qu'ils s'approchaient de l'eau, mais elle refusait qu'il rebrousse chemin. « Non, ça va. Avance », marmonnait-elle farouchement dans son cou, comme si la plongée dans le lac était une épreuve à subir en vue d'une récompense à venir. Ted avait beau essayer de lui faciliter les choses de différentes façons – entrer doucement ou directement –, Sasha poussait des cris étouffés et resserrait son étreinte. Lorsqu'elle se retrouvait enfin dans l'eau, son naturel reprenait le dessus et elle pataugeait comme un chiot malgré les efforts de son oncle pour lui apprendre le crawl. (« Je sais le nager, s'impatientait-elle. J'aime pas ça, c'est tout. ») Elle s'amusait à l'éclabousser et claquait des dents. Ted n'en était pas moins perturbé, comme s'il lui faisait mal, comme s'il l'obligeait à cette immersion, alors qu'il n'aspirait qu'à la sauver. Son fantasme récurrent : l'emmitoufler dans une couverture, la sortir secrètement de la maison avant l'aube ; partir en pagayant dans un canot qu'il avait déniché ; la descendre sur la plage sans un regard en arrière. Il avait vingt-cinq ans. Il n'avait confiance en personne. En réalité, il n'avait aucun moyen de protéger sa nièce et, au fil des semaines, la fin de l'été lui apparaissait de plus en plus sombre, menaçante. Pourtant tout se déroula aisément le jour de son départ, à sa grande surprise. Sasha s'accrocha aux jupes de sa mère tandis que Ted chargeait sa voiture et faisait ses adieux. Il se mit en route, en colère contre sa nièce, ne pouvant s'empêcher d'être blessé, aussi puéril que ce fût. Une fois calmé, il se sentit épuisé, à en être incapable de conduire. Il se gara devant un Dairy Queen et s'endormit.

« Comment puis-je être sûr que tu sais nager si tu ne me le montres pas ? avait-il demandé à Sasha un jour où ils étaient assis sur le sable.

– J'ai pris des leçons avec Rachel Costanza.

– Tu ne réponds pas à ma question. »

Elle lui avait lancé un sourire un peu désemparé, comme si l'envie la démangeait de jouer à l'enfant mais qu'elle devinait que c'était déjà trop tard. « Elle a un chat siamois qui s'appelle Plume.

– Pourquoi refuses-tu de nager ?

– Oh là là, oncle Teddy, tu me fatigues », l'avait-elle rembarré, se livrant à une de ses imitations de sa mère qui donnait la chair de poule.

Sasha arriva à l'hôtel à vingt heures. Vêtue d'une robe rouge, chaussée de bottes en verni noir, elle arborait un maquillage outrancier qui accusait ses traits et donnait à son visage l'aspect d'un petit masque farouche. Ses yeux étrécis étaient recourbés comme des crochets. Lorsqu'il l'aperçut dans le hall, Ted fut gagné par une réticence frisant la paralysie. Il espérait, non sans cruauté, qu'elle ne viendrait pas.

Il s'approcha d'elle, cependant, et la prit par le bras : « Il y a un bon restaurant plus haut dans la rue, à moins que tu n'aies une autre idée. »

C'était le cas. Sasha harangua un chauffeur de taxi dans un italien hésitant, soufflant la fumée de sa cigarette par la fenêtre, tandis que la voiture roulait à grand renfort de crissements de pneus dans des venelles ou à rebours dans des rues à sens unique jusqu'à Vomero, un quartier résidentiel, situé en hauteur, sur une colline, où Ted n'était pas encore allé. Les jambes flageolantes, il régla la course et se tint avec Sasha dans une brèche entre deux immeubles. La ville étincelante s'étalait devant eux, frôlant paresseusement la mer. Hockney, pensa Ted. Diebenkorn. John Moore. Le Vésuve se profilait dans le lointain, apaisé. Ted se représenta la Susan un peu différente de sa femme, debout à son côté, découvrant le panorama.

« La plus belle vue de Naples », lança Sasha.

Malgré son inflexion provocante, Ted la sentit à l'affût de son assentiment.

« C'est magnifique », s'empressa-t-il d'assurer. Comme ils marchaient dans les rues jonchées de feuilles, il ajouta : « C'est le plus joli quartier de Naples que j'aie vu.

– J'habite un peu plus loin. »

Ted fut sceptique : « J'aurais dû te rejoindre ici. Ça t'aurait évité un aller-retour.

– Tu n'aurais sans doute pas trouvé. Les étrangers sont paumés à Naples. La plupart se font voler.

– Tu n'en es pas une ?

– Théoriquement. Sauf que je connais le coin. »

Ils arrivèrent à un carrefour bondé de jeunes, des étudiants à l'évidence (c'était incroyable à quel point ils se ressemblaient dans le monde entier) : garçons et filles en blouson de cuir noir enfourchaient des Vespa, se prélassaient sur des Vespa, étaient assis, voire carrément debout sur des Vespa. La densité de Vespa faisait vibrer la place et leurs gaz d'échappement avaient le même effet sur Ted qu'un narcotique léger. À la lueur du crépuscule, des palmiers alignés telles des danseuses de music-hall se détachaient sur un ciel à la Bellini. Sasha se fraya un chemin au milieu des étudiants, les yeux fixés droit devant elle, l'air crispé.

Ils entrèrent dans un restaurant, où elle demanda une table près de la fenêtre et commanda leur repas : beignets de courgettes et pizzas. Elle ne cessait de jeter des coups d'œil aux jeunes sur leurs Vespa. Son envie d'être parmi eux était poignante.

« Tu en connais ? voulut savoir Ted.

– Ce sont des étudiants, répondit-elle avec dédain, comme si le mot était synonyme de nullards.

– On dirait qu'ils ont à peu près ton âge.

– La plupart habitent encore chez leurs parents. Parle-moi de toi, oncle Teddy. Tu es toujours professeur d'histoire de l'art ? Tu dois être une sommité. »

Frappé une fois de plus par sa mémoire, Ted fut gagné par la tension qui l'envahissait lorsqu'il tentait de décrire son travail – un désarroi quant aux motifs qui l'avaient poussé à décevoir ses parents et à accumuler des dettes colossales afin de rédiger une thèse (dont le style fougueux l'embarrassait à présent) où il soutenait que les coups de pinceau caractéristiques de Cézanne cherchaient à représenter des sons – en l'occurrence les stridulations envoûtantes des cigales dans ses paysages d'été.

« J'écris au sujet de l'influence de la sculpture grecque sur l'impressionnisme français », déclara-t-il. Sa tentative de prendre un ton enjoué tomba à plat.

« Susan, ta femme. Elle est blonde, n'est-ce pas ?

– Oui, tout à fait.

– Moi, j'avais des cheveux roux.

– Ils le sont toujours. En tout cas, ils tirent sur le roux.

– Pas comme avant. » Elle le scruta, guettant une confirmation.

« En effet.

– Tu l'aimes ? Susan ? » reprit-elle après une pause.

La question proférée avec neutralité s'abattit près du plexus solaire de Ted. « Tante Susan », la corrigea-t-il.

Refroidie, Sasha répéta : « Tante Susan.

– Bien sûr que oui », affirma calmement Ted.

On leur servit les plats : la pizza chaude nappée de mozzarella de bufflonne fondit dans le gosier de Ted. À son deuxième verre de vin rouge, Sasha se mit à raconter sa vie. Elle s'était enfuie avec Wade, le batteur des Pinheads (un groupe qu'il était apparemment inutile de présenter), qui se produisaient à Tokyo. « On logeait à l'hôtel Okura, un établissement de luxe, précisa-t-elle. C'était en avril, au printemps, saison de l'éclosion des cerisiers au Japon, et les hommes d'affaires, coiffés de chapeaux en papier, dansaient et chantaient sous les arbres couverts de fleurs roses ! » Ted, qui n'avait jamais mis les pieds en Extrême-Orient ni même au Moyen-Orient, ressentit un pincement d'envie.

Après Tokyo, le groupe s'était rendu à Hong Kong. « On a habité une tour au sommet d'une colline, avec une vue absolument imprenable. Des îles, la mer, des bateaux et des avions...

– Wade est avec toi, à Naples ? »

Elle cligna des yeux : « Non. »

Il l'avait abandonnée à Hong Kong, dans le gratte-ciel blanc, et elle était restée dans l'appartement jusqu'à ce que le propriétaire lui demande de partir. Après quoi, elle s'était installée dans une auberge de jeunesse située dans un bâtiment rempli d'ateliers de négriers, où les gens s'endormaient devant leurs machines à coudre sur des rouleaux de tissu. Autant de détails que Sasha rapportait avec insouciance, comme s'il s'agissait d'une farce. « Puis je me suis fait des amis et nous sommes partis pour la Chine.

– Ceux que tu es allée retrouver hier ?

– Je rencontre des gens nouveaux partout, répondit-elle en riant. C'est normal quand on voyage, oncle Teddy. »

Elle était rouge – le vin ou peut-être le plaisir d'évoquer ses souvenirs. D'un geste, Ted réclama l'addition qu'il régla. Il se sentait lourd, déprimé.

Les jeunes s'étaient dispersés dans la nuit froide. Sasha n'avait pas de manteau. « Enfile ma veste, je t'en prie. » Ted enleva celle en tweed élimé qu'il portait, mais elle refusa avec obstination. Il comprit qu'elle voulait conserver la visibilité que lui conférait sa robe rouge. Les grandes bottes accentuaient sa claudication.

Ils marchèrent longtemps avant de se retrouver devant une boîte de nuit d'apparence conventionnelle. Le portier leur fit mollement signe d'entrer. Il était minuit.

« Les propriétaires sont des amis à moi », expliqua Sasha, le précédant dans un tourbillon de corps, de lumière violet fluo et de musique au rythme aussi varié qu'un pilonnement de marteau-piqueur. La banalité de la scène sauta aux yeux de Ted, si peu habitué qu'il fût aux discothèques. Sasha avait pourtant l'air ravie. « Tu m'offres un verre, oncle Teddy ? demanda-t-elle, désignant un abominable breuvage posé sur une table à proximité. « Comme celui-là, avec une petite ombrelle. »

Ted joua des coudes pour s'approcher du bar. S'éloigner de sa nièce lui fit le même effet qu'ouvrir une fenêtre, évacuer une oppression suffocante. Quel était exactement le problème ? Sasha avait profité de la vie, vu du pays, bon sang, elle en avait plus fait en deux ans que lui en vingt. Alors pourquoi cette envie de la fuir ?

Sasha avait réquisitionné deux sièges devant une table basse. Aussi Teddy, les genoux coincés sous le menton, eut-il la sensation d'être un singe. Comme elle portait à ses lèvres le verre orné d'une ombrelle, la lumière violette s'insinua dans la peau claire de fines cicatrices à l'intérieur de ses poignets. Lorsqu'elle posa son verre, Ted lui prit le bras et le retourna. Sasha ne protesta qu'au moment où elle remarqua ce qu'il observait. Là, elle se dégagea :

« Ça date d'avant. À Los Angeles.

– Laisse-moi regarder. »

Elle refusa. Alors, à sa grande surprise, Ted se pencha au-dessus de la table et s'empara des poignets de sa nièce, non sans éprouver un plaisir sadique à lui faire mal. Il remarqua les ongles rouges qu'elle avait vernis l'après-midi même. Sasha cessa de résister, détournant les yeux tandis qu'il examinait ses avant-bras sous la lumière glaciale, plutôt bizarre. Ils étaient zébrés de balafres et éraflures ressemblant à des rayures sur un meuble.

« Des tas sont accidentelles. J'étais vraiment déséquilibrée, précisa Sasha.

– Tu as traversé une sale période. » Il voulait qu'elle le reconnaisse.

Un silence tomba. Sasha finit par le rompre : « Je n'arrêtais pas d'imaginer que je voyais mon père. C'est cinglé, non ?

– Je ne sais pas.

– En Chine, au Maroc. Je parcourais une pièce du regard et – oups – je voyais ses cheveux. Ou ses jambes, je me souviens encore de leur forme. Ou de sa façon de rejeter la tête en arrière quand il riait – son rire était une sorte de hurlement, tu te rappelles, oncle Teddy ?

– Oui, maintenant que tu le dis.

– Je pensais qu'il me suivait pour s'assurer que j'allais bien. Et, quand j'avais l'impression que ce n'était pas le cas, j'avais vraiment la trouille. »

Ted lâcha ses bras qu'elle croisa sur ses genoux. « Je me persuadais qu'il pouvait retrouver ma trace grâce à mes cheveux. Sauf qu'ils ne sont même plus roux.

– Je t'ai bien reconnue.

– C'est vrai. » Elle approcha son visage blême, aux aguets, de celui de Ted. « Qu'est-ce que tu fais ici, oncle Teddy ? »

La question qu'il appréhendait. Or la réponse tomba à la manière d'un bout de viande se détachant d'un os : « Je suis ici pour voir des œuvres d'art. Les contempler et y réfléchir. »

Et voilà : une sensation de paix, soudaine, vivifiante. Un soulagement. Il n'était pas venu pour Sasha, c'était la vérité.

« Des œuvres d'art ?

– Mon passe-temps préféré, enchaîna-t-il, souriant au souvenir du bas-relief d'Orphée et Eurydice de l'après-midi. J'essaie toujours de faire ça. C'est ma passion. »

Les traits de Sasha se détendirent, comme si elle était délivrée d'un poids qui avait mobilisé toutes ses forces : « Je croyais que tu étais venu me chercher. »

Ted la regarda de loin. Une distance rassérénante.

Sasha alluma une de ses Marlboro, qu'elle écrasa après deux bouffées. « Allons danser, proposa-t-elle, en se levant avec une certaine lourdeur. Viens, oncle Teddy. » Le prenant par la main, elle le conduisit vers la piste de danse – la masse fluide déclencha en Ted un accès de timidité apeurée. Il eut beau marquer un temps d'hésitation et résister, Sasha l'entraîna au milieu des danseurs. Aussitôt galvanisé, il eut l'impression de planer. Depuis combien de temps n'avait-il pas dansé dans une boîte de nuit ? Quinze ans ? Davantage ? Ted commença à bouger gauchement, sûr d'être massif, peu avenant, dans sa veste en tweed de professeur, exécutant de vagues pas jusqu'à ce qu'il s'aperçoive que Sasha, immobile, l'observait. Puis elle s'approcha, l'entoura de ses longs bras et se plaqua contre lui si bien qu'il sentit la maigreur, la taille et le poids de cette nouvelle Sasha, sa nièce devenue adulte, si petite autrefois. Et cette métamorphose irrévocable l'emplit d'une tristesse rageuse qui lui serra la gorge, tandis qu'un picotement douloureux chatouillait ses narines. Il s'accrocha à Sasha. Mais la petite fille avait disparu. De même que l'ardent jeune homme qui l'avait aimée.

Elle s'écarta. « Attends ici, lui intima-t-elle, sans croiser son regard. Je reviens tout de suite. » Désorienté, Ted resta parmi les Italiens en train de se trémousser jusqu'à ce qu'un malaise croissant le chasse de la piste. Il s'attarda à proximité quelques instants avant de faire le tour de la boîte. Sasha avait évoqué des amis – discutait-elle avec eux ? Angoissé, les idées confuses à cause de l'alcool qu'il avait bu, Ted commanda une bouteille de San Pellegrino au bar. Ce ne fut qu'à ce moment-là, lorsqu'il chercha son portefeuille, qu'il se rendit compte qu'elle l'avait volé.

Le soleil tira Ted du sommeil, le forçant à écarquiller ses paupières collées. Il avait oublié de fermer les volets. Il s'était couché à cinq heures du matin après des heures d'errance au cours desquelles il s'était trompé à plusieurs reprises avant de trouver, enfin, le poste de police, où il avait raconté son histoire (sans préciser l'identité du pickpocket) à un policier aux cheveux gras, parfaitement indifférent, et après qu'un couple de gens âgés rencontré à la gare, à qui on avait dérobé leurs passeports sur le ferry d'Amalfi, avait proposé de le ramener.

Ted se leva, des élancements dans la tête, le cœur battant la chamade. Des papiers signalant des messages laissés sur le répondeur jonchaient la table : cinq de Beth, trois de Susan et deux d'Alfred (*Je per*, avait écrit en mauvais anglais l'employé de l'hôtel). Ted se doucha, s'habilla sans se raser, vida une mignonnette de vodka et sortit de l'argent liquide et une autre carte de crédit du coffre de la chambre. Il devait retrouver Sasha sur-le-champ – aujourd'hui –, cet impératif, qui s'était imposé à un moment indéterminé, revêtait un caractère d'urgence diamétralement opposé à son évitement précédent. Ce qu'il avait à faire – appeler Beth, Susan, se nourrir –, il était hors de question de s'y atteler maintenant. Il devait retrouver Sasha.

Où ? Ted réfléchit à la question en buvant trois express dans le hall de l'hôtel, tandis que la caféine et la vodka se combattaient l'une l'autre dans son cerveau. Où chercher Sasha dans cette ville tentaculaire, nauséabonde ? Il passa en revue des stratégies qu'il n'avait pas mises en œuvre : aborder des gamins dépravés à la gare ou dans des auberges de jeunesse, mais il estima avoir trop attendu pour ça.

Sans avoir arrêté de plan précis, il se rendit en taxi au Museo Nazionale. Une fois arrivé, il prit ce qui paraissait être le chemin qu'il avait emprunté la veille après avoir vu le bas-relief d'Orphée et Eurydice. Si rien n'avait le même aspect, il l'attribua à son état d'esprit : le minuscule métronome scandant sa panique intérieure. Si rien n'avait le même aspect, tout semblait cependant familier : la saleté des églises aux murs obliques et effrités, les minuscules cafés aux formes biscornues. Après avoir suivi une venelle tortueuse jusqu'au bout, il émergea dans une avenue bordée de palais délabrés, aux rez-de-chaussée aménagés en boutiques de vêtements et chaussures à bon marché. En proie à une vague impression de déjà-vu, il la parcourut lentement, regardant à droite et à gauche, jusqu'à ce qu'il aperçoive le smiley jaune masquant en partie un palimpseste d'épées et de croix.

Il poussa la petite porte rectangulaire encastrée dans une grande porte cochère, et pénétra dans un passage donnant sur une cour intérieure pavée, où la chaleur était encore emmagasinée et où flottait une odeur de melons pourris. Une vieille femme aux jambes arquées, portant des mi-bas bleus sous sa robe et un foulard sur la tête, se dirigea vers lui d'un pas vacillant.

« Sasha, lui dit Ted, regardant ses yeux chassieux, délavés. Américaine. *Capelli rossi.* » Il prononça mal le *r* et réessaya. « *Rossi. Capelli rossi*, répéta-t-il, se rendant compte que la description n'était plus très juste.

– *No, no* », marmotta la vieille femme.

Comme elle s'éloignait, Ted la rattrapa, glissa un billet de vingt dollars dans sa main et reposa sa question sans estropier le *r*. Elle claqua la langue, leva le menton puis, l'air presque triste, fit signe à Ted de la suivre. Il obtempéra non sans dédain : elle s'était laissé acheter bien facilement, ses défenses ne valaient pas grand-chose. Un large escalier partait d'un des côtés de la porte cochère, l'éclat du marbre napolitain transparaissait encore çà et là sous la crasse. La vieille commença à monter, s'agrippant à la rampe. Ted lui emboîta le pas.

Le premier étage – il l'enseignait à ses étudiants depuis des années – était le *piano nobile*, le lieu où les propriétaires d'un palais exposaient leur richesse aux invités. Malgré les pigeons qui muaient et son décor de fientes, ses voûtes en plein cintre qui dominaient la cour intérieure avaient conservé toute leur splendeur. L'admiration de Ted n'échappa pas à la vieille femme : « *Bellissima, eh ? Ecco, guardate !* » Avec une fierté qu'il trouva émouvante, elle ouvrit la porte donnant sur une grande pièce plongée dans la pénombre, aux murs apparemment maculés de taches de moisi. La vieille appuya sur un interrupteur et une ampoule accrochée à un fil métamorphosa les pans moisis en fresques dans le style de Titien ou de Giorgione : femmes nues et plantureuses tenant des fruits ; monceaux de feuilles sombres. Un vol d'oiseaux argentés. La salle de bal sans doute.

Au deuxième étage, Ted remarqua deux garçons qui se partageaient une cigarette dans l'embrasure d'une porte. Un autre dormait sous un assortiment d'oripeaux : chaussettes et sous-vêtements soigneusement accrochés sur un fil. Aux odeurs de dope, d'huile d'olive rance, et au bruissement d'une activité invisible, Ted comprit qu'on louait désormais les chambres du palais. L'ironie de la situation l'amusa : il se retrouvait au cœur du monde marginal qu'il s'était efforcé d'éviter. Enfin, nous y voilà, pensa-t-il.

Au troisième et dernier étage, réservé naguère aux domestiques, les portes, plus petites, s'alignaient le long d'un étroit couloir. La guide âgée de Ted s'appuya au mur pour reprendre sa respiration. La gratitude remplaça le mépris qui l'avait saisi. Quel effort pour vingt dollars ! Comme elle devait en avoir besoin ! « Je suis désolé de vous avoir obligée à autant marcher », s'excusa-t-il. La femme ne le comprit pas, de toute évidence. Elle s'avança en chancelant jusqu'à une porte où elle gratta violemment. Celle-ci s'ouvrit et Sasha apparut, à moitié endormie, en pyjama d'homme. Lorsqu'elle le vit, elle écarquilla les yeux mais demeura impassible : « Salut, oncle Teddy, dit-elle, d'une voix douce.

– Sasha. » Ted se rendit compte que monter l'escalier lui avait également coupé le souffle. « Il fallait que… je te parle. »

Après les avoir regardés tour à tour, la vieille femme s'éloigna. Dès qu'elle eut disparu au coin du couloir, Sasha claqua la porte au nez de son oncle. « Va-t'en, je suis occupée. »

Ted posa la main à plat sur le bois rugueux. Il sentit l'angoisse et la colère de sa nièce de l'autre côté : « Alors, c'est ici que tu habites.

– Je vais déménager dans un endroit plus agréable.

– Quand tu auras volé suffisamment de gens. »

Un ange passa : « Ce n'était pas moi, affirma Sasha. C'était un de mes amis.

– Tu en as partout dans cette ville, pourtant je n'en ai rencontré aucun.

– Casse-toi, oncle Teddy.

– J'aimerais bien, crois-moi. »

Il ne parvenait pas à s'y résoudre, ni même à esquisser le moindre mouvement. Il resta immobile jusqu'à en avoir mal aux jambes, puis, pliant les genoux, se laissa glisser sur le sol. L'après-midi était déjà bien entamé, une fenêtre au bout du couloir projetait une auréole de lumière sale. Ted se frotta les yeux comme si le sommeil le gagnait.

« Tu es toujours là ? aboya Sasha.

– Toujours. »

La porte s'entrebâilla, et le portefeuille de Ted rebondit sur sa tête avant de tomber par terre.

« Va au diable », lança Sasha, en la refermant.

Ted ouvrit son portefeuille, découvrit qu'il ne manquait rien, le remit dans sa poche. Ensuite, il ne bougea plus. Pendant un long moment – des heures lui sembla-t-il (il avait oublié sa montre) –, le silence régna. De loin en loin, Ted entendait d'autres occupants désincarnés se déplacer dans leurs chambres. Il s'imagina être un élément du palais, une moulure ou une marche douée de la faculté de perception dont le destin était d'assister au flux et reflux des générations dans la demeure médiévale, d'en sentir la masse s'enfoncer de plus en plus dans la terre. Un an, cinquante ans. Il se leva deux fois pour laisser passer les locataires, des filles aux mains nerveuses agrippées à des sacs en cuir craquelé. Elles lui jetèrent à peine un regard.

« Tu es toujours là ? voulut savoir Sasha.

– Toujours. »

Sasha sortit et s'empressa de verrouiller la porte derrière elle. Vêtue d'un jean, d'un tee-shirt et de tongs roses, elle portait une serviette d'un rose délavé et un petit fourre-tout. « Où vas-tu ? » lui demanda Ted. Sans répondre, elle avança la tête haute dans le couloir. Au bout de vingt minutes, elle revint, les cheveux mouillés, laissant une odeur de savon parfumé dans son sillage. Elle ouvrit la porte avec la clé et, après un instant d'hésitation, déclara : « Je lessive les couloirs pour payer cette chambre, d'accord ? Je balaie la putain de cour. Là, t'es content ?

– Est-ce que toi, tu es contente ? » riposta-t-il.

La porte trembla sur ses gonds.

Ted se rassit. Sensible au déroulement de l'après-midi, il se surprit à penser à Susan. Non pas à la Susan différente, à la vraie – sa femme – par un jour remontant à des lustres, avant qu'il n'ait entrepris de plier son désir jusqu'à le rendre dérisoire. Lors d'un voyage à New York, ils s'étaient amusés à prendre le ferry pour Staten Island, une première pour tous les deux. Soudain, Susan s'était tournée vers lui : « Faisons en sorte que rien ne change. » À l'époque, ils étaient tellement sur la même longueur d'onde que Ted avait très bien compris la raison de son injonction : l'amour qu'ils avaient fait le matin même, la bouteille de pouilly-fuissé du déjeuner n'y jouaient aucun rôle – elle avait pris conscience de la fuite du temps. Et Ted aussi l'avait senti dans les remous de l'eau brune, la course des bateaux et du vent : tout était mouvement et chaos. Serrant la main de Susan, il avait répondu : « Rien ne changera jamais. Jamais. »

Dans un autre contexte, il avait récemment reparlé de cette balade en ferry à Susan qui, le regardant au fond des yeux, avait claironné de sa nouvelle voix enjouée : « Tu es sûr que c'était moi ? Je ne me souviens absolument de rien ! » avant de déposer un baiser sur le sommet de son crâne. L'amnésie, avait-il conclu.

Le lavage de cerveau. À présent, il se rendit compte que Susan avait simplement menti. Il l'avait abandonnée, se préservant pour… quoi ? N'en avoir aucune idée effraya Ted. Quoi qu'il en soit, il l'avait abandonnée, et elle était partie.

« Tu es là ? » appela Sasha. Il ne répondit pas.

Elle ouvrit la porte à la volée pour jeter un coup d'œil. « Oui », constata-t-elle, soulagée. Sans proférer une parole, Ted la fixa. « Eh bien, viens. »

Il se releva péniblement et entra dans sa chambre, minuscule : un petit lit, un brin de menthe dans un gobelet en plastique saturant l'air de ses effluves, la robe rouge suspendue. Le soleil, qui commençait à se coucher, ricochait sur les toits et les clochers et éclairait la pièce par une seule fenêtre proche du lit. Sur le rebord s'alignaient des objets, apparemment des souvenirs de voyages de Sasha : une petite pagode dorée, un plectre de guitare, un long coquillage blanc. Fabriqué avec un cintre, accroché à une cordelette, un anneau grossier pendillait au milieu de la vitre. Sasha s'installa sur son lit, observant Ted parcourir du regard ses maigres possessions. Il perçut avec une lucidité impitoyable ce qui lui avait plus ou moins échappé la veille : la solitude absolue de sa nièce dans cette ville étrangère. Son dénuement.

Comme si elle captait la teneur de ses pensées, Sasha prit la parole : « Je rencontre plein de gens, mais ces relations ne durent jamais longtemps. »

Sur le bureau, quelques livres en anglais : *L'Histoire du monde en 24 leçons*. *Les Somptueux Trésors de Naples*. Le dernier de la pile, un volume écorné, était intitulé : *Apprendre à taper à la machine*.

Ted s'assit à côté de sa nièce et passa un bras autour de ses épaules. On aurait dit que des nids d'oiseau transperçaient son manteau. Ses narines se contractèrent douloureusement sous l'effet du picotement.

« Sasha, écoute-moi. Tu peux y arriver seule, mais ça sera bien plus difficile. »

Elle ne répondit pas. Elle contemplait le soleil. Ted l'imita et regarda par la fenêtre la débauche de couleurs tamisées. Turner, songea-t-il. O'Keeffe. Paul Klee.

Un jour, plus de vingt ans après celui-ci, Sasha aura fait des études supérieures et habitera New York. Elle aura retrouvé un copain de lycée sur Facebook, se sera mariée tard (Beth avait presque perdu espoir) et aura eu deux enfants, dont l'un légèrement autiste. Elle mènera une vie normale avec son lot de soucis, de joies, de découragements. Ted, divorcé depuis longtemps, grand-père, lui rendra visite dans sa maison située dans le désert de Californie. Il traversera le salon jonché d'épaves laissées par ses gosses et regardera flamboyer le soleil par une baie vitrée coulissante. Et un souvenir de Naples remontera fugacement à sa mémoire : la minuscule chambre de Sasha où il s'était assis à côté d'elle, l'éblouissement qu'il avait ressenti lorsque le soleil, basculant au milieu de la fenêtre, avait été emprisonné dans l'anneau en fil de fer.

Il se tourna vers sa nièce, un grand sourire aux lèvres. La lumière orangée lui embrasait les cheveux et le visage.

« Tu vois, marmonna-t-elle, les yeux rivés sur le soleil. Il est à moi. »

12

Pauses d'un super rock-and-roll

par Alison Blake

14 & 15 mai, 202-

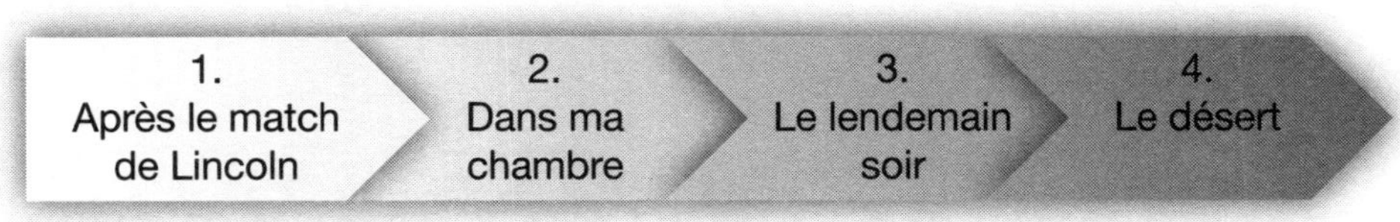
1.
Après le match de Lincoln
2.
Dans ma chambre
3.
Le lendemain soir
4.
Le désert

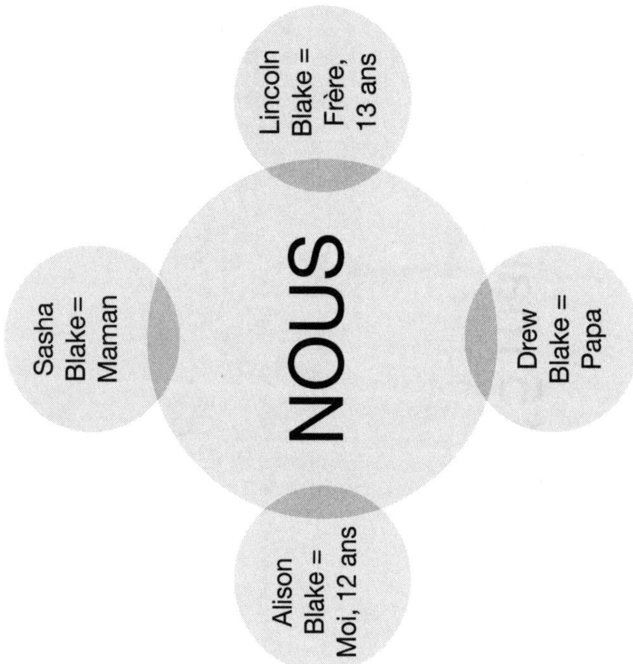
NOUS
Sasha Blake = Maman
Lincoln Blake = Frère, 13 ans
Drew Blake = Papa
Alison Blake = Moi, 12 ans

Après le match de Lincoln

1

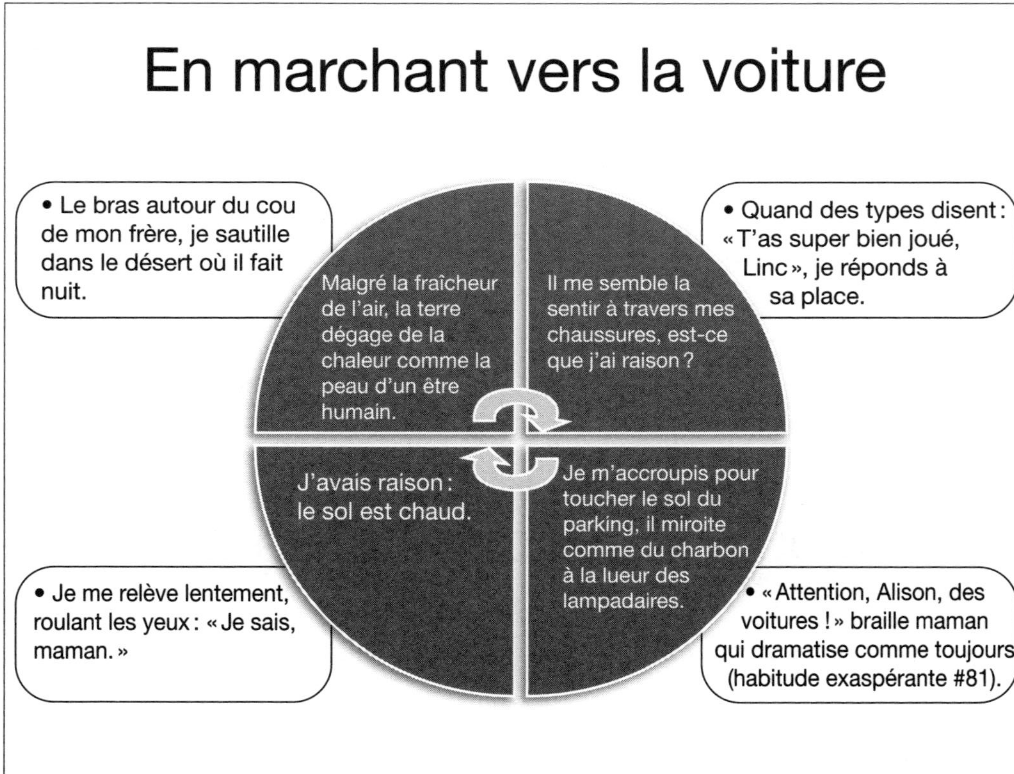
En marchant vers la voiture
• Le bras autour du cou de mon frère, je sautille dans le désert où il fait nuit.
Malgré la fraîcheur de l'air, la terre dégage de la chaleur comme la peau d'un être humain.
Il me semble la sentir à travers mes chaussures, est-ce que j'ai raison ?
• Quand des types disent : « T'as super bien joué, Linc », je réponds à sa place.
Je m'accroupis pour toucher le sol du parking, il miroite comme du charbon à la lueur des lampadaires.
• « Attention, Alison, des voitures ! » braille maman qui dramatise comme toujours (habitude exaspérante #81).
J'avais raison : le sol est chaud.
• Je me relève lentement, roulant les yeux : « Je sais, maman. »

Habitude exaspérante #48

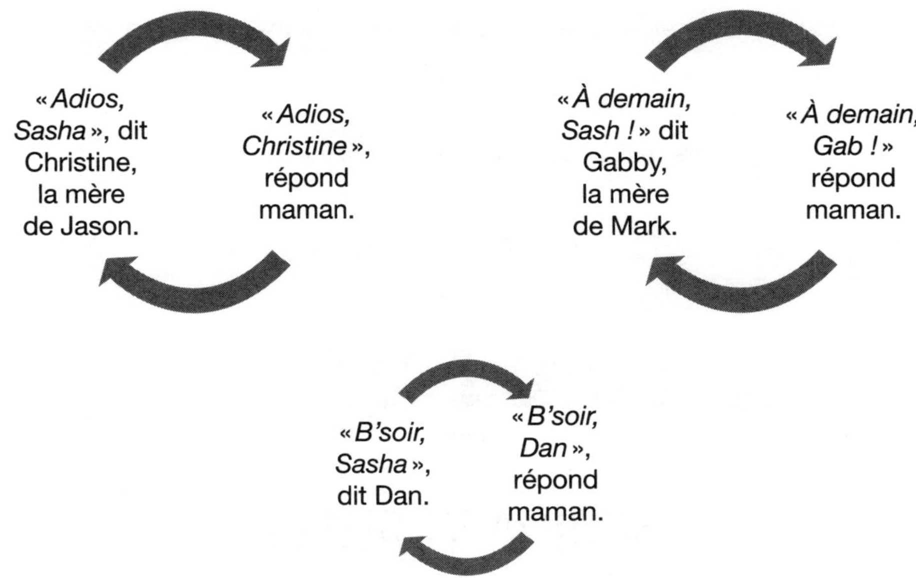

Dans la voiture

Moi :

« Pourquoi faut-il que tu répètes *mot pour mot* les paroles de ceux qui te disent au revoir ? »

↓

Maman :

« De quoi parles-tu ? »

↓

Je lui fournis une explication précise.

↓

Maman :

« Tu ne peux pas mettre un bémol à ta surveillance, Ally ? »

↓

Moi :

« Impossible. »

Papa travaille

Paysage du désert

Quand j'étais petite, il y avait des pelouses.

Maintenant, il faut emprunter beaucoup d'argent pour une pelouse ou avoir une turbine, ce qui coûte très cher.

Notre maison jouxte le désert. Il y a deux mois, un lézard a pondu des œufs devant notre *deck*.

Assis autour de notre table de pique-nique, maman, Lincoln et moi contemplons les étoiles.

Dans le désert, maman fait des sculptures avec des débris et nos vieux jouets.

Ses sculptures finissent par s'effondrer, « ça fait partie du processus ».

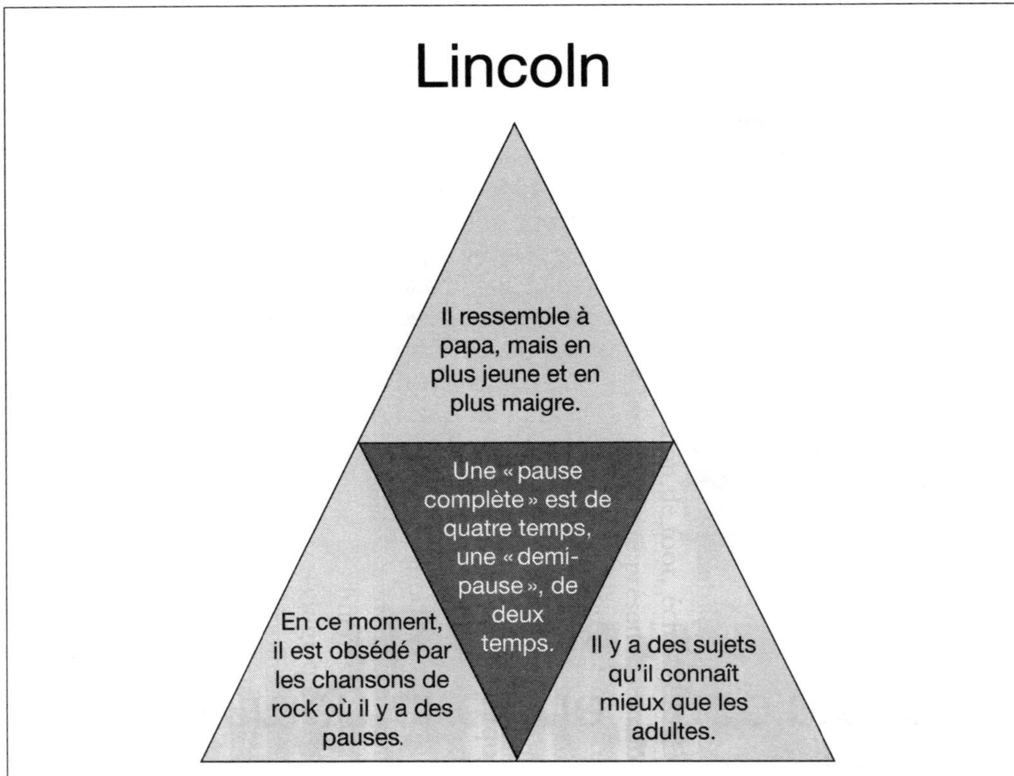
Lincoln
Il ressemble à papa, mais en plus jeune et en plus maigre.
Une « pause complète » est de quatre temps, une « demi-pause », de deux temps.
En ce moment, il est obsédé par les chansons de rock où il y a des pauses.
Il y a des sujets qu'il connaît mieux que les adultes.

Commentaires de Lincoln sur des chansons

« Bernadette », des Four Tops

- « Cette première pause est excellente. La voix faiblit progressivement, puis il reste 1,5 seconde de silence absolu, de 2'38 à 2'395, avant la reprise du chœur. On se dit, tiens, ce n'est pas la fin de la chanson, mais 26,5 secondes plus tard, elle se termine. »

« Foxy Lady », de Jimi Hendrix

- « Encore une première pause géniale : elle dure deux secondes, à partir de 2'23, dans une chanson de 3'19. Mais le silence n'est pas absolu ; on entend le souffle de Jimi en fond sonore. »

« Young Americans », de David Bowie

- « Là, c'est une occasion ratée. Merde, ç'aurait été tellement facile de prolonger la pause après « break down and cry », une seconde complète ou deux, voire trois, mais Bowie s'est dégonflé, je pige pas pourquoi. »

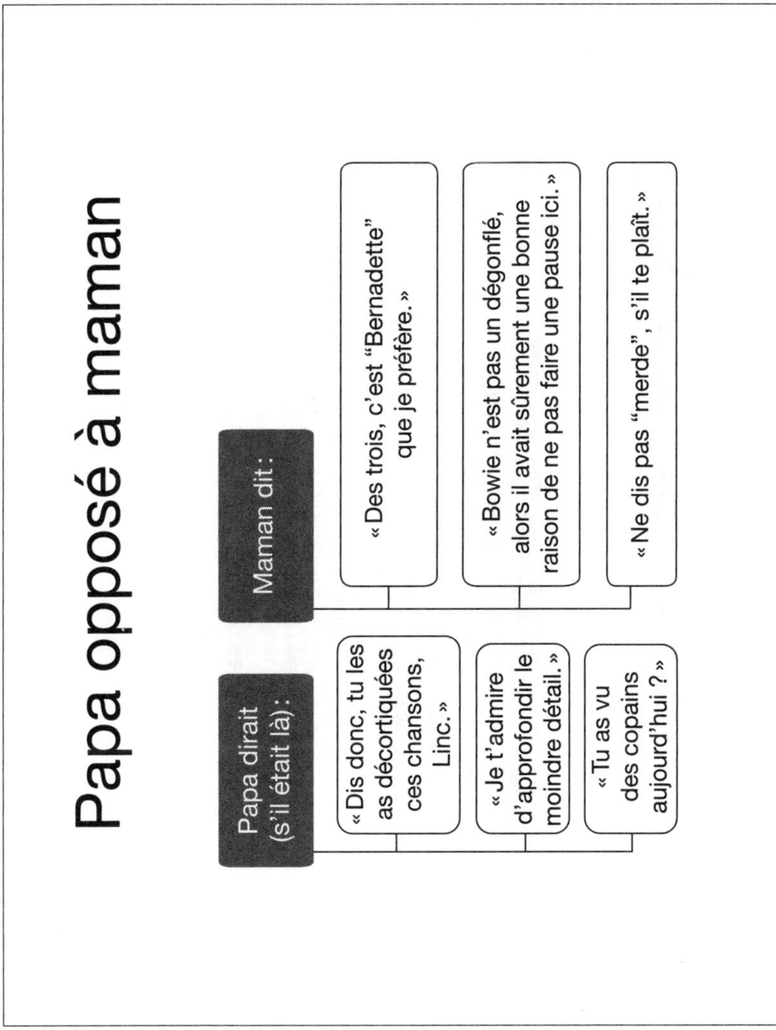
Papa opposé à maman
Papa dirait (s'il était là) :
« Dis donc, tu les as décortiquées ces chansons, Linc. »
« Je t'admire d'approfondir le moindre détail. »
« Tu as vu des copains aujourd'hui ? »
Maman dit :
« Des trois, c'est "Bernadette" que je préfère. »
« Bowie n'est pas un dégonflé, alors il avait sûrement une bonne raison de ne pas faire une pause ici. »
« Ne dis pas "merde", s'il te plaît. »

À propos des pauses…

Lincoln prolonge la pause de chaque chanson pour qu'elle dure des minutes.

Si mes copines sont là, j'ignore la musique de Lincoln.

Quand nous sommes tous les deux, ce que je préfère, c'est les pauses.

Elles font cet effet :

Maman dit :

« La pause de “Bernadette” est brouillée, sans doute parce qu’elle est enregistrée sur huit pistes. »

« C’est un peu sinistre d’entendre Hendrix hennir tout le temps – je ne suis pas sûre qu’on puisse considérer cela comme une pause. »

« Mon Dieu, quelle nuit splendide ! Si seulement ton père était là. »

Pourquoi papa n'est pas là

Le docteur	• Aujourd'hui, il a opéré le cœur d'une fille plus jeune que moi. • Ses parents sont des clandestins.
« Un homme bien »	• C'est ce que tout le monde dit de papa. • À cause de sa clinique.
Le patron	• À son travail, les gens le poursuivent pour lui poser des questions. • Dans son bureau, il ferme la porte en poussant un énorme soupir et dit : « Allychaton, raconte-moi ta journée. »
Son point faible	• Il n'arrive pas à comprendre Lincoln. • Par exemple :

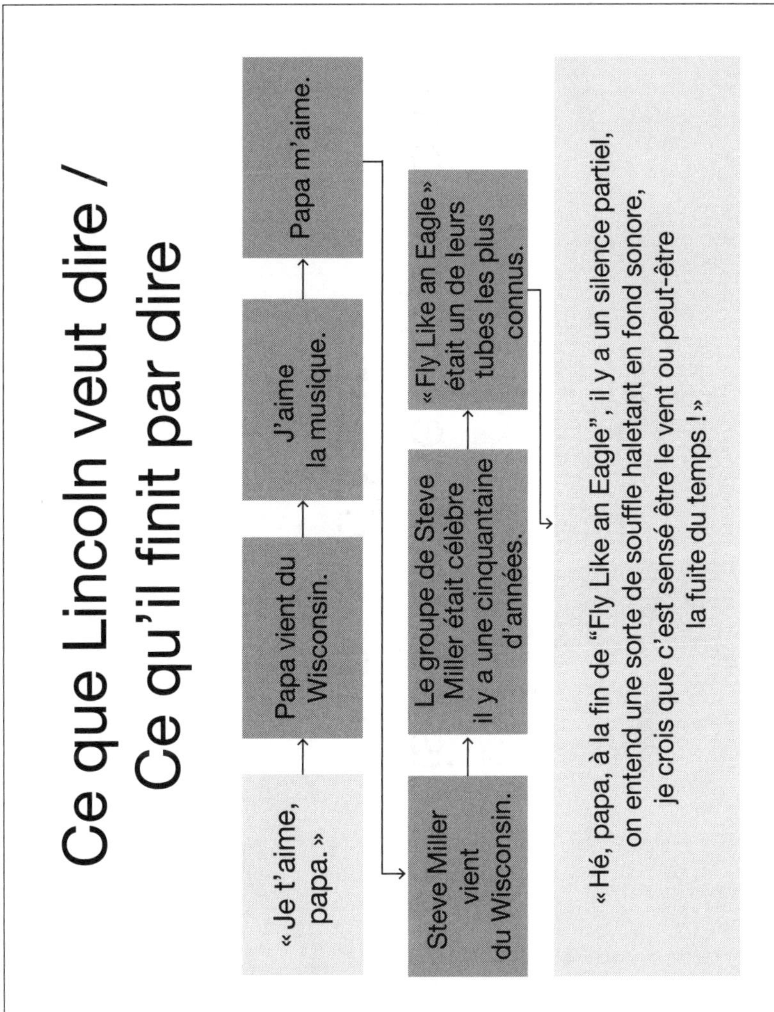
Ce que Lincoln veut dire /
Ce qu'il finit par dire
« Je t'aime, papa. »
Papa vient du Wisconsin.
J'aime la musique.
Papa m'aime.
Steve Miller vient du Wisconsin.
Le groupe de Steve Miller était célèbre il y a une cinquantaine d'années.
« Fly Like an Eagle » était un de leurs tubes les plus connus.
« Hé, papa, à la fin de "Fly Like an Eagle", il y a un silence partiel, on entend une sorte de souffle haletant en fond sonore, je crois que c'est censé être le vent ou peut-être la fuite du temps ! »

« Je suis content de l'apprendre, Linc », dit papa.

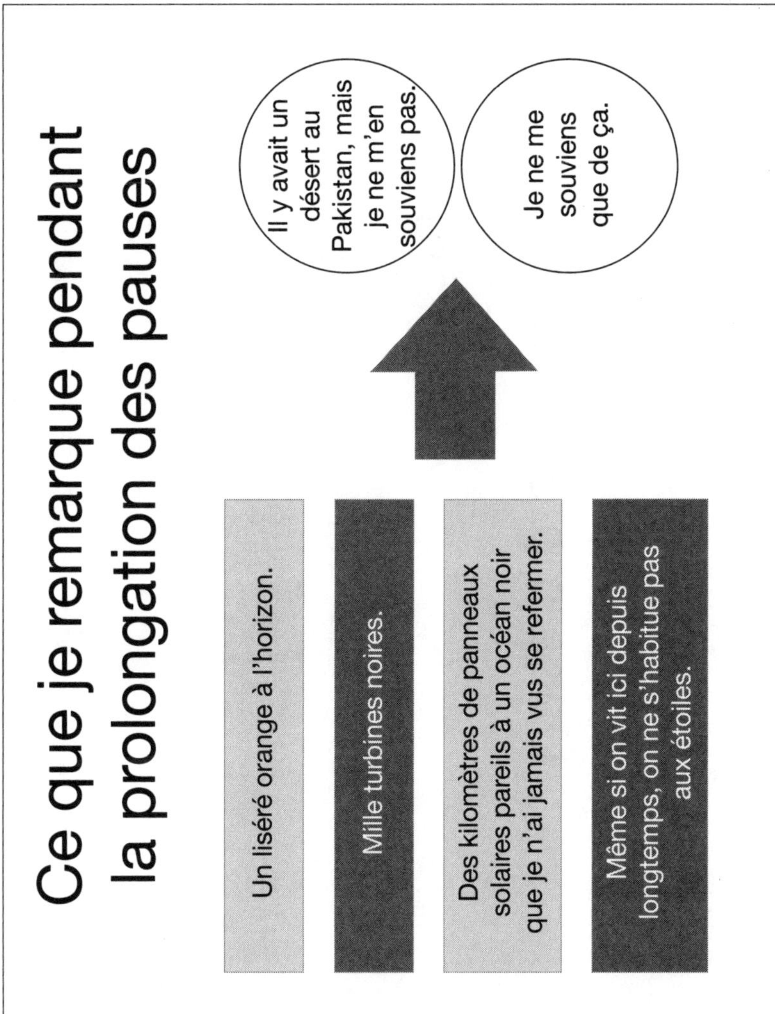
Ce que je remarque pendant la prolongation des pauses
Un liséré orange à l'horizon.
Mille turbines noires.
Des kilomètres de panneaux solaires pareils à un océan noir que je n'ai jamais vus se refermer.
Même si on vit ici depuis longtemps, on ne s'habitue pas aux étoiles.
Il y avait un désert au Pakistan, mais je ne m'en souviens pas.
Je ne me souviens que de ça.

Dans ma chambre

2

Habitude exaspérante #92

Maman (me voyant en train de faire mes diapos) :

« Encore ? »

Moi :

« Et alors ? »

Maman :

« Pourquoi ne pas essayer d'*écrire* pour changer ? »

Moi :

« Excuse-moi, c'est mon journal diapos. »

Maman :

« Écrire un *essai*, je veux dire. »

Moi :

« Berk ! Qui emploie encore ce mot aujourd'hui ? »

Maman :

« Je vois beaucoup de blanc. Où écris-tu ? »

Slogans de l'école dont je bombarde maman (rien que pour l'énerver)
« Donnez-nous du pouvoir, pas des mouchoirs ! »
« Ajoute un graphique et développe ton trafic ! »
« Pitié, Ally, s'il te plaît ! » dit maman. N'empêche qu'elle rit.
« Un lexique est un long périple ! »
« Les tableaux devraient expliquer, pas compliquer ! »

Maman repère le cheval miniature
Je le garde sur le rebord de ma fenêtre. Il est en noyaux d'abricot.
Maman et papa l'ont acheté quand ils vivaient au Pakistan.
Maman m'a dit un jour : « On a pensé que notre bébé pourrait jouer avec ce cheval. »
Après leurs retrouvailles, maman a déménagé de New York pour le rejoindre à l'étranger.
« Je ne l'ai jamais regretté », affirme-t-elle.
Ça m'arrive encore de jouer avec le cheval toute seule dans ma chambre.
Même si j'ai 12 ans.
Qu'une prédiction se réalise, ça me plaît.

« Oh, Ally, j'adore voir ce cheval », dit maman.

« Qu'est-ce que c'est ? »
je demande, avant d'ouvrir le livre.

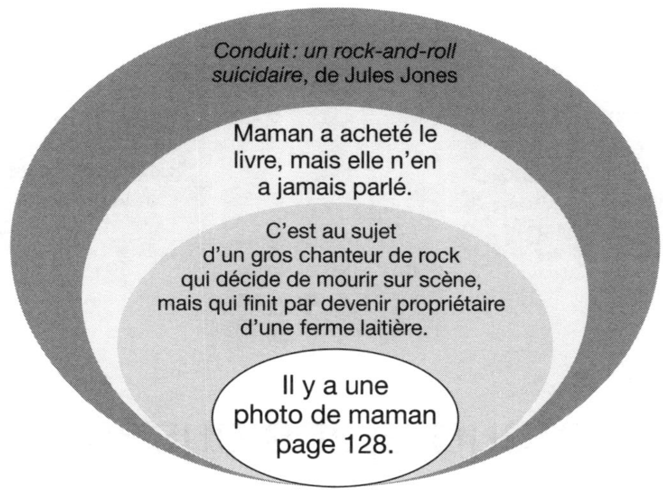

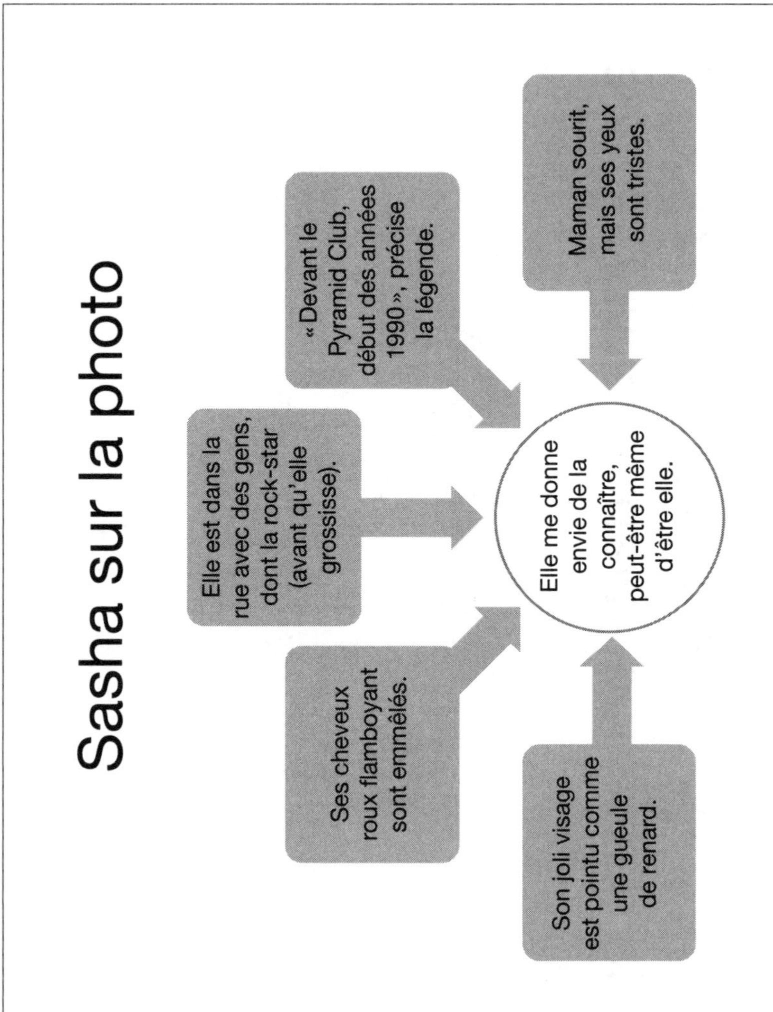
Sasha sur la photo
Ses cheveux roux flamboyant sont emmêlés.
Elle est dans la rue avec des gens, dont la rock-star (avant qu'elle grossisse).
« Devant le Pyramid Club, début des années 1990 », précise la légende.
Son joli visage est pointu comme une gueule de renard.
Elle me donne envie de la connaître, peut-être même d'être elle.
Maman sourit, mais ses yeux sont tristes.

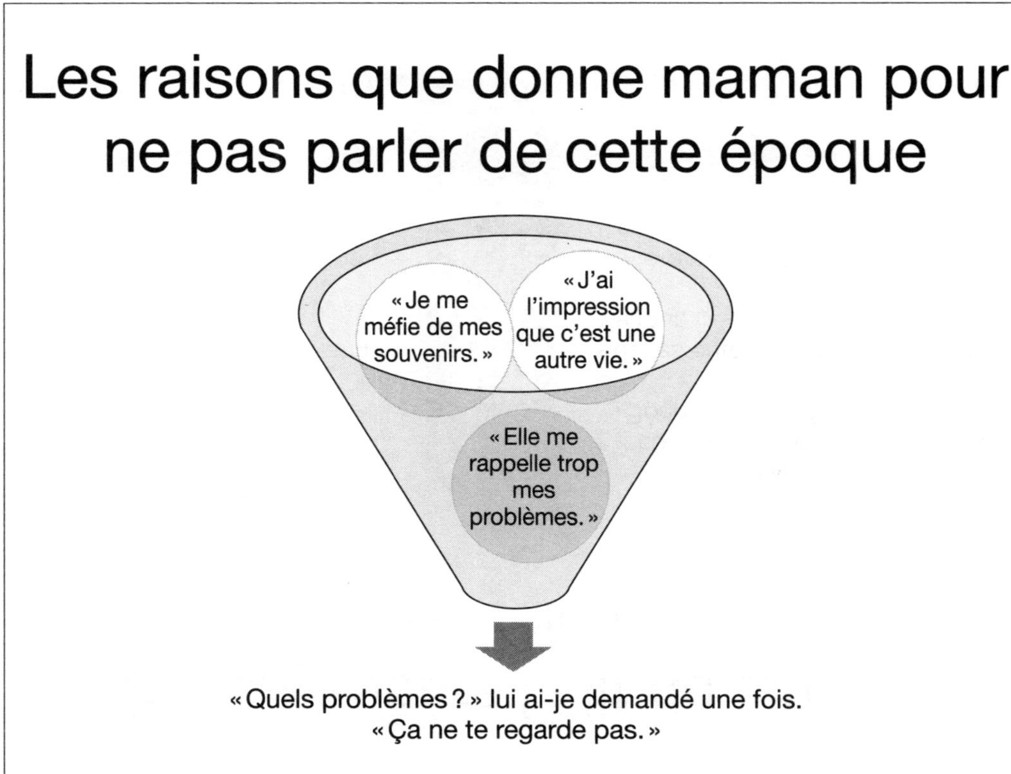
Les raisons que donne maman pour ne pas parler de cette époque
« Je me méfie de mes souvenirs. »
« J'ai l'impression que c'est une autre vie. »
« Elle me rappelle trop mes problèmes. »
« Quels problèmes ? » lui ai-je demandé une fois.
« Ça ne te regarde pas. »

Un mur sépare le lit de Lincoln du mien

- 2 coups de son côté = « Bonne nuit, Ally. »
- Maman ira dans sa chambre après.
- Elle reste plus longtemps avec Lincoln.

- 2 coups de mon côté = « Bonne nuit, Linc. »
- Je les entends parler à travers le mur.
- Elle vient me dire bonne nuit en premier.

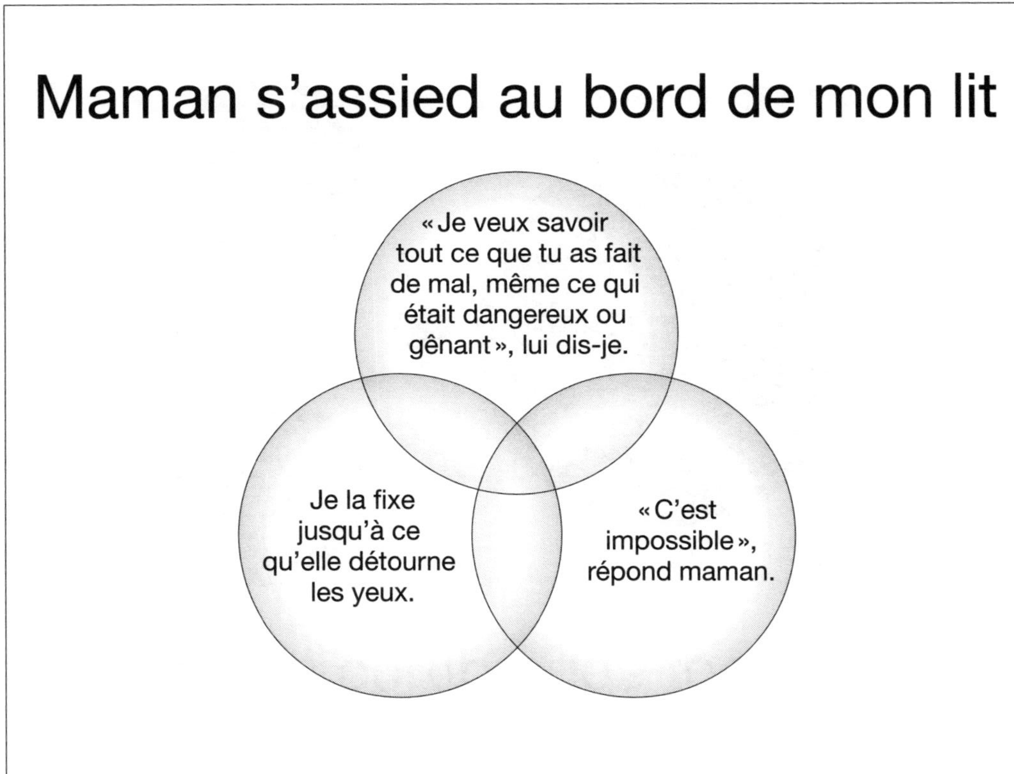
Maman s'assied au bord de mon lit
« Je veux savoir tout ce que tu as fait de mal, même ce qui était dangereux ou gênant », lui dis-je.
Je la fixe jusqu'à ce qu'elle détourne les yeux.
« C'est impossible », répond maman.

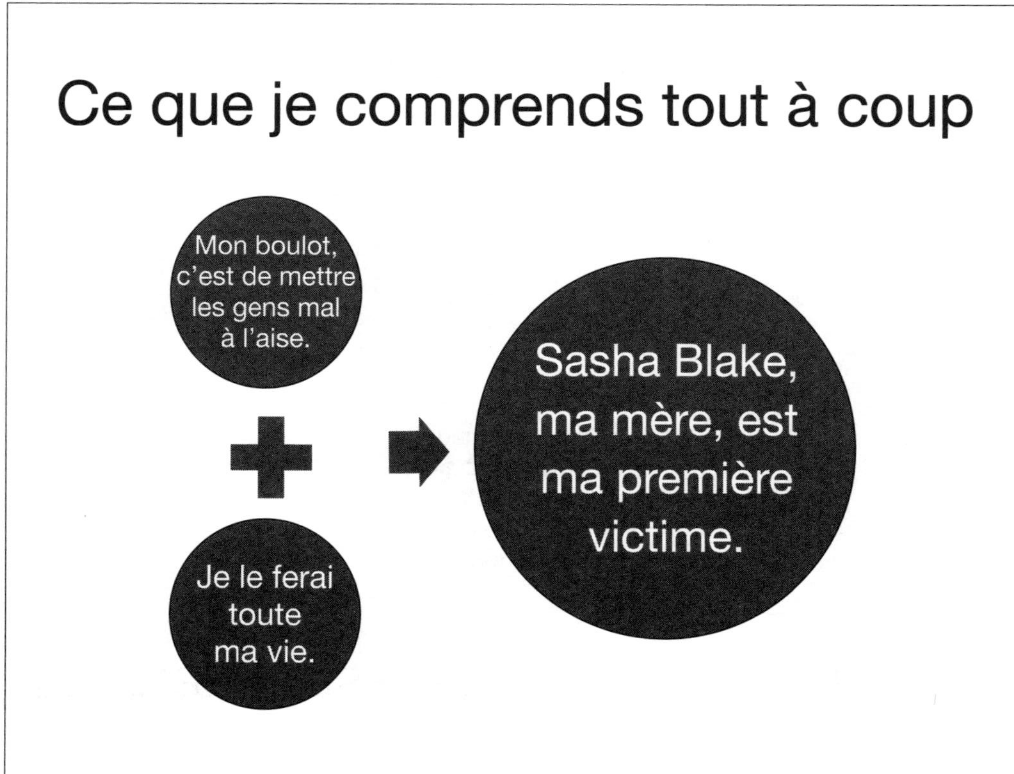
Ce que je comprends tout à coup
Mon boulot, c'est de mettre les gens mal à l'aise.
Je le ferai toute ma vie.
Sasha Blake, ma mère, est ma première victime.

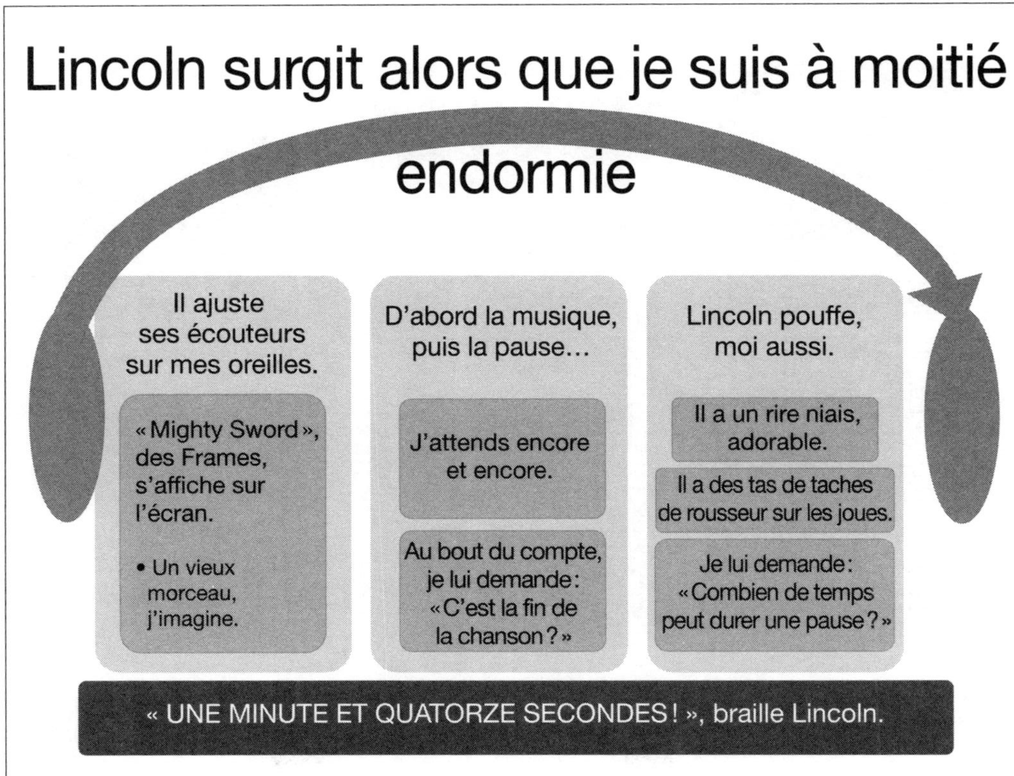
Lincoln surgit alors que je suis à moitié endormie
Il ajuste ses écouteurs sur mes oreilles.
« Mighty Sword », des Frames, s'affiche sur l'écran.
• Un vieux morceau, j'imagine.
D'abord la musique, puis la pause…
J'attends encore et encore.
Au bout du compte, je lui demande : « C'est la fin de la chanson ? »
Lincoln pouffe, moi aussi.
Il a un rire niais, adorable.
Il a des tas de taches de rousseur sur les joues.
Je lui demande : « Combien de temps peut durer une pause ? »
« UNE MINUTE ET QUATORZE SECONDES ! », braille Lincoln.

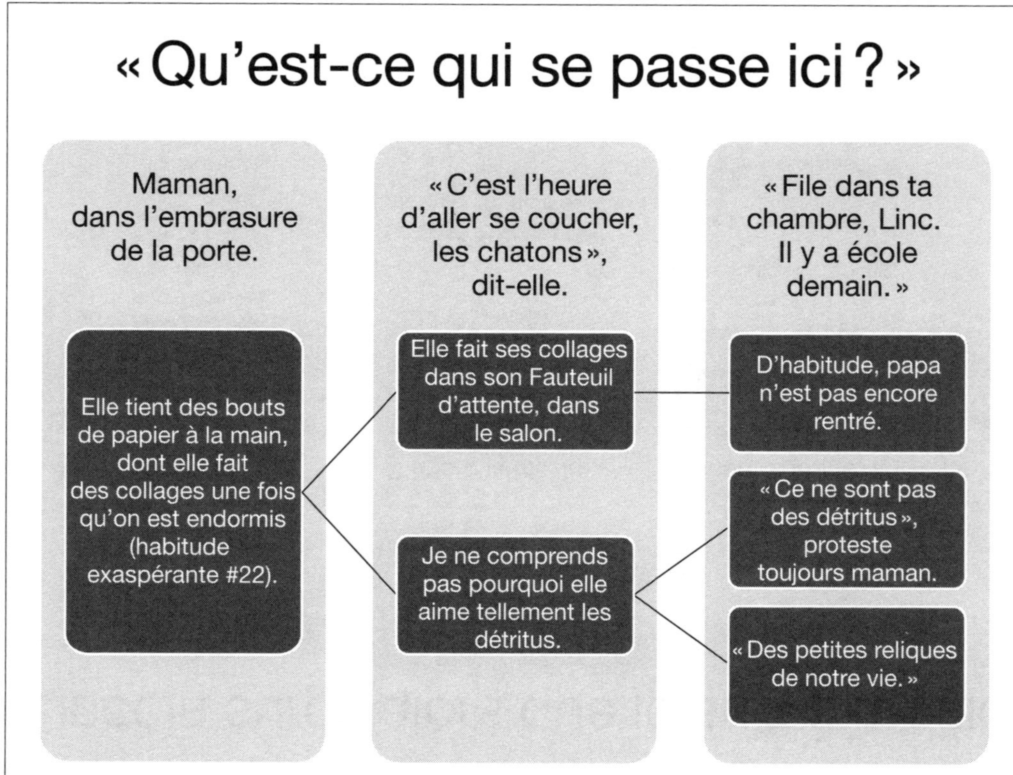
« Qu'est-ce qui se passe ici ? »
Maman, dans l'embrasure de la porte.
Elle tient des bouts de papier à la main, dont elle fait des collages une fois qu'on est endormis (habitude exaspérante #22).
« C'est l'heure d'aller se coucher, les chatons », dit-elle.
Elle fait ses collages dans son Fauteuil d'attente, dans le salon.
Je ne comprends pas pourquoi elle aime tellement les détritus.
« File dans ta chambre, Linc. Il y a école demain. »
D'habitude, papa n'est pas encore rentré.
« Ce ne sont pas des détritus », proteste toujours maman.
« Des petites reliques de notre vie. »

Une « œuvre d'art » de maman
Dîner Lang – apporter vin !
acheter stylos Sharpie
Les gosses – tel à Gd – mère Blake !!
T'occuper de ton ventilo malin.
Elle utilise des « objets trouvés ».
Ils viennent de notre maison et de notre vie.
Ally dort @Suzette 19/09
RDV Ophtal Mer 15 h 30
Linc – thérapie 14h
Pâte à tarte d'Ada – mettre saindoux !
Choisir des chaussures
Elle dit qu'ils sont précieux parce qu'ils sont ordinaires et insignifiants.
Elle les colle sur des panneaux et les vernit.
18/01
Raisin
Lait écrémé
Thé Earl Grey
Shampoing
Superglu
Beurre de cacahuètes
Pastilles antiacides
« Mais ils racontent toute l'histoire si on les regarde vraiment. »
Je les regarde quand elle n'est pas là.
Vol Mexico Ref :#: XJKD7877

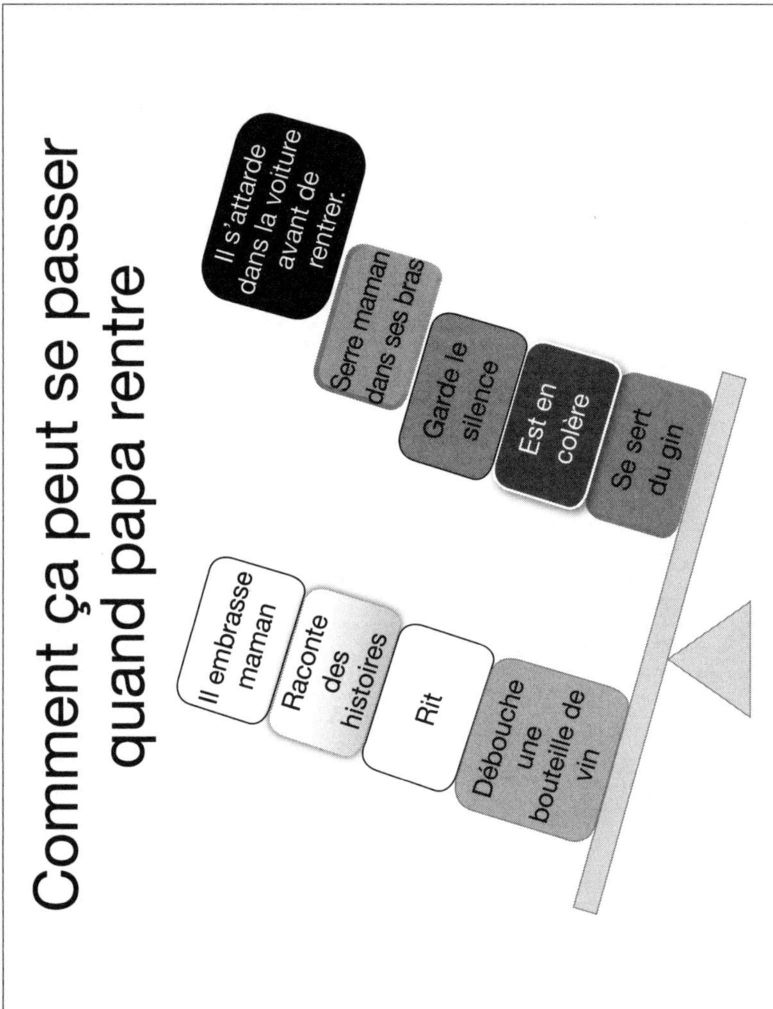
Comment ça peut se passer quand papa rentre
Il embrasse maman
Raconte des histoires
Rit
Débouche une bouteille de vin
Il s'attarde dans la voiture avant de rentrer.
Serre maman dans ses bras
Garde le silence
Est en colère
Se sert du gin

Papa rentre tard

J'entends
le frôlement
de la porte
dans mon
sommeil.

Je jette un
coup d'œil
par la fente
de ma
porte.

Maman
a pris
papa dans
ses bras.

Le visage de
papa est enfoui
dans les cheveux
de maman.

Ils ne
disent
rien.

Il y a une couverture sur
le Fauteuil d'attente de maman,
où elle s'est endormie.

Le lendemain soir

3

Papa fait cuire du poulet au barbecue sur le *deck*

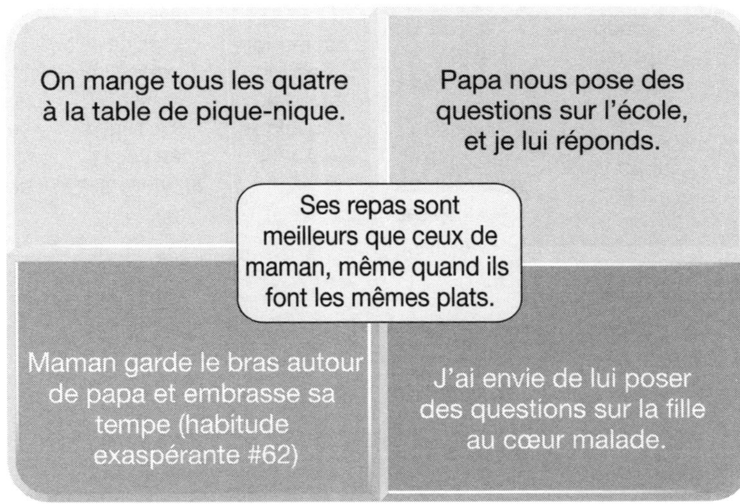

Informations sur papa

Juste après s'être rasé sa peau fait « cric » si on y enfonce le doigt.

Contrairement à plein de papas, il a des cheveux épais et ondulés.

Il arrive toujours à me porter sur ses épaules.

J'entends ses dents s'entrechoquer quand il mastique.

- Elle devraient être en mille morceaux, mais elles sont solides et blanches.

Quand il n'arrive pas à dormir il marche dans le désert.

Son amour passionné pour maman est un mystère.

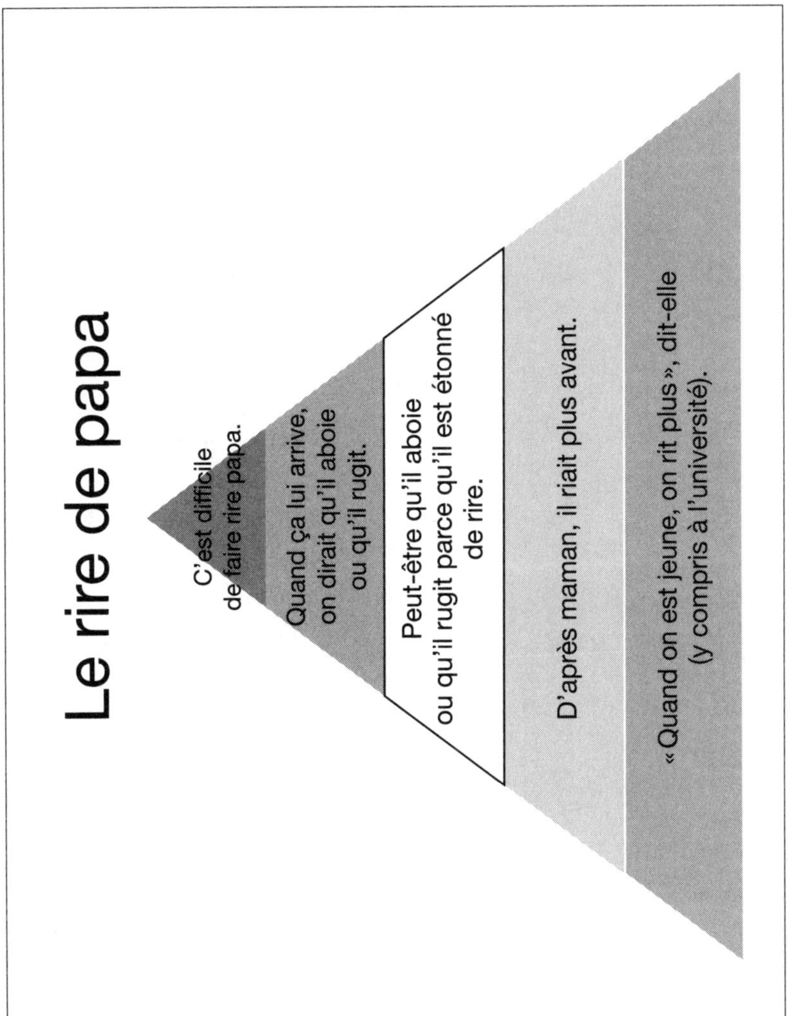
Le rire de papa
C'est difficile
de faire rire papa.
Quand ça lui arrive,
on dirait qu'il aboie
ou qu'il rugit.
Peut-être qu'il aboie
ou qu'il rugit parce qu'il est étonné
de rire.
D'après maman, il riait plus avant.
« Quand on est jeune, on rit plus », dit-elle
(y compris à l'université).

Une histoire vraie

Quand papa faisait ses études, il est allé nager avec un type qui s'appelait Rob, et Rob s'est noyé.

Alors papa a décidé de devenir docteur.

« Pourquoi pas surveillant de baignade ou maître nageur ? » je lui demande quelquefois.

« Bien vu, dit papa. Tu crois que ce n'est pas trop tard ? »

Avant, papa voulait être Président.

« Tout le monde en rêve à 18 ans, non ? » dit-il.

Papa raconte ça à n'importe qui.

« Garder un secret peut tuer » est un de ses dictons préférés.

Rob était le meilleur ami de maman

Elle garde sa photo dans son portefeuille.

Essentiellement mignon, il a une barbe naissante rousse et des yeux gentils, comme un alpiniste.

N'empêche, papa est plus beau.

Si on regarde attentivement, on devine que Rob mourra jeune.

« Tu l'aimais ? » je demande à maman.

« Il était comment ? »

« Pourquoi il s'est noyé ? »

« Pourquoi papa n'a pas réussi à le sauver ? »

Il a une expression qu'on ne voit que sur les vieilles photos.

« Oui. Comme un ami. »

« Il était gentil et perdu, comme des tas de jeunes. »

« Ce n'était pas un très bon nageur et il a été entraîné par un courant. »

« Il a essayé. »

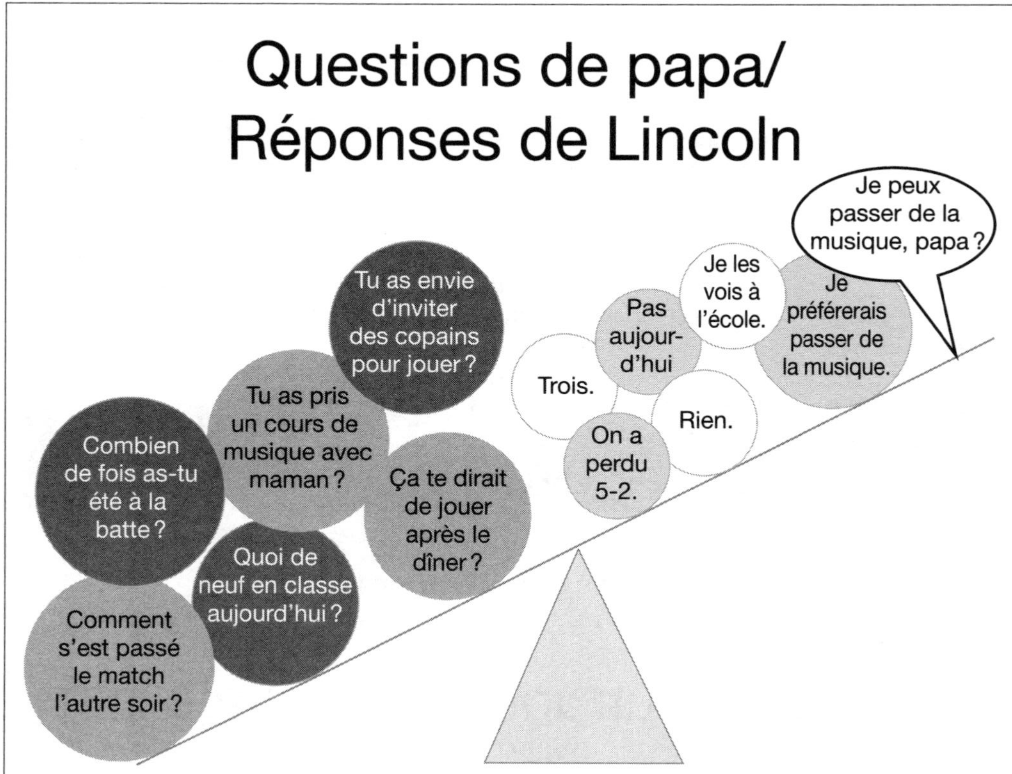
Questions de papa/
Réponses de Lincoln
Combien de fois as-tu été à la batte ?
Tu as pris un cours de musique avec maman ?
Tu as envie d'inviter des copains pour jouer ?
Ça te dirait de jouer après le dîner ?
Quoi de neuf en classe aujourd'hui ?
Comment s'est passé le match l'autre soir ?
Trois.
Pas aujour-d'hui
On a perdu 5-2.
Je les vois à l'école.
Rien.
Je préférerais passer de la musique.
Je peux passer de la musique, papa ?

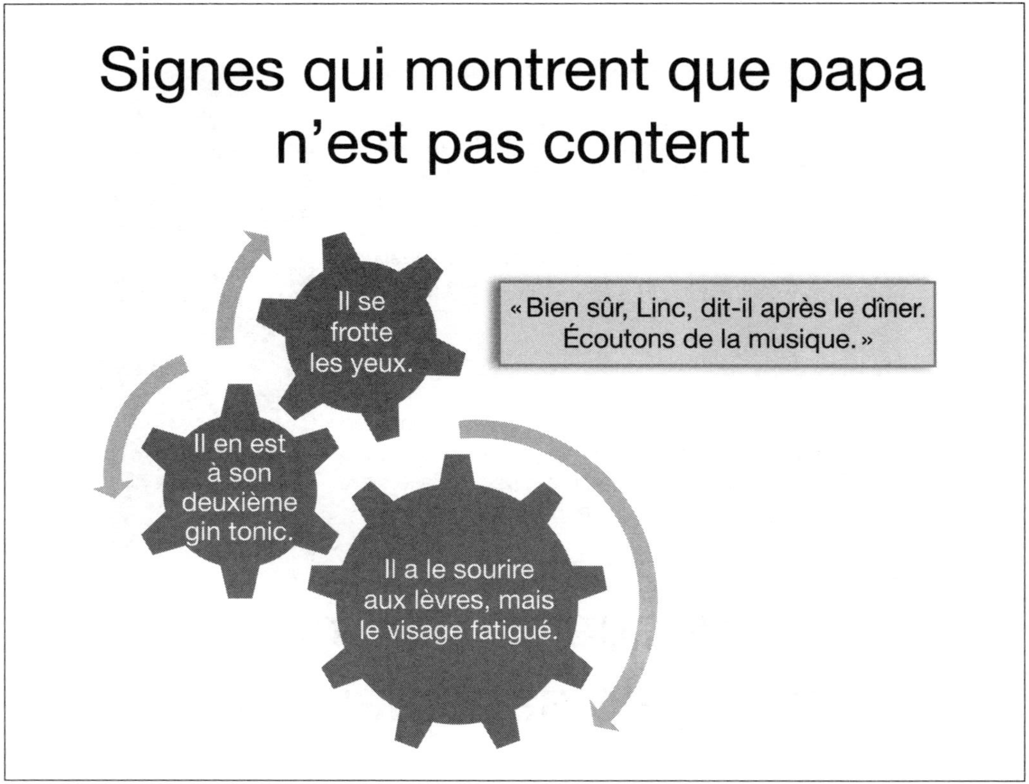
Signes qui montrent que papa n'est pas content
« Bien sûr, Linc, dit-il après le dîner. Écoutons de la musique. »
Il se frotte les yeux.
Il en est à son deuxième gin tonic.
Il a le sourire aux lèvres, mais le visage fatigué.

Commentaires de Lincoln sur des chansons

« Long Train Running », des Doobie Brothers

- « La pause ne dure que 2 secondes, de 2'43 à 2'45, mais elle est parfaite : le refrain reprend et la chanson continue jusqu'à 3'28 – même après la pause, il reste presque une minute complète de musique. »

« Supervixen », de Garbage

- « Celle-ci est unique, parce que les pauses surviennent alors que *la musique ne s'arrête pas*. Ce ne sont que des interruptions d'une seconde – de ˝0,14 à ˝0,15 et à nouveau de 3'08 à 3'09. On dirait qu'il y a un intervalle dans l'enregistrement, mais c'est voulu ! »

Papa à maman (je l'entends chuchoter malgré la musique)

« On doit vraiment l'encourager ? »

« Bien sûr. »

↓

« Comment est-ce que ça l'aide à se lier à d'autres gosses ? »

« Ça le relie au monde. »

↓

« Pourquoi ne pas essayer de l'intéresser à autre chose ? »

« Pour le moment, c'est ça qui le passionne. »

↓

« Bon sang, Sasha, qu'est-ce que c'est que ça ? Qu'est-ce que c'est que ça ? »

« De la musique, Drew », répond maman.

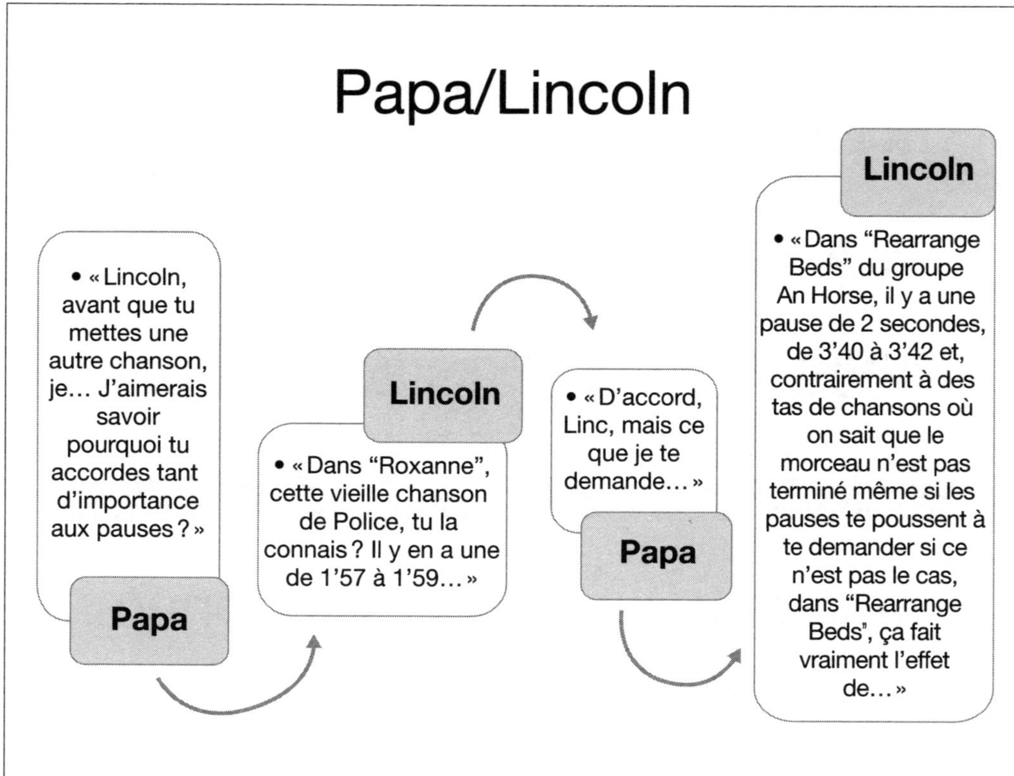
Papa/Lincoln
Papa
• « Lincoln, avant que tu mettes une autre chanson, je… J'aimerais savoir pourquoi tu accordes tant d'importance aux pauses ? »
Lincoln
• « Dans "Roxanne", cette vieille chanson de Police, tu la connais ? Il y en a une de 1'57 à 1'59… »
Papa
• « D'accord, Linc, mais ce que je te demande… »
Lincoln
• « Dans "Rearrange Beds" du groupe An Horse, il y a une pause de 2 secondes, de 3'40 à 3'42 et, contrairement à des tas de chansons où on sait que le morceau n'est pas terminé même si les pauses te poussent à te demander si ce n'est pas le cas, dans "Rearrange Beds", ça fait vraiment l'effet de… »

« Arrête ! crie papa. Arrête.
S'il te plaît. Oublie ma question. »

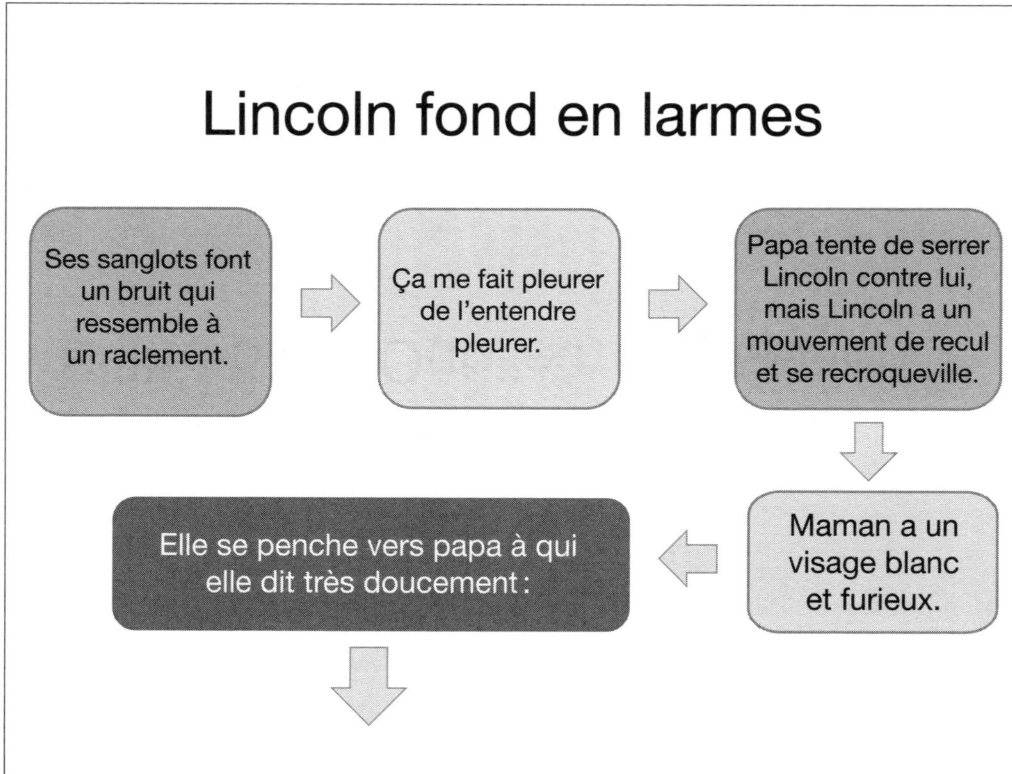
Lincoln fond en larmes
Ses sanglots font un bruit qui ressemble à un raclement.
Ça me fait pleurer de l'entendre pleurer.
Papa tente de serrer Lincoln contre lui, mais Lincoln a un mouvement de recul et se recroqueville.
Maman a un visage blanc et furieux.
Elle se penche vers papa à qui elle dit très doucement :

« Quand il y a une pause, on croit que la chanson va se terminer. Puis on se rend compte que ce n'est pas le cas, alors on est soulagé. Sauf qu'elle finit par se terminer, comme toutes les chansons, évidemment, et **CETTE. FOIS. C'EST. LA. FIN. POUR. DE. VRAI.** »

Une pause pendant que nous restons sur le *deck*

Puis papa prend Lincoln dans ses bras

Lincoln se débat, mais papa est plus fort. « C'est bon, murmure papa. Je suis désolé, Linc. »

Lincoln continue de sangloter même quand il ne se débat plus. Ses omoplates saillent sous sa chemise.

Ils se ressemblent tellement qu'on dirait que papa serre dans ses bras le petit garçon maigre qu'il était il y a très longtemps.

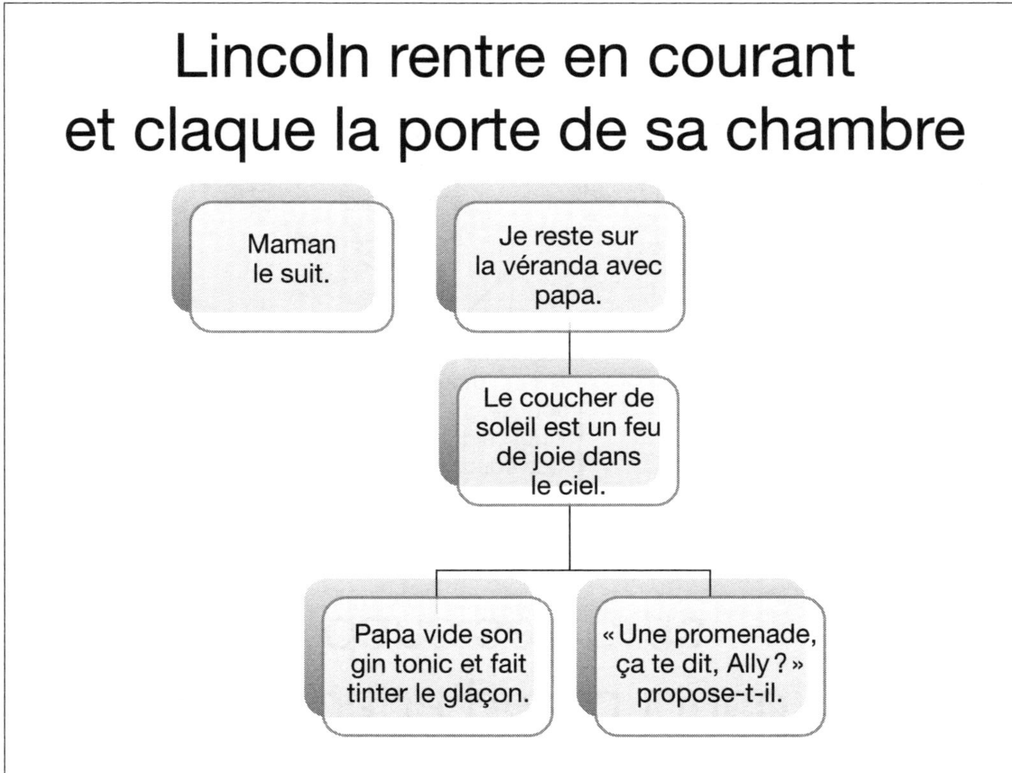
Lincoln rentre en courant
et claque la porte de sa chambre
Maman le suit.
Je reste sur la véranda avec papa.
Le coucher de soleil est un feu de joie dans le ciel.
Papa vide son gin tonic et fait tinter le glaçon.
« Une promenade, ça te dit, Ally ? » propose-t-il.

4

Le désert

Il commence à l'endroit où se trouvait notre pelouse

À trois pas de notre *deck*, le désert nous encercle :

- Des montagnes qui ressemblent à des découpages.
- Le ciel est un grand chapiteau plein d'étoiles.
- Les sculptures de maman faites de rails et de têtes de poupée décolorées par la poussière.

« Attention aux serpents », dit papa.

- Je dis : « Il fait trop froid, ils dorment. »
- « Ne les réveillons pas. »

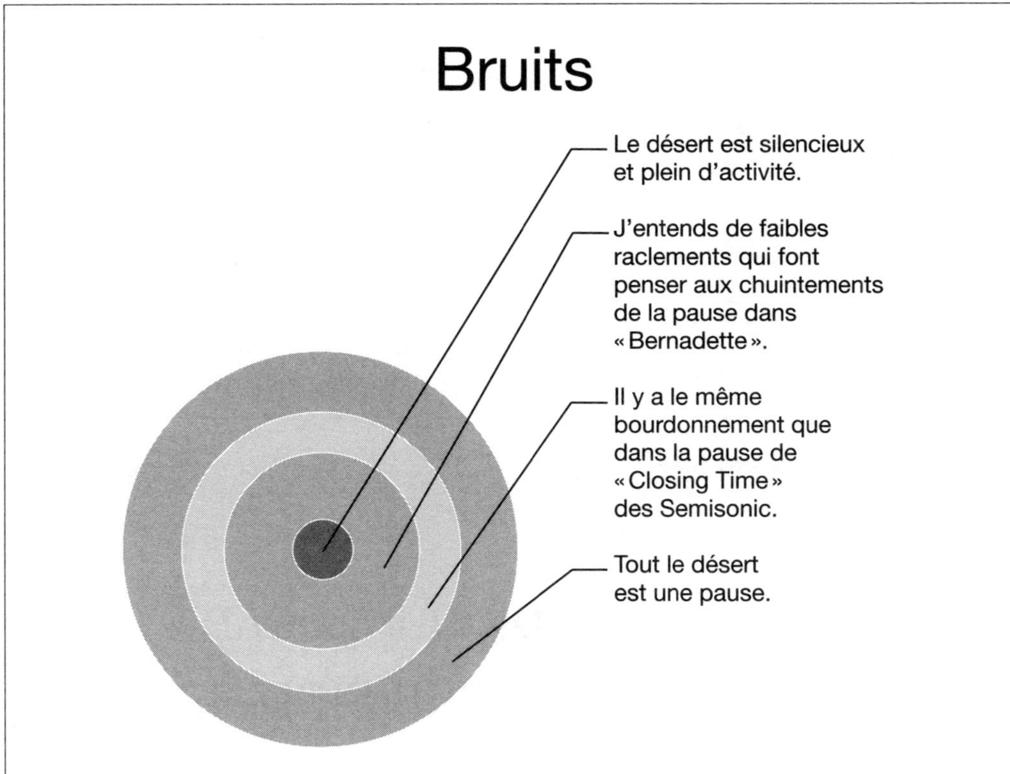
Bruits
Le désert est silencieux
et plein d'activité.
J'entends de faibles
raclements qui font
penser aux chuintements
de la pause dans
« Bernadette ».
Il y a le même
bourdonnement que
dans la pause de
« Closing Time »
des Semisonic.
Tout le désert
est une pause.

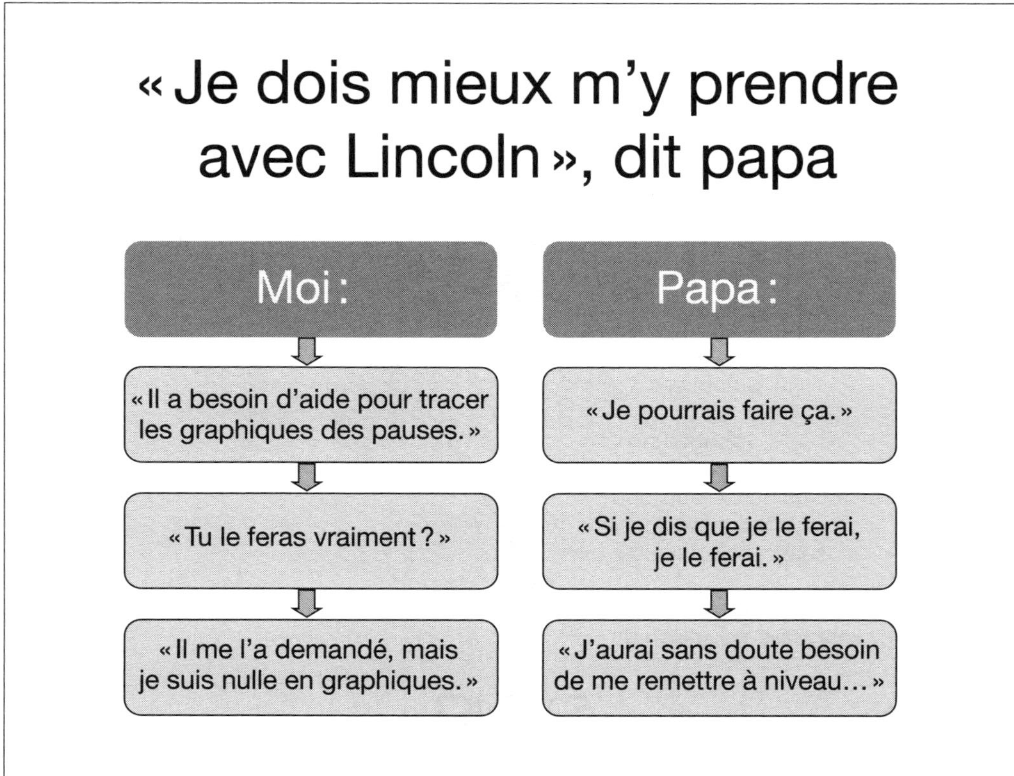
« Je dois mieux m'y prendre avec Lincoln », dit papa
Moi :
« Il a besoin d'aide pour tracer les graphiques des pauses. »
« Tu le feras vraiment ? »
« Il me l'a demandé, mais je suis nulle en graphiques. »
Papa :
« Je pourrais faire ça. »
« Si je dis que je le ferai, je le ferai. »
« J'aurai sans doute besoin de me remettre à niveau… »

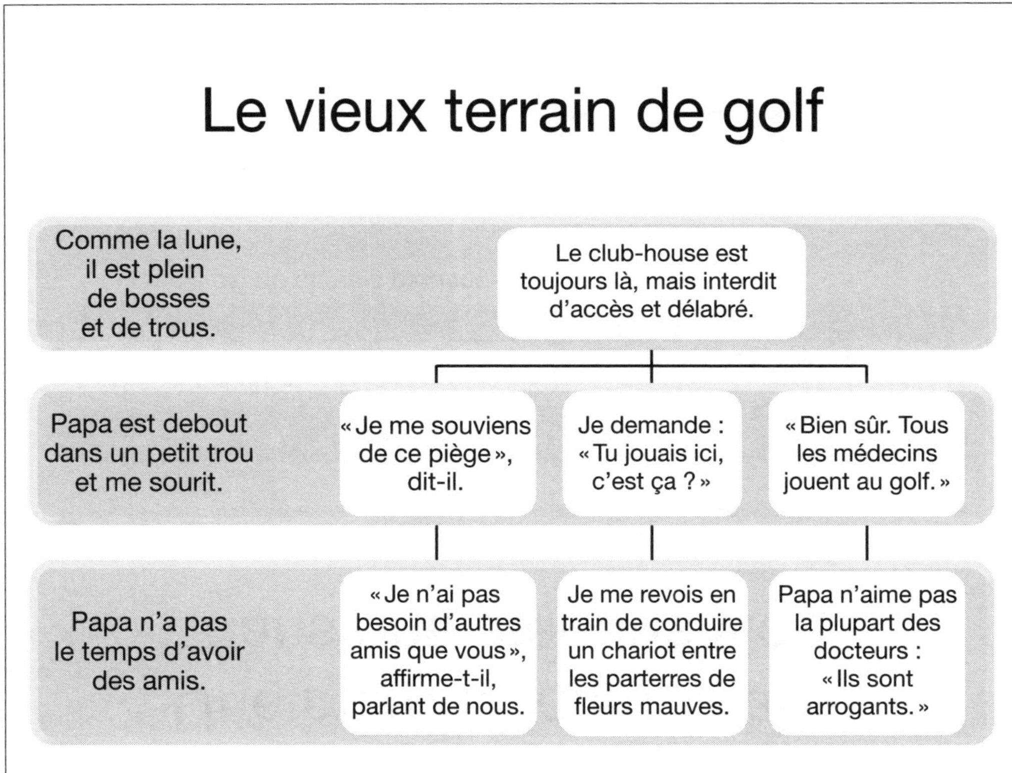

Le vieux terrain de golf
Comme la lune, il est plein de bosses et de trous.
Le club-house est toujours là, mais interdit d'accès et délabré.
Papa est debout dans un petit trou et me sourit.
« Je me souviens de ce piège », dit-il.
Je demande : « Tu jouais ici, c'est ça ? »
« Bien sûr. Tous les médecins jouent au golf. »
Papa n'a pas le temps d'avoir des amis.
« Je n'ai pas besoin d'autres amis que vous », affirme-t-il, parlant de nous.
Je me revois en train de conduire un chariot entre les parterres de fleurs mauves.
Papa n'aime pas la plupart des docteurs : « Ils sont arrogants. »

Une marche interminable dans une étendue vide

Je demande : « Maman est furieuse ? »

- « Je le crois. »

« Elle va te pardonner ? »

- « Bien entendu. »

« Comment tu le sais ? »

- « Ta mère est du genre à pardonner. Dieu merci. »

« Elle t'a pardonné le jour où Rob s'est noyé ? »

- Papa s'arrête et se tourne vers moi. La lune vient de se lever. « Qu'est-ce qui t'a fait penser à lui ? »

« Ça m'arrive de temps en temps. »

- « À moi aussi », dit papa.

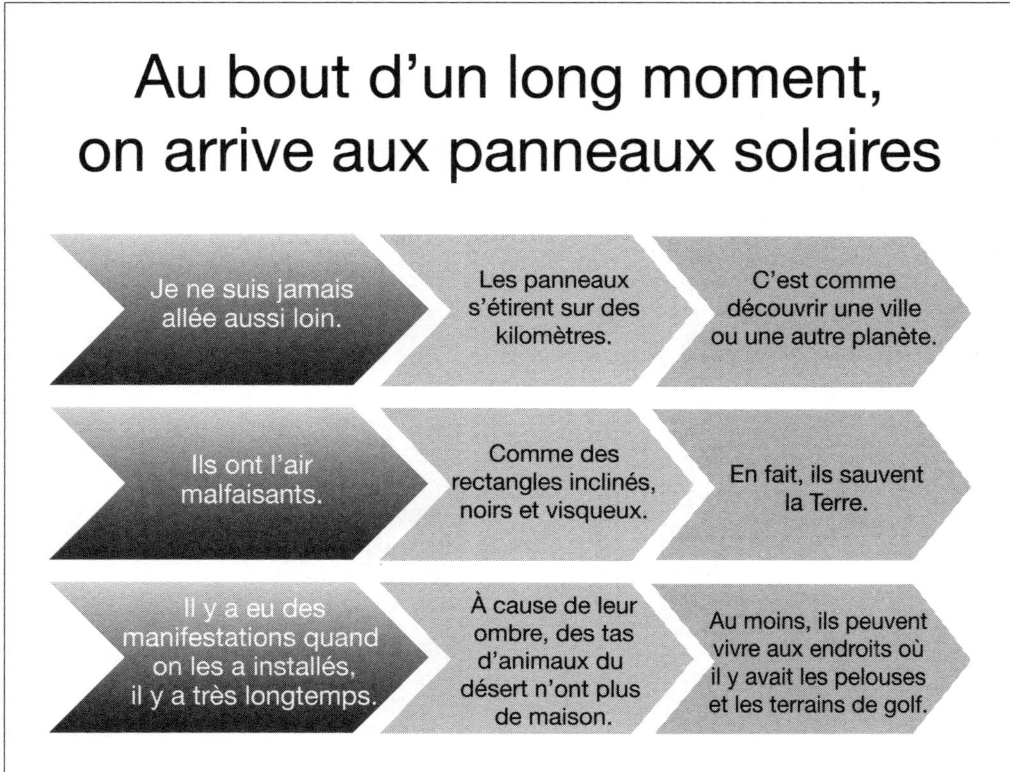
Au bout d'un long moment, on arrive aux panneaux solaires
Je ne suis jamais allée aussi loin.
Les panneaux s'étirent sur des kilomètres.
C'est comme découvrir une ville ou une autre planète.
Ils ont l'air malfaisants.
Comme des rectangles inclinés, noirs et visqueux.
En fait, ils sauvent la Terre.
Il y a eu des manifestations quand on les a installés, il y a très longtemps.
À cause de leur ombre, des tas d'animaux du désert n'ont plus de maison.
Au moins, ils peuvent vivre aux endroits où il y avait les pelouses et les terrains de golf.

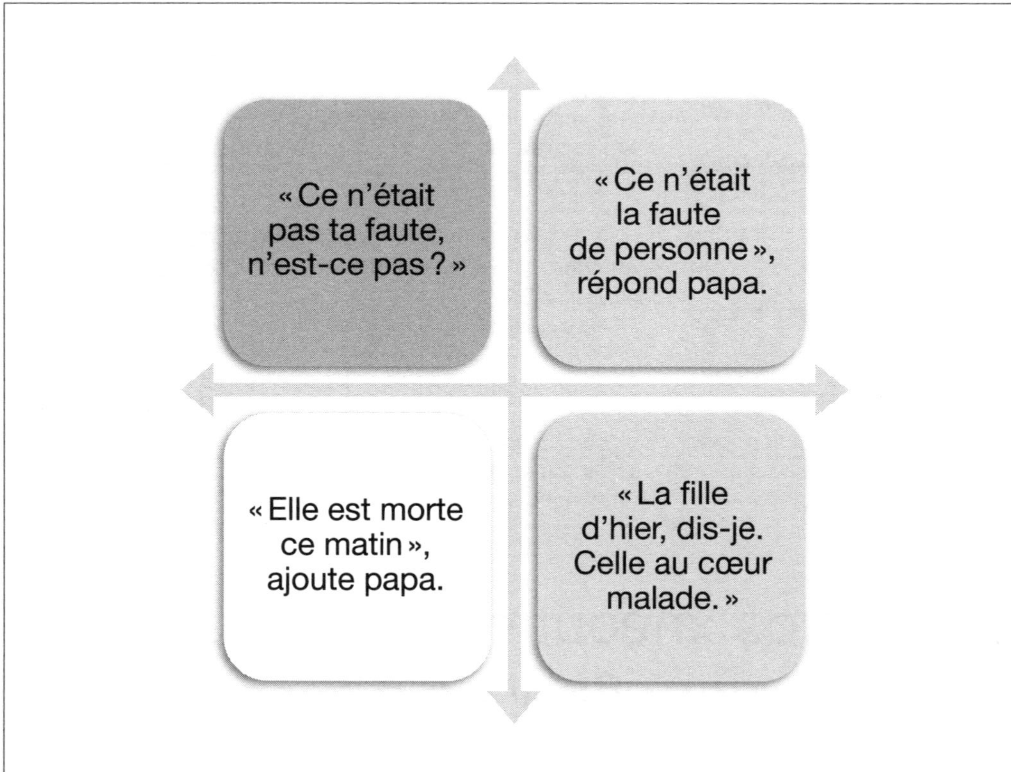
« Ce n’était pas ta faute, n’est-ce pas ? »
« Ce n’était la faute de personne », répond papa.
« Elle est morte ce matin », ajoute papa.
« La fille d’hier, dis-je. Celle au cœur malade. »

Tout à coup, un vrombissement retentit autour de nous

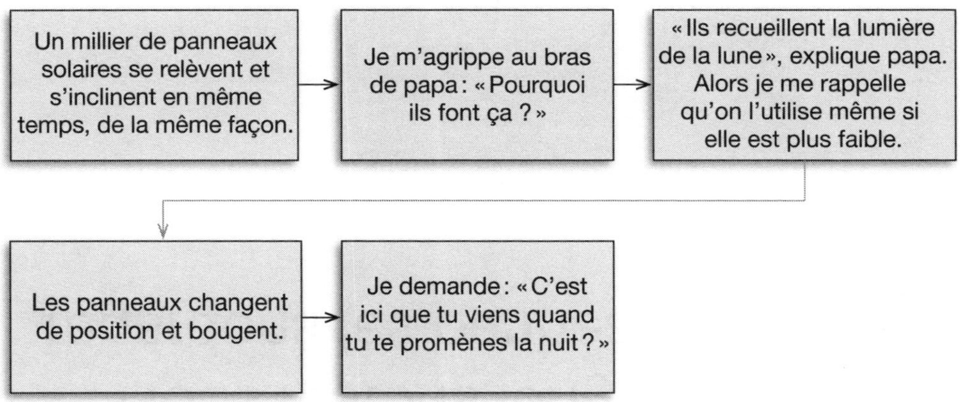

Nous restons longtemps et regardons les panneaux solaires

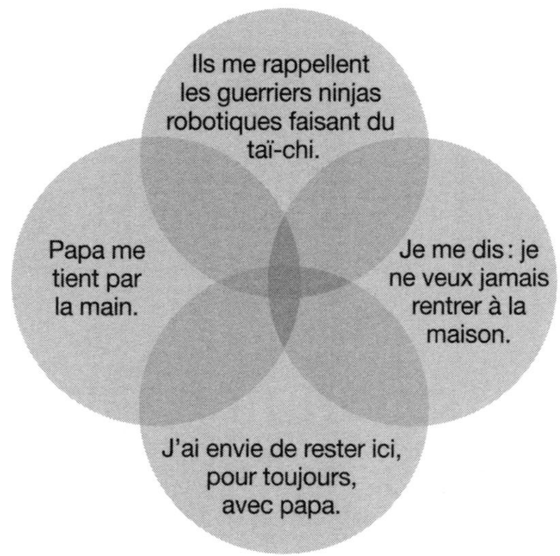

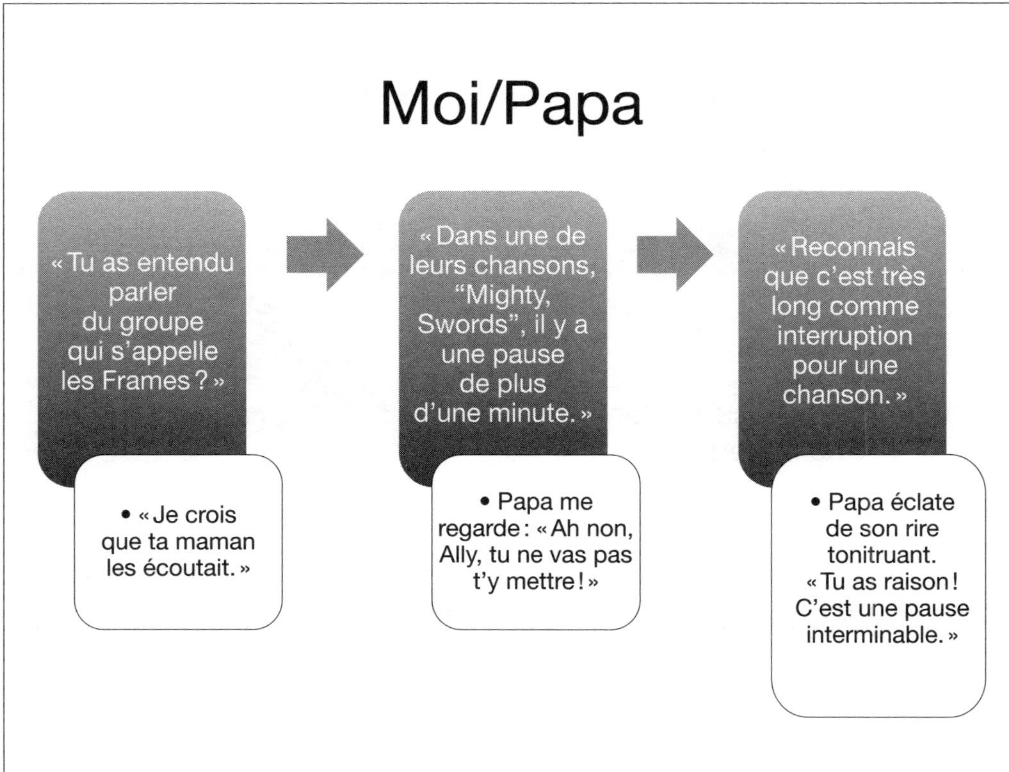
Moi/Papa
« Tu as entendu parler du groupe qui s'appelle les Frames ? »
• « Je crois que ta maman les écoutait. »
« Dans une de leurs chansons, "Mighty, Swords", il y a une pause de plus d'une minute. »
• Papa me regarde : « Ah non, Ally, tu ne vas pas t'y mettre ! »
« Reconnais que c'est très long comme interruption pour une chanson. »
• Papa éclate de son rire tonitruant. « Tu as raison ! C'est une pause interminable. »

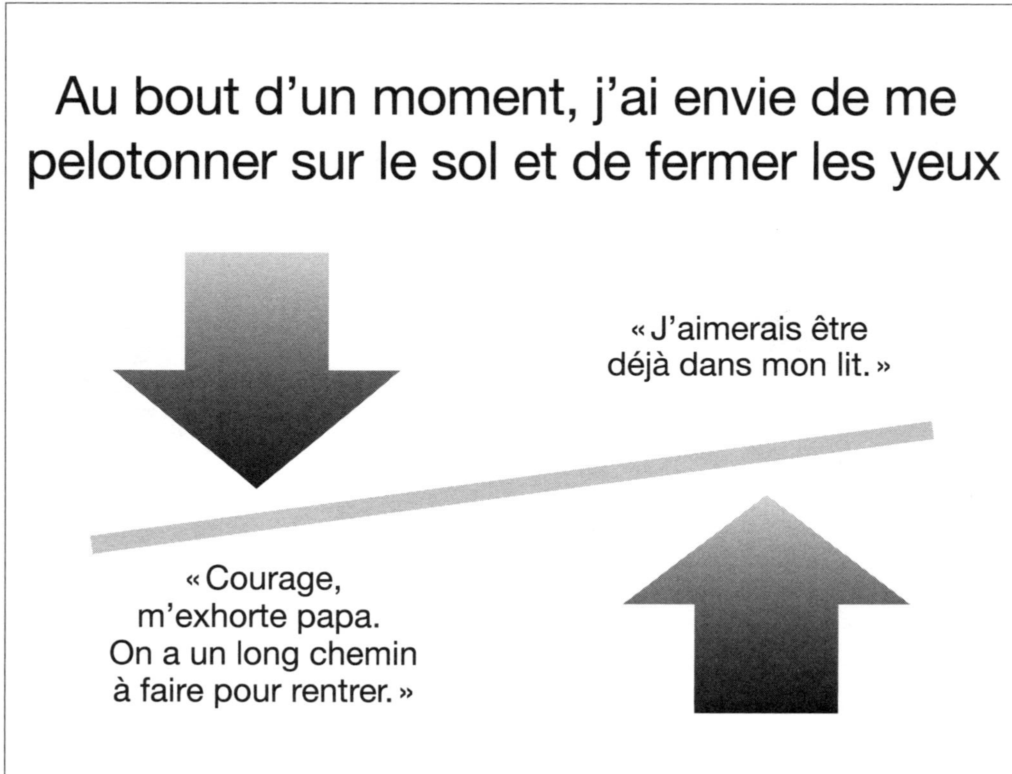
Au bout d'un moment, j'ai envie de me pelotonner sur le sol et de fermer les yeux
« J'aimerais être déjà dans mon lit. »
« Courage, m'exhorte papa. On a un long chemin à faire pour rentrer. »

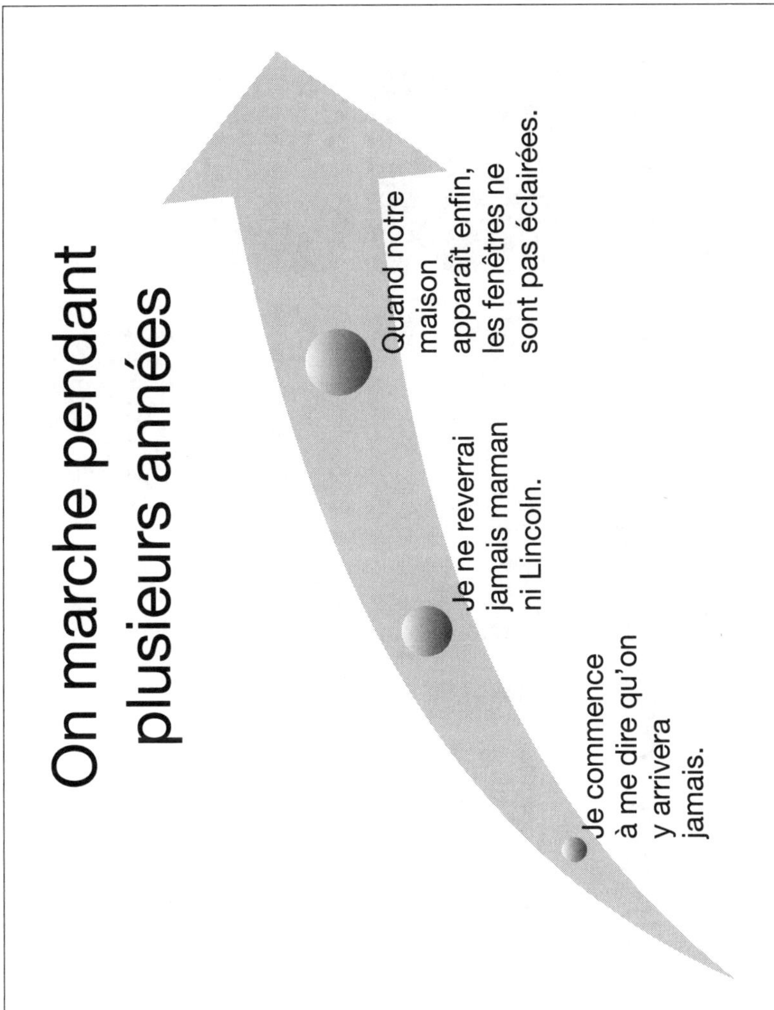
On marche pendant plusieurs années
Je commence à me dire qu'on y arrivera jamais.
Je ne reverrai jamais maman ni Lincoln.
Quand notre maison apparaît enfin, les fenêtres ne sont pas éclairées.

Papa me montre un serpent sur une des sculptures de maman

Il est lové comme une corde en argent sur mon vieux théâtre de marionnettes.

Papa me soulève pour me mettre sur ses épaules.

Je lui demande : « Tu crois qu'ils sont à l'intérieur ? »

C'est l'homme le plus fort du monde.

Il se dirige vers la maison en me portant.

Papa ne répond pas.

Elle a l'air abandonnée, comme le club-house du terrain de golf.

J'ai peur tout à coup.

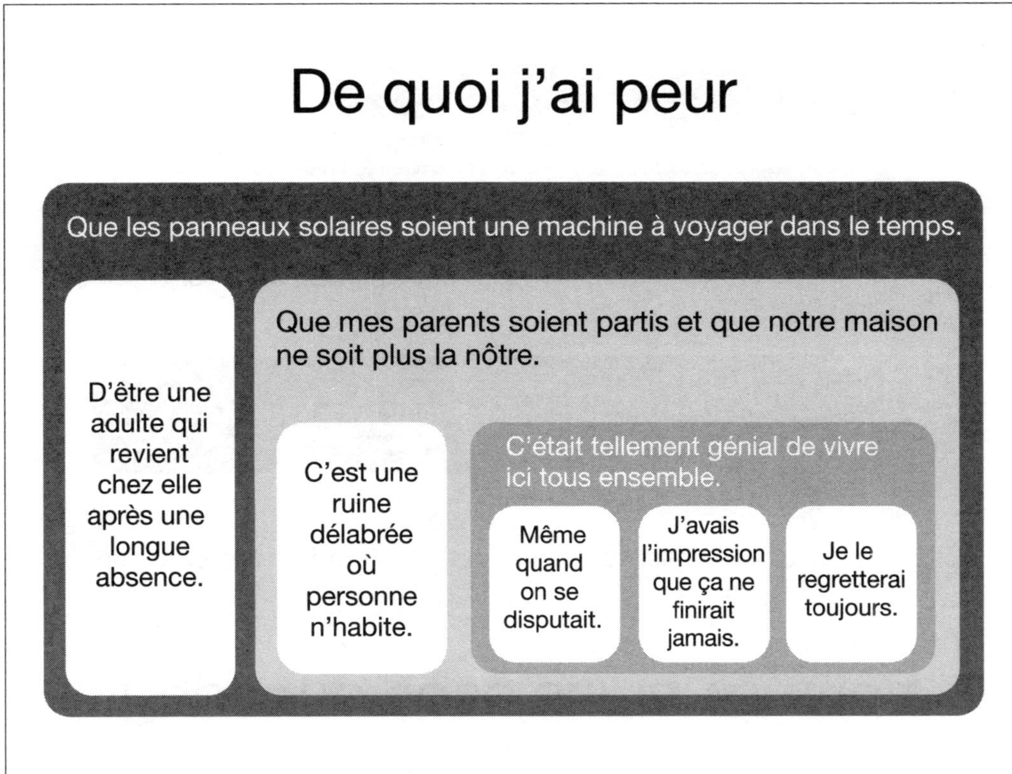
De quoi j'ai peur
Que les panneaux solaires soient une machine à voyager dans le temps.
D'être une adulte qui revient chez elle après une longue absence.
Que mes parents soient partis et que notre maison ne soit plus la nôtre.
C'est une ruine délabrée où personne n'habite.
C'était tellement génial de vivre ici tous ensemble.
Même quand on se disputait.
J'avais l'impression que ça ne finirait jamais.
Je le regretterai toujours.

Papa me pose sur la véranda
Je cours vers la porte vitrée et la fais coulisser.
Il y a une lampe allumée à l'intérieur.
Des trucs familiers me tombent dessus, par exemple une très vieille couverture, toute douce.
Je fonds en larmes.

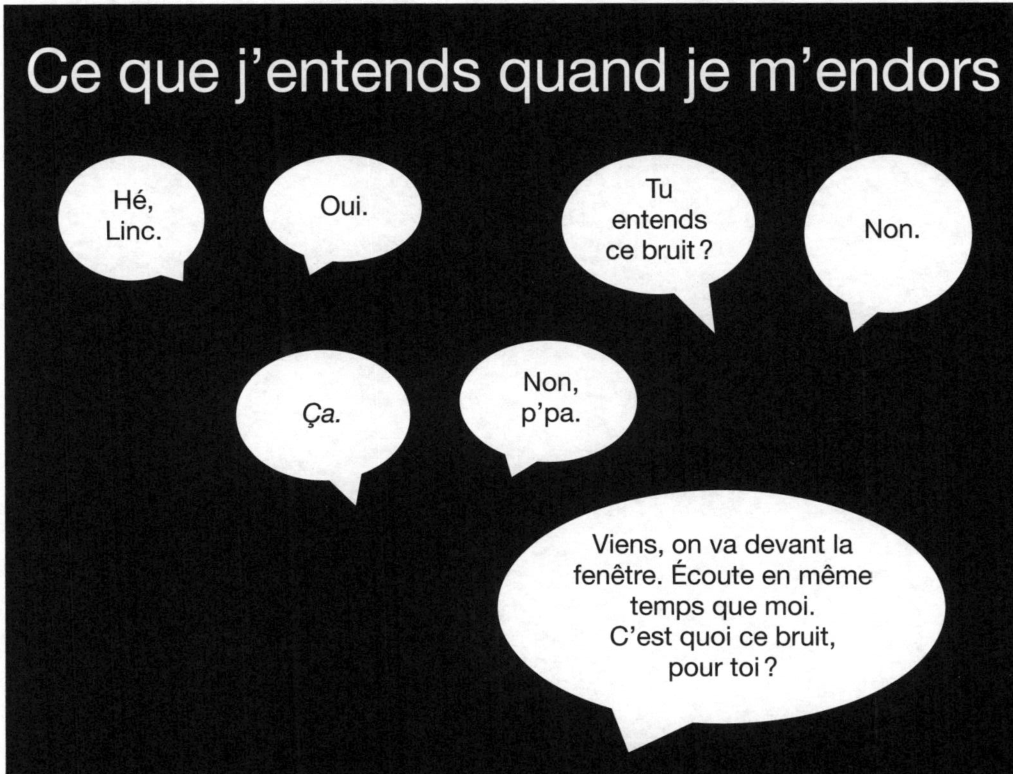
Ce que j'entends quand je m'endors
Hé, Linc.
Oui.
Tu entends ce bruit ?
Non.
Ça.
Non, p'pa.
Viens, on va devant la fenêtre. Écoute en même temps que moi. C'est quoi ce bruit, pour toi ?

« D'accord. Je sais. »

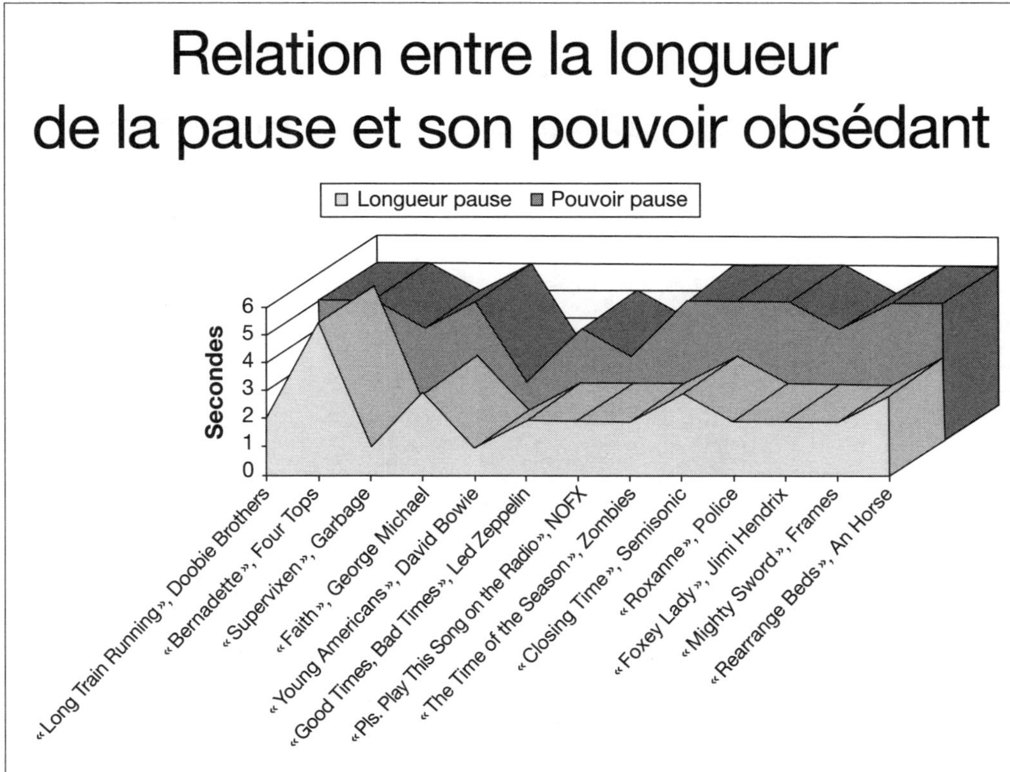
Relation entre la longueur
de la pause et son pouvoir obsédant
Longueur pause
Pouvoir pause
Secondes
0
1
2
3
4
5
6
« Long Train Running », Doobie Brothers
« Bernadette », Four Tops
« Supervixen », Garbage
« Faith », George Michael
« Young Americans », David Bowie
« Good Times, Bad Times », Led Zeppelin
« Pls. Play This Song on the Radio », NOFX
« The Time of the Season », Zombies
« Closing Time », Semisonic
« Roxanne », Police
« Foxey Lady », Jimi Hendrix
« Mighty Sword », Frames
« Rearrange Beds », An Horse

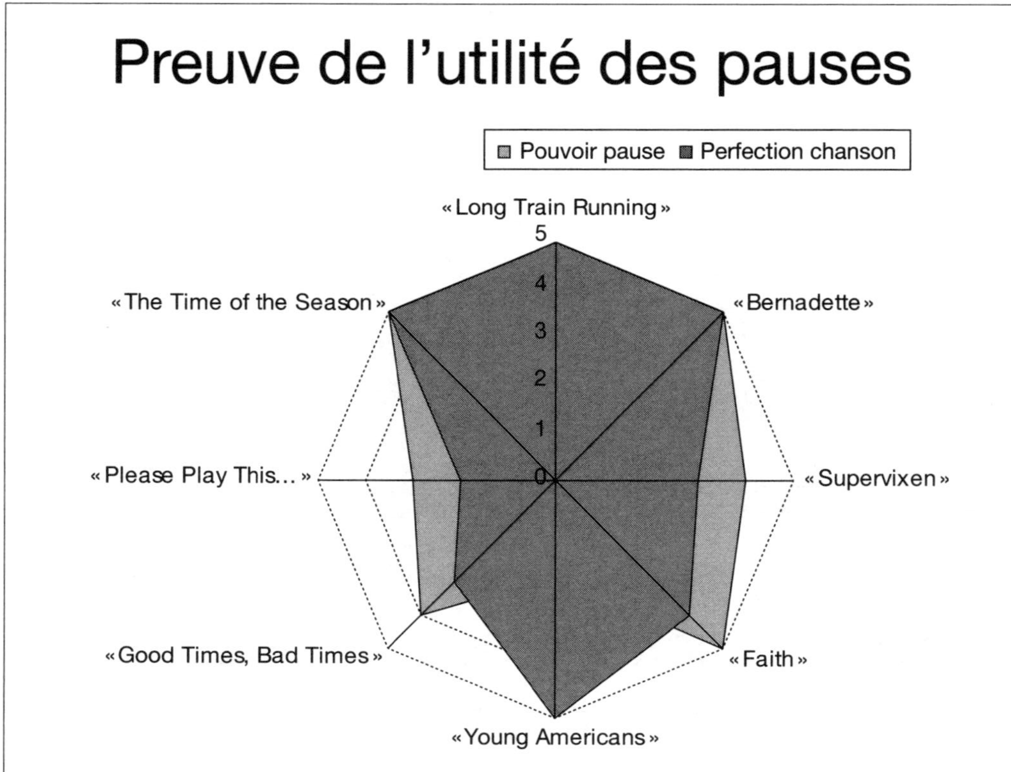
Preuve de l'utilité des pauses
Pouvoir pause
Perfection chanson
« Long Train Running »
« Bernadette »
« Supervixen »
« Faith »
« Young Americans »
« Good Times, Bad Times »
« Please Play This… »
« The Time of the Season »
0
1
2
3
4
5

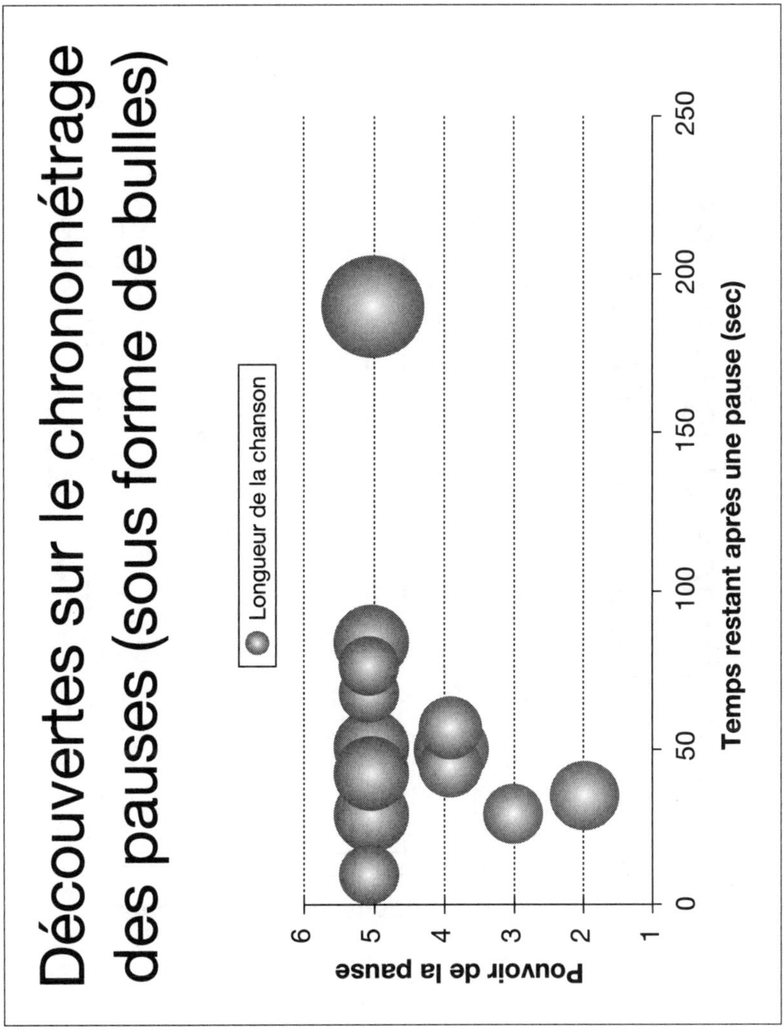
Découvertes sur le chronométrage des pauses (sous forme de bulles)
Longueur de la chanson
Pouvoir de la pause
6
5
4
3
2
1
0
50
100
150
200
250
Temps restant après une pause (sec)

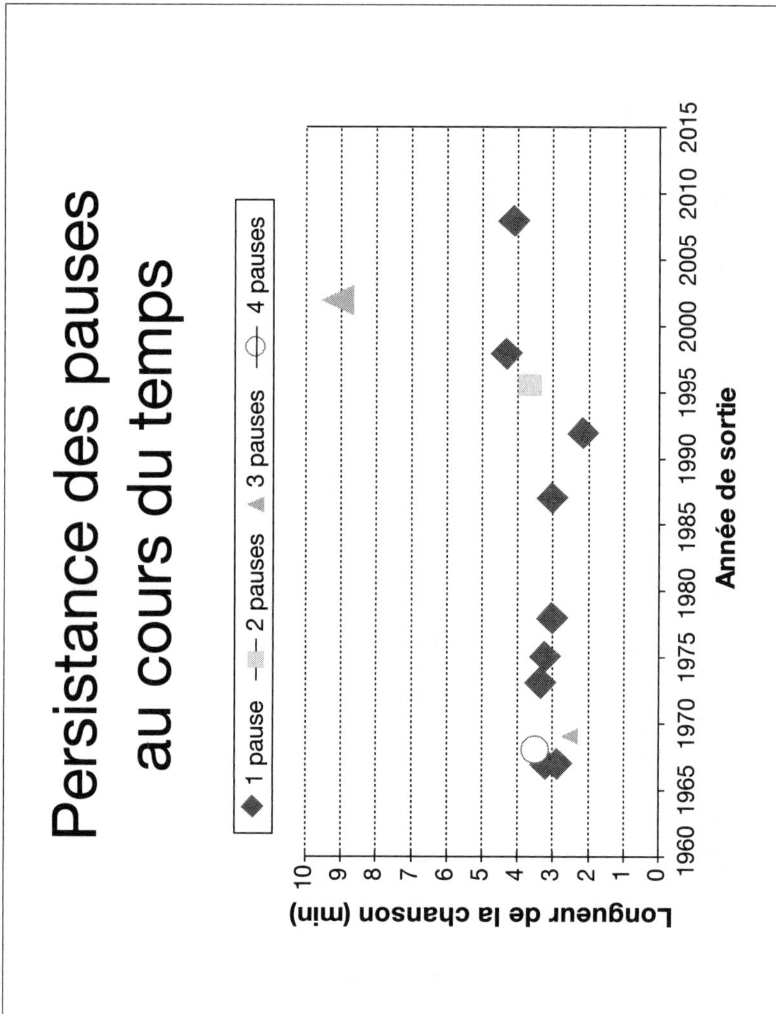

Persistance des pauses
au cours du temps
1 pause
2 pauses
3 pauses
4 pauses
Longueur de la chanson (min)
10
9
8
7
6
5
4
3
2
1
0
1960
1965
1970
1975
1980
1985
1990
1995
2000
2005
2010
2015
Année de sortie

Fin

13

La quintessence du langage

« Tu ne veux pas le faire ? murmura Bennie. J'ai raison ?

– Tout juste, répondit Alex.

– Pour toi, c'est un reniement. Une trahison des idéaux qui te constituent en tant que personne. »

Alex émit un petit rire : « J'en suis convaincu.

– Ah, tu vois, tu es un puriste. Voilà pourquoi tu es parfait pour ça. »

La flatterie produisit sur Alex le même effet que les premières bouffées suaves d'un joint dont on sait qu'il vous détruira si vous le fumez en entier. Le brunch tant attendu avec Bennie Salazar touchait à sa fin, et son baratin mille fois répété pour se faire embaucher comme mixeur n'avait rien donné. Cependant, alors qu'ils se mesuraient du regard depuis les longs divans disposés en angle droit et baignés par le soleil hivernal entrant à flots à travers une lucarne dans le loft de Bennie, à TriBeCa, Alex sentit qu'il réveillait la curiosité de l'homme mûr. Leurs femmes se trouvaient dans la cuisine. Leurs petites filles, installées près d'eux sur un tapis persan rouge, jouaient sans entrain à la dînette.

« Si je refuse, c'est que je ne suis pas parfait, reprit Alex.

– Je crois que tu vas accepter.

– Pourquoi ? demanda Alex, agacé et intrigué.

– Une intuition. » Bennie se redressa légèrement de sa position avachie. « Nous avons quelque chose à vivre ensemble qui n'a pas encore eu lieu. »

Alex avait entendu le nom de Bennie Salazar pour la première fois de la bouche d'une fille ; il n'était sorti qu'une soirée avec elle alors qu'il venait de débarquer à New York. Bennie était encore célèbre, la fille travaillait pour lui – Alex s'en souvenait parfaitement –, en revanche, son nom, son apparence, ce qu'ils avaient fait ensemble, ces détails lui étaient sortis de l'esprit. Les seules impressions de leur soirée que gardait Alex étaient liées à l'hiver, l'obscurité, une histoire de portefeuille. Perdu ? Trouvé ? Volé ? Celui de la fille ou le sien ? L'absence de réponses était exaspérante, de la même manière qu'une chanson qu'on recherche pour l'état d'âme qu'elle suscite en soi et dont on ne retrouve ni le titre, ni le nom de l'artiste, ni les quelques mesures susceptibles de nous mettre sur la voie. La fille flottait, insaisissable, comme si elle avait abandonné le portefeuille – une sorte de carte de visite – dans le cerveau d'Alex pour le titiller. Les journées précédant le brunch avec Bennie, il avait fait une étrange fixation sur elle.

« Das à moi ! » protesta Ava, la fille de Bennie. De quoi confirmer la dernière théorie en date d'Alex sur le fait que l'acquisition du langage comprenait une phase d'allemand. Elle arracha un poêlon en plastique à Cara-Ann, sa fille, qui se précipita à sa suite en braillant : « Cazerole à moi ! Cazerole à moi ! » Alex bondit sur ses pieds puis, s'apercevant que Bennie n'avait pas bougé, il s'obligea à se rasseoir.

« Je me doute que tu préférerais faire des arrangements, enchaîna Bennie, réussissant à couvrir les brames sans élever la voix. Tu aimes la musique. Tu as envie de travailler avec les sons. Tu crois que je ne comprends pas ça ? »

Les petites filles se jetèrent l'une sur l'autre en une frénésie conflictuelle, à grand renfort de hurlements, de coups de griffe, de cheveux tirés. « Tout va bien ? cria de la cuisine Rebecca, la femme d'Alex.

– On gère », assura Alex, médusé par le calme de Bennie. Réagissait-on ainsi quand on recommençait à avoir des enfants après un deuxième mariage ?

« Le problème, c'est qu'il n'est plus question de sons, continua Bennie. Il ne s'agit pas de musique, il s'agit d'audience. C'est la pilule amère que j'ai dû avaler.

– Je sais. »

Il était au courant (comme tout le monde dans l'industrie) de la façon dont Bennie avait été viré de sa maison de disques, Sow's Ear Records, bien des années auparavant, après avoir servi aux contrôleurs de gestion un déjeuner composé de bouse de vache (*dans les cuiseurs à vapeur*, avait écrit une secrétaire relatant la mêlée en temps réel sur Gawker). « Vous me demandez de donner de la merde aux gens ? aurait rugi Bennie à l'adresse des cadres atterrés. Eh bien, bouffez-en pour voir le goût que ça a ! » Ensuite, Bennie s'était remis à produire des morceaux de musique en analogique, guttural, dont aucun ne s'était vraiment bien vendu. Il frisait la soixantaine et on le considérait comme un personnage insignifiant ; Alex entendait parler de lui au passé.

Quand Cara-Ann planta ses incisives toutes neuves dans l'épaule d'Ava, Rebecca dut se précipiter hors de la cuisine pour la détacher, jetant un regard perplexe à Alex, immobile sur le divan, dans un état de sérénité très zen. Lupa la rejoignit : la mère aux yeux noirs qu'Alex avait fuie à la garderie en raison de sa beauté, jusqu'à ce qu'il apprenne qu'elle était l'épouse de Bennie Salazar.

Une fois les bobos pansés et l'ordre rétabli, Lupa posa un baiser sur la tête de Bennie (sa tignasse si caractéristique était désormais argentée) et lui dit : « J'attendais que tu mettes Scotty. »

Bennie sourit à sa femme plus jeune que lui : « Je le gardais pour le bon moment. » Il tripota son smartphone et libéra d'une sono stupéfiante (Alex eut l'impression qu'elle déversait la musique directement dans ses pores) une voix masculine lugubre accompagnée par une guitare slide convulsive, trépidante. « On a sorti ça il y a deux mois, précisa-t-il. Scotty Hausmann, tu connais ? Il marche bien avec les pointeurs. »

Alex jeta un coup d'œil à Rebecca, qui ne supportait pas ce mot et corrigeait, poliment mais fermement, quiconque l'employait pour désigner Cara-Ann. Heureusement, sa femme n'avait pas entendu. À présent que les Starfish, ou les smartphones pour petits, étaient omniprésents, n'importe quel gosse capable de pointer du doigt pouvait télécharger de la musique – le plus jeune répertorié, un bébé de trois mois d'Atlanta, avait acheté une chanson du groupe Nine Inch Nails, intitulée « Gaga ». Quinze ans de guerre avaient débouché sur un baby-boom : non seulement ces bébés avaient relancé une industrie en faillite, mais ils étaient devenus les arbitres du hit-parade. Les groupes n'avaient d'autre choix que de se réinventer pour plaire à cette clientèle préverbale. Même Biggie avait sorti un nouvel album posthume, dont le titre phare, un remix de « Fuck you, Bitch[1] », s'entendait « You're Big, Chief[2] » et était accompagné d'une photo du rappeur qui faisait sauter sur ses genoux

1. « Va te faire foutre, putain. »
2. « T'es super, chef ! »

un mioche portant une coiffe d'Indien d'Amérique. Le Starfish avait d'autres applications – peinture avec les doigts, GPS pour enfants apprenant à marcher, PicMail – auxquelles Cara-Ann n'avait jamais touché. Rebecca et Alex étaient convenus qu'elle n'en aurait le droit qu'à cinq ans et s'interdisaient un usage trop fréquent de leurs smartphones devant elle.

« Écoute ce mec, insista Bennie. Contente-toi de l'écouter. »

Le vibrato mélancolique, le chevrotement strident de la guitare slide, parurent abominables à Alex. Sauf que son interlocuteur était Bennie Salazar, celui qui avait découvert les Conduits tant d'années auparavant. « Qu'est-ce que tu entends ? » lui demanda Alex.

Bennie ferma les yeux, écoutant avec toutes les fibres de son être : « Il est d'une pureté absolue. Intègre. »

Alex baissa aussi les paupières. Des bruits se décuplèrent instantanément dans ses oreilles : hélicoptères, cloches d'église, lointain marteau-piqueur. L'habituelle cacophonie de klaxons et de sirènes. Le crépitement d'une rampe de spots qui s'allumait. L'écoulement de l'eau d'un lave-vaisselle. Le « Non… » ensommeillé de Cara-Ann, tandis que Rebecca lui mettait son pull. Elles se préparaient à s'en aller. Un spasme de terreur, une émotion du même ordre à tout le moins, gagna Alex à l'idée de repartir bredouille du brunch avec Bennie Salazar.

Il ouvrit les yeux. Ceux de Bennie l'étaient déjà, il fixait Alex de son regard noisette, empreint de calme. « J'ai l'impression que tu as entendu ce que j'entends, Alex. J'ai pas raison ? »

Cette nuit-là, une fois Rebecca et Cara-Ann profondément endormies, Alex s'extirpa de la chaleur pâteuse du lit entouré d'une moustiquaire qu'ils partageaient et se rendit dans la pièce multifonction. Quand il regardait vers le haut en se tenant devant la fenêtre du milieu, il voyait le sommet de l'Empire

State Building, diapré de rouge et d'or en ce moment précis. Le petit pan de vue avait été un argument de vente à l'époque où les parents de Rebecca avaient acheté ce deux-pièces de Garment District à leur fille, bien des années auparavant, juste après le krach. Lorsque sa femme était tombée enceinte, Alex et elle avaient décidé de le vendre puis ils avaient appris qu'un promoteur avait acquis l'immeuble trapu que dominait le leur et qu'il comptait le raser pour construire un gratte-ciel qui les priverait d'air et de lumière. L'appartement devint invendable. À présent, deux ans plus tard, le gratte-ciel commençait enfin à s'élever, plongeant Alex dans l'effroi et la désolation, mais aussi dans une sorte de félicité vertigineuse – le moindre rayon de soleil qui entrait par les trois fenêtres orientées à l'est était un délice et le fragment de nuit étincelante qu'il avait si longtemps contemplé, appuyé à un coussin posé sur le rebord en fumant souvent un joint, semblait désormais d'une beauté déchirante. Un mirage.

Alex aimait le cœur de la nuit. Sans le fracas des travaux et le perpétuel ballet des hélicoptères, des sources cachées de bruits parvenaient à ses oreilles : le sifflement de la bouilloire et le frôlement des pieds en chaussettes de Sandra, la mère célibataire de l'appartement du dessus ; le bourdonnement d'oiseau-mouche qu'il attribuait à la masturbation devant son smartphone du fils ado de celle-ci, dans la chambre contiguë. De la rue, une toux et des bribes de conversation : « Tu me demandes de ne pas être celui que je suis » et « Boire m'empêche de me défoncer, c'est incroyable ! »

S'appuyant sur son coussin, Alex alluma un joint. Il avait passé l'après-midi à essayer, sans succès, d'annoncer à Rebecca ce qu'il avait accepté de faire pour Bennie Salazar. Ce dernier n'avait jamais employé le mot « perroquet » – un terme devenu obscène depuis le scandale des blogs. Même si les blogueurs spécialistes de politique avaient dû rendre publique leur situation financière, cela n'avait pas mis un terme aux soupçons qu'ils forgeaient l'opinion publique. « Qui te paie ? » Telle était la riposte susceptible de suivre la moindre manifestation d'enthousiasme, accompagnée d'éclats de rire – qui se laisserait acheter ? Alex avait néanmoins promis à Bennie cinquante perroquets pour créer un bouche à oreille « authentique » en vue du premier concert « live » de Scotty Hausmann, prévu le mois suivant à Lower Manhattan.

Il se servit de son smartphone pour élaborer un système destiné à sélectionner des perroquets potentiels parmi ses 15 896 amis, en fonction de trois variables : besoin d'argent (« Besoin »), étendue de leur réseau et réputation (« Influence »), réceptivité à la possibilité de vendre cette influence (« Vénalité »). Il choisit quelques personnes au hasard qu'il classa dans chaque catégorie sur une échelle de 10 à 0, puis traça sur son appareil un graphique en trois dimensions des résultats, cherchant un groupe de points à l'intersection des trois lignes. Sauf que, dans chaque cas, de bonnes notes dans deux catégories entraînaient de très mauvaises dans la troisième : des gens pauvres et extrêmement vénaux – son ami Finn, par exemple, un acteur raté, un quasi-drogué, qui avait mis une recette de speedball[1] sur sa page et vivait essentiellement aux crochets de ses anciens camarades de Wesley (Besoin : 9. Vénalité : 10), n'avait aucune influence (1). Des êtres pauvres et influents comme Rose, une strip-teaseuse/violoncelliste dont chaque nouvelle coiffure était aussitôt copiée dans certains coins d'East Village (Besoin : 9. Influence : 10), étaient incorruptibles (Vénalité : 0). En fait, Rose alimentait des rumeurs sur sa page qui fonctionnait à la manière d'une main courante officieuse ; elle y

1. Mélange d'héroïne et de cocaïne.

notait quelle copine avait reçu un coquard de son amant, qui avait emprunté et saccagé une batterie, à qui appartenait le chien attaché des heures à un parcmètre sous la pluie. Il existait bien des gens influents et vénaux comme son ami Max, ancien chanteur du groupe Pink Buttons devenu une huile dans le domaine de l'énergie éolienne. Propriétaire d'un triplex à SoHo, il organisait un réveillon au caviar tous les ans à Noël pour lequel on lui mangeait dans la main dès le mois d'août dans l'espoir d'obtenir une invitation (Influence : 10. Vénalité : 8). Mais la popularité de Max étant due à sa richesse, se vendre ne rimait à rien pour lui (Besoin : 0).

Les yeux écarquillés, Alex regarda l'écran de son smartphone. Qui accepterait ça ? Puis il s'aperçut que quelqu'un l'avait déjà fait : lui. Alex traça un graphique correspondant sans doute à l'idée que Rebecca se faisait de lui, Besoin : 9. Influence : 6. Vénalité : 0. Alex était un puriste ainsi que l'avait affirmé Bennie. Il s'était éloigné de patrons louches (de l'industrie de la musique) de même qu'il évitait désormais les femmes attirées par un père s'occupant de sa petite fille aux heures de bureau. Bon sang, lui qui avait rencontré Rebecca la veille de Halloween après avoir pourchassé un mec au masque de loup lui ayant arraché son sac à main, il n'avait pas été fichu de résister à Bennie ! Pourquoi ? Parce que son appartement serait bientôt sombre et confiné. Parce que rester avec Cara-Ann, tandis que Rebecca enseignait et écrivait à plein temps, l'angoissait ? Parce qu'il était incapable d'oublier que le moindre octet d'information divulgué sur Internet (couleur préférée, légumes de prédilection, position sexuelle favorite) était conservé dans les banques de données de multinationales qui juraient de ne jamais, au grand jamais, s'en servir – bref, qu'on le possédait parce qu'il s'était vendu étourdiment à une période de sa vie où il avait eu le sentiment d'être subversif ? Ou était-ce à cause de l'étrange coïncidence d'avoir entendu le nom de Bennie Salazar de la bouche de la fille perdue de vue, avec qui il était sorti une fois à son arrivée à New York, et de rencontrer enfin Bennie, quinze ans plus tard, grâce à une garderie ?

Alex ne le savait pas. Tant pis. L'essentiel, c'était de trouver cinquante personnes qui, comme lui, s'étaient reniées sans en avoir conscience.

« La physique est obligatoire. Trois semestres. Si on rate, on est viré du cycle d'études.

– Pour un diplôme de marketing ? fit Alex, abasourdi.

– Avant, c'était l'épidémiologie, enchaîna Lulu. Tu sais, quand le modèle viral était toujours d'actualité.

– On ne dit plus "viral" ? » Alex aurait aimé boire un véritable café à la place de la lavasse qu'on servait dans ce troquet grec. Lulu, l'assistante de Bennie, semblait en avoir avalé une quinzaine voire une vingtaine – à moins que ce ne soit sa personnalité.

« Non, répondit Lulu. Enfin, ça nous échappe peut-être, comme "connecter" ou "transmettre" – ces vieilles métaphores mécaniques sans aucun rapport avec la façon dont l'information circule. Tu comprends, on ne peut plus décrire sa transmission en termes de cause à effet : c'est simultané. C'est plus rapide que la vitesse de la lumière, ç'a été mesuré. Alors, on étudie la physique des particules maintenant.

– Et après ? La théorie des cordes ?

– C'est facultatif. »

Âgée d'une vingtaine d'années, Lulu, étudiante de troisième cycle à Barnard *et* assistante à plein temps de Bennie, était l'incarnation de la nouvelle « employée smartphone » : sans dossiers, sans bureau, sans trajets de banlieue à effectuer et, théoriquement, toujours joignable, même si elle ignorait un babil permanent de bips et de clics. Les photos de sa page ne rendaient pas justice à la régularité de son visage aux yeux immenses, pas plus qu'à l'éclat de ses cheveux. Elle était « intacte » : ni piercings, ni tatouages, ni scarifications. Comme tous les jeunes d'aujourd'hui. Qui pouvait le leur reprocher, pensa Alex, après avoir côtoyé trois générations arborant des tatouages minables semblables à des tapisseries mitées sur des biceps à peine gonflés ou des fesses flasques ?

Cara-Ann dormait dans son porte-bébé, la figure coincée dans la fente entre la mâchoire et la clavicule d'Alex ; son haleine fruitée, biscuitée, lui chatouillait les narines. Il lui restait trente minutes, peut-être trois quarts d'heure, avant qu'elle ne se réveille et réclame son déjeuner. Alex éprouvait cependant le désir pervers de revenir en arrière, de comprendre Lulu, de mettre le doigt sur la raison précise pour laquelle elle le déconcertait.

« Comment es-tu devenue l'assistante de Bennie ? demanda-t-il.

– Son ex-femme travaillait pour ma mère quand j'étais petite. Je connais Bennie depuis toujours, son fils Chris aussi. Il a deux ans de plus que moi.

– Ah bon. Et que fait ta mère ?

– Elle était publiciste. Elle a quitté la profession et habite au nord de l'État.

– Comment s'appelle-t-elle ?

– Dolly. » Quelle que fût son envie de continuer l'interrogatoire et de remonter le temps jusqu'à la conception de Lulu, Alex s'en empêcha. Un silence tomba, ponctué par l'arrivée de leurs plats. Alex avait eu l'intention de commander une soupe mais cela lui avait paru un signe de faiblesse, si bien qu'il avait opté pour un sandwich Reuben[1] à la dernière minute, oubliant

1. Sandwich garni de corned-beef, de choucroute, d'emmenthal et de sauce russe.

qu'il ne pouvait mâcher sans réveiller Cara-Ann. Lulu avait choisi une tarte au citron. Elle grignota la meringue par petits bouts, plantés sur les dents de sa fourchette.

« Alors, dit-elle puisque Alex ne relançait pas la conversation. D'après Bennie, on va former une équipe de gens qui ne se connaissent pas et dont tu seras le capitaine anonyme.

– Il a employé ces termes ? »

Lulu partit d'un petit rire : « Non, c'est un vocabulaire de marketing. De la fac.

– En fait, c'est un vocabulaire sportif. Ces mots viennent… du sport », expliqua Alex. Bien qu'il ait souvent été capitaine d'équipe, c'était il y a si longtemps qu'il lui semblait que cela n'aurait pas d'intérêt pour une fille aussi jeune.

« Les métaphores du sport marchent toujours, constata Lulu.

– L'équipe est donc un secret de Polichinelle ? »

Alex croyait que c'était son idée : réduire la honte et le sentiment de culpabilité de ce formatage de l'opinion publique en constituant une équipe ne sachant pas qu'elle en était une, ni qu'elle avait un capitaine. Chaque membre aurait affaire individuellement à Lulu, à Alex qui orchestrerait secrètement l'entreprise.

« Évidemment, affirma Lulu. Ces équipes marchent surtout avec les plus vieux, les gens qui ont plus de trente ans, précisa-t-elle en souriant.

– Et pourquoi ?

– Les vieux résistent plus à… » Lulu hésita.

« À l'idée qu'on les achète ?

– Voilà exactement ce qu'on appelle une métaphore malhonnête. Une MM paraît être une description alors que c'est un jugement. Je veux dire, un marchand d'oranges se laisse-t-il acheter ? Le réparateur d'appareils électriques renie-t-il ses principes ?

– Non, parce qu'ils le font ouvertement, répondit Alex, conscient d'être condescendant. Au vu et au su de tous.

– Ah, tu vois, ces métaphores, « ouvertement » et « au vu et au su de tous » font partie d'un système qu'on nomme purisme atavique. Le PA implique un état à l'éthique inattaquable qui non seulement n'existe pas et n'a jamais existé, mais sert à consolider les préjugés de ceux qui portent des jugements, qui qu'ils soient. »

Alex sentit Cara-Ann remuer contre son cou, et laissa glisser un gros bout de pastrami dans sa gorge sans le mâcher. Depuis combien de temps étaient-ils assis dans ce restaurant ? À l'évidence, plus qu'il n'en avait eu l'intention mais c'était plus fort que lui, il voulait tenir bon, pousser cette fille dans ses retranchements. Son assurance paraissait plus radicale que celle que procure une enfance heureuse, elle était inscrite dans ses cellules. On aurait dit une reine déguisée qui n'éprouvait ni le besoin ni le désir d'être reconnue.

« Si je comprends bien, reprit-il, tu considères que croire en quelque chose – le dire à tout le moins – pour de l'argent, n'est pas un mal en soi.

– "Un mal en soi", répéta-t-elle. Mince, quel exemple de moralité calcifiée. Il faudra que je le répète à M. Bastie, mon vieux prof d'éthique moderne, il les collectionne. » Elle se redressa et braqua ses yeux gris au regard grave (malgré son expression gentiment amusée) sur Alex : « Écoute, si je crois, je crois. Qui es-tu pour juger ma motivation ?

– Parce que, si le fric est ta motivation, ce n'est pas une conviction. C'est de la foutaise. »

Lulu fit une grimace. Encore une caractéristique de sa génération : personne ne jurait. Alex avait entendu des jeunes proférer des mots tels que « flûte » et « zut » sans la moindre ironie. « C'est quelque chose qu'on voit beaucoup, ajouta Lulu d'un ton rêveur tout en scrutant Alex. L'ambivalence morale – AM pour nous – par rapport à une campagne de marketing musclée.

– Tu ne vas pas me dire : CMM.

– Si. Pour toi, cela revient à choisir l'équipe. Tu es tellement ambivalent que tu n'as pas l'air disposé à le faire, or je suis sûre du contraire : je pense que l'AM est une sorte de vaccin, une façon de te justifier à l'avance pour quelque chose que tu as envie de faire. Sans vouloir t'offenser.

– Comme de dire "sans vouloir t'offenser" alors que tu viens de balancer une phrase blessante ? »

Lulu piqua le fard le plus intense qu'Alex ait jamais vu : un feu vermillon embrasa son visage si brusquement qu'on l'aurait crue en proie à un symptôme violent de l'ordre de la suffocation ou d'une hémorragie imminente. Alex se raidit instinctivement et lança un regard à Cara-Ann. Il découvrit qu'elle avait les yeux grands ouverts.

« Tu as raison, reconnut Lulu, haletante. Je m'excuse.

– Pas de problème. » La couleur cramoisie de Lulu avait davantage perturbé Alex que son assurance. Il l'observa se retirer de son visage qui devint d'une pâleur mortelle. « Ça va ? lui demanda-t-il.

– Très bien. C'est juste que j'en ai assez de parler.

– Moi aussi, opina Alex, épuisé tout à coup.

– Il y a tant de manières de se tromper. Nous n'avons que des métaphores, et elles ne sont jamais justes à cent pour cent. On n'arrive pas à Dire. Le. Vrai.

– Z'est qui ? voulut savoir Cara-Ann qui fixait la jeune fille.

– Lulu.

– Je peux t'envoyer un SMS ? demanda Lulu.

– Tu veux dire…

– Maintenant. Je peux t'envoyer un SMS maintenant ? » La question n'était qu'une formalité car elle pianotait déjà sur son smartphone. L'instant d'après, celui d'Alex vibra dans la poche de son pantalon. Il dut déplacer Cara-Ann pour le sortir.

Ta 2 nom pr moi ? lut-il sur l'écran.

Lé vci, pianota Alex. Il fit partir la liste des cinquante contacts, des commentaires, des tuyaux sur les angles d'approche et les noms de ceux qui avaient refusé vers le smartphone de Lulu.

Gnial. G me mé o taf.

Ils se regardèrent. « C'était facile, constata Alex.

– Je suis d'accord. » Lulu était tellement soulagée qu'elle en avait presque les larmes aux yeux. « C'est pur… pas de philosophie, ni de métaphores, ni de jugements.

– Veu za », dit Cara-Ann. Elle désignait le smartphone dont Alex s'était étourdiment servi tout près de la figure de sa fille.

– Non, protesta-t-il, soudain gagné par l'anxiété. On doit y aller.

– Attends », lâcha Lulu. On aurait dit qu'elle ne remarquait la présence de Cara-Ann que maintenant. Je vais lui envoyer un SMS.

– Hum, nous ne… » Mais Alex fut incapable d'expliquer à Lulu les préventions que Rebecca et lui nourrissaient contre l'utilisation de smartphones par les enfants. Voilà que le sien vibrait de nouveau. Poussant un cri de joie, Cara-Ann appuya son index potelé sur l'écran : « Ze fais za. »

Ptit fil ta 1 per 5pa, ânonna consciencieusement Alex, dont le visage s'empourpra aussitôt. Cara-Ann martela les touches avec la frénésie d'un chien lâché dans un dépôt de viande. À présent, un émoticone, une de ces images qu'on envoie aux enfants, apparut : un lion sous un soleil étincelant. Cara-Ann zooma sur différentes parties du fauve comme si elle faisait ça depuis toujours. Lulu envoya un autre SMS : *Jamé conu mon per. Mor avan ma néçans*. Celui-ci, Alex le lut silencieusement.

« Oh là là, je suis désolé ! » s'exclama-t-il, levant les yeux sur Lulu. Sa voix lui parut trop forte – une brutale intrusion. Détournant le regard, il réussit à taper entre les doigts tendus de sa fille : *Trist.*

C le PaC, répondit Lulu.

« Das à moi ! » claironna Cara-Ann, s'étranglant d'indignation tandis qu'elle se penchait de son porte-bébé et tapait la poche d'Alex, où le smartphone vibrait presque constamment depuis qu'ils étaient sortis du restaurant des heures auparavant. Sentait-elle les vibrations à travers le corps de son père ?

« Zuzette à moi ! »

Comment sa fille avait-elle trouvé ce nom pour le portable ? Un mystère insondable pour Alex qui se garda cependant de la corriger.

« Qu'est-ce que tu veux, mon cœur ? » demanda Rebecca avec cette sollicitude excessive (de l'avis d'Alex) qu'elle employait souvent pour parler à leur fille lorsqu'elle avait passé la journée à travailler.

« La zuzette de papa. »

Rebecca interrogea celui-ci du regard : « Tu en as une ?

– Bien sûr que non. »

Ils se dirigeaient en toute hâte vers l'ouest, afin d'arriver au bord du fleuve avant le coucher du soleil. Au mois de janvier, il avait désormais lieu à seize heures vingt-trois car les modifications de l'orbite terrestre liées au réchauffement climatique avaient raccourci les journées d'hiver.

« Je peux te l'enlever ? » reprit Rebecca.

Elle sortit Cara-Ann du porte-bébé et la posa sur le trottoir noir de suie. La petite fille fit quelques pas en vacillant sur ses jambes.

« Si tu veux qu'elle marche, on va le rater », constata Alex.

Rebecca prit l'enfant dans ses bras et pressa l'allure. Alex l'avait retrouvée à l'improviste devant la bibliothèque. Cela lui arrivait fréquemment à présent, une façon d'échapper au vacarme des travaux autour de leur appartement. Aujourd'hui, il avait une autre raison : il tenait à lui faire part du marché qu'il avait conclu avec Bennie. Immédiatement, toutes affaires cessantes.

À leur arrivée au bord de l'Hudson, le soleil s'était éclipsé derrière la digue, mais une fois qu'ils eurent gravi l'escalier menant au FRONT D'EAU, le nom pompeux donné à la promenade bordée d'un rempart, ils le découvrirent suspendu, pareil à un jaune d'œuf d'une couleur rubis orangé, au-dessus de Hokoben. « En bas », ordonna Cara-Ann, et Rebecca obtempéra. La petite fille courut jusqu'à la grille au bout de la promenade, toujours noire de monde à cette heure. À l'instar d'Alex, tous ces gens ne s'intéressaient sans doute guère au coucher de soleil avant la construction de la digue et ils le guettaient dorénavant avec impatience. Comme il suivait Cara-Ann dans la foule, Alex prit la main de Rebecca. Depuis qu'il la connaissait, sa femme compensait sa beauté sexy par une paire de binocles ringardes, tantôt du même genre que celles de Dick Smart, tantôt de celles de Catwoman. Alex avait adoré cet accessoire qui n'atténuait en aucune manière l'apparence de sa femme, mais il commençait à changer d'avis. Les lunettes, associées aux cheveux devenus prématurément gris et au fait que Rebecca manquait souvent de sommeil, risquaient de transformer son déguisement en une identité : celle d'une universitaire sous pression, travaillant d'arrache-pied pour terminer un ouvrage, une chargée de cours présidant plusieurs comités. Le plus déprimant pour Alex, c'était son rôle dans le tableau : le musicien raté sur le retour, incapable de subvenir à ses besoins, qui sapait la vie – à tout le moins la beauté sensuelle – de sa femme.

Rebecca était une pointure dans le monde universitaire. Son dernier livre traitait du phénomène des mots-enveloppes, un terme de son invention désignant ceux qui ne signifiaient plus rien sans guillemets. L'anglais en était truffé : « ami » et « réel », « histoire » et « changement », autant de mots vides de sens désormais, réduits à des cosses. Certains tels « identité », « recherche » ou « nuage » étaient exsangues en raison de leur usage sur la Toile. Pour d'autres, les raisons étaient plus complexes – pourquoi « américain » était-il devenu ironique ? Comment se faisait-il que « démocratie » s'employait d'une façon narquoise, moqueuse ?

Comme à l'ordinaire, un silence se répandit sur la foule lors des dernières secondes qui précédèrent la disparition du soleil. Même Cara-Ann, de nouveau dans les bras de Rebecca, cessa de s'agiter. Alex sentit les derniers rayons sur son visage et ferma les yeux, savourant la sensation de légère chaleur, les oreilles remplies du clapotis d'un ferry fendant le fleuve. À peine le soleil fut-il couché que les gens s'égayèrent, comme si un charme était rompu. « En bas », redemanda Cara-Ann, qui s'élança sur le Front d'eau. Rebecca se précipita derrière elle en riant. Alex, lui, jeta un coup d'œil à son portable.

JD a besoin 2 tps pr D6D

Ok 2 Sancho

Cal : pa kestion

Chaque réponse suscita en Alex un mélange d'émotions devenues familières en l'espace d'un après-midi : un triomphe mâtiné de mépris face aux positives, une déception traversée d'admiration face aux négatives. Alors qu'il commençait à taper un SMS, il entendit un piétinement, puis le cri de sa fille : « Zuzeeee-TE ! » Il s'empressa de ranger son smartphone, trop tard : Cara-Ann tirait sur son jean. « Za, à moi. » Rebecca se coula entre eux : « C'est donc cela la sucette.

– Apparemment.

– Tu lui as permis de s'en servir ?

– Rien qu'une fois, c'est un drame ? fit Alex, dont le cœur battait néanmoins la chamade.

– Tu as modifié les règles sans me demander mon avis ?

– Absolument pas. J'ai cafouillé, d'accord ? Je n'ai pas droit à l'erreur ? »

Rebecca haussa un sourcil. Alex sentit qu'elle le scrutait. « Pourquoi maintenant ? insista-t-elle. Aujourd'hui, après tout ce temps… je ne comprends pas.

– Il n'y a rien à comprendre ! » s'énerva Alex, pensant à part lui : Comment est-elle au courant ? Que sait-elle ?

Ils se dévisagèrent dans la lumière déclinante. Cara-Ann attendit sans protester, ayant manifestement oublié la sucette. C'était le moment de parler à Rebecca du marché conclu avec Bennie – là, maintenant, tout de suite ! – mais Alex était paralysé, comme si la révélation était déjà empoisonnée. Saisi d'une envie absurde d'envoyer un SMS à sa femme, il se surprit en train d'en composer un mentalement : *nouvo taf – bcp $ pos. stp grd espri ouver.*

« On s'en va », dit Rebecca.

Alex remit Cara-Ann dans le porte-bébé et ils descendirent de la digue, pénétrant dans l'obscurité. Tandis qu'ils avançaient le long des rues sinistres, le souvenir de sa rencontre avec Rebecca occupa les pensées d'Alex. Après avoir vainement essayé de rattraper le voleur de sac à tête de loup, il l'avait convaincue de boire des bières accompagnées de burritos, puis ils avaient fait l'amour sur le toit de l'immeuble de la jeune fille, Avenue D, pour échapper à ses trois colocataires. Il se rappela qu'il ne connaissait pas alors le nom de famille de Rebecca et, soudain, le prénom de la fille qui travaillait pour Bennie fusa : Sasha. Il lui revint en mémoire sans qu'il le cherche, telle une porte qui s'ouvre. Sasha. Alex le grava dans son esprit et les premiers souvenirs surgirent dans son sillage : un hall d'hôtel ; un petit appartement surchauffé. C'était comme tenter de retrouver un rêve. L'avait-il baisée ? Alex le supposait – cela se terminait de la sorte avec toutes les nanas qu'il rencontrait dans sa jeunesse, si difficile que ce fût à imaginer maintenant qu'il partageait un lit conjugal saturé d'odeurs de bébé et de relents chimiques de couches biodégradables. Sasha refusait de livrer quoi que soit au sujet d'une relation sexuelle ; il eut l'impression qu'elle lui décochait une œillade (yeux verts ?) et s'esquivait.

Ta apri la nouveL ? lut Alex sur son smartphone un soir où il était assis dans son coin habituel, devant la fenêtre.

Oui.

La « nouvelle », c'était que Bennie avait décidé que le concert de Scotty Hausmann aurait lieu en extérieur, au Footprint. Ce changement obligerait les perroquets d'Alex à travailler davantage (au même tarif) afin que tous les spectateurs potentiels sachent où se rendre.

Bennie avait téléphoné à Alex pour le prévenir. « Scotty n'est pas fana des salles. À mon avis, il sera plus content à l'extérieur. » C'était la dernière d'une avalanche d'exigences et de souhaits particuliers. « Scotty est un solitaire » (d'où la caravane, expliquait Bennie). « Il a du mal à entretenir une conversation » (d'où son refus de donner des interviews). « Il se méfie de la technologie » (d'où son refus de commenter un flux de données ou de répondre aux SMS que ses fans envoyaient par le biais de la page que Bennie avait créée pour lui). La photo de Scotty qui y figurait – un type aux cheveux longs, un sourire tout en dents de porcelaine, entouré d'une pléthore de ballons colorés – exaspérait Alex chaque fois qu'il la regardait.

Koi 2 9 ? demanda-t-il à Lulu par texto. *Dé huitre ?*

manG seul chinoi

!

...

di kil è mieu en vrè

jamé renconTré

vrMen ??

timid

#@&*

...

Pendant les pauses de ces conversations qui pouvaient durer indéfiniment, Alex contrôlait ses perroquets : vérifiant les éloges délirants sur Scotty Hausmann de leurs pages et flux de données, ajoutant les absentéistes à une liste de « contrevenants ». Il n'avait pas vu, ni même parlé de vive voix à Lulu depuis leur rendez-vous trois semaines auparavant ; elle vivait dans sa poche et il lui avait attribué une vibration spéciale.

Alex leva les yeux. L'immeuble en construction obstruait désormais le bas des fenêtres, son échafaudage formait une silhouette verticale derrière laquelle on apercevait à peine la flèche de l'Empire State Building. Dans quelques jours, elle deviendrait invisible. Cara-Ann avait eu peur lors de la première apparition de la structure irrégulière, chargée d'ouvriers, si bien qu'Alex s'était évertué à en faire un jeu : « L'immeuble s'élève », répétait-il tous les jours comme si la progression était formidable, porteuse d'espoir, et Cara-Ann lui donnait la réplique, tapant dans ses mains et claironnant : « Plus haut, plus haut ! »

building Cleve, tapa-t-il alors pour Lulu, non sans remarquer à quel point le langage de bébé tenait bien dans l'espace restreint d'un SMS.

… *building ?* voulut savoir Lulu
pré du mi1 + 2 lumièr ni dR.
tu peu pa stopé ça ?
esayé
tu peu pa bouG ?
coinC
ny, répondit Lulu. D'abord étonné car la jeune fille ne maniait pas le sarcasme, Alex comprit qu'elle n'avait pas écrit l'abréviation de gentil[1], mais celle de New York.

Le jour du concert, il faisait exceptionnellement chaud et sec : trente-deux degrés. Une lumière dorée rasante transperçait leurs yeux aux carrefours et étirait leurs ombres sur une longueur insensée. Les arbres, en fleurs dès janvier, arboraient des ébauches de feuilles. Rebecca avait revêtu Cara-Ann d'une robe de l'été précédent, au plastron orné d'un canard, et tous les trois rejoignirent une foule de jeunes couples avec enfants dans la passerelle couverte de la Sixième Avenue. Cara-Ann se trouvait sur le dos d'Alex dans le nouveau porte-bébé en métal qu'ils venaient d'acheter pour remplacer celui en tissu. Les poussettes étaient interdites dans les rassemblements publics, au motif qu'elles gêneraient une éventuelle évacuation.

Alex s'était interrogé sur la façon dont il allait proposer à Rebecca d'assister au concert, mais au bout du compte cela s'était avéré inutile. Un soir où elle vérifiait les messages sur son smartphone après avoir couché leur fille, elle lui avait demandé : « Scotty Hausmann… c'est le type que Bennie Salazar nous a fait écouter, non ? »

Alex ressentit une petite déflagration intérieure : « Je crois. Pourquoi ?

1. *Nice*.

– On me rebat les oreilles avec le concert gratuit qu'il donne samedi au Footprint. Pour les enfants et les adultes.

– Ah bon.

– Ça te permettrait de renouer avec Bennie. » Elle était toujours vexée pour Alex que le producteur ne l'ait pas embauché. Du coup, il se sentait coupable chaque fois que le sujet revenait sur le tapis.

« C'est vrai, admit-il.

– Alors, on y va. Pourquoi s'en priver si c'est gratuit ? »

Au-delà de la 14e Rue, les gratte-ciel se raréfièrent et le soleil, encore trop bas dans le ciel de février pour qu'on puisse s'en protéger, les éblouit. Dans la lumière aveuglante, Alex faillit ne pas reconnaître son vieux copain Zeus qu'il tenta aussitôt d'éviter – c'était l'un de ses perroquets. Trop tard : Rebecca l'avait déjà interpellé. Natasha, sa petite amie russe, l'accompagnait ; chacun portait l'un de leurs jumeaux de six mois dans un sac kangourou.

« Vous allez écouter Scotty ? lança Zeus comme s'ils étaient sur un pied d'intimité avec le chanteur.

– En effet, répondit prudemment Alex. Vous aussi ?

– Et comment ! Une guitare à résonateur avec un bottleneck – t'en as déjà entendu une en live ? Sans parler du rockabilly. » Outre son travail pour une banque du sang, Zeus consacrait son temps libre à aider des enfants trisomiques à fabriquer et vendre des sweat-shirts imprimés. Alex se surprit à chercher sur le visage de Zeus des signes visibles de son rôle de perroquet, mais son ami paraissait fidèle à lui-même jusqu'à la barbiche qu'il avait gardée, si démodé que ce fût.

« Il paraît qu'il est génial en live, intervint Natasha avec son accent prononcé.

– J'ai entendu le même son de cloche. Venant, au moins, de huit personnes, renchérit Rebecca. C'est presque bizarre.

– Pas du tout, voyons ! s'exclama Natasha avec un rire dur. Elles sont payées pour ça. »

Le feu aux joues, il en était sûr, Alex eut du mal à croiser le regard de Natasha. Apparemment, elle avait parlé en toute innocence : Zeus n'avait pas vendu la mèche.

« Il s'agit pourtant de gens que je connais », insista Rebecca.

C'était l'une de ces journées où un visage familier surgit à chaque carrefour, vieux potes, amis d'amis, relations et gens qu'on a le sentiment d'avoir croisés en d'autres occasions. Alex habitait la ville depuis trop longtemps pour se souvenir des lieux où il les avait rencontrés. Les boîtes où il avait été DJ ? Le cabinet d'avocats où il avait été assistant ? Les matchs de basket au parc de Tompkins Square auxquels il avait participé en amateur pendant des années ? Depuis son arrivée à New York, à l'âge de vingt-quatre ans, il s'était senti sur le départ – Rebecca et lui étaient prêts à déménager à tout moment si un meilleur boulot se présentait dans une ville moins dispendieuse – mais le temps s'était écoulé, à telle enseigne qu'il lui semblait avoir vu au moins une fois chaque habitant de Manhattan. Alex se demanda si Sasha était dans la foule. Il se surprit à la chercher parmi les visages vaguement familiers bien qu'il ignorât à quoi elle ressemblait aujourd'hui, comme si la réponse à cette question devait être sa récompense dans le cas où il la reconnaîtrait au bout de tant d'année.

Vous vous dirigez vers le sud ?… on en a entendu parler… pas uniquement pour les gosses… il est censé se produire en live…

Après le neuvième ou dixième échange de ce genre aux abords de Washington Square, Alex fut soudain convaincu que tous ces gens, parents avec enfants ou non, célibataires ou en couple, homos ou hétéros, avec ou sans piercings, allaient écouter Scotty Hausmann. Chacun d'entre eux. La découverte le submergea d'une vague d'incrédulité, à laquelle succédèrent un sentiment de responsabilité et de pouvoir – il l'avait fait, nom de Dieu, il avait été génial ! –, un malaise (il ne tirait aucune fierté de ce triomphe) et de la peur : et si Scotty Hausmann n'était pas un grand artiste ? Et s'il était médiocre ou pis encore ? Aussitôt, il s'administra un cataplasme sous forme de texto cérébral : *non, sa m regard pa. G sui 1visibl.*

« Ça va ? lui demanda Rebecca.

– Oui, pourquoi ?

– Tu as l'air tendu.

– Ah bon ?

– Tu me broies la main. » Souriant sous ses minuscules lunettes rondes, elle ajouta : « C'est agréable. »

Une fois dans Lower Manhattan (où la densité d'enfants était désormais la plus élevée du pays), Alex, Rebecca et Cara-Ann se fondirent dans la marée humaine qui débordait du trottoir et remplissait les rues. La circulation était au point mort. Des hélicoptères sillonnaient le ciel, déchirant l'air de ces vrombissements qui insupportaient Alex les premières années – une telle stridence ! – et auxquels il avait fini par s'accoutumer : le prix de la sécurité. Aujourd'hui, leur caquet militaire paraît opportun, pensa Alex, balayant du regard l'océan de sacs, de porte-bébés ventraux et dorsaux, les plus grands enfants portant les petits, ne s'agissait-il pas d'un genre d'armée ? Une armée d'enfants : incarnation de la confiance en des adultes qui ignoraient en posséder encore.

Si ya D enfants, ya 1 avnir, 1 ?

Les nouveaux gratte-ciel s'élevaient en superbes spirales dans le ciel. Nettement plus beaux que les précédents (Alex n'en avait vu que des photos), ils avaient l'aspect de sculptures plutôt que de tours, car ils étaient vides. À mesure qu'elle s'en approchait, la foule ralentissait, reculait, tandis que les premiers pénétraient dans l'espace autour des miroirs d'eau. La densité des policiers et agents de sécurité (repérables à leurs smartphones officiels) devenait tout à coup palpable de même que les caméras de surveillance installées sur les corniches, les lampadaires et les arbres. L'importance de l'événement remontant à plus de vingt ans effleura Alex, ce qui lui arrivait chaque fois qu'il se rendait au Footprint. Il le percevait à la manière d'un bruit assourdi, la vibration de troubles anciens. C'était plus insistant que jamais – un crépitement sourd qui semblait d'une familiarité originelle, comme s'il avait bourdonné au cœur de tous les sons qu'Alex avait produits et recueillis au fil des ans : leur pulsation secrète.

Rebecca lui serra la main. Ses doigts fuselés étaient moites : « Je t'aime, Alex.

– Ne le formule pas de cette façon, on dirait qu'une catastrophe est imminente.

– Je suis nerveuse, expliqua-t-elle. L'anxiété m'a gagnée, moi aussi.

– C'est à cause des hélicoptères. »

« Parfait, murmura Bennie. Attends ici, Alex, si ça ne t'ennuie pas. Devant cette porte. »

Alex avait laissé Rebecca, Cara-Ann et leurs amis au milieu d'une foule de plusieurs milliers de personnes à présent. Chacun attendait patiemment, puis moins patiemment, le début du concert – dont l'heure ne cessait d'être reportée –, tout en observant quatre techniciens sur les dents monter la garde devant l'estrade où Scotty Hausmann était censé jouer. Après que Lulu l'avait prévenu par SMS que Bennie avait besoin d'aide, Alex était passé sous les fourches caudines de la sécurité pour gagner la caravane du chanteur.

À l'intérieur, Bennie et un vieux technicien étaient vautrés dans des fauteuils pliants noirs. Pas l'ombre de Scotty Hausmann. La gorge sèche, Alex pensa : *G sui 1visibl.*

« Bennie, écoute-moi, disait le technicien, dont les mains tremblaient sous les manchettes de sa chemise en flanelle à carreaux.

– Tu en es capable, martela celui-ci. J'en suis sûr.

– Bennie, écoute-moi.

– Reste devant la porte, Alex », ordonna Bennie pour la deuxième fois. Il avait raison : Alex comptait s'approcher pour lui demander quelle mouche le piquait, bordel de merde : pousser ce technicien décati à monter sur scène à la place de Scotty Hausmann ? Le faire passer pour le chanteur ? Un mec aux joues creuses et aux mains si rouges et noueuses qu'il arriverait tout juste à tenir des cartes au poker, mais en aucun cas l'étrange et sensuel instrument coincé entre ses genoux ? Mais à peine le regard d'Alex se fut-il attardé sur celui-ci qu'il comprit, les entrailles tordues par un horrible spasme : le technicien décati *était* Scotty Hausmann.

« Les gens sont là, reprit Bennie. C'est parti, je n'ai aucun moyen d'arrêter la machine.

– Il est trop tard. Je suis trop vieux. Je… Je ne peux pas. »

On aurait dit que Scotty Hausmann venait de pleurer ou qu'il allait fondre en larmes – les deux, peut-être. Ses cheveux mi-longs repoussés en arrière, ses yeux vitreux, éteints, le tout produisait une impression désastreuse, bien qu'il soit rasé de près. Alex ne reconnaissait que ses dents : blanches, étincelantes, manifestement gênées de ne pouvoir faire grand-chose pour ce visage ravagé. Et Alex comprit que Scotty Hausmann n'existait pas. C'était un mot-enveloppe à forme humaine : une cosse dont l'essence s'était évaporée.

« Tu le peux, Scotty. Et tu le dois », proféra Bennie avec son calme habituel. Alex aperçut toutefois une pellicule de sueur sous les cheveux argentés qui se clairsemaient. « Le temps est un casseur ? Tu vas le laisser te bousculer ?

– Le casseur a gagné. »

Bennie prit une profonde inspiration, un coup d'œil jeté à sa montre fut l'unique signe de son impatience. « Tu es venu me voir, Scotty, tu te rappelles. Il y a une vingtaine d'années – tu le crois, toi, que ça remonte à si loin ? Tu m'as apporté un poisson.

– Ouais.

– J'ai cru que tu allais me tuer.

– J'aurais dû, fit Scotty, partant d'un éclat de rire sec, caverneux. C'était mon intention.

– Et quand j'ai touché le fond – quand Steph m'a flanqué à la porte et qu'on m'a viré de Sow's Ear –, je t'ai cherché. Tu te souviens de ce que je t'ai dit lorsque je t'ai retrouvé en train de pêcher au bord de l'East River ? »

Scotty marmonna quelques mots.

« Qu'il était temps que tu deviennes une vedette. Et qu'est-ce que tu m'as répondu ? » S'approchant de Scotty, Bennie emprisonna les poignets tremblotants de l'homme dans ses mains plutôt élégantes et l'interrogea du regard. « "Chiche", voilà ce que tu m'as dit. »

Il y eut une longue pause. Puis, sans crier gare, Scotty se leva d'un bond, renversant son fauteuil alors qu'il se ruait vers la porte de la caravane. Alex, qui se serait volontiers effacé pour le laisser passer, comprit enfin lorsque Scotty le devança et tenta de l'y obliger que son boulot – la seule raison pour laquelle Bennie l'avait posté là –, c'était d'empêcher le chanteur de s'échapper. Ils luttèrent dans un silence entrecoupé de halètements. Scotty collait presque sa figure décharnée contre celle d'Alex qui respirait son haleine chargée – de la bière bue récemment ou pas ? Non, de Jägermeister.

Bennie agrippa Scotty par-derrière, mais il ne le retint pas vraiment – Alex s'en rendit compte quand Scotty lui donna un coup de boule dans le plexus solaire. Alex se plia en deux, le souffle coupé. Il entendit Bennie s'adresser au chanteur à voix très basse, comme s'il tentait de calmer un cheval.

Dès qu'il put à nouveau respirer, Alex fit un effort pour intervenir : « Bennie, s'il n'en a pas envie… »

Scotty voulut frapper le visage d'Alex. Celui-ci sauta de côté si bien que le poing du musicien s'abattit sur la porte fragile. Une odeur de sang, tannique, envahit la pièce.

Alex fit une nouvelle tentative : « Bennie, ça m'a l'air d'être un genre de… »

Se dégageant brutalement de l'étreinte de Bennie, Scotty donna un coup de genou dans les couilles d'Alex qui s'effondra sur le sol où il se recroquevilla en position fœtale, terrassé par la souffrance. Scotty le poussa violemment du pied et ouvrit la porte.

« Bonjour », lança une voix dehors. Une voix claire, sonore, vaguement familière. « C'est Lulu. »

Malgré sa douleur atroce, Alex parvint à tourner la tête et à regarder ce qui se passait devant la caravane. Les yeux baissés, Scotty n'avait pas bougé de l'entrée. La lumière rasante du soleil d'hiver embrasait les cheveux de Lulu, nimbant son visage d'un halo. Elle bloquait le passage au chanteur, un bras sur chaque petite rampe en métal. La seconde d'hésitation de Scotty, tandis qu'il contemplait la ravissante jeune fille, fut sa perte.

« Je peux vous accompagner ? » demanda Lulu.

Bennie s'était précipité pour récupérer la guitare, qu'il tendit à Scotty au-dessus du corps étendu d'Alex. Le musicien la saisit, la tint contre son torse et prit une inspiration saccadée. « À condition que tu me donnes le bras, chérie », répondit-il. L'ombre de ce qui subsistait de l'ancien Scotty Hausmann, sexy et canaille, vacilla devant Alex.

Lulu accepta. Ils rejoignirent la foule : le vieux schnock portant le bizarre instrument tout en longueur, escorté par une jeune femme qui aurait pu être sa fille. Bennie aida Alex à se relever. Ils leur emboîtèrent le pas. Alex avait des jambes en coton, flageolantes. La marée humaine s'écarta spontanément, ouvrant un chemin jusqu'à l'estrade où l'on avait installé un tabouret et douze énormes microphones.

« Lulu ! s'exclama Alex.

– Elle va diriger le monde », affirma Bennie.

Scotty monta sur la scène et s'assit sur le tabouret. Sans jeter un regard au public, ni prononcer un mot de présentation, il se mit à jouer « I Am a Little Lamb », un morceau dont la simplicité était démentie par le son de cordes pincées de sa guitare slide, l'exubérance de sa complexité métallique. Il enchaîna avec « Goats Like Oats » et « A Little Tree Is Just Like Me ». Les amplis avaient suffisamment de puissance pour éclipser le vrombissement de l'hélicoptère et diffuser la musique jusqu'aux derniers rangs de la foule, là où elle disparaissait entre les tours. Alex aurait voulu rentrer sous terre, persuadé que ces milliers de spectateurs qu'il avait mobilisés d'une façon peu recommandable, dont la bonne volonté avait été mise à rude épreuve par la longue attente, allaient le conspuer. Il n'en fut rien. Les pointeurs, qui connaissaient déjà les chansons, applaudirent Scotty et l'acclamèrent, tandis que les adultes semblaient intrigués, attentifs aux doubles sens et strates cachées, faciles à déceler. Il est possible qu'une foule à un moment particulier de l'histoire crée un objet pour justifier son rassemblement, comme aux premiers happenings de Human Be-In, Monterey Pop et Woodstock. À moins que les interminables années de guerre et de surveillance n'aient suscité en chacun d'eux un désir insatiable de voir leur malaise personnifié par un guitariste solitaire tenant à peine sur ses jambes. Quoi qu'il en soit, un crescendo approbateur aussi palpable que la pluie monta du centre de la multitude, dévala jusqu'à la périphérie où il s'écrasa sur les gratte-ciel et les miroirs d'eau, avant de rebondir vers Scotty avec une force décuplée et de le soulever de son tabouret (les techniciens s'empressèrent de régler les micros), faisant exploser la cosse qu'il paraissait être quelques secondes plus tôt et libérant une violence charismatique. Tous ceux qui étaient présents assurent que le concert a vraiment commencé à cet instant-là, lorsque Scotty a entonné des chansons composées sous le manteau pendant des années – personne ne les connaissait, personne n'avait rien entendu de pareil : « Eyes in My Head », « X's and O's », « Who's Watching Hardest ? » – ballades sur la paranoïa et l'exclusion arrachées au cœur d'un homme dont on devinait au premier regard qu'il n'avait de sa vie eu une page, un profil Facebook, une télécommande ou un smartphone, ni figuré dans les données de qui ou de quoi que ce soit, un type qui avait vécu en marge, oublié et plein de rage, d'une façon que l'on qualifiait désormais de pure. D'intègre. En réalité, savoir qui a vraiment assisté à ce premier concert de Scotty Hausmann est difficile – aussi vaste et bondé qu'ait été l'endroit, il n'aurait pu contenir tous ceux qui le prétendent. Maintenant que Scotty est entré dans le domaine du mythe, le monde entier veut le posséder. Au fond, c'est normal. Un mythe n'appartient-il pas à tous ?

Debout à côté de Bennie qui observait Scotty sans cesser de pianoter avec frénésie sur son smartphone, Alex eut l'impression de revivre une scène de son passé. Le regret de ne pas être auprès de Rebecca et Cara-Ann le traversa, puis lui serra le cœur. Son smartphone localisa aisément celui de sa femme, mais de nombreuses minutes furent nécessaires pour la repérer dans la foule grâce au zoom. Alors qu'il la cherchait, Alex fit un panoramique sur des visages extatiques parfois ruisselants de larmes d'adultes, des sourires édentés d'enfants aux anges ou des jeunes, dont Lulu, qui tenait par la main un Noir sculptural. Le couple contemplait Scotty Hausmann avec la joie délirante de membres d'une génération découvrant un être digne de sa vénération.

Alex distingua enfin Rebecca. Souriante, Cara-Ann dans ses bras, elle dansait. Elles étaient trop loin pour qu'il les rejoigne, et la distance lui parut irréversible, un abîme qui l'empêcherait à jamais de toucher la soie délicate des paupières de Rebecca ou de sentir, sous les côtes de sa fille, les battements précipités de son cœur. Sans le zoom, il ne les voyait même pas. En désespoir de cause, il envoya un SMS à Rebecca, *aten moi stp ma joli*, et dirigea le zoom sur son visage le temps qu'elle réagisse à la vibration, s'arrête de danser et sorte son smartphone.

« Un tel événement n'arrive qu'une fois dans ta vie si tu es l'homme le plus veinard de la terre, déclara Bennie.

– Tu y as contribué.

– Non, Alex, non, c'est ce que je veux te faire comprendre ! Je n'y suis pour rien ! » Euphorique depuis le début du concert, le col ouvert, il moulinait des bras. Le triomphe avait été fêté, le champagne débouché (du Jägermeister pour Scotty), les boulettes mangées à Chinatown. Il y avait eu un millier de questions de la presse auxquelles on avait répondu au pied levé ou qu'on avait reportées à plus tard. Des épouses joyeuses, rayonnantes, avaient raccompagné en taxi les petites filles. (« Tu l'as entendu ? As-tu jamais entendu un chanteur pareil ? » répéta Rebecca à Alex, avant de lui chuchoter à l'oreille : « Redemande un boulot à Bennie ! ») Lulu avait mis un terme aux festivités en présentant son fiancé, Joe, un Kenyan qui préparait un doctorat en robotique à Columbia. À présent, il était beaucoup plus tard que minuit, et Bennie et Alex se promenaient dans le Lower

East Side parce que le premier avait eu envie de marcher. Aussi bizarre que cela puisse paraître, Alex était déprimé et son désir de dissimuler cet état d'âme à Bennie l'oppressait.

« Tu as été formidable, le félicita ce dernier en lui ébouriffant les cheveux. Tu es fait pour ça, je te le dis. »

Fait pour quoi ? faillit lâcher Alex. Il resta silencieux un instant avant de poser sa question : « Tu as autrefois employé une fille… dénommée Sasha ? »

Bennie s'immobilisa. On aurait dit que le nom flottait entre eux, incandescent. « Oui, répondit-il. C'était mon assistante. Tu l'as connue ?

– Je l'ai rencontrée une fois, il y a très longtemps.

– Elle habitait tout près d'ici, ajouta Bennie, se remettant en route. Sasha. Cela fait des lustres que je n'ai pas pensé à elle.

– Comment était-elle ?

– Géniale. Je l'adorais. Sauf qu'elle était cleptomane. » Bennie jeta un coup d'œil à Alex. « Elle piquait des trucs.

– Tu plaisantes.

– Non. C'était une sorte de maladie, enfin je crois. »

Une association d'idées tentait de prendre forme dans l'esprit d'Alex, mais il ne parvenait pas à la développer. Avait-il deviné que c'était une voleuse ? L'avait-il découvert au cours de cette nuit-là ? « Alors… tu l'as virée ?

– Bien obligé. Au bout de douze ans. Elle était comme l'autre moitié de mon cerveau. Les trois quarts, en fait.

– Tu n'as aucune idée de ce qu'elle est devenue ?

– Aucune. Si elle travaillait encore dans la profession, je le saurais. Encore que… peut-être pas, reconnut Bennie en riant, moi aussi j'ai été sur la touche. »

Ils marchèrent en silence un petit moment. La lune baignait les rues du Lower East Side de sa clarté sereine. Le souvenir de Sasha préoccupait visiblement Bennie. Il bifurqua dans Forsyth, fit quelques pas et s'arrêta. « Ici », dit-il, parcourant du regard un vieil immeuble, dont le vestibule éclairé au néon apparaissait derrière du Plexiglas rayé. « C'est ici qu'habitait Sasha. »

Levant les yeux vers le bâtiment couvert de suie qui se détachait sur le ciel lavande, Alex fut traversé par une impression fugace de déjà-vu. Il frissonna comme s'il revenait sur des lieux n'existant plus.

« Quel appartement, tu te le rappelles ?

– 4F, je crois. » L'instant d'après, Bennie reprit : « Tu as envie de voir si elle est là ? »

Le grand sourire qui lui fendait le visage le rajeunissait. Nous sommes des complices rôdant devant l'appartement d'une jeune femme, songea Alex.

« Son nom de famille, c'est Taylor ? demanda-t-il, lisant l'étiquette écrite à la main à côté de l'interphone.

– Non. Ce pourrait être un colocataire.

– Je sonne », annonça Alex.

Il se pencha vers l'interphone. Chaque électron de son corps était aspiré par l'escalier raide et mal éclairé dont il se souvenait désormais aussi nettement que s'il était sorti de chez Sasha le matin même. Il se vit le monter et entrer dans un appartement exigu, confiné, où prédominaient le violet et le vert, où flottaient des relents de vapeur, des effluves de bougies parfumées. Le sifflement d'un radiateur. Des objets sur les rebords de la fenêtre. Une baignoire dans la cuisine – oui, elle en avait une ! Il n'en avait jamais vu d'autre.

Les deux hommes attendirent, côte à côte, figés, fébriles, déstabilisés. Alex découvrit qu'il retenait sa respiration. Sasha leur ouvrirait-elle ? Bennie et lui graviraient-ils la volée de marches jusqu'à sa porte ? Alex la reconnaîtrait-il ? Le reconnaîtrait-elle ? En cet instant précis, son désir de revoir Sasha prit enfin une forme précise : il s'imagina entrer dans son appartement et s'y retrouver – jeune homme plein de projets et d'idéaux, avec l'avenir devant lui. Le fantasme lui infusa un regain d'espoir. Alex appuya de nouveau sur l'interphone et, au fil des secondes, une béance se creusa en lui. La pantomime absurde vola en éclats.

« Elle n'est pas là, je parie qu'elle est loin d'ici, conclut Bennie, contemplant le ciel. J'espère qu'elle mène une vie qui lui convient, elle le mérite. »

Ils repartirent. Alex sentit une douleur irradier ses yeux et sa gorge. « Je ne comprends pas ce qui m'est arrivé, constata-t-il. Franchement. »

Bennie, l'homme entre deux âges, aux cheveux d'argent en bataille et au regard pensif, lui répondit : « Tu as vieilli, Alex, comme nous tous. »

Alex baissa les paupières et écouta : le rideau métallique d'un magasin se baissait. Un chien aboyait férocement. Des camions rugissaient sur les ponts. La nuit veloutée bruissait dans ses oreilles. Et il y avait ce couplet, toujours le même, qui, au fond, n'était peut-être pas un écho, mais la chanson de la fuite du temps.

la nui bleu
lé ru ke tu voi pa
la chanson ki çen va jamé

Un claquement de talons sur le trottoir déchira le silence. Alex ouvrit brusquement les yeux, puis Bennie et lui se retournèrent, pivotèrent sur leurs talons en réalité, cherchant Sasha dans l'obscurité cendreuse. Or il s'agissait d'une autre jeune fille, nouvelle venue en ville, qui tripotait ses clés.

Remerciements

Pour leur inspiration, leur motivation et leurs conseils judicieux, je suis redevable à Jordan Pavlin, Deborah Treisman et Amanda Urban.

Pour leur assistance éditoriale, ou les bonnes idées qu'ils ont eues à point nommé, je remercie Adrienne Brodeur, John Freeman, Colin Harrison, David Herskovits, Manu et Raoul Herskovits, Barbara Jones, Graham Kimpton, Don Lee, Eva Mentell, Helen Schulman, Ilena Silverman, Rob Spillman, Kay Kimpton Walker, Monica Adler Werner et Thomas Yagoda.

Pour la patience attentive avec laquelle elles ont suivi l'élaboration du livre, je remercie Lydia Buechler, Leslie Levine, Marci Lewis.

Pour leur compétence dans des domaines auxquels je ne connaissais rien, voire moins que rien, je remercie Alex Busansky, Alexandra Egan, Ken Goldberd, Jacob Slichter (pour son livre *So You Wanna be a Rock & Roll Star*) et Chuck Zwicky.

Pour les échanges passionnants sur nos lectures au fil de tant d'années, je remercie Erika Belsey, David Herskovits (encore et toujours), Alice Naude, Jamie Wolf et Alexi Worth.

Enfin, je tiens à exprimer ma reconnaissance au groupe de pairs dont le talent exceptionnel et la générosité ont énormément compté pour moi, et sans qui ce livre n'aurait pas vu le jour (ils le savent mieux que quiconque) : Ruth Danon, Lisa Fugard, Melissa Maxwell, David Rosenstock et Elizabeth Tippens.

La Cosmopolite
(Collection créée par André Bay)
(Extrait du catalogue)

Kôbô Abé	*La femme des sables*
	La face d'un autre
	L'homme-boîte
Vassilis Alexakis	*Talgo*
Jorge Amado	*Tieta d'Agreste*
	La bataille du Petit Trianon
	Le vieux marin
	Dona Flor et ses deux maris
	Cacao
	Les deux morts de Quinquin-La-Flotte
	Tereza Batista
	Gabriela, girofle et cannelle
	La découverte de l'Amérique par les Turcs
Maria Àngels Anglada	*Le violon d'Auschwitz*
	Le cahier d'Aram
Reinaldo Arenas	*L'assaut*
Sawako Ariyoshi	*Kaé ou les deux rivales*
	Les années du crépuscule
James Baldwin	*Si Beale Street pouvait parler*
	Harlem Quartet
Elena Balzamo (sous la dir. de)	*Masterclass et autres nouvelles suédoises*
Herman Bang	*Tine*
	Maison blanche. Maison grise
Julian Barnes	*Le perroquet de Flaubert*
	Le soleil en face

Jon BAUER	*Des cailloux dans le ventre*
Mario BELLATIN	*Salon de beauté*
Karen BLIXEN	*Sept contes gothiques*
Ivan BOUNINE	*Le monsieur de San Francisco*
André BRINK	*Un turbulent silence*
	Une saison blanche et sèche
	Les droits du désir
Louis BROMFIELD	*La mousson*
Ron BUTLIN	*Appartenance*
Karel ČAPEK	*La vie et l'œuvre du compositeur Foltyn*
Raymond CARVER	*Les vitamines du bonheur* suivi de *Tais-toi, je t'en prie* et *Parlez-moi d'amour*
Gabriele D'ANNUNZIO	*Terre vierge*
Kathryn DAVIS	*À la lisière du monde*
	Aux enfers
Federico DE ROBERTO	*Les princes de Francalanza*
Lyubko DERESH	*Culte*
Anita DESAI	*Un héritage exorbitant*
Tove DITLEVSEN	*Printemps précoce*
Carmen DOMINGO	*Secrets d'alcôve*
Emma DONOGHUE	*Room*
Monika FAGERHOLM	*La fille américaine*
	La scène à paillettes
Lygia FAGUNDES TELLES	*Les pensionnaires*
Kjartan FLØGSTAD	*Grand Manila*
	Des hommes ordinaires
Tomomi FUJIWARA	*Le conducteur de métro*
Horst Wolframm GEISZLER	*Cher Augustin*
Alberto GERCHUNOFF	*Les gauchos juifs*
Robert GRAVES	*King Jesus*
Wendy GUERRA	*Tout le monde s'en va*
	Mère Cuba
	Poser nue à La Havane
Farjallah HAÏK	*L'envers de Caïn*
	Joumana
Samantha HARVEY	*La mémoire égarée*

Alfred HAYES	*In Love*
Mark HELPRIN	*Conte d'hiver*
Hermann HESSE	*Demian*
E.T.A. HOFFMANN	*Les élixirs du diable*
Yasushi INOUÉ	*Le fusil de chasse et autres récits*, édition intégrale des nouvelles de l'auteur publiées dans La Cosmopolite
	Histoire de ma mère
	Les dimanches de Monsieur Ushioda
	Paroi de glace
	Au bord du lac
	Le faussaire
	Combat de taureaux
	Le Maître de thé
	Pluie d'orage
Jens Peter JACOBSEN	*Niels Lyhne*
Henry JAMES	*L'autel des morts* suivi de *Dans la cage*
	Le regard aux aguets
Tania JAMES	*L'atlas des inconnus*
Eyvind JOHNSON	*Le roman d'Olof*
Ismaïl KADARÉ	*La ville sans enseignes*
Yoram KANIUK	*Adam ressuscité*
	Confessions d'un bon Arabe
Jack KEROUAC	*Maggie Cassidy*
Ken KESEY	*Vol au-dessus d'un nid de coucou*
Pär LAGERKVIST	*Le nain*
	Le bourreau
	Barabbas
Selma LAGERLÖF	*L'anneau du pêcheur*
	Jérusalem en terre sainte
	L'empereur du Portugal
Eduardo LAGO	*Appelle-moi Brooklyn*
	Voleur de cartes
D.H. LAWRENCE	*Île mon île*
Sinclair LEWIS	*Babbitt*
LUXUN	*Le journal d'un fou*

Thomas MANN	*Tonio Kröger*
	La mort à Venise
Katherine MANSFIELD	*Nouvelles*
	Lettres
	Cahier de notes
Trude MARSTEIN	*Faire le bien*
Ronit MATALON	*Le bruit de nos pas*
Predrag MATVEJEVITCH	*Entre asile et exil*
Carson MCCULLERS	*Le cœur est un chasseur solitaire* suivi de *Écrivains, écriture et autres propos*
	Le cœur hypothéqué
	Frankie Addams
	La ballade du café triste
	L'horloge sans aiguilles
	Reflets dans un œil d'or
Gustav MEYRINK	*Le Golem*
Henry MILLER	*Tropique du Capricorne*
	Un dimanche après la guerre
	Entretiens de Paris
	Virage à 80
	Tropique du Cancer suivi de *Tropique du Capricorne*
Henry MILLER / Anaïs NIN	*Correspondance passionnée*
Antonio MONDA	*Le goût amer de la justice*
Vladimir NABOKOV	*Don Quichotte*
	Austen, Dickens, Flaubert, Stevenson
	Proust, Kafka, Joyce
	Gogol, Tourgueniev, Dostoïevski
	Tolstoï, Tchekhov, Gorki
Nigel NICOLSON	*Portrait d'un mariage*
Anaïs NIN	*Les miroirs dans le jardin*
	Les chambres du cœur
	Une espionne dans la maison de l'amour
	Henry et June
	Journaux de jeunesse (1914-1931)
Joyce Carol OATES	*Eux*

	Bellefleur
	Blonde
	Confessions d'un gang de filles
	Nous étions les Mulvaney
	La Fille tatouée
	La légende de Bloodsmoor
	Zombi
	Les mystères de Winterthurn
	Maya, une vie
Kenzaburo OÉ	*Une affaire personnelle*
Sofi OKSANEN	*Purge*
	Les vaches de Staline
OLIVIA	*Olivia par Olivia*
O. HENRY	*New York tic-tac*
Robert PENN WARREN	*La grande forêt*
Jia PINGWA	*La capitale déchue*
Ruth PRAWER JHABVALA	*La vie comme à Delhi*
Lucía PUENZO	*L'enfant poisson*
	La malédiction de Jacinta
	La fureur de la langouste
Thomas ROSENBOOM	*Le danseur de tango*
Vita SACKVILLE-WEST / Virginia WOOLF	*Correspondance*
Moshe SAKAL	*Yolanda*
Arthur SCHNITZLER	*Madame Béate et son fils*
	La ronde
	Mademoiselle Else
	La pénombre des âmes
	Vienne au crépuscule
	Mourir
	L'étrangère
Mihail SEBASTIAN	*Journal 1935-1944*
Isaac Bashevis SINGER	*Le magicien de Lublin*
	Shosha
	Le blasphémateur
	Yentl et autres nouvelles

L'esclave
Le beau monsieur de Cracovie
Un jeune homme à la recherche de l'amour
Le manoir
Le domaine
La couronne de plumes et autres nouvelles
Les aventures d'un idéaliste et autres nouvelles inédites

Muriel SPARK — *Le pisseur de copie*

Saša STANIŠIĆ — *Le soldat et le gramophone*
Le soldat et le gramophone (théâtre)

Sara STRIDSBERG — *La faculté des rêves*
Valerie Jean Solanas va devenir Présidente de l'Amérique (théâtre)
Darling River

Junichiro TANIZAKI — *Deux amours cruelles*

Rupert THOMSON — *L'église de Monsieur Eiffel*

Carl Frode TILLER — *Encerclement*

Léon TOLSTOÏ — *La mort d'Ivan Ilitch* suivi de *Maître et serviteur*

Ivan TOURGUENIEV — *L'abandonnée*
Dimitri Roudine
L'exécution de Troppmann et autres récits

B. TRAVEN — *Le visiteur du soir*

Magdalena TULLI — *Le défaut*

Anne TYLER — *Toujours partir*
Le voyageur malgré lui
Le déjeuner de la nostalgie
Le compas de Noé
À la recherche de Caleb
Leçons de conduite
Une autre femme

Fred UHLMAN — *La lettre de Conrad*
Il fait beau à Paris aujourd'hui

Sigrid UNDSET — *Olav Audunssøn*
Kristin Lavransdatter

	Vigdis la farouche
	Printemps
Birgit VANDERBEKE	*Le dîner de moules*
Ernst Emil WIECHERT	*La servante du passeur*
Oscar WILDE	*Intentions*
	De profundis
	Nouvelles fantastiques
	Le procès d'Oscar Wilde
Christa WOLF	*Scènes d'été*
	Incident
	Trois histoires invraisemblables
	Cassandre
	Médée
	Aucun lieu. Nulle part
	Trame d'enfance
	Le ciel divisé
Virginia WOOLF	*La chambre de Jacob*
	Au phare
	Journal d'adolescence
	Journal intégral (1915-1941)
	Instants de vie
	Orlando
Kikou YAMATA	*Masako*
	La dame de beauté
Stefan ZWEIG	*Nietzsche*
	Vingt-quatre heures de la vie d'une femme
	Le joueur d'échecs
	La confusion des sentiments
	Amok
	Lettre d'une inconnue

Cet ouvrage a été composé
par PCA à Rezé (Loire-Atlantique)
et achevé d'imprimer en mai 2012
par Normandie Roto Impression s.a.s.
à Lonrai (Orne)
pour le compte des Éditions Stock
31, rue de Fleurus, 75006 Paris

PAPIER À BASE DE FIBRES CERTIFIÉES

Stock s'engage pour l'environnement en réduisant l'empreinte carbone de ses livres. Celle de cet exemplaire est de :
821 g éq. CO_2
Rendez-vous sur www.editions-stock-durable.fr

Imprimé en France

Dépôt légal : août 2012
N° d'édition : 01 – N° d'impression : 122004
54-08-9589/0